Zu diesem Buch

Sumner Locke Elliott, geboren am 17. Oktober 1917 in Sydney, schrieb mit achtzehn Jahren seinen ersten Dreiakter. Seit 1948 lebt er in den USA. Er wurde Mitarbeiter führender amerikanischer Zeitschriften und einer der ersten bedeutenden Fernsehautoren. Seine Bühnenstücke waren in Sydney und am Broadway außerordentlich erfolgreich. Sein Roman «Leise, er könnte dich hören» (rororo Nr. 1269) wurde ein internationaler Erfolg; gemeinsam mit den Welterfolgsromanen «Wenn die Mondwinden blühen» von Jetta Carleton und «Die Hüter des Hauses» von Shirley Ann Grau liegt er auch in der Sonderausgabe «Zauber des Lebens» (Rowohlt 1984) vor. Außerdem erschien von Sumner Locke Elliott der Roman «Die Wasser unter der Brücke» (rororo Nr. 5651).

Sumner Locke Elliott

PULSSCHLAG DES LEBENS

Roman

Aus dem Amerikanischen
von Hermann Stiehl

rororo

Rowohlt

Die Originalausgabe erschien 1981
unter dem Titel «Signs of Life»
beim Verlag Ticknor & Fields, New York

Deutsche Erstausgabe
Veröffentlicht im Rowohlt Taschenbuch Verlag GmbH,
Reinbek bei Hamburg, Februar 1989

Umschlagillustration Simone Bingemer
Umschlagtypographie Barbara Hanke
Satz Baskerville (Linotron 202)
Gesamtherstellung Clausen & Bosse, Leck
Printed in Germany
980-ISBN 3 499 12450 5

Für Gloria

Morgen

Einmal mußte ich zusammen mit einem lebendigen Hai ins Bassin», sagte Tante Flora. Sie wollte unbedingt die Geschichte mit dem Hai loswerden. «Habe ich Ihnen das schon mal erzählt? Manchmal erzähle ich etwas zweimal.»

Mrs. Binns schüttelte den Kopf und strickte weiter.

«Ja, ich war in diesem Glasbassin und sollte langsam zwischen den Haiattrappen hindurchschwimmen. Da kam Mr. Adolph Zukor und sagte zu Wally: ‹Die Dinger sehen ja aus wie geschwollene Blasen mit Zahnprothesen, da muß ein richtiger Hai rein.› Na ja, und da haben sie aus irgendeinem Aqarium einen Hai besorgt, und ich bin zusammen mit ihm ins Wasser. Zweimal.»

«Dreimal», sagte Wally und bleckte seine Zahnprothese.

«Dreimal.» Tante Flora war mehr als befriedigt. «Natürlich hatten sie den Hai vorher sattgefüttert.»

Mary betrachtete ihre Tante Flora nachdenklich. Vor vierzig Jahren, als man auf dem Gebiet noch nicht so weit war, hatte Tante Flora sich das Gesicht liften lassen, aber ihre zurückgewonnene Jugend war ganz plötzlich ins Gegenteil umgeschlagen, als hätte eine jähe Dürre die fruchtbaren Ebenen ihres Gesichts überfallen. Die vergewaltigten Muskeln hatten sich um die Augen herum zusammengezogen. Sie blinzelte – zumindest hatte man diesen Eindruck – mit beiden Augen unabhängig voneinander. Manche Leute mochten ihr nicht in die Augen sehen, weshalb sie in der ständigen Furcht lebte, man werfe ihr etwas vor oder interessiere sich nicht für sie. Ihr Mund war auseinandergezogen, und sie mußte ständig einen grünen Augenschirm tragen und sich das spärliche anschovisfarbene Haar zu koketten Löckchen drehen, um die Verjüngungsnarben zu verdecken. Die Haut ihrer Arme war wie Sandpapier, und an den Unterarmen hing das weiche Fleisch in welken Eutern herunter. «Sitzt du bequem, Schatz?» fragte Wally und schwirrte um sie herum wie eine leichte Brise in der Mittagshitze. Er fühlte sich zur Aktivität angestachtelt, weil es einfach unerträglich war, daß Mrs. Binns, eine Null von einer Krankenpflegerin, so gar kein Interesse an dem Hai zeigte. «Hättest du gern ein Kissen im Rücken?»

«Sie hielten so eine Art Greifhaken parat, der nicht ins Bild kam, und hätten mich damit schnell herausziehen können. Und ich hätte mich weiß Gott sehr schnell aus diesem verdammten Bassin herausziehen lassen, das kann ich Ihnen versichern», sagte Flora.

Mrs. Binns' Plastikstricknadeln protestierten gegen die Blasphemie, der sich Leute, nette Leute, hier im nördlichen New Hampshire hingaben, mochte es sich auch um Haie handeln. Mary sah Tante Flora gedankenverloren an, weil es nichts anderes zu tun gab – nichts anderes als warten.

Sie warteten darauf, daß Virginia starb.

«Möchtest du etwas eisgekühlten Tee, Liebchen?» fragte Wally. Er umschwebte sie unermüdlich.

Flora verscheuchte mit einer Handbewegung zugleich eine Wespe und Wally.

«Zu *meiner* Zeit beim Film», sagte sie «haben wir alle unsere gefährlichen Nummern selber gemacht, wir haben uns nicht doubeln lassen. Einen Zwanzigmetersprung von einem Felsen in eine schmale Bucht, den hat man selbst gemacht. Einmal haben sie einen Mexikanerjungen mit ausgestopftem Büstenhalter und Perücke auftreten lassen. Da hab ich gesagt, ‹Was sollen die Leute denn glauben, was das zwischen seinen Beinen ist? Fort mit ihm›.»

Zweimal war sie Olympiasiegerin gewesen. Sie hatte den Lake Michigan durchschwommen und war in der Pathé-Wochenschau vom Bürgermeister von Chicago geküßt worden. Den Ärmelkanal hatte sie wegen unvorhergesehener Stürme und rauher See nicht geschafft. Man hatte sie, die weinende und triefende Flora, eine Meile von Calais entfernt ins Boot gehoben. Nun, sei's drum, sie hatte Regale voller Pokale, einen Schrank voller Medaillen. Es hatte den einteiligen Badeanzug «Flora Green» gegeben, der gewagter war als der von Annette Kellermann, und die Flora-Green-Badeschönheiten, die mit elektrisch erleuchteten Fühlhörnern um sie herumschwammen im alten New Yorker Hippodrom. Sie hatte es noch erlebt, daß aus dem Hippodrom zuerst ein Parkplatz und dann ein Bürogebäude wurde. Jetzt lag sie wie ein gestrandeter Delphin auf einem Korbliegestuhl im

Garten ihrer Schwester und wartete darauf, daß Virginia das Zeitliche segnete.

«Virginia liegt im Sterben», hatte Mary am Telefon gesagt.

«Das sieht ihr gar nicht ähnlich», hatte Flora in Kalifornien erwidert.

Sie war nur zwei Jahre jünger als Virginia; mit welchem Recht starb Virginia da mit bloßen achtzig Jahren?

Flora betete im stillen zu Neptun (sie hatte bei der Filmgesellschaft Famous Players «Neptuns Tochter» gespielt, ihr Nixenschwanz war zugunsten des Roten Kreuzes versteigert worden), daß sie als erste von hinnen ging, denn ohne Wally, was sollte sie da anfangen? Wen gab es dann noch, der sich an irgendwas, irgendwen erinnerte? Würde sie sich auch nur merken können, daß sie die Hunde füttern mußte?

In dem Studiobassin war das Floß plötzlich unter ihr gesunken, und da hatte ihr Wally O'Brien, der Regieassistent, mit einer Stange herausgeholfen, und herausgeholfen hatte er ihr seitdem ihr Leben lang. Wally hatte die Sahnetorte für Mack Sennet erfunden, wie er sagte. Er trug steife Strohhüte im Sommer und eine perlmuttene Krawattennadel in der Form eines fliegenden Fisches. Er sprach einen Slang, den so lange niemand mehr gesprochen hatte, daß er schon wieder modern wirkte, und wäre es möglich gewesen, hätte er noch immer Fatimas geraucht.

Flora war Wallys schöner kleiner Liebling, das entzückendste Wesen, das je aus dem Wasser getaucht war, um sich das Loreleihaar zu kämmen.

Sie bewegte sich, ihr Kniegelenk knackte, sie legte ihre ledrige Hand auf sein Knie.

«Und der Hai –» begann Flora. Aber die Pointe war weg. Sie schloß die Augen und schlief ein.

Schwester Binns strickte weiter.

Ihr wäre es lieber gewesen, sie hätten sie nicht Schwester genannt, sie wollte «als zur Familie gehörig» angesehen werden. Der Tod war ihr Geschäft. Sie pflegte Sterbende seit dreißig Jahren, band ihnen das Kinn mit Musselin hoch. «Ich esse gern Lammfleisch», verkündete Mrs. Binns, «und ich mag meinen Hamburger nicht ganz durch». Sie war ein Eindringling, veränderte die Anordnung von Dingen in der Küche, ihre knarrenden weißen Schuhe wirkten störend.

«Ihr Puls ist kräftiger heute morgen.» «Sie hatte Stuhlgang.» Ihr. Sie. Es. Das Ding da oben.

Gelegentlich gingen die Augen auf und bemühten sich angestrengt um ein klares Bild. Die ädrigen gelben Hände bewegten sich auf dem Bettuch, der Körper wollte sich zum Sitzen aufrichten und mußte wieder zurückgelegt werden. Manchmal wurde der Blick durchdringend, und die Stimme grollte herauf aus einer tiefen Höhle. «Ich will nicht.» Was? «Alan», sagte Virginia und machte kleine unverständliche Bewegungen. Sollten sie etwas tun? «Laßt Loretta nicht mit diesem Schiff fahren», sagte Virginia deutlich zu dem gewinkelten gläsernen Trinkröhrchen.

«Ich gehe allein», sagte sie zu Mary.

Ja, sagte Mary zu allem.

Wer war Alan? Wer war Loretta?

Manchmal wachte sie auf und sah nach draußen in den Regen. Dann schlief sie ein. Wieder wachte sie auf und sah in den Regen, aber es war nicht der gleiche Regen, nicht der gleiche Tag, das wußte sie. Manchmal waren Leute draußen am Fenster und schauten zu ihr hinein, und der Umstand, daß das Zimmer im zweiten Obergeschoß lag, tat nichts zur Sache; im Schweben zwischen dem, was gewesen war, und dem Jetzt waren alle Grenzen aufgehoben. Traum und Wirklichkeit gingen ineinander über. Nacht und Tag waren dasselbe. Die Zeit sah aus wie ein langer, dünner, schwarzer Strumpf oder ein Schlot von dunklem Rauch. Wie heißt dieser Fluß? Lethe? Ein beruhigender Laut, Lethe. Vergessen. Sie stieg in den Kahn und glitt in ein Schillern hinein mit singendem Schweigen um sie her, und da stach ihr brutal ein Licht ins Gesicht, ein wuchtiger Arm stützte sie hoch, ein kalter Löffel wurde ihr zwischen die Lippen gezwungen. «Jetzt müssen Sie etwas zu sich nehmen», sagten sie. Sie waren einfallsreich in ihrer Grausamkeit, sie holten sie von dem Kahn herunter, sie wischten ihr rauh die Lippen. Kälte, weißes Email wurde unter sie geschoben; sie waren rücksichtslos, diese Leute mit ihren Löffeln und Bettpfannen, besonders diese eine Person, die am häufigsten kam, die mit den Händen wie rosa Würstchen, die so bemutternd singsangte, noch ein bißchen, so, brav, und ihr das Haar so energisch kämmte, daß die Kammzinken ihr die Kopfhaut aufkratzten. Wer sind Sie? Ich möchte Sie loswerden, wer Sie auch sind. Ich möchte sie alle loswerden. Sie mußten sich doch darüber klar sein, daß es einfach menschenunwürdig war, wenn man den Körper aufgeschüttelt bekam wie ein altes Kissen, wenn einem das Nachthemd hochgezogen wurde und das Monster mit den rosa Händen einem mit dem Schwamm das Geschlechtsteil auswischte. Ich werde Sie wissen lassen, sagte sie zu der Person mit den rosa Händen, daß ich das nicht dulde, ich bin eine nicht ganz unbemittelte Frau, ich werde mich mit meinem Anwalt in Verbindung setzen, Sie werden eine gerichtliche Verfügung brauchen, wenn Sie mich noch weiter festhalten wollen. Aber ihre Worte wurden nicht gehört, der gestärkte Ärmel der fremden Person knisterte, ein Geruch von Einreibalkohol fiel sie an, und außerdem war sie zu schläfrig, und so beschloß sie, mit dem Anwalt zu telefonieren, der ohnehin tot war, schon seit Jahren. Der ihr Ehemann gewesen war, oder?

Oft vermochte sie nicht zu sagen, ob sie schlief oder wach war, träumte oder nicht. Und jetzt werde ich in der Stille der Nacht aufstehen, wenn sie alle gewiß schlafen, dann stehe ich auf und gehe. Und sie stand auf und suchte im Gestrüpp des Wandschranks nach Kleidern und zog sich mit tastenden Bewegungen im dichten Dunkel an. Jede angesehene Fluggesellschaft akzeptiert meine Kreditkarten, und bis sie morgen früh aufwachen, bin ich schon Tausende von Kilometern weit weg, wenn ich nur den richtigen Schalter finden und erklären kann, daß ich kein Gepäck habe, weil ich gezwungen war, in aller Eile im Schutz der Dunkelheit diesen Peinigern zu entfliehen.

Aber entfliehen wohin?

Die Gestade der Liebe im Jenseits, falls es einen solchen Ort gab, mußten inzwischen weithin übervölkert sein mit den Leuten von den ägyptischen Pharaonen bis zu dem Dentisten von Forest Hills. Die ruhmreichen Toten aller ruhmreichen Kriege allein mußten ein Gebiet von der Größe Asiens in Anspruch nehmen.

Wie würde sie Alan finden? Und angenommen, man hatte mehr als einen Menschen geliebt, wer würde einen dann für sich fordern? Würde man mit strahlenden achtzehn Jahren wieder auferstehen? Mit vierzig? Das ewige Leben war die schrecklichste Vorstellung, die die Angst im Menschen je erfunden hatte.

Ich will es nicht haben, sagte sie laut. Ich will, daß man mich in Ruhe läßt und meine Asche irgendeinem nützlichen Düngungszweck zuführt. Ich möchte der Nährboden für einen Baum werden.

Loretta hatte ein Baum sein wollen. Arme Loretta, war ihr Wunsch in Erfüllung gegangen? War sie eine Silberbirke?

Hatte man überhaupt eine Wahl?

Hat man überhaupt eine Wahl? fragte sie Alan, der durchs Fenster hereingekommen war in seiner schneidigen Oberleutnantsuniform.

Wie kommst du darauf, du hättest hier eine Wahl? fragte Alan.

Ich stelle mir lieber vor, ich habe eine, sagte sie, *habe* es mir lieber vorgestellt. Aber ich hasse dieses Dilemma, in dem ich mich befinde. Und ich glaube, der letzte Trumpf ist nicht alles, was er sein sollte. Was ist so erstaunlich daran? Es ist nur mein Herz, das stehenbleibt.

Das Erstaunliche war, zu leben.

Da kam wieder der Todesengel, in Weiß. «So, jetzt gibt's was», singsangte der Engel und schob ihr einen bitteren Löffel in den Mund. «Schön alles schlucken, ganz brav.»

«Gehen Sie», sagte Virginia zu dem Engel, der nach Stärke und Kräuterseife roch. «Sie sind ein armseliger Ersatz für Alan», versuchte sie zu sagen, aber ihr Mund und jetzt auch ihr Kopf waren voller weißer Wolle.

Sie sehen aus wie alte Schachteln», sagte Virginia.

Und fühlte sich, verglichen mit den Heereskrankenschwestern, noch hübscher in ihrem blauen Kleid und dem dazu passenden Strohhut mit dem Schmetterling dran.

«Sie tun ihre Pflicht», sagte Alan.

«Nun, ich wette, diese Uniformen haben ein paar alte Frauen aus reiner Bosheit entworfen, weil sie nicht an die Front kommen.»

Als ob der Krieg eine Art Ausflug wäre.

«Sie sehen aus wie Kissen», sagte sie.

Alan lächelte nur. Er, der Oberleutnant, strahlte vor Integrität und ließ alle geringschätzigen Bemerkungen, die sie über die Front machte, an sich abgleiten.

Die altmodisch gekleideten Krankenschwestern kamen in geschlossenen Reihen dahermarschiert mit Spruchbändern, auf denen «Heereskrankenschwestern bereit zum Dienst» stand. Zugwagen rumpelten vorüber mit allegorischen Darstellungen von «Moral» und «Sieg», geschmückt mit roten Rosen und weißen Nelken. Eine Abbildung der Freiheitsstatue, mit dem Sternenbanner bekleidet, reckte ihr Schwert und blickte unerschütterlich zu St. Patrick hinauf. Munitionsarbeiter posierten über riesigen Maschinen aus Pappmaché.

JEDE NIETE EIN NAGEL FÜR KAISER WILHELMS SARG.

Die Kapelle spielte «There's a long, long trail a-winding». Und da kamen jetzt, begrüßt von Applaus und schrillen Pfiffen, die hübsche kleine Vivienne Segal und die majestätische Blanche Bates auf einem Stanniolpapiertank mit dem Spruchband «WIR HABEN ALLE KRIEGSANLEIHEN GEZEICHNET – IHR AUCH? BROADWAY STEHT HINTER UNSEREN TAPFEREN JUNGEN – IHR AUCH?»

Sie hatten Vivienne Segal in «Oh Lady, Lady» gesehen.

Noch fünf Tage. Alan nahm Haltung an, wie immer beim Klang einer Militärkapelle. Tipperary.

It's a long way to go.

Blech schmetterte. Sie hätte sich die Ohren zuhalten mögen vor dieser laut dröhnenden Begeisterung, diesem Geklingel der Staatsbürgertreue. Es gab kein Entrinnen, wo man auch schnell die Straße überqueren wollte, mußte man wegen eines Umzugs warten, ob Sonne, ob Regen. Over there, hieß es. Da drüben, in Frankreich, in Belgien. In der Pause im Theater oder Kino kam bestimmt jemand auf die Bühne und ließ einem fünfzehn Minuten lang keine Ruhe mit dem Roten Kreuz und mit Kriegsanleihen.

Es gab kein Entrinnen. Der Krieg war wie ein unangenehmer feuchter Geruch, der nicht wegging.

Man war getränkt von Patriotismus. Er schlich sich in alles ein, sogar in die Zahnpasta.

«ERLIEGEN SIE NICHT EINER PATRIOTENFINTE», lautete die Pebeco-Reklame. «Tausende unserer Kunden fallen einem Trick zum Opfer, Zahnärzte und Drogisten verbreiten in gutem Glauben die Geschichte, Pebeco sei ein FEINDPRODUKT, weil die Formel aus dem Labor eines Hamburger Wissenschaftlers stamme. Die gesamte Direktion von Pebeco besteht aus loyalen, echten, in Amerika geborenen Staatsbürgern, die in dem Krieg kämpfen, der mit allen Kriegen Schluß macht.»

Sie fragte sich, ob ein Amputierter wohl bei der Zahnpasta wählerisch war.

WILSON SAGT, 1019115 AMERIKANER KÄMPFEN IN FRANKREICH, berichtete die *New York Times*, um gleich darauf zu melden, der Präsident und seine Gattin spielten in Maryland Golf.

Während amerikanische Streitkräfte unter ungeheuren Verlusten bei Château Thierry eine Meile Boden gewannen.

«Wie lange wird es noch gehen?» fragte sie.

«Oh, noch eine ganze Weile, glaube ich», sagte Alan, den Blick nicht von dem Zug wendend. Jetzt kamen Veteranen des spanisch-amerikanischen Krieges. «Er fängt ja ganz unten am Washington Square an.»

«Ich meinte, der Krieg.»

«Oh, noch lange», sagte Alan gleichmütig, als wären dieser Umzug und der Krieg eins und man könnte nicht erwarten, sein Ende von ihrem Standort an der Forty-ninth Street aus zu sehen – als hätte sein Ende vielleicht noch nicht die Twelfth Street erreicht und jeder Straßenblock wäre ein Jahr.

Alan paßte so sehr in seine Zeit, war so sehr der gerade im richtigen Alter mit dem richtigen Temperament zur Reife gelangte junge Mann, der ohne Murren zu den Fahnen eilte, daß es undenkbar war, seine völlige Hingabe an die Seuche der Tugend anzuzweifeln, die das Land erfaßte.

Als wäre etwa der Gedanke, er könnte eine Kugel durch den Kopf bekommen, so natürlich wie Haferflocken zum Frühstück.

Wie lange? Warum?

Ich weiß es nicht, antwortete Alan, immer ruhig, geduldig. Ich muß einfach gehen, das ist alles. Ich habe mich nicht dazu gedrängt, und ich wünschte, du würdest aufhören zu fragen, wollte er damit sagen.

«Ein Bekannter von mir sagt, es muß ab und zu einen Krieg geben, damit die Volkswirtschaft in Gang bleibt», hatte Virginia eingeworfen.

«Wahrscheinlich so ein Bolschewik», sagte Alan.

Sicher, Bunny O'Hara, der das gesagt hatte, war Sozialist und Ire und leidenschaftlich gegen die Briten und Lloyd George und diesen Oberschwindler Churchill eingestellt. Bunny hatte Virginia gegenüber angedeutet, diese berühmten und unschönen Bilder von belgischen Babys, die auf deutschen Bajonetten aufgespießt waren wie Grillfleisch, seien Fälschungen. «Das halte ich durchaus für möglich», sagte sie. Es stimmte mit ihrem dunklen Verdacht überein, daß die Propagandamaschine auf vollen Touren lief, um diese schreckliche Walze lange genug in Gang zu halten, bis sie Alan zerquetschte. Den Kopf abriß, genauer gesagt.

Denn sie hatte im Traum Alan mit abgerissenem Kopf gesehen, und, was noch gräßlicher war, der abgetrennte Kopf hatte zu ihr gesagt: «Warum hast du mich nicht gewarnt?»

«Das hab ich doch», hatte sie stumm geschrien, «aber du wolltest nicht hören.» Hatte einfach nicht hören wollen mit diesem reinen amerikanischen Gesicht aus Wichita, Kansas, wie aus einem Armeewerbeplakat, hatte ganz gewiß nicht auf Bunny O'Hara hören wollen, als sie ihm zufällig in McPheeters's Bar begegnet waren und Bunny losgelegt hatte gegen die Verletzung des Ersten Ergänzungsgesetzes im Falle der deutschstämmigen Amerikaner, die interniert wurden wie Aussätzige in dieser allgemeinen Hysterie wegen Bomben, die angeblich im Congress und im Weißen Haus gelegt wurden und in Tante Betsys Singer-Nähmaschine und in den Groton-Eisenwerken in Nohank. Alans Gesicht hatte sich verfinstert. Hätte Bunny nicht seine starke, dicklinsige Brille getragen (und so offenkundig kriegsuntauglich ausgesehen), hätte Alan ihm gewiß ins Gesicht geschlagen.

«Ach, das ist alles so verwirrend», sagte sie später.

«Ich sehe nicht, was daran verwirrend ist», sagte Alan. «Ein Feind ist ein Feind, oder?»

Sie wünschte, sie hätte seine unbeirrbare Denkart besessen, die sich allerdings oft wie eine Mauer zwischen ihnen aufrichtete. Virginia konnte nicht über Politik mit einem Mann diskutieren, der einem voller Stolz erzählte, er habe zu den ausgewählten fünfundzwanzigtausend Offizieren und Mannschaftsdienstgraden gehört, die in Fort Dix eine von der Luft aus fotografierte Freiheitsglocke gebildet hatten.

«Warst du im Sprung?» fragte sie. Nein, er sei ein Teil des Klöppels gewesen, sagte er ernst. Er hatte das Foto aus der *Times* ausgeschnitten und, mit einem winzigen Kreuz und dem Hinweis «ich» versehen, seiner Mutter geschickt.

Dieses winzige Kreuz mochte entscheidend dafür gewesen sein, daß sie sich in ihn verliebte; dieses mikroskopisch kleine «ich» im Verband der großen Formation, das der absurden Idee irgendeines Propagandisten gehorchte, ohne die Absurdität des Ganzen zu sehen, berührte sie sehr tief.

Er besaß ein natürliches Mitleidsgefühl. Auf der Forty-second Street hielt sie eine Frau in schmutzigem Mantel und aufgeplatzten Schuhen mit einer tränenreichen Geschichte an, und Alan gab ihr sofort die zwei Dollar für die Fahrt nach New Jersey. Alan hatte ihr geglaubt, und weiter gab es da nichts. Wenn die Frau sich, wie Virginia beobachtete, mit der gleichen Geschichte an einen weiteren Passanten wandte, nun, dann mußte es eben selbst für Schwindel einen Grund geben, sagte Alan. Wies man ihn darauf hin, daß der Mann da unten nicht am Ertrinken war, sondern nur jemandem am Ufer zuwinkte, würde Alan gesagt haben, nun, ich spring rein, schaden kann es nichts.

Gleichsam prophetisch hatte sie ihn über die Verkaufstheke hinweg gefragt: «Kann ich Ihnen helfen?»

Er suchte Handschuhe, die er seiner Mutter schicken wollte. Die noch nie etwas aus New York gehabt hatte.

Er runzelte die Stirn, fand sich in der Handschuhabteilung von Arnold Constable nicht zurecht. Er hätte aus Versehen in die Damentoilette geraten können. «Nicht zu teuer», murmelte er, hierhin und dorthin blickend, die Kinnmuskeln straff gespannt, die großen sonnengebräunten Hände auf der gläsernen Thekenplatte gespreizt.

«Welche Größe?» fragte Virginia.

Der Oberleutnant wußte die Größe nicht, runzelte wieder die Stirn und bewegte sich unruhig in seinen hochglanzpolierten Stiefeln.

«Hätte sie vielleicht etwa meine Größe?» fragte Virginia und hielt ihre Hände hoch, und er betrachtete sehr ernst ihre kleinen Hände von allen Seiten.

Ja, so ungefähr, glaubte er. Andere Verkäuferinnen, die gerade nichts zu tun hatten, blickten voller Interesse zu ihm hin, faßten sich automatisch an die Frisur, zupften sich am Rock.

Mit Stulpen? Ohne?

Sie zog eine Schublade mit Handschuhen nach der anderen auf. Er war unschlüssig.

«Miss Green.» Der Abteilungsleiter kam auf sie zugeeilt. Wußte sie Näheres über die Bestellung von sechs Paar gelben Wildlederhandschuhen, zu schicken an diese Adresse hier –

«Ich bediene gerade diesen *Soldaten*, Mr. Edwards», sagte sie und warf ihm einen durchbohrenden Blick zu.

Der Oberleutnant befühlte jeden Handschuh, den sie ihm vorlegte, als wäre er ein taktisches militärisches Problem, bei dem Menschenleben auf dem Spiel standen.

Schließlich mußte sie für ihn die Entscheidung treffen. «Vielleicht die einfachen weißen hier? Mit nur ein wenig Stickerei an der Seite? Und wollen Sie sie schicken lassen?»

Sie sah den Schnappschuß von seiner Mutter in der Brieftasche, als er die Rechnung bezahlte. Mrs. G. Austen, 1067 Oakline Avenue, Wichita, Kansas.

Sie reichte ihm die Quittung, und er knöpfte seine Jacke auf und steckte sie ein. Jetzt schien er zu zögern.

«Viel Glück», sagte sie und lächelte.

Er wandte sich steif von der Theke ab, blieb aber auf der anderen Seite des Gangs bei einer Auslage von Schals stehen, die er aufmerksam musterte, und warf ihr dabei hin und wieder einen verstohlenen Blick zu. Dann war er auf einmal fort.

Sie war erfreut und verwirrt zugleich, als er vor dem Personaleingang auf sie wartete.

«Nun?» sagte sie.

Nun, er war zufällig «in der Nachbarschaft» gewesen, und da hatte er gedacht, er könnte noch einmal vorbeikommen, um ihr für die Mühe zu danken, die sie sich mit ihm gemacht hatte. Durfte er sie vielleicht nach Hause bringen?

Aber sie wohnte ganz oben an der Ecke West Eighty-sixth Street und Columbus Avenue. Wenn er wolle, sagte sie, könne er sie bis zur Straßenbahn am Broadway begleiten. Unterwegs erfuhr sie, daß sein Bruder schon mit dem 25. Infanterieregiment in Frankreich war. Sie hofften, sich einmal zu sehen, sagte er beiläufig, als ließe sich so etwas durch einen Telefonanruf arrangieren. Seine Mutter hatte nicht gewollt, daß beide Jungen an die Front gingen. Er hätte sogar, da sein Vater nicht mehr lebte und seine Mutter in ihrem Kurzwarengeschäft Hilfe brauchte, leicht vom Kriegsdienst freigestellt werden können.

«Aber das wäre nicht recht gewesen», sagte er. Mit Stoffballen hantieren, während andere mit Granaten hantierten – er schüttelte den vornehmen Kopf bei einer solch ungehörigen Vorstellung.

Am Times Square, wo vor einem noch hellen Julihimmel die Reklamen aufzublitzen begannen, schlug er Postum «oder so etwas» vor, und sie landeten schließlich in einem gut besetzten China-Restaurant.

Seine Größe zog die Aufmerksamkeit müder Frauen auf sich. Er geleitete Virginia zwischen den Tischen hindurch, als wäre sie zerbrechlich. Er hoffte, sie werde nichts dagegen haben, daß er rauche – er hatte vor kurzem zu rauchen angefangen. Seine Mama würde das zwar mißbilligen, aber was war schon eine kleine Sünde.

«Darf ich eine haben?» fragte Virginia.

Die Kellnerin knallte ihnen respektlos den Kaffee hin.

«Danke», sagte Alan, als hätte sie salutiert.

Da war er also zum erstenmal in New York? Die üblichen Fragen. Nun, sie sei seit etwa drei Monaten hier, und zuerst habe es ihr nicht gefallen, erzählte sie ihm. Aber in einer Weltmetropole zu leben, das müsse doch aufregend sein, meinte er.

Ja, er war schon oben auf dem Woolworth Building gewesen, auf der Freiheitsstatue, auf Coney Island. «Es ist eine großartige

Stadt, aber zu viele Menschen, zu viele Möglichkeiten von allem. Ich habe neulich in einem einzigen Straßenblock elf Restaurants gezählt. Wie sollen sich da die Leute entscheiden? Ich glaube, es ist nicht gut, wenn man zu viele Wahlmöglichkeiten hat.»

Sie redeten sich mit «Miss Green» und «Oberleutnant» an – man tat so, als wäre da weiter nichts. Aber beide waren sich bewußt, daß da doch mehr war. Ihre Augen leuchteten zu sehr für eine solche Förmlichkeit, ihre Finger berührten zu oft Dinge auf dem Tisch, drehten ein Salzfäßchen herum, spielten mit einem Löffel. Die Möglichkeit lag nur zu nah, aber zu sagen «Nennen Sie mich Virginia», «Und mich Alan» war zu vermessen. Und außerdem – angenommen, nach dem Vornamen war es aus?

Sie sah auf ihre Uhr und sagte, sie müsse gehen.

Aber an der Haltestelle ließ sie drei dicht besetzte Wagen vorüberfahren. «Ich könnte auch die E 1 nehmen», sagte sie. «Das ist nur ein Block weiter als die Sixth.»

Er sei noch nie mit der E 1 gefahren, sagte er, kletterte mit ihr die Stufen hinauf und schob sich durch die Drehkreuze. Zusammen wurden sie eingesogen in den drängelnden, schiebenden, stoßenden Strom, der sich in den cityauswärts fahrenden Zug ergoß.

«Bekommen Sie da nie blaue Flecken?» rief er ihr durch das Geratter und Höllengetöse zu.

«Manchmal schon», rief sie zurück.

Verzeihung bitte, entschuldigen Sie, sagte er, während er ihr an der Eighty-sixth Street einen Weg zur Tür bahnte. Seine Höflichkeit blieb unbeachtet.

Ihr Haus in Wichita sei jetzt zu groß, sagte er, als hätte sie sich danach erkundigt. Sie gingen langsam durch die stillen Straßen. Nun ja, seine zwei Schwestern hatten geheiratet, Papa lebte nicht mehr, und so wollte man es, wenn der Krieg zu Ende war (er wiederholte es beim Übersteigen der Bordsteinkante) wenn der Krieg zu *Ende* war (jeder sagte es mindestens einmal am Tag wie eine Beschwörungsformel), wohl verkaufen. War einfach zu groß, verbrauchte zuviel Brennholz bei den kalten Wintern in Kansas, leere Schlafzimmer waren sauberzuhalten, das große Eßzimmer wurde nicht mehr benutzt, Rasenflächen mußten gemäht, die Zäune immer wieder weiß gestrichen werden.

Sie konnte dieses große weiße Haus mit seinen Dachtraufen und Schornsteinen und hohen Ulmen deutlich vor sich sehen. Er schilderte ihr die Veranden, führte sie durch das Haus vom Keller bis zum Speicher. Sie fanden seinen Hund auf dem Hof, und da drüben, da hing im Sommer zwischen zwei Eichen seine Hängematte, und hinter dieser Gruppe von Apfelbäumen dort hielt er Bienen.

Es hörte sich so viel schöner und heimeliger an als das Haus, dem sie vor kurzem entronnen war. Wo Blumen steif in Vasen standen und sich hüteten, Blütenblätter auf den Hochglanz des polierten Fußbodens fallen zu lassen, wo keine Uhr es wagte, auch nur eine Sekunde zu schnell oder zu langsam zu schlagen.

Wenn es möglich war, fuhr er fort, immer mit ihr Schritt haltend, würde er gern aus Frankreich etwas mitbringen, nämlich einen französischen Bienenkorb, weil er gehört hatte, die seien sehr malerisch.

Mittlerweile hatten sie die Tür von Mrs. Seeleys Logierhaus erreicht. Und jetzt mußte sie ihn loswerden und mit der Sache Schluß machen, es war einfach zuviel ungewisse Zukunft damit verbunden. Der gesunde Menschenverstand wurde wach und sagte ihr, sie solle sich doch um Gottes willen nicht mit einem Soldaten einlassen. Schließlich war es nicht mehr als Mitleid, und das war ein fataler Beginn für eine Beziehung, selbst für eine von zehn Tagen.

Er stand in strammer Haltung da, die grundehrlichen Augen auf sie gerichtet, als wäre sie die Flagge, während sie nach dem Schlüssel suchte, ihn fand, aber noch zögerte. Und so würde sie ihm jetzt Lebewohl sagen, freundlich, aber bestimmt, würde ihm sagen, sie hoffe, er werde den Rest seines Urlaubs angenehm verbringen.

«Miss Green –»

«Virginia», sagte sie und hörte das Krachen der eigenen Verdammnis.

Er drückte ihre behandschuhte Hand zu fest, blickte sie viel zu dankbar an. Und so eilte sie die Stufen hinauf und schloß die Haustür auf und ging hinein, ohne sich umzublicken für den sehr wahrscheinlichen Fall, daß er salutierte.

Vielleicht war sie doch noch zu naiv, daß sie sich eingebildet hatte, mit achtzehn Jahren voll erwachsen und nicht mehr so verletzbar zu sein. Jetzt waren sechs Tage dahingeflogen, und ihm blieben nur noch fünf, diesen Tag jetzt eingeschlossen, ihren freien Tag, und sie dachte an sie mit einer Mischung von Melancholie und Erleichterung, während sie diesem soundsovielten Umzug zusahen und ab und zu ein winziges Mädchen mit einem großen Kopf zu Gesicht bekamen, von dem jemand hinter ihnen sagte, das sei Mary Pickford.

«Aber sie ist ja kaum größer als eine Liliputanerin», sagte Virginia.

«Wissen Sie», sagte er plötzlich, «ich sehe das Jahrmarktschreierische daran durchaus. Aber es sind eben die Zeitumstände, Virginia, und all dieser Kram, diese Umzüge und so weiter, die Sie für einen solchen Rummel halten – ich glaube, so etwas *muß* sein.»

Er hatte den ganzen Morgen noch nicht gelächelt, hatte empfindlich reagiert. «Das kann ich nicht ändern», hatte er gesagt, als sie nur vorsichtig bemerkte, die Schlange vor dem Kino sei zu lang. Als sie gesagt hatte, es habe an diesem Morgen kein heißes Wasser gegeben, warf er ihr einen etwas kummervollen Blick zu. Kein heißes Wasser – was bedeutete das einem, um den herum es bald heiß genug zugehen würde?

Am Abend zuvor, an ihrer Haustür, hatte er mitten in einem Satz innegehalten und sie so heftig umschlungen, daß sie beinahe umgekippt wäre, und an ihrem Hals «O Gott!» gemurmelt mit solcher Qual, daß es wie ein kläglicher Aufschrei gegen unerbittliche Mächte wirkte.

Sie dachte an den Augenblick des Abschieds. Irgendwie mußte sie eine Abschiedsszene vermeiden. Um ihrer beider willen. Daß sie in der Grand Central Station an einer Sperre standen und Händchen hielten und sich unaufrichtige Versprechungen gaben in der dramatischen Stimmung des Augenblicks, dazu durfte es nicht kommen. Sie mußte an ein Mädchen in der Pennsylvania Station denken, das mit tränenüberströmten Gesicht entschlossen einen jungen Soldaten angelächelt und immer wieder, als wäre er schwerhörig oder schwer von Begriff, gesagt hatte: «Es ist alles in Ordnung, Harry, du wirst schon wiederkommen, du wirst schon wiederkommen». Wie konnte sie Alan solchen Unsinn sagen?

«Jetzt können wir rüber, schnell!» sagte Alan und packte ihre Hand, und sie nutzten eine Lücke zwischen Pfeifern und Trommlern und rannten über die Avenue.

Auf dem Bürgersteig sagte sie: «O Alan, schließen wir einen Pakt. Kein Wort mehr über den Krieg, bitte. Ich will nichts mehr vom Krieg hören.»

«Er geht aber davon nicht weg», sagte er. Er blickte sie streng an, als wäre sie ein launenhafter Corporal, der zu spät zum Appell kommt. «Sie sind wirklich schön, und Sie haben einen Schmetterling an Ihrem Hut», sagte er.

Sie konnte ihm nicht sagen, daß sie nicht gern hörte, sie sei schön und daß sie sich dabei hohl und leer vorkam. «Der war am Hut dran», sagte sie, «aber ich weiß nicht, ob er mir gefällt.»

Er nahm ihren Arm. «Was machen wir? Gehen wir auf einen Drink in dieses vornehme Lokal beim Park?»

«Das St. Moritz?»

«Ja, das meine ich.»

Die leichte Gereiztheit und der Vorschlag, so früh etwas zu trinken, deuteten darauf hin, daß ein leichtes Unbehagen zwischen ihnen in der Luft lag. Er war plötzlich recht lebhaft, bestellte Bourbon und Wasser, Ginger-ale für Virginia. Anständige Mädchen in Kansas tranken keinen Alkohol. «Wissen Sie, wir müssen in den Nachbarstaat fahren, um Alkohol zu bekommen», sagte er. Virginia war sich dessen, was kommen würde, so sicher, wie sie sich ihrer selbst nicht sicher war. Vielleicht hatte sie sich sogar schon jetzt auf etwas eingelassen.

«Mir gefällt es hier», sagte er. «Es ist vornehm, aber nicht so steif, daß man sich nicht zu Hause fühlen kann. Und die Leute sind nett. Nicht wie im Plaza. Im Plaza sieht einen keiner an, hier lächelt man, und die anderen lächeln zurück.»

Er blickte sich um und lächelte einer jungen Frau mit einem breitkrempigen Hut zu. Sie lächelte zurück.

«Sehen Sie, was ich meine?»

Es war entwaffnend, wie leicht man ihm eine Freude machen konnte.

«Virginia», sagte er und starrte dabei auf das Silbergeschirr, «würden Sie über dieses Wochenende mit mir wegfahren?»

Ihm die Ehre erweisen, vielleicht?

«Wohin?»

«Oh, wohin Sie möchten. Nicht zu weit weg. Vielleicht irgendwohin ans Meer.»

«Vielleicht.»

Sie wollte ein wenig Zeit zum Nachdenken haben. Es ging ihr nicht um ihre Tugend, sie hielt nichts von überholter Moral angesichts all des Irrsinns, der auf der Welt vorging. Sie hatte bei ihrer zweiten Begegnung mit Bunny O'Hara geschlafen, zum einen aus echter Neugierde, zum anderen, weil er so rührend hausbacken war, daß es dem Ganzen eine gewisse Würde verlieh. Als Bunny entdeckte, daß sie noch Jungfrau war, konnte er es nicht fassen, daß ein so schönes Mädchen *ihm* das göttliche Privileg seiner ersten Liebeserfahrung schenkte; er weinte und suchte nach seiner Brille, um sie besser sehen zu können. Aber damals war keine weitere Verantwortung damit verbunden gewesen – diesmal mochte das sehr wohl der Fall sein.

Natürlich konnte sie mit Alan an seinem letzten Urlaubstag ins Bett gehen. Sie brauchte sich nur am Samstag krankzumelden und Nancy Hall um den Namen des Hotels in Asbury Park zu bitten.

Für sie war das Problem größer. Es hatte mit Geben und Brauchen zu tun. Brauchte er sie nur, und gab sie sich nur?

Geben und Brauchen wurden einem Tag und Nacht eingehämmert, wohin man auch blickte. Der CVJM braucht. Unsere Soldaten brauchen, Amerika braucht. Gib, spende – Blut, Stanniol, Socken, Zeitschriften, dich selbst.

Gerade in diesem Augenblick ging ein Mädchen in Rot-Kreuz-Tracht mit einer Sammelbüchse durch das Lokal. Virginia schüttelte fast zornig den Kopf. Sie hätte das Mädchen anschreien mögen: «Herrgott, er gibt doch schon genug, oder?»

Der bloße Akt des Gebens war bedeutungslos geworden. Man verfolgte das Ziel, einem Tag und Nacht ein Schuldgefühl einzutrichtern, damit man unbedingt an der großen Scharade teilnahm. «Es war seine letzte Nacht zu Hause» lautete immer die Entschuldigung. Nun, bei ihr nicht. Wenn nicht aus Freude und Verlangen, dann überhaupt nicht. Und Alan empfand da genauso, dessen war sie sich ziemlich sicher.

«Was denken Sie gerade?» fragte Alan.

«Ich wünschte, es gäbe keine Ausreden», platzte sie heraus. «Aber ich glaube, ich hätte gern zuerst einen Drink.»

«Wir brauchen uns nicht sofort zu entscheiden», sagte er und legte seine Hand auf die ihre.

«Aber ich will mich *richtig* entscheiden», sagte sie. Sie hätte hinzufügen können, «Ich liebe dich, Alan», aber selbst in diesen Zeiten sagte die Frau das nicht als erste.

Der Roggenwhisky schmeckte bitter und gräßlich, aber er brachte einige Klarheit in ihre Gedanken.

Sie mußte ihn, in gewissem Maße, lieben, sonst wäre sie nicht so verwirrt und in ihre Gedanken verstrickt. Wenn es einfach irgendwer gewesen wäre, hätte sie schlicht ja oder nein gesagt.

Sie wollte ihm in die Augen schauen, aber er wandte sich von ihr ab.

Es war für ihn genauso schwierig gewesen, sie zu fragen.

Sie trank ihr Glas aus. Das lebhafte Geplauder und Lachen rings um sie her, das Kommen und Gehen der Kellner mit ihren Tabletts machten ihr Schweigen noch drückender.

Schließlich sah er sie an; wollte er sich entschuldigen?

«Wollen wir gehen?» sagte er.

Es geht darum, nicht ins Moralisieren zu verfallen, dafür ist keine Zeit, dachte sie. Über Dinge nachzudenken, diesen Luxus kann ich mir nicht leisten, darüber muß ich mir klarwerden.

Und so beschloß sie, zu ihm aufblickend, während sie die Columbus Park South in Richtung Broadway im Sonnenlicht entlangschritten, stehenzubleiben, wenn sie den Columbus Circle erreicht hatten, und ihm die Hand auf den Arm zu legen und zu sagen, ja, natürlich, du lieber Dummkopf, ich liebe dich.

Alan hatte nichts gesagt, seit sie das St. Moritz verlassen hatten. War er vielleicht wütend?

Er stürzte sich auf sie, packte ihren Arm und schleuderte sie in einen Türeingang, wo sie heftig gegen steinerne Säulen fiel. Sie sah nur ganz kurz sein verwandeltes Gesicht, hörte erst jetzt das Quietschen, die Schreie und dann den Aufprall von Metall und Glas und das Krachen um sie her.

Eine Bombe? Oder was sonst?

Was war geschehen?

Sie stand mit Mühen auf. «O Gott!» sagte jemand. Ihr Arm

war aufgeschunden, das Knie schmerzte. Was war geschehen? Sie rannten alle an ihr vorbei, und sie hinkte hinter dem Menschenauflauf her und sah den Wagen, der über den Bürgersteig gegen die Hauswand gerast war. Die Hupe dröhnte noch. Oben auf dem Vordersitz saß aufrecht der Fahrer, der sich zwar den Kopf hielt, aber merkwürdig unberührt schien. Sie zwängte sich durch die Menge, blickte nach unten und sah, daß Alans Kopf, auf den Schultern völlig nach hinten herumgedreht, unter dem Trittbrett des Wagens ruhte, die Augen geschlossen wie im Schlaf.

Nehmt euch Zeit», sagte Mary, ihrer Schwägerin Thelma das Wort abschneidend, die aus Hanover, Massachusetts, anrief und in klagendem Ton von der Abfertigung auf dem Kennedy Airport, von den Leuten der Hertz-Autovermittlung, vom Jet-Syndrom und von gefrorenen Erbsen sprach. «Hier hat sich nichts verändert.»

Obwohl sich Thelma gar nicht nach Virginias Zustand erkundigt hatte. Die sogenannten Landwürstchen würden mit gefrorenen Erbsen serviert, meinte Thelma.

«Kommt, wann ihr könnt», sagte Mary.

«Charley und Thelma sind unterwegs», sagte sie zu den anderen, als sie wieder herauskam. «Sie sind vergangene Nacht mit dem Flugzeug aus Mailand gekommen. Jetzt sind sie noch in Hanover.»

Schwester Binns strickte weiter. Sie war am Gehen von Menschen interessiert, nicht am Kommen.

Tante Flora war eingenickt. Wally beugte sich vor und klopfte ihr leicht aufs Knie. Sie klappte ein Auge auf, dann das andere, wich abweisend vor diesem Fremden zurück und schob dann, als Wally sich allmählich klarer vor ihren Augen abzeichnete, das Gebiß zurecht und hob die langen schuppigen Arme zu ihm auf.

«Fühlst du dich wohl, Herzchen?» fragte Wally und drückte ihr kurz die Lippen auf die Wange. «Charley kommt.»

Chaplin? Das alte Gesicht unter dem grünen Augenschirm stellte sich einen Augenblick lang Charley vor; dann schien ihr ein Licht aufzugehen.

«Charley?» sagte Flora und blickte sich nach ihm um.

Es schien, als hätten sich über Nacht ihre Geschicke gewandelt. Sie wohnten jetzt in einer Suite im Ansonia Hotel mit viel Rosa und Gold, und Mutter fuhr mit ihnen in einer Pferdedroschke in die Stadt zu Gimbels. Sie kauften Gesellschaftskleider, ein rosafarbenes für Virginia und ein blaues für Flora, mit kleinen Rosetten an den Ärmeln und am Rocksaum, und dazu passende Schuhe, und dann fuhren sie zum Mittagessen zu Luchow, wo sie sich mit Truthahn und Eiskrem vollstopfen konnten und Mutter kein einziges Mal sagte, «Du liebe Güte, nehmt doch die Makkaroni, die machen satt» oder «Nein, ihr braucht keinen Nachtisch, ihr werdet viel zu dick».

«Was ist denn los?» fragte Virginia.

«Du wirst schon sehen, wirst schon sehen», singsangte Mutter und kniff Virginia in die Wange; Mutter war plötzlich wieder wie ihre ältere Schwester, ganz Augenblitzen und leises Glockenlachen. Mutter trug ein rosa-geblümtes Kleid im Dolly-Varden-Stil und hatte sich in Madame le Rossignols Salon das Haar mit der Brennschere zu kleinen Locken drehen lassen; sie war hübsch wie eine Blume. Sie strahlte und seufzte nicht mehr.

«Gehen wir wieder in die Schule?» fragte Virginia.

«Du wirst schon sehen, wirst schon sehen», sagte Mutter und lachte den gutaussehenden jungen Kellner an, der sich angesichts des hohen Trinkgelds verbeugte. «Danke», strahlte Mutter die Garderobiere an, die ihr den neuen Sonnenschirm reichte und «Was für reizende Kinder!» sagte. «Danke», trällerte Mutter zu dem Portier, der ihnen die Drehtür aufhielt.

Es war mysteriös, es war sogar beunruhigend. Virginia liebte keine Überraschungen, und Mutters Überraschungen schon gar nicht. Und es kam alles so plötzlich.

Sie waren von einem Hotel ins andere gezogen, und eines war

schäbiger gewesen als das andere. Im Hotel Luxor hatte Mäusedreck in den Schubladen gelegen, und das Zimmer hatte nach schalem Essig gerochen. Der Mann an der Rezeption hatte Schweißflecken unter den Achseln gehabt und stirnrunzelnd auf ihren einen Koffer geblickt.

«Wir reisen mit leichtem Gepäck, aber wir können bezahlen», sagte Mutter zu ihm in ihrem erhabensten Ton. Aber sie hatte den Koffer selbst in den Aufzug schleppen müssen.

«Nun», sagte Mutter immer, wenn sie das Zimmer betraten, «es ist nicht zu übel.» Oder «Oh, in was für einem hübschen großen Bett können die drei Bären da schlafen.»

Doch selbst Mutter war sprachlos angesichts des engen, düsteren Zimmers im Luxor mit dem Fleck auf dem Teppich von der Größe der Landkarte Europas und der verblaßten Tapete, die in feuchten Blasen abblätterte. Mutter setzte sich aufs Bett, musikalisch begleitet von rostigen Sprungfedern, und starrte vor sich auf den Boden und sah so alt aus wie Noah.

Es folgte die alte Nummer aus dem Boulevardstück: Virginia und Flora mußten zwei Unterhemden, zwei Blusen und zwei Kleider anziehen und sich darüber die Wintermäntel zuknöpfen und dann, die Taschen vollgestopft mit Strümpfen und Unterhosen, sich durch das Foyer zur Tür hinausstehlen.

Im Prince Henry, das noch schlimmer war als das Luxor, hatte Mutter all ihren Charme aufbieten müssen, um den Portier davon zu überzeugen, daß ihr Gepäck von der Baltimore-und-Ohio-Eisenbahngesellschaft fehlgeleitet worden war und morgen oder übermorgen eintreffen werde.

Der Portier musterte ihren dicken Körperumfang, und der Page, der sich, einen Zahnstocher im Mund, über die Theke beugte, blickte auf Virginias Schuhe. Es waren rosafarbene Slippers aus Seidenrippstoff mit kleinen Rheinkieselschnallen, die hier so auffällig wirkten, daß sie, davon war Virginia überzeugt, gewiß den Eindruck erweckten, als hätte sie die ganze Nacht durchgetanzt und sich anschließend einen dunklen Wollmantel über ihr Abendkleid geworfen. Floras Schuhe waren wenigstens aus schwarzem Lackleder und fielen nicht so auf. Virginia kam sich in ihren Schuhen wie eine Kokotte vor. Sie wußte nicht genau, was eine Kokotte war (in einem Theaterstück hatte der Mann zu der Frau «Du gemeine Kokotte» gesagt, noch ehe Mutter Virginia die Ohren zuhalten konnte), aber das Wort gefiel ihr, sie dachte dabei an ein kokettes Wesen, das mit den Händen an den Hüften herumstolzierte wie die Frau in dem Stück. Und so verscheuchte sie die verhaßten Schuhe aus ihren Gedanken und versuchte sich so zu bewegen wie eine Kokotte und Leute fest anzublicken, wenn sie bemerkte, wie sie auf ihre Schuhe sahen.

Ihre schwarzen Straßenschuhe waren bei einer ihrer überstürzten Abreisen im Wandabteil eines Hotels vergessen worden.

«Grace, Sie leben am Rande eines Abgrunds», hatte Mr. Barrington, der Anwalt, gesagt, während er in Rechnungen blätterte. Er sah zornig, Mutter benommen aus. «*Klavier*unterricht», sagte er in verzweifeltem, «ein *Magier*» in ungläubigem Ton.

«Für Floras Geburtstag.» Mutter flehte ihn an, doch ein Fünkchen Mitleid zu haben.

Mr. Barrington nahm seinen Zwicker ab und wedelte damit herum. «Grace, Arnold hat Ihnen praktisch nichts hinterlassen, Sie sind so gut wie mittellos.»

«Ich gehe nicht zu meiner Mutter», hatte Mutter gesagt und ihre kleinen Fäuste geballt. «Ich will kein Almosen, eher sterbe ich.»

Doch Almosen lauerte überall auf sie. Es war das schlimmste Gespenst, vor dem sie in jenen Tagen davonliefen.

«Es gibt Schlimmeres», sagte Mr. Barrington. «Durchaus angesehene Leute mußten sich für bankrott erklären.»

«So daß es jeder *weiß*?» Mutter schrie auf, als hätte sie ein glühend heißes Schüreisen angefaßt.

Daddy hatte Mutter nie gesagt, daß sie Schulden hatten. Daddy hatte eigentlich nie viel gesagt. Wenn Virginia an ihren Vater dachte, sah sie immer jemanden vor sich, der nur wie zu Besuch da war. Daddy war ihr stets wie ein Besucher vorgekommen. Das hatte sich sogar in der Art ausgedrückt, wie er, wenn er mit ihnen zusammen bei Tisch saß, zu Maureen «Danke» sagte, wenn sie ihm die Suppe servierte. Er wartete höflich, bis Mutter nach ihrem Löffel griff, und dann sagte er vielleicht «Grace, das sind hübsche Blumen», als wollte er Konversation machen. Oder die Art, wie er Virginia den Kopf tätschelte und sagte: «Na, wie geht's, Virginia?» Es hätte einen überrascht zu erfahren, daß er mit Mutter in einem Zimmer schlief. «Guten Abend, Grace», sagte Daddy, wenn er heimkam, und er sah sich dabei im Wohnzimmer um, so daß man fast erwartete, er werde fragen, ob er sich setzen dürfe.

«Daddy ist ins Krankenhaus gegangen», sagte Mutter zu ihnen in so sprühend heiterem Ton, daß sie glaubten, daraus schließen zu sollen, daß dies für ihn eine willkommene Abwechslung sei.

Deshalb waren sie völlig unvorbereitet, als Mutter, grau im Gesicht, hereinkam, an der Tür stehenblieb und sagte: «Kinder, Daddy ist in den Himmel gegangen.»

Doch Virginia, die jetzt auf die zwölf zuging, betrachtete den Himmel lange schon als eine jener Erwachsenenerfindungen, die gleich dem Weihnachtsmann und dem Osterhasen gutes Benehmen fördern sollten.

Also wartete sie, bis Mutter Floras pflichtschuldig eingetretenen Weinkrampf besänftigt hatte, und folgte ihr dann ins Schlafzimmer und fragte, auf das große Bett blickend, in dem der Besucher jetzt nicht mehr übernachten würde: «Was ist mit ihm passiert, Mutter?»

Mutter drückte sich das zerknüllte nasse Taschentuch an die Wange und sagte: «Er ist von Meningitis dahingerafft worden, Schatz.»

Sie verstand «Männer in Gitis». Wer waren sie? Die Männer in Gitis, schreckliche Gestalten in schwarzen Kapuzen, waren in der Nacht gekommen und hatten den armen Daddy dahingerafft? Das Traurige war, daß er gewiß nicht dagegen aufbegehrt hatte. Hatte er sie vielleicht gebeten, gerade noch Hut und Mantel mitnehmen zu dürfen?

Doch jetzt lag die harte Zeit hinter ihnen. Das Gespenst namens Almosen verfolgte sie nicht mehr, soviel stand fest. Die Betttücher im Ansonia rochen nach Lavendel, herrlich warmes Wasser strömte aus Messingdelphinen, Portiers lächelten freundlich. Aber es war etwas im Gange, und das gefiel Virginia gar nicht. Etwas an Mutters Fröhlichkeit war zu aufgeregt, ihr Lachen ging die Tonleiter hinauf und hinunter, aber ihre Augen blickten besorgt.

«Sagt Mr. de Leon guten Tag.»

Die Mädchen machten ihren Knicks, wie sie es in der Schule

bei Miss Howlett gelernt hatten. Und das war auch angebracht vor dieser würdevollen Erscheinung mit King-Edward-Schnurrbart, die sie und Flora, Spazierstock in der Hand, aus kalten blauen Augen unverhohlen mißbilligend ansah.

«Hätten die beiden Lust auf eine Portion Eiscreme?» fragte Mr. de Leon.

«O *ja.*» Mutter schob sie vor sich her ins Restaurant. Die zwei Mädchen waren von Mr. de Leon fasziniert. Die Bügelfalten in seinen Hosen waren messerscharf, und wie er sie hochzog und den Rockschoß schwenkte beim Hinsetzen – als wollte er gleich ein Klavierkonzert geben.

«So Flora, Veronica, jetzt könnt ihr loslegen», sagte er.

«Ich heiße Virginia», sagte sie und sah ihm in die Augen. Mutter lachte, runzelte dabei aber die Stirn.

Bei allem, was Mr. de Leon sagte, brach Mutter in mädchenhaftes Entzücken aus. «Du liebe Güte, Harold, wie klug.» Mutter beugte sich zu ihm vor und wieder zurück. «Oh», säuselte sie, «Sie drücken das so gut aus.» Sie hob den kleinen Schleier an ihrem Hut und zwinkerte ihm zu, und Virginia nahm wahr, daß Botschaften zwischen ihnen hin und her gesandt wurden, während Mr. de Leon sehr langweilig von einem Rennpferd sprach, das er verkaufen wollte. «Fesselgelenk», sagte Mutter, als wäre das Wort reine Poesie.

«Übrigens», sagte Mr. de Leon nach einer Pause, als das Thema Pferd erschöpft war, «ich habe heute morgen mit den Orient-Leuten gesprochen, wir werden wahrscheinlich mit der *Sonoma* fahren.»

Virginia bemerkte den warnenden Blick, den Mutter ihm aus zusammengekniffenen Augen zuwarf. Vorsicht, Vorsicht, nicht jetzt.

Wer waren die orientalischen Leute, was war die Sonoma? «Ooooh, Sie haben eine so schöne Krawatte», trillerte Mutter.

Später wirkte Mutter erschöpft vom Schöntun gegenüber Mr. de Leon. Sie lag auf der Chaiselongue wie eine verwelkte Gardenie.

«Die *Sonoma* ist ein Schiff», sagte sie müde. «Mr. de Leon denkt an eine Reise.»

«Wohin?»

«Oh, in den Fernen Osten. Singapur. Australien.»

Australien! Die Stelle am entgegengesetzten Punkt der Erdkugel, wie aufregend. Ein großartiges Schiff erstand vor ihren Augen.

«Fahren wir mit?»

«Nun, ich – ich weiß es noch nicht.»

«Er hat *wir* gesagt.»

«Ich weiß es nicht.»

«Fahren wir *vielleicht* mit?»

«Ich weiß es nicht, Virginia. Wie oft soll ich dir das noch sagen?»

«Wenn wir fahren, für wie lange wäre das?»

«Also du machst mich noch verrückt», sagte Mutter erschöpft. «Bitte geh jetzt und lies etwas. Ich muß mich ausruhen. Ich muß heute abend bei der Pferdevorführung dabeisein, und da darf ich nicht müde aussehen.» Sie hatte nach ihrem Elinor-Glyn-Roman gegriffen und blätterte erregt in den Seiten, als suche sie darin nach einer Antwort.

«Willst du ein Geheimnis hören?» sagte Virginia zu ihrer Schwester. «Wir fahren mit einem Schiff nach Australien.»

«Australien.» Flora setzte sich mit einem Ruck im Bett auf. «Mit diesem Mann?»

«Ja.»

«Woher weißt du das?»

«Mutter hat es gesagt. Aber es steht noch nicht ganz fest, also sag nicht, das du etwas davon weißt.»

«Ich mag ihn nicht.»

Virginia behielt wie üblich ihre Meinung für sich. Wenn Flora keine Antwort bekam, wurde sie unruhig. Sie bohrte in der Nase, was sie immer tat, wenn sie über etwas nachdachte. Bis sie sich auf ihren Opportunismus besann.

«Wenn wir ihn auch nicht mögen – wir könnten vielleicht so tun. Er hat so viele Flecke auf den Händen. Meinst du, sie heiratet ihn?»

Vor lauter Aufregung über das Schiff hatte Virginia an diese Möglichkeit gar nicht gedacht. O Grausen. Das würde ja heißen, daß Mr. de Leon ihr Vater wurde, *für immer* oder zumindest, bis sie volljährig waren. Und jetzt war auch klar, wo das Geld herkam, wer die Suite im Ansonia bezahlte, die teuren Kleider, die Eiscremes, die Taxifahrten überallhin.

War Mutter dann eine gemeine Kokotte? War sie deshalb mitten in der Nacht weinend in ihrem Zimmer auf und ab gegangen. Weinte sie bei dem Gedanken daran, daß sie Mr. de Leon heiraten mußte, um die Rechnungen bezahlen zu können, und bei der Vorstellung, daß sie sich für alle Zeit wie ein einfältiges Schulmädchen benehmen, über seine todlangweiligen Reden und seine Witze lachen mußte, die nicht einmal in der achten Klasse bei Miss Howlett ein Kichern hervorgerufen hätten?

Und wenn Mutter ihn nicht heiratete, nun, dann würde sie eine Ausgestoßene sein, von der Gesellschaft verachtet wie Edna Purviance in dem Film, den sie gesehen hatten. Arme Mutter. Ruiniert.

Neues Gepäck traf ein. Ging es dann nicht bald los? Aber das Gepäck wurde ins Wandabteil gestellt.

«So, heute müßt ihr besonders hübsch aussehen und euch tadellos benehmen.» Mutter war ganz aufgeregt, ihre Hände fuhren dahin und dorthin über ihre Kleider, ihre Haarschleifen. «Harold nimmt euch mit zu einem Spaziergang im Park, er will mit euch über etwas sprechen. Nein, ich komme nicht mit. Flora, hör auf, in der Nase zu bohren, das ist nicht damenhaft, keine Dame bohrt in der Nase. Kannst du dir vorstellen, daß Beverley Bayne in der Nase bohrt? Und du, Virginia, du darfst Harold nicht so anstarren. Ihm ist das aufgefallen. Und sei bitte nicht sarkastisch, du hast manchmal einen so sarkastischen Ton. Und stell nicht so viele unnötige Fragen.»

Es war ein recht kühler Tag für ihre dünnen Seidenkleider; die Mädchen erschauerten ein wenig im Wind, aber auch unter der ehrfurchtgebietenden Erscheinung von Mr. de Leon, der in seinen auf Hochglanz polierten Stiefeln einherschritt; alles an ihm war so poliert und sauber, sein Hemd und die Manschetten so makellos weiß, der Kragen so steif gestärkt.

Und wie er sich den King-Edward-Schnurrbart strich, zuerst die eine Seite, dann die andere, und sagte: «Meine jungen Damen, eure Mutter und ich sind zu der Ansicht gelangt, daß es an der Zeit ist, euch ein, zwei Dinge zu erklären. Dinge, über die ihr vielleicht hin und her gerätselt habt.»

Sie breiteten ihre Rockfalten neben sich auf der Parkbank aus.

«Zunächst einmal – ich bin nicht, wie ihr vielleicht glaubt, ein Fremder. Eure Mutter und ich, wir kennen uns schon sehr lange, wenn wir uns auch viele Jahre nicht gesehen haben. Erremm.» Er räusperte sich wie ein Richter, bevor er das Urteil spricht.

«Grace, eure Mutter, und ich haben in früher Jugend eine nicht unbeträchtliche Zuneigung zueinander entwickelt.» O Gott, er redete sogar wie ein Richter. «Damals jedoch hatte ich das Gefühl – und Grace stimmte darin mit mir überein –, daß wir in Leben und Gesellschaft noch zu unerfahren waren, um eine Heirat in Betracht zu ziehen. Erremmremm. Wir sind jeder seiner Wege gegangen und haben beide einen Ehepartner gefunden. Aber wir haben die Zuneigung und Achtung bewahrt, die wir füreinander hegten, was sogleich offenkundig wurde, als wir uns im letzten Monat zufällig wiedersahen.» Virginia bemerkte, daß sein schwarzes Haar, von nahem betrachtet, an den Wurzeln weiß war. «Ich kann zu meiner Freude sagen, daß sich an der Aufrichtigkeit unserer Freundschaft nichts geändert hat. Eure Mutter hat mir beim Kaffee im Waldorf alles über die finanziellen Verhältnisse eures verstorbenen Vaters erzählt. Eure Mutter hat Schreckliches erduldet.»

«Wir haben einiges durchgemacht», sagte Virginia.

«Eure *Mutter*» – Mr. de Leon funkelte sie an – «wußte nicht mehr ein noch aus, falls ihr das nicht bemerkt habt. Noch eine Woche, und ihr wärt in ein Armenhaus gekommen. All ihren Schmuck mußte sie verkaufen, sogar ihren Trauring.« Mr. de Leon zog ein fleckenloses Taschentuch hervor und wischte sich das eine Auge. «Jetzt werde ich dafür sorgen, daß es ihr nie mehr an etwas fehlt. Ich habe die Absicht, mich für den Rest ihres Lebens um sie zu kümmern, ist euch das verständlich?»

Sie nickten.

«Zur Zeit hindern uns die Umstände an einer Heirat. Meine Frau ist römisch-katholischen Glaubens und will keinesfalls in eine Scheidung einwilligen. Aber eure Mutter hat sich großmütigerweise bereit erklärt, meine Gefährtin zu werden und meinen Namen anzunehmen auf Treu und Glauben, wenn auch nicht mit dem Siegel der Ehe. Jetzt möchte ich von euch die reine, ungeschminkte Wahrheit hören: Schockiert euch das?»

Sie sahen sich an, sie dachten an das Schiff.
«O nein», sagte Flora.
«Nein», sagte Virginia.
«Gut», sagte Mr. de Leon; sie hatten den ersten Teil ihres Examens bestanden. «Das höre ich gern», fuhr Mr. de Leon fort, wischte sich das andere Auge und steckte das Tuch dreieckig gefaltet wieder in die Tasche. «Nun, in Anbetracht der besonderen Umstände werde ich in keiner Weise versuchen, euer Vater zu sein – ich glaube, einer war genug, wenn man alles bedenkt –, aber ihr sollt wissen, daß ich auch für eure Unterbringung sorgen werde.»
«Danke», sagte Virginia kühn und stieß Flora an, die nickte.
«Wie eure Mutter euch wahrscheinlich gesagt hat, halten wir es beide für das beste, die Vereinigten Staaten und besonders New York für eine gewisse Zeit zu verlassen, und da ergibt es sich glücklicherweise, daß mein Geschäft, bei dem es um Kräne geht, längere Reisen in den Orient und nach Australien erfordert.»
Die Mädchen nickten, zu verstehen gebend, daß sie dies wußten.
«Wir werden deshalb in Kürze abreisen. Aber inzwischen könnt ihr beide versichert sein, daß ihr so gut untergebracht werdet, wie ich es mir finanziell nur leisten kann. Seid ihr damit einverstanden?»
«Oh, ich mache mit», sagte Virginia. Sie hatte einmal gehört, wie ein Mann im Hotelfoyer zu einer Frau sagte: «Wie wär's mit einem Drink im Parkcasino?» «Oh, ich mache mit», hatte die Frau gesagt. Der Ausdruck hatte ihr gefallen. Sie war alt genug, um zu verstehen, daß Mutter bei Mr. de Leon mitmachte, und da machte sie eben auch mit.
«Nun, dann ist wohl alles bestens geregelt», sagte Mr. de Leon, und er erhob sich und strich sich mit seinen manikürten Händen über die makellosen Hosenbeine.
Virginia hätte gern gewußt, wann sie fuhren, aber Mutter hatte gesagt, sie sollten ihn nicht mit unnötigen Fragen belästigen.
«Dürfen wir Sie Harold nennen?» fragte Flora kokett. Mr. de Leon runzelte die Stirn.
«Ihr dürft», sagte er, «vorausgesetzt, es geschieht nicht aus

irgendwelchen Gründen der Dankbarkeit. Und jetzt gehen wir lieber ins Hotel zurück. Der Wind ist recht frisch.»

Sie hatten in der Tat blaue Knie bekommen. Bei Mutter rangierte hübsches Aussehen immer vor Wärme.

Mr. de Leon brachte sie zum Aufzug und verabschiedete sich von ihnen mit einer Verbeugung.

«Er ist gar nicht so übel», sagte Flora.

«Es geht», pflichtete ihr Virginia bei. Sie war auf der Hut bei Leuten, die einem nicht richtig in die Augen sahen.

Mutter trug ein graues Samtkleid und einen kleinen runden Samthut, und sie packte gerade Sachen in ihre neuen Koffer. Virginias neue Leibchen verschwanden darin, ebenso Floras Kaninchenfellpantoffeln. Ging es jetzt gleich aufs Schiff?

«Reisen wir jetzt ab? Heute noch?»

In ihrer Aufregung hüpften sie auf und ab wie Kinder und vergaßen ganz, daß sie doch schon fast zwölf und zehn Jahre alt waren.

«Ihr fahrt zu eurer Großmutter.»

Hätte sie gesagt, sie flögen zum Mars, sie hätten nicht verblüffter reagieren können. Zu ihrer *Großmutter*. Sie hatten ihre Großmutter nie gesehen. Sie war irgendeine sagenhafte Person, die Hunderte von Meilen weit fort in Sag Harbor auf Long Island wohnte. Es gab kein Bild, kein Foto von ihr. Sie existierte praktisch nur als Figur, die Zorn und Strafe symbolisierte. Sowie damals, als Daddy gesagt hatte: «Möchtest du dich mit deiner Mutter in Verbindung setzen?», nachdem ihr kleines Brüderchen gestorben war, und Mutter geschrien hatte, als hätte er sie mit dem Brandeisen versengt: «Würdest du gern sehen, wie ich mir den Arm abhacke?» Mutter hatte richtig getobt. Dann hatte sie sich beruhigt und im eisigsten Ton gesagt, der ihnen je aus ihrem Munde zu Ohren gekommen war: «Arnold, ich bin fertig mit den Strafen meiner Mutter, und gerade du solltest das wissen. Halte dich bitte an unsere Abmachung. Ich wünsche nicht, daß ihr Name jemals mehr erwähnt wird, Arnold.»

Und jetzt fuhren sie zu ihrer Großmutter? Großmutter Mann in Sag Harbor?

«Für wie lange?»

«Ich weiß es nicht genau, für einige Zeit.»

«Wie lange?»

«Das kommt darauf an.»

«Worauf?»

«Wie lange Harold und ich fort sein werden.»

«Fahren wir nicht mit dem Schiff?» Virginia hatte eine ganz erstickte Stimme und bekam die Worte kaum heraus.

«Schiff? Was für ein Schiff? Oh, das Schiff. Nein, natürlich nicht, wie kommst du auf diese Idee? Ich habe nie gesagt, daß ihr mit uns kommt, du und Flora. Bis in den Orient und nach Australien, wie kommt ihr bloß darauf?»

Jetzt schien Virginia der Boden unter den Füßen zu schwanken.

«Mr. de Leon hat gesagt, er sorgt für unsere Unterbringung.»

«Das tut er ja auch, Schatz. Ihr könnt doch nicht geglaubt haben, ich gehe fort und lasse euch im Stich? Glaubt ihr, das könnte ich meinen lieben kleinen Kätzchen antun? Ich bin doch nicht aus Stein. Harold hat sich höchst großzügigerweise bereit erklärt, euch eine monatliche Rente auszusetzen, bis ihr volljährig seid.»

Volljährig. Dann würde es Jahre dauern. Dreizehn, vierzehn, fünfzehn, sechzehn, siebzehn, achtzehn. Sechs Jahre. Virginia konnte das nicht fassen.

«Und wenn man bedenkt, daß er keine direkten Verpflichtungen hat, außer mir gegenüber, dann brauchte er eigentlich gar nichts zu tun. Virginia, warum siehst du mich so an?»

«Gibst – gibst du uns auf?»

«Wie kannst du so etwas sagen!»

«Tust du's?»

«Du solltest dich schämen.»

«Gibst du uns fort, Mutter?»

«Virginia, dieser Mann rettet uns das Leben. Begreifst du das endlich? Wir müßten auf der Straße betteln gehen, wenn Harold nicht wäre.»

«Aber warum fahren wir nicht mit euch? Mag er Kinder nicht?»

«Das hat nichts damit zu tun, gar nichts.»

Also hatte es doch etwas damit zu tun.

«Es gibt alle möglichen Gründe. Es ist eine Geschäftsreise, wir fahren nicht zum Vergnügen. Harold muß seine Maschinen verkaufen in allen möglichen wilden Gegenden wie Neuguinea, wo es Malaria und Denguefieber gibt, und Townsville, wo die Spinnen so groß sein sollen wie Frühstücksteller, und wahrscheinlich an Orten, wo keine Hotels mit richtigen Toiletten sind – das ist nichts für Babys.»

«Wir sind keine Babys, Mutter.»

«Nun, ihr seid noch nicht alt genug, um euch im Dschungel oder im Urwald herumzutreiben, wo es wer weiß was zu essen gibt, und unter unzivilisierten Menschen, Sträflingen vielleicht. Ihr sollt auf der Schule etwas lernen, damit ihr einmal junge Damen werdet, verstehst du das denn nicht?»

Virginia glaubte noch mehr zu verstehen. Sie waren einfach verkauft worden. Mr. de Leon wollte sie nicht bei sich haben, darauf lief es hinaus, und so übergab Mutter sie kaltblütig ihrer alten Mutter, mit der sie die ganzen Jahre kein Wort gesprochen hatte, und wahrscheinlich bekam Großmutter ihre Monatsrenten ausbezahlt. Das hieß dann «Unterbringung». Verkauft.

Nein, sie konnte sich nicht an Mutters Stelle versetzen, wie Mutter es jetzt verlangte, flehend, wobei sie mit den Händen kleine flatternde Bewegungen machte. Sie erinnerte sich, wie Mutter, als sie nach Daddys Beerdigung in die stille Wohnung zurückgekehrt waren, die Arme um sie beide gelegt und gesagt hatte: «Nun, ihr Kleinen, zumindest haben wir noch immer uns – ihr habt mich und ich habe euch.» Immer – ha. Und man hatte sie nicht einmal gefragt. Und war es nicht genauso schlimm wie Almosen, wenn nicht noch schlimmer? Wo war Mutters Stolz? Mutter konnte vom Betteln auf der Straße so lange reden, wie sie wollte, man gab einfach seine Kinder nicht fort. Man war vielleicht gezwungen, Fußböden zu schrubben, aber man gab seine Kinder nicht fort, zumindest war das Virginias Ansicht.

«Nun komm, Schatz, Baby –» schmeichelte Mutter und kam leicht schwankend mit ausgestreckten Armen auf sie zu.

Virginia trat einen Schritt zurück und streckte sich, bis sie fast so groß war wie Mutter.

«Ich verstehe», sagte sie und kniff die Augen zusammen, um sie ihre tiefste Verachtung spüren zu lassen, und als Mutter eine bittende Hand nach ihr ausstreckte, drehte sie die Schultern zur Seite und starrte an Mutter vorbei die Wand an.

Mutter stieß einen schrillen Schrei aus, als hätte Virginia ihr ins Gesicht geschlagen, und huschte in ihrem engen Kleid zu Flora hinüber, die sie hilfesuchend an ihre Brust preßte. «Du verstehst es, nicht wahr, Mausemusch?» bettelte Muttter, und Flora begann gefällig zu wimmern. «Schon gut, ist ja schon gut», säuselte sie und wiegte Flora zärtlich hin und her. Sie weinte jetzt. Dann sah sie Virginia über Floras Locken hinweg an und sagte mit rauher Stimme: «Wenn du *verstehst*, Virginia, wenn du so klug bist, dann kannst du mir vielleicht sagen, wie eine Frau, wie diese Frau, die als Witwe mit zwei Kindern ohne einen Penny dasteht, wie diese Frau, die nie in ihrem Leben etwas Nützliches gelernt hat, außer ein Hutband anzunähen, in einer herzlosen Welt überleben soll. Vielleicht bist du so freundlich und sagst mir das einmal.»

Doch Virginia starrte die Tapete an, bis ihr die Augen wehtaten. Sie wußte, sie durfte, wenn sie auch nicht ein Fünkchen Mitleid empfinden wollte, Mutter nicht anschauen, die jetzt in Floras Haar hineinschluchzte. Mutter war groß im Erwecken von Mitleid, und jetzt spielte sie wieder einmal die Tiefverletzte, als wäre es Virginias unglaubliche Sturheit, die unverzeihlich war. Mutter war eine Meisterin im Umdrehen von Situationen. Als sie die Pferdedroschke bestiegen und Flora aufkreischte und brüllte: «Ich will nicht fort, ich will nicht fort», sagte Virginia deshalb in schneidendem Ton: «Stell dich nicht so an, Flora, wir *müssen* fort. Wir sind nur Kinder.»

Im Zug entzog sie sich innerlich Mutter und Flora, las die Namen der Stationen, betrachtete ihr Spiegelbild in der Fensterscheibe, als es dunkel wurde, und drehte nicht einmal den Kopf zu Mutter hin, wie sehr sie auch der Krampf im Nacken schmerzte. «Nein, danke», sagte sie, ohne sich umzuwenden, als ihr ein Brot mit Hühnerfleisch angeboten wurde. Es war nicht zu fassen, daß sie sich am Morgen noch die Schuhe zugeknöpft hatte ohne den leisesten bösen Gedanken an die Zukunft. Unter dem kläglichen Gaslicht des putzigen kleinen Bahnhofs wartete ein Einspänner auf sie, und ein recht dunkelhäutiger Mann mit einem kräftigen Schnurrbart sprang herunter, um ihnen beim Aufladen des Gepäcks zu helfen. Er faßte sich höflich an die

Mütze, und Mutter legte mädchenhaft geziert den Kopf ein wenig zur Seite und sagte: «George Bixby, nicht wahr?»

«Das war mein Vater, Ma'am.»

«Ihr *Vater*.» Mutter zeigte sich artig erstaunt.

«Er lebt nicht mehr, Ma'am.»

«Lebt nicht mehr.» Mutter faßte sich an die Brust. «Er hat uns immer zur Kirche gefahren und mich zu meinen Geburtstagspartys. Oh, wie die Zeit vergeht», sagte Mutter und stieg in den Wagen.

Sie fuhren ins Dunkel ihrer Zukunft.

Ein Ballon schwamm über das Bett oder das Boot, in dem sie lag. Unterwassergeräusche von Flossen, die sich im grünen Licht bewegten. Doch allmählich nahm der Ballon, während er sich ihren verschleierten Augen näherte, verschwommene Formen an, wurde ein Gesicht. Noch zwei andere Ballons schwammen hinter dem Gesicht. Ich kann dich nicht erkennen, sagte sie. Hände hoben sie an. Wer bist du? fragte sie aus den undurchdringlichen Tiefen.

Dann teilten sich die Wasser, und sie erkannte Charley als das körperlose, dick aufgeblasene Gesicht, und sie versuchte eine Hand zu heben.

«Charley», sagte sie.

Und wurde wieder untergetaucht.

Im Schein des Kerzenlichts war alles in Virginias Zimmer sehr weiß. Da stand ein weißer Wasserkrug in einer weißen Schüssel, in einer weißen Seifenschale lag ein Stück weiße Seife, die Waschkommode barg einen weißen Nachttopf; auf der anderen Seite standen eine kleine Truhe mit einer weißen Marmorplatte, ein weißer Rohrsessel und ein weißer Rohrtisch. Das Bett hatte weiß gestrichene Eisenstäbe und Messingknäufe.

«Wein dich richtig aus», hatte man ihr empfohlen.

Bei Gott, das würde sie nicht. Sie kniete neben ihrem Bett nieder und sagte laut: «Gott, mach, daß ich heute abend nicht weine. Oder überhaupt irgendwann.» Sie hätte gern hinzugefügt: «Mach, daß ich sie für immer hasse», aber sie sagte sich dann, das ginge vielleicht zu weit, und das schaffte sie auch ganz gut ohne die Hilfe des Allmächtigen und das Risiko eines plötzlichen Blitzschlags.

Als sie sich erhob, beruhigte sie ihr riesiger Schatten, den die Kerze an Wand und Decke warf. Beim Abschied wäre ihre Verachtung fast in Mitleid umgeschlagen. Auf den Kutscher gestützt, das Taschentuch ans Gesicht gepreßt, war Mutter schwankend die Steinstufen hinuntergegangen in dem Licht, das zur Eingangstür herausfiel, und hatte sich, Tränen in den Augen, umgedreht und mit dieser erstickten Stimme gesagt: «Oh, Virginia, um Gottes willen, laß dir wenigstens einen Kuß geben.» Nur unter Aufbietung aller Willenskraft hatte sie es fertiggebracht, unbeweglich, den Kopf zur Seite gewandt, dazustehen, während Mutter sie umarmte und umarmte. Als man Mutter dann beim Einsteigen in die Kutsche half, hatte Flora zu ihr hinaufspringen wollen, und starke Arme mußten sie zurückhalten, während der Wagen anfuhr und Mutter auf dem Sitz vor und zurück fiel wie eine Puppe, die ein Kind vor Wut in einen Schaukelstuhl geworfen hatte. Das letzte, was sie von ihr sahen, war ihr weißer Handschuh in der Dunkelheit. Unglaublich, Mutter hatte gewinkt.

Flora hatte zwanzig Minuten lang zum Gotterbarmen geheult und sich dann hingesetzt und drei Scheiben kaltes Lammfleisch, Kartoffeln und Erbsen und eine große Portion Pudding vertilgt.

Jetzt fangen die Geheimnisse an.

Jetzt, da es vorüber war, konnte sie über die Geheimnisse nachdenken, hier in ihrem weißen Bett in ihrem weißen Zimmer. Es gab Geheimnisse in diesem Haus. Virginia war so empfindlich für Unterströmungen wie ein Wünschelrutengänger. An der Oberfläche war alles sehr ordentlich und sauber, sehr poliert und behaglich, aber darunter, im Herzen, da klopfte etwas, das vielleicht nicht so war.

Bei ihrer Ankunft war Virginia beeindruckt gewesen von dem großen Haus in der dunklen Auffahrt. Die lampenerhellten Fenster im Erdgeschoß waren eingerahmt von Fliederbüschen, die Eingangstür hatte weit offengestanden.

Mutter schritt die Stufen hinauf und wurde heftig umarmt von einer schmalen Frau mit Nickelbrille, deren gräuliches Haar zu einem festen kleinen Knoten geschlungen war.

«O mein kleiner Schatz», sagte sie zwischen zwei Umarmungen zu Mutter.

Das war also ihre böse Großmutter, deren Namen Daddy nicht mehr erwähnen sollte, solange Mutter lebte? Und Mutter lachte und wimmerte an der Brust der alten Frau. Dann mußte ihre und Floras «Unterbringung» noch einem weiteren Zweck gedient haben, dem einer Versöhnung. Aber dann sagte Mutter: «O Noonie, habe ich mich schrecklich verändert? Sei ehrlich.»

Wer immer Noonie war, sagte, nein, Mutter sei noch genau das schöne Kind von früher.

«Unsinn» sagte Mutter. «Ich habe Schlimmes durchgemacht, Noonie.» Stellte sie vor. «Das sind meine Babys.» Flora knickste, Virginia neigte den Kopf. «Wo ist sie?» fragte Mutter dann mit gedämpfter Stimme.

Sie wartete. Noonie deutete auf eine halboffene Tür hinter einem Bogengang, die von schweren grünen Vorhängen eingefaßt war. Flammenschein spiegelte sich auf dem polierten Holz der Tür. Virginia glaubte eine alte Frau zu erkennen, die neben dem Kaminfeuer schlummerte.

«Noch einen Augenblick», keuchte Mutter. Sie nahm ihren Hut ab, beugte sich zu einem Spiegel vor, fuhr sich mit flatternden Händen durch die Locken, griff nach der Quaste in der kleinen Brokattasche und puderte sich das Gesicht, das schon kalkweiß war.

«Nun, Kinder», sagte Noonie zu ihnen, «kommt herein und macht es euch bequem.» Sie führte sie in eine Bibliothek gegenüber der feuererhellten Tür. Die Bücherregale reichten bis zur Decke, grüne Ledersessel mit Löwenpranken standen dort, und eine weiße Hängelampe konnte man an einer Kette herunterlassen, so daß das Licht nur auf den hochpolierten Tisch fiel und das übrige Zimmer im Schatten lag und etwas gespenstisch wirkte. Hätten sie gern ein Ginger-ale? Nein, danke, sagte Virginia für sie beide. Sie war nicht bereit, Gastfreundschaft zu akzeptieren, noch nicht jedenfalls, sie hielten sich hier unfreiwillig auf, sie machten bei Ginger-ale und Plätzchen nicht mit.

Sie sahen, wie Mutter in das vom Feuer erhellte Zimmer eilte.

Und in der Tür stehenblieb und auf jemanden hinuntersah.

«Nun», sagte schließlich eine Stimme, «schließ bitte die Tür, Grace.»

«Ja, Mutter», sagte Mutter und schloß die Tür.

Nach einer Weile verkündete die Großvateruhr, daß eine halbe Stunde, dann eine ganze Stunde vergangen war.

Monotones Stimmengemurmel drang durch die Tür jenseits des Flurs. Jemand lachte, ein langes, melodisches Lachen, ganz gewiß nicht das Lachen von Mutter. War also wirklich eine Versöhnung im Gange? Es war das Lachen eines Menschen, der etwas sehr lustig fand. Mutter war nicht besonders witzig, aber sie mußte etwas gesagt haben, was der alten Dame gefiel. Tat sie ihr schön? Virginia stellte sich Mutter vor, wie sie tätschelnd Kissen ordnete hinter dem alten Rücken; vielleicht tranken sie ein, zwei Glas Sherry. Ob sie hereingerufen wurden, zur Inspektion?

Warum dauerte es so lange?

Wieder das lange melodische Lachen.

Ein Schatten glitt die Ritze unter der Tür entlang, die plötzlich aufgerissen wurde. Mutter stand auf der Schwelle, das Haar verwirrt, das Gesicht eigenartig schief.

«– kleine Hündchen», sagte die Stimme, «geschweige denn Kinder. Du und dieser mickrige Mann.»

Und Mutter richtete sich auf und spie, spie die Worte aus: «Ja, ein *Jammer*.»

«Wahrhaftig», sagte die Stimme.

Zorn lag in der Luft, wehte über den Flur wie ein eisiger Wind. Wollte man sie doch nicht haben? Was würde Harold dann machen? Mutter wankte hinaus und griff nach ihrem Hut.

Alles schien in Sekundenschnelle zu geschehen. Mutter stürzte weinend aus dem Haus. Laß dir um Gottes willen wenigstens einen Kuß geben. Dann fing Flora zu heulen an. Mutters verstörtes Gesicht beugte sich zur Kutsche heraus, die Kutsche rollte davon. Sie sahen den weißen Handschuh.

Sie wurden mit der Zukunft zurückgelassen.

Jetzt mußte sie zu der Anspannung des Wartens noch Charleys Übermäßigkeit ertragen. Übergewichtig, überemotional, abscheulich, aufgedunsen schwankte, tappte Charley ins Blickfeld, gestützt auf zwei Stöcke, das Gesicht ein solcher Ballon, daß man glaubte, der ständige Walroßschnurrbart müsse sich spalten und in zwei verschiedene Richtungen davonfliegen. Charley rollte, schaukelte die Stufen herunter, kreischte «Tante Flora» und ließ die Stöcke fallen und umarmte sie wie ein Bär, daß ihr fast die Rippen brachen. «Ach, du lieber Gott», gurrte Charley und brach dann zu aller Verlegenheit in Tränen aus. Man half Charley in einen Rohrsessel, der sogleich tief in den weichen Rasen einsank.

Und was Thelma betraf, so war sie, wie aus Ablehnung, so dünn wie ein Stock, verwelkt aus Bitterkeit.

«Wir haben die Abzweigung übersehen», sagte Thelma; bei ihnen klappte nie etwas. «Haben sie den Friedhof verlegt?» fragte Thelma. Ihr Blick schweifte mit müder Resignation über die White Mountains, die Ahornbäume, die Goldruten, die Stechapfelsträucher.

«Oh, Charley», sagte Flora, «du bist so dick geworden. Viel zu dick, Charley.»

«Ich habe das, was man Herzverfettung nennt», sagte Charley, und darauf folgte sein dröhnendes Lachen. Charley berichtete von Auseinandersetzungen mit gefühllosem Flugpersonal. «Ich habe ihr mit der Faust gedroht.» Charley versprühte Speichel. «Ich habe ihr die Faust vor die Nase gehalten und in fehlerlosem Italienisch gesagt: ‹Meine Mutter, *madre mia*, liegt in Amerika im Sterben, ich muß in diese Maschine, Signorina›.»

Weiße Schuhe auf der obersten Treppenstufe kündeten die Pflegerin an.

Mary sagte: «Das ist Mrs. Binns. Sie kümmert sich um –»

«Entschuldigen Sie, wenn ich nicht aufstehe», sagte Charley. «Ich habe ihr also mit der Faust gedroht. ‹Meine Mutter liegt im Sterben›, habe ich gesagt.»

«Mrs. Binns möchte wissen, ob du jetzt hinauf willst.»

«Hinauf?»

«Hinauf und sie sehen – sie ist nicht bei Bewußtsein.»

«Mary, könnte ich etwas zu trinken haben? Ganz gleich, was. Gin.» Sein Ballongesicht drückte Abscheu vor Alkohol aus, dennoch schien er bei dem Gedanken an Gin noch mehr aufzuschwellen, und er griff nach Marys Hand und drückte einen feuchten Kuß darauf. «O Mary, ist es wahr? Geht sie von uns? Ich kann es nicht fassen.» Charley weinte, während die anderen die Szene erduldeten: die Hohlheit von Charleys Kummer, die Gier, mit der Charley ihrer aller Aufmerksamkeit einsog, stieß Mary ab, die sich ihre eigene Gleichgültigkeit gegenüber dem Schmerz nicht erklären konnte. Als er elf und schon viel zu groß dafür gewesen war, kletterte er noch immer seiner Mutter auf den Schoß, und das Schmusen und Küssen machte sie krank, sie stand dann immer abseits und dachte, wie lächerlich, wie ekelhaft, dieses Berühren; nun, sie würde nie jemanden, den sie liebte, vor anderen Menschen berühren, ihre Vorstellung von Liebe war etwas Heiliges tief in einer Höhle, vor der Drachen wachten.

Charley weinte in ein Kaschmirtaschentuch, während die anderen Belanglosigkeiten murmelten. Seine plumpen Hände erflehten jedoch ihre Aufmerksamkeit.

«Meine Mutter –» Charley suchte nach dem richtigen Wort – «eine... Lebensspenderin.»

Thelma sagte in die Leere hinein: «Also so weit würde ich nun nicht gehen.» Und klickte ihr Feuerzeug auf, als wollte sie einen Scheiterhaufen anzünden.

Als sie erwachte in ihrem weißen Zimmer, stand die Sonne schon hoch – vielleicht hatten sie also nach den dramatischen Ereignissen lange schlafen dürfen. Es war so still im Haus, daß sie deutlich das Hufeklappern und Knarren eines Wagens auf der Straße hören konnte.

Nach dem Abendessen hatte man sie hinaufgebracht auf ihre Zimmer, Virginia in ihr weißes, Flora in ihr blaues. Sie trugen dabei brennende Kerzen in Haltern aus weißem Email. Es war sehr geheimnisvoll.

«Sehen wir unsere Großmutter heute abend nicht?» fragten sie.

Heute abend nicht, vielleicht morgen.

Vielleicht? Wollte sie nichts von ihnen wissen?

Noonie, die Haushälterin, lächelte ausweichend.

Vielleicht war Großmutter noch zu erregt, vielleicht war es zuviel gewesen für eine alte Frau, was es auch immer zwischen ihr und Mutter gegeben hatte. Doch zu wissen, daß sie irgendwo im Haus war und sie nicht sehen wollte, war mysteriös, so wie die unheimlichen Schatten, die das Kerzenlicht an die Wände warf. Virginia hatte noch nie zuvor allein in einem Zimmer geschlafen, und als die Tür sich hinter ihr schloß, hatte sie einen kindlichen Augenblick der Panik und Einsamkeit, so daß sie sich auf die Lippen biß, um nicht weinen zu müssen. Sie sah durch einen Schleier hindurch zwei Kerzenflammen. «Ich hasse sie, ich hasse alle», sagte sie laut in das stumme Zimmer hinein. Zur seelischen Stärkung dachte sie an Mutter und Harold de Leon und stellte sich vor, wie sie eng umschlungen auf einer Couch saßen.

«Fort», sagte sie und blies die Kerze aus.

Lieber Gott, mach mich fromm.

Aber nicht *zu* fromm, und gib, daß ich nicht immer sage, da mache ich mit.

Jetzt schien die Sonne schräg durch die Musselinvorhänge, und das weiße Zimmer glänzte, die Bettpfosten blinkten.

Als sie die Jalousie hochzog, blickte sie auf Bäume und Rasen hinunter, der Garten war nicht so groß, wie er am Abend gewirkt hatte. Der Fahrweg jenseits des spitzen Eisenzauns war recht schmal. Auf der anderen Seite standen Häuser, zwei- und dreigeschossige Häuser, einige hatten ein Türmchen auf dem Dach mit einem Gang drum herum. In einem Garten übte sich ein kleines Mädchen in weißem Kittelkleid im Seilhüpfen. Der Morgen hatte einen frischen, salzigen Geruch.

Dann erblickte sie eine ganz ungewöhnliche Gestalt, die unten zwischen den Ästen der Bäume auftauchte und für Virginia völlig fremdartig gekleidet war. Er oder sie trug einen breitkrempigen Hut, von dem ein Schleier herabfiel, der Kopf und Gesicht verdeckte, wie graues Gewölk um den Hals herum. Die Gestalt mußte durch den Schleier sehen können, denn der Kopf bewegte sich hin und her und beobachtete dieses und jenes unter der monströsen Kopfbekleidung heraus. Dann winkte die Gestalt jemandem zu, und der Mann mit Namen Bixby, der sie am Abend zuvor vom Bahnhof abgeholt hatte, kam ins Blickfeld und zog vor der verschleierten Person die Mütze.

Sollte *sie* das sein?

Warum war sie so völlig verschleiert? Gab es etwas so Schreckliches, daß niemand ihr ins Gesicht sehen konnte? Sie schien Anweisungen zu geben, deutete zum anderen Ende des Gartens hin, und Bixby nickte und ging fort. Die verschleierte Gestalt schritt langsam durch den Garten, bückte sich hin und wieder nach Rosenbüschen, hielt dann langsam auf das Haus zu und verschwand direkt unter Virginias Fenster.

Sie war von dieser Erscheinung, hinter der sich vielleicht ihre Großmutter verbarg, so fasziniert, daß sie nicht gehört hatte, wie die Tür aufging, und zusammenfuhr, als eine Stimme hinter ihr sagte: «Entschuldigen Sie, Miss, Ihr Frühstück ist serviert.» Das Hausmädchen, das mußte es wohl sein, war nur zwei, drei Jahre älter als sie und hatte ein glänzendes, blank geschrubbtes Gesicht. Es sah Virginia an mit dem abschätzenden Blick eines Menschen, der nicht an Fremde gewöhnt ist.

«Unten», sagte sie und verschwand.

«In meinem Zimmer sind überall Veilchen, sogar auf der Steppdecke», sagte Flora, als sie hinuntergingen. Nun, Flora mochte man mit Veilchen drankriegen, aber sie nicht, das schwor sich Virginia, und sie hielt um die Eßzimmertür herum nach der verschleierten Dame Ausschau. Aber sie war nicht da. Nur Noonie saß am Frühstückstisch und las, ihre kleine Nickelbrille auf der Nase, die Zeitung.

«Guten Morgen, Kinder», sagte sie, ohne aufzusehen.

Das junge Mädchen mit dem blankgeschrubbten Gesicht kam durch eine Schwingtür herein und brachte ihnen Haferflockenbrei und Sandzucker.

«Ihr könnt auch Honig haben», sagte Noonie und stellte eine Schale mit goldbraunem Inhalt vor sie hin. «Wir haben hier unsere eigenen Bienen. Aber merkt euch, ihr dürft den Bienenkörben nicht zu nahe kommen, dazu muß ich euch eine besondere Haube mit einem Schleier geben. Bienen haben nämlich schon kleine Mädchen umgebracht.» Das klang, als könnte sie sich darüber freuen, wenn sie totgestochen würden.

Nun, das erklärte dann wohl den Schleier. Aber wo war sie?

Es herrschte eine solche Stille, daß sie es knirschen hörten, wenn sie ihren Toast kauten.

Nach dem Frühstück brachte Noonie ihre Mäntel. «So, ihr macht jetzt eine Fahrt mit dem Ponywagen.»

Der Ponywagen war leuchtend rot und gelb, das Pony gescheckt. Als Virginia nach oben blickte, glaubte sie hinter einem Obergeschoßfenster ein Gesicht zu sehen. Bixby schnickte mit einer kleinen Peitsche, und los ging es den Fahrweg hinunter und weitere baumgesäumte Wege entlang zwischen den weit auseinanderliegenden Zuckerbäckerstilhäusern hindurch.

Am Hafen saßen alte Männer auf Netzen beim Kai, wo man einst wegen des Lebertrans die Wale aufgeschlitzt hatte. Virginia hatte das Gefühl, daß man sie neugierig beobachtete, wie sie durch die Main Street fuhren, sah Köpfe, die sich nach ihnen umdrehten. Wahrscheinlich wußte jeder in Sag Harbor, wem der Ponywagen gehörte, und wahrscheinlich auch, wer sie waren.

Einmal drehte sich Mr. Bixby um und sagte: «Schickt sie euch fort auf die Schule?»

«Das wissen wir noch nicht», sagte Virginia.

«Das wissen wir noch nicht», sagte Flora hinterdrein.

«Wir wissen noch nicht, wie lange wir bleiben», sagte Virginia, als stünden ihnen tausend Möglichkeiten offen.

Nach einer Weile sagte Bixby: «Sie schickt euch bestimmt auf die Schule. Sie kauft ein Automobil, und ich soll fahren lernen, sagt sie.»

Ein Automobil. Nur, damit sie zur Schule fahren konnten? Das deutete auf einen längeren Aufenthalt hin. Hatte Mr. de Leon auch dafür bezahlt? Sie loszuwerden wurde allmählich teuer für ihn.

Als sie am Friedhof entlangfuhren, auf dem Immergrün und Birken wuchsen, sagte Bixby: «Da ist euer Großvater.»

Sie wandten die Köpfe. Flora hätte fast gewinkt. Sie strahlte jetzt, und das machte Virginia wild, wenn sie daran dachte, wie sie sich letzte Nacht angestellt hatte. Aber sie war ein Kind, noch unfähig, Böses zu argwöhnen, und deshalb mußte sie, Virginia, doppelt wachsam sein.

Bixby kicherte. «Er war schon einer!» Wahrscheinlich meinte er ihren Großvater. «Schade, daß ihr den nicht mehr kennengelernt habt.» Wieder lachte er.

Noonie erwartete sie schon mit strengem Gesicht vor dem Haus.

Man nahm ihnen die Mäntel ab, fuhr ihnen mit dem Kamm durchs Haar und zupfte ihre Kleider zurecht.

«Jetzt hinein mit euch, Kinder.»

Sie wurden ins Wohnzimmer geführt.

Ihr mußte kalt sein, denn selbst an diesem warmen Morgen brannte ein Feuer, und sie stand neben dem hohen Kamin und trank etwas aus einer kleinen goldglasierten Tasse. Sie trug ein langes dunkelgrünes Samtkleid mit einem dicken Kragen aus cremefarbener Spitze. Sie war groß. Das weiche goldene Haar hatte silbrige Einsprengsel. Die Augen – sie drehte sich gerade langsam um – leuchteten himmelblau unter recht dichten dunklen Brauen. Was ihre Figur anging, hätte sie Mutters ältere Schwester sein können. Sie mußten sie entgeistert angestarrt haben, denn Großmutter sagte etwas trocken: «Habt ihr jemanden in einem Rollstuhl erwartet?»

Sie lächelte und setzte die Tasse samt der Untertasse auf dem Kaminsims ab.

«Nun», sagte sie, «da seid ihr ja. Kommt und gebt mir einen Kuß.»

Sie neigte sich zu ihnen hinunter, und sie küßten sie pflichtschuldigst auf die Wange. Ihre nicht gepuderte Haut roch nach Rosen und Glyzerinseife.

«Virginia, Flora», sagte sie in einem Singsangton, so als probiere sie ihre Namen aus. Und Flora, ebenfalls erstaunt, machte einen Knicks.

«Du liebe Güte», sagte Großmutter, «ihr werdet doch nicht im Weißen Haus vorgestellt. Ich mag es nicht, wenn Mädchen knicksen, das ist so künstlich, und außerdem leben wir jetzt im zwanzigsten Jahrhundert, wo alles passieren kann und wird. Und ich möchte, daß ihr mich Irene nennt. Großmutter zu sein ist schon schlimm genug, man braucht nicht noch ständig daran erinnert zu werden. Setzen wir uns.»

Das Mädchen mit dem blankgeschrubbten Gesicht kam herein und brachte heißen Kakao. «Das ist Jenny.» Irene deutete mit der porzellanfarbenen Hand, an der ein Amethystring steckte.

«Bist du über deinen Schreck hinweggekommen, Jenny?»

«Ja, Mrs. Mann.» Jenny eilte hinaus.

«Arme Jenny», sagte Irene. «Sie hat in der Kaffekanne eine Spinne entdeckt, und da ist sie furchtbar erschrocken. Sie sei ganz groß und haarig gewesen, sagt sie. Im Herbst kommen sie immer ins Haus, ihr werdet wahrscheinlich viele entdecken. Aber – wie habt ihr geschlafen? Gefallen auch die Zimmer?»

«Ja, danke, sehr gut.»

«In diesen Zimmern hat seit Jahren niemand mehr geschlafen, und Zimmer, die lange nicht mehr benutzt worden sind, bekommen leicht so eine Aura von etwas Abgestandenem.»

Aura? Virginia stellte sie sich als Vorhang aus weißem Staub vor, der langsam herabfiel.

«Wenn ihr etwas braucht, fragt Noonie. Und ich möchte, daß ihr sie nicht als einen Dienstboten behandelt. Ich weiß nicht, welche Erfahrungen ihr mit Dienstboten habt, wahrscheinlich einige. Grace hat sie ja gewechselt wie das Hemd.»

Sie sprach von Mutter, als ob sie Mühe hätte, sich ihres Namens zu erinnern.

«Noonie ist seit über fünfunddreißig Jahren bei mir. Sie hätte einmal einen französischen Aristokraten heiraten und in einem großen Schloß in Brissac leben können, wo man sie bedient hätte wie die Königin von Saba, aber sie hat es vorgezogen, bei mir zu bleiben.» Sie schwieg einen Moment und kniff die Augen zusammen. «Manche bleiben eben.» Ihre Augen blitzten.

Sie wandte das Gesicht dem Porträt über dem Kamin zu, auf dem sie sich genauso zurücklehnte wie jetzt, den einen Arm auf den Sofarücken gestützt, die Hand an der Wange, den anderen locker um das aufgeweckt blickende kleine Mädchen gelegt. Irene war in einem schwarzen Kleid gemalt worden, das ihren bloßen Schultern ein grünliches Schimmern verlieh. Ihr rotgoldenes Haar war mit Bändern und Blumen geschmückt. Das Kind, weiß gekleidet, lehnte sich an sie. Hinter ihnen war eine chinesische Vase mit blauem Rittersporn, und zu ihren Füßen lag ein großer irischer Setter.

Sie betrachteten Mutter als Kind.

Irene sagte: «Ich bin nicht so gut weggekommen, aber *sie* hat er gut getroffen. Der Hund ist Zugabe. Er hat gesagt, er braucht etwas zum Ausbalancieren, und da hat er den Hund hineingemalt, als er mit uns fertig war.»

In Flora regten sich töchterliche Gefühle; ihre Nase schwoll an, sie keuchte, und Tränen stiegen ihr in die Augen.

«Aber Flora», sagte Irene, «wegen Narren weint man nicht. Du wirst im Leben feststellen, daß es Dinge gibt, deretwegen man wirklich weinen kann. Hier, nimm mein Taschentuch und dann Schluß damit. Denk etwas anderes, denk ans Mittagessen, denk an irgend etwas Lustiges, denk an ganz gleich was, damit du nur nicht mehr daran denkst. Das ist vorbei und erledigt, und klug ist, wer so etwas akzeptiert und das Beste daraus macht.» Irene wandte sich an Virginia. «Und ich glaube, wir kommen gut miteinander aus.»

Nun, wir werden sehen. Irene durfte nicht glauben, man könne sie im Nu mit Ponywagen und Charme für sich gewinnen. Aber sie hatte recht: Warum an Mutter Tränen verschwenden?

«Jetzt kommt und seht euch das Haus an», sagte Irene und stand rasch auf. Sie führte sie durch Zimmer, die vollgestopft waren mit Möbeln und Kunstgegenständen, Bronzefiguren und viktorianischem Krimskrams. Oh, so viele Sachen, sagte sie. Von Generation zu Generation vererbt, meistens von den Manns, sagte sie. Als wäre die Familie ihres Gatten in Massen gestorben, nur um sie mit all den Kleiderschränken, Chiffonnieren, Nippsachen und Palmenständern zu belasten, vor denen sie einen Horror hatte. Ihre Lippen waren fest zusammengepreßt. Vor einem Porträt in seinem Arbeitszimmer blieb sie stehen. «Euer Großvater», sagte sie, und ihr Mund verzog sich ein wenig. Das Bild hing in einer besonders dunklen Ecke des Zimmers, aber sie konnten verschwommen die fein ziselierten Nasenflügel und das energische Kinn erkennen. Ihr Gatte, Gilbert Mann, starrte ins Dunkel hinein.

«Er ist recht jung gestorben», sagte sie nur und ging weiter.

Sie gingen durch den Garten, sahen das Aussichtstürmchen, den Fischteich, in dem Goldfische unter Wasserlilien hin und her huschten. «Der Springbrunnen funktioniert nicht mehr», sagte sie, als wäre sie froh darüber. Sie deutete auf die Bienenstöcke. «Von Bienen kann man viel lernen.» Auf den Stufen zur Küche schälte eine Frau Erbsen. Sie war ungeheuer dick und trug eine Schürze, so groß wie ein Zelt.

«Guten Morgen, Mrs. Drewe.» Irene gab sich leutselig. «Hier sind meine Mädchen, direkt aus New York gekommen. Virginia und Flora. Wir tun so, als wären sie keine Enkelkinder.»

Mrs. Drewe, sehr verlegen angesichts der plötzlichen Begegnung, wand und krümmte sich.

«Wir werden zu Mittag Mrs. Drewes ausgezeichneten Hühner-Erbsen-Topf essen, und heute abend gibt es ihre Schwimmende Insel.» Sie ließ die Schwimmende Insel vor ihnen erstehen, gleich dem Parnaß in einem blau-goldenen Meer. Mrs. Drewe erschauerte vor Genugtuung.

Als sie ins Haus gingen, sagte Irene: «Streift euch die Schuhe ab. Ich wüßte nicht, was ich tun sollte, wenn Mrs. Drewe nicht mehr da wäre, sie ist mein Schirm und Schild, und –» ihre Augen blitzten – «man hat sie mir bestimmt schon mehrmals abspenstig zu machen versucht, mit dem Angebot des doppelten Lohns. Aber sie ist meine *Freundin*. Sie sitzt beim Weihnachtsessen mit uns am Tisch und wird bedient wie ein Mitglied der Familie. *Loyalität*, Virginia.» Irene legte Virginia die Hand auf die Schulter. «Jetzt gehen wir hinauf und sehen uns eure Kleider an.»

«Gesellschaftskleider», sagte sie und warf alle Sachen durcheinander, «Spitzen, Crêpe de Chine, Taft. Hat sie denn nie etwas von einfachen Tageskleidern gehört? Seid ihr ständig auf Partys gegangen? Wo sind eure Strickjacken? Hat sie nie etwas von Winter gehört? Modeschuhe.» Irene warf Schuhe durch das Zimmer. «Ihr seid jetzt auf dem Land, da gibt es Feldwege und Schlamm und Schneeverwehungen. Das ist so typisch für sie. Genau, wie ich es mir gedacht hatte. Ich habe sie einmal ihr Geburtstagskleid aussuchen lassen – orangefarbenen Tüll.» Irene schloß die Augen in solcher Abscheu, daß Flora leise kicherte und selbst Virginia nur mit Mühe ein Lächeln unterdrücken konnte.

«Nun, morgen fahren wir nach East Hampton und kaufen euch im Bon Marché ein paar vernünftige Sachen – Schlupfhosen, flanellene Nachthemden, richtige Schuhe. Arme Grace», sagte Irene.

Als der Hühner-Erbsen-Topf aufgetragen wurde, senkten die Mädchen den Kopf und warteten, aber es geschah nichts.

«Oh, ihr sprecht ein Gebet?» Irene schien erstaunt. «Ich halte das für überflüssig. Außer, wenn es vom Herzen kommt. Aber laßt euch nicht stören.»

«Komm, Herr Jesu, sei unser Gast», murmelten sie rasch, «und segne, was du uns bescheret hast. Amen.»

Irene sagte: «Vielleicht hättet ihr noch ein Wort des Dankes an Mr. de Leon von der Kräne-und-Winden-Gesellschaft hinzufügen können.»

Dafür, daß er sie von Mutter befreit hatte?

Nach dem Chaos würde es gewiß angenehm sein, wenn alles lief, wie es sollte, wenn es Mittag- und Abendessen zur festgesetzten Zeit gab, wenn einem gesagt wurde, daß man morgen vernünftige Kleider gekauft bekam, daß man vom dritten September an die Schule besuchen würde; und wenn die Köchin mit am Weihnachtstisch saß, dann gab es immerhin ein Weihnachtsfest.

Alles schien wie geschmiert zu funktionieren bei Irene (da kam Jenny mit dem frisch gebackenen Brot, die Butter zu kleinen Kugeln geformt), so ganz anders als in ihrem früheren Leben, wo alles in der falschen Schublade gelegen hatte und es nutzlos war, zu fragen, wo die Matrosenbluse hingeraten war oder gar, wie es mit der Zukunft aussah. Wo man immer eilig irgendwohin getrieben wurde, weil Mutter nicht auf die Zeit geachtet, ihre Uhr verloren oder vergessen hatte, daß Freitag war, oder die Rechnung nicht rechtzeitig bezahlt hatte, und immer schnell, schnell, wir sind spät dran, Engelchen, und die Koseworte irgendwie andeuteten, daß es ihre Schuld war. Irene schien Gelassenheit auszustrahlen, hier war Eile nicht vonnöten, man konnte sich einfach nicht vorstellen, daß Irene irgendwohin rannte. Vielleicht war sie deshalb so jung geblieben.

Und langsam essen, sagte sie zu Flora. Wer sein Essen hinunterschlingt, ist gewöhnlich zu hungrig für alles und schlingt sein ganzes Leben hinunter und versäumt den Hauptgang.

Sie sollten also ein Wort des Dankes an Harold de Leon einflechten, weniger wegen seiner großzügigen Rente als wegen ihrer Befreiung. Jetzt werde alles gutgehen, wollte sie damit sagen, ihr könnt also aufatmen, ihr seid gerettet.

Wenn man sie ansah, dachte man an Knospen und Frühling, nicht an Alter, sie schien den Raum um sich her zu erleuchten, lächelte aber selten. Sie konnte auch sehr scharf sein, konnte beißen. So biß sie Noonies lokalen Klatsch kurz ab, indem sie sagte: «Die Kinder kennen diese Leute nicht, und mich langweilt es.» Sie seufzte und sagte, sie werde zum Kaffee eine ihrer gelegentlichen Zigaretten rauchen. Gehorsam und zerknirscht brachte Noonie ihr das goldene Zigarettenetui.

Möglicherweise hatte sie auch ihre schlechten Zeiten erlebt, vielleicht hatte sie gelitten. Wie sie Großvaters Porträt angesehen hatte (und Bixby hatte so vielsagend gekichert, als sie beim Friedhof vorbeifuhren und er meinte: «Er war schon einer!») – und das Porträt hing im dunkelsten Winkel des Hauses. Er ist jung gestorben, sagte sie, also war vielleicht auch sie befreit worden, vielleicht hatte sie Untreue erdulden müssen und legte deshalb so großen Wert auf Treue.

«Jetzt werden wir Krocket spielen», verkündete sie, «das ist gut für die Verdauung.» Sie führte sie durch die Reifenbahn und beobachtete, auf ihren Schläger gestützt, wie sie sich bemühten, ihre Bälle zu schlagen. «Du machst das schon recht gut, Virginia», sagte sie, und Virginia mußte gegen die Genugtuung ankämpfen, die sie empfand. Ein paar Minuten lang vergaß sie, irgendwen zu hassen.

Später gingen sie in die Bibliothek. «Nun, was habt ihr schon gelesen?» Sie hatten natürlich kaum etwas gelesen, sie stöberten hinauf und hinunter in den Regalen, Flora rutschte auf der lustigen kleinen Leiter hin und her, die an der Seite Rollen hatte. Irene war entgeistert. «Swiss Family Robinson?» Keinen Dikkens? Hatte Virginia von *Jane Eyre* nicht einmal gehört?

«Die Phantasie wird doch nicht durch solche Sachen wie *Sybil's Dutch Dolls* angeregt», sagte Irene. Sie bekamen Bücher zum Lesen zugeteilt. «Und ich stelle euch beim Abendessen vielleicht die eine oder andere Frage danach, also seht euch vor.»

Sie verschwand.

«Also mir ist es gleich, was *du* denkst, ich mag sie», sagte Flora.

Flora war völlig von ihr eingenommen, konnte aber Virginias Gefühle nicht einschätzen.

«Du *nicht*?»

«Ich bin mir noch nicht klargeworden.»

«Du bist schrecklich hochnäsig, Virginia.»

«Vielleicht.»

«Ich darf nächsten Sommer Schwimmunterricht nehmen, ich hab sie gefragt.»

«Und wenn schon.»

Flora sollte nicht merken, was sie empfand. Sie wußte nur, daß sie nicht unglücklich war – nicht glücklich, aber auch nicht unglücklich. An Irene war ihr vieles nicht klar, sie mußte noch darüber nachdenken.

Im weichen gelben Lampenschein sah sie schön aus in ihrem dunkelblauen Spitzenkleid. Wenn Mutter hübsch war, dann war Irene schön. Virginia kannte genau den Unterschied. Hübsch war ein kleiner Hain, schön war ein Berg, schön war majestätisch.

«Wer ist Pegotty?» fragte Irene sie ganz unverhofft.

Und sie *wußte* es. Sie errötete vor Stolz. Mrs. Drewes Schwimmende Insel war auch *schön*. Sie durften sich zweimal davon nehmen.

Nach dem Essen setzte Irene sich ans Klavier und spielte ihnen vor. Sie spielte gleichmütig, ohne Emotion, mit dem Kopf nickend, als stimme sie mit dem Stück überein. Ja, genau richtig, sagte ihr Kopf, ich bin mit dir ganz einer Meinung. Dann, als der letzte Ton noch nachschwang, hob sie die Hände, drehte sich auf dem Klavierstuhl herum und sagte: «Und stellt euch vor! Das wurde komponiert von einem Genie, einem Mann, der auch unglaublich verabscheuungswürdig, gemein, grausam und herzlos war zu seiner armen Frau und vor allem undankbar gegenüber dem bayrischen König, seinem Gönner, der ihn liebte und von Sinnen geriet vor Liebe.»

Das kam so unerwartet – sie hätte genausogut eine Vase an die Wand geworfen haben können; es war zerschmetternd.

Sie ließ die Hände in den Schoß fallen und sah sie an, ihre Augen waren plötzlich wie dunkelblauer Marmor. Keiner wagte etwas zu sagen und das Schweigen zu brechen. Schließlich sagte sie mit sanfter Stimme: «Oh, selbst in der Schönheit steckt Haß und Böses. Wartet nur, ihr werdet es selbst erleben.»

Sie blickte auf den Fußboden. Allmählich verflüchtigten sich die Dämonen, und sie sagte: «Geht jetzt zu Bett. Gute Nacht.»

Kein Gutenachtkuß, kein Träum-was-Schönes oder solchen Kram. Erst als Virginia zehn gewesen war, hatte Mutter aufgehört, vom Sandmann zu erzählen. Flora glaubte noch immer an irgendwelche Märchenfeen.

Kein Lächeln. Sie schien ihr Lächeln für besondere Anlässe zu pflegen.

Dann im Dunkeln das leise Geräusch ihrer Tür, das Rascheln des Kleides, der schwache Duft von Rosenöl.

Irene küßte sie auf die Stirn.

«Gute Nacht, Virginia.»

Wieder ein Rascheln, die Tür wurde leise geschlossen.

Wie außergewöhnlich alles war.

Als Mary Charleys dritten Drink brachte, erzählte Flora gerade die alte Geschichte mit der Hearst-Jacht.

«Also irgendwer hat Marion noch spät an diesem Abend an Deck gesehen, zusammen mit einem Mann, und geglaubt, es sei Tom Ince. Aber es war nun einmal so, daß sich Tom und Chaplin so ähnlich sahen wie ein Ei dem anderen. Ich will nicht meine Theorie vorbringen, aber Tom ist nicht erschossen worden, er ist gestorben. Alle sagen, er sei erschossen worden, aber das ist er nicht, er ist vielleicht an Lebensmittelvergiftung gestorben. Das ist zumindest das, was mir Billie Dove gesagt hat, und der hat es von Marion.»

Flora scheuchte lässig eine Hummel fort. «Wally und ich wären mit ihnen nach Catalina gefahren, aber ich hatte die Gürtelrose bekommen.»

«Ich hatte auch einmal die Gürtelrose, gräßlich», sagte Thelma.

«Ich hatte die *doppelte* Gürtelrose», sagte Flora. «Wenn das ganz um einen herum geht, stirbt man daran.»

«Das ist ein Altweibermärchen», sagte Thelma.

«Nun, ich bin ein altes Weib», kicherte Flora.

Törichtes Gerede, mit dem man sich abfinden mußte. Mary sagte nur: «Mittagessen.»

Man half Charley und Flora auf die Beine.

«Das Komische ist nur, sonst hat niemand auf der Jacht Lebensmittelvergiftung bekommen», sagte Flora, obwohl keiner mehr zuhörte.

«Die Berge kommen aus den Wolken heraus», sagte Wally, als sie sich setzten, und band Flora eine Serviette um den Hals. «Schau, Thelma, man kann die Berge sehen.»

«Ich habe sie schon gesehen», sagte Thelma.

Charley griff mit zittriger Hand nach dem Milchkännchen in Form einer Kuh.

«Mutters kleines Milchkännchen», sagte Charley und vergoß einen Tropfen Milch. «O Gott.» Ihm brach die Stimme.

«Aber Charley», sagte Flora, «du weiß doch, verschüttete Milch, hin ist hin, nicht weinen.»

Mary sagte: «Ich muß noch Mrs. Binns Essen hinaufbringen, also fangt schon an.»

Sie ging mit dem Tablett für die Krankenpflegerin hinauf. «Oh, was ist denn das für ein Käse?» fragte Mrs. Binns; sie las gerade den *Fernseh-Rundblick*.

«Gouda.»

«Noch nie gehört.»

Mary ging in ihr Badezimmer, schloß die Tür und wusch Gesicht und Hände mit kaltem Wasser.

Die Sache ist die, sagte sie zu ihrem Gesicht im Spiegel, daß nichts von alledem etwas mit *uns* zu tun hat, mit Mutter und mir. Virginia und mir. Keiner von ihnen hat etwas mit uns zu tun, sie sind Eindringlinge. Nichts auf der Welt hat mit irgend etwas zu tun außer ihr und mir. Virginia und mir. Mir und Virginia.

Sie ging leise über den Flur in Virginias Zimmer und blickte auf das gelb-erdige Gesicht hinunter.

Und wenn ich dir jetzt sagte, daß du die Kluft zwischen uns geschaffen hast...

Virginia holte die Post aus dem Briefkasten und erkannte Mutters verschnörkelte Handschrift in lila Tinte. «Misses V. und F. Green, bei Mrs. G. Mann, Sag Harbor, Long Island, New York, U.S.A.»

Im warmen Junisonnenschein wurde ihr plötzlich kalt.

Es war ein recht dicker Brief.

In den vergangenen zehn Monaten hatten sie nur ab und zu eine Postkarte bekommen mit ekstatischem Geschwafel und «tausend Küsse, wünschte, Ihr wärt bei uns». Ha, alles Lüge.

In der warmen Sonne begann Virginia zu frösteln.

Sie setzte sich auf den großen Stein neben dem Tor, drehte den dicken Umschlag in den Händen herum und sah nach dem Poststempel. Melbourne Aust. Soundsovielter April.

Schickte man nach ihnen?

War es möglich, daß man sie fortholte? Über Tausende von Meilen hinweg wieder ins Chaos, wieder vom einen Ort zum anderen?

Konnte Irene sich widersetzen? Konnte man Minderjährige ihren Müttern entziehen? Gab es nicht etwas, das man Vormundschaft nannte und weswegen man vor Gericht gehen konnte? Angenommen, Mutter spielte wieder die Nummer der edlen Leidenden, in der sie so überzeugend wirkte, würde man sie ihr da nicht übergeben wie hilflose Lämmer, ohne daß Irene etwas tun konnte?

Sie stand auf und hielt sich am Torpfosten fest. Also sie, Virginia, würde um sich treten und schreien, man würde sie gefesselt abführen müssen wie Jean Valjean in *Les Misérables*.

Niemand wußte, was sie für Irene empfand, nicht einmal Irene selbst.

Irene haßte jede Aufdringlichkeit, mochte nicht berührt werden. «Ich hoffe, ihr respektiert meine Zurückhaltung, wie ich auch die eure respektieren werde. Gräßlich, wenn andere ihre Sorgen bei einem loswerden wollen.»

Also sagte man niemals «Ich habe dich gern».

Niemals.

Nur wenn sie fort war, schlich man in ihr Schlafzimmer und öffnete den großen Mahagonischrank und hüllte sich in ihre

Kleider ein und küßte und küßte eines ihrer süß duftenden schönen Kleider.

Manchmal wurde einem ein Lächeln geschenkt, ein Finger berührte die Wange, und man fühlte sich wie im Himmel.

Virginia drehte den Brief immer wieder um.

Sie lebten hier alle von der Außenwelt abgeschirmt. Über Tod und Krankheit wurde in Irenes Eden nichts berichtet. Als die Fliegerin Harriet Quimby vor fünftausend entsetzten Zuschauern aus einem Bierot-Eindecker in die Dorchester Bay stürzte und dabei den Tod fand, hatte Noonie die Meldung aus der *New York Times* herausgeschnitten. War Miss Quimby auch nur eine sehr entfernte Grußkartenbekanntschaft gewesen, so mochte die Nachricht doch Irene das Frühstück verderben, meinte Noomie.

«Aber wird sie sich nicht wundern, wenn da was fehlt?» fragte Virginia.

«Vielleicht fragt sie mich später danach, und dann zeige ich es ihr.»

«Ich würde sofort danach fragen», sagte Virginia.

«Ja, *du*», sagte Noomie, was liebevoll gemeint war oder vielleicht auch nicht. Wie bei Irene wußte man auch bei Noonie nie genau Bescheid.

So wie man die Jalousien herunterließ, um das helle Nachmittagslicht zu dämpfen, wurde alles abgemildert, geschönt, um Irenes Ruhe nicht zu stören. Doch bisweilen riß plötzlich Irenes Gelassenheit wie ein geplatztes Gummiband und flog einem um die Ohren.

Sie fuhr die beiden Mädchen nach einem Elterntag im Ponywagen nach Hause, und sie kamen gerade am Otterteich vorbei, als Flora sich brüstete: «Miss Soames hat gesagt, mein Kleid ist das schönste, und ich habe nicht gesagt, daß es auch teurer war als die Kleider der anderen Mädchen, ich habe nur gesagt, ‹Oh, vielen Dank, Miss Soames›.»

Der Wagen wurde so plötzlich angehalten, daß sie einen Ruck nach vorn machten, sie glaubten, ein Kaninchen oder Eichhörnchen sei unter die Räder geraten.

Irene drehte sich zu Flora und blickte sie zornig an.

«In dir steckt ein Zug von deiner Mutter, Flora, und den rotte ich aus, den rotte ich aus. Jetzt geh.»

«Was?»

«‹Wie bitte?› heißt das.»

«Wie bitte?»

«Steig aus und geh.»

Irene hielt die Peitsche hoch – Würde Flora hier am Otterteich ausgepeitscht werden, wo ständig Einspänner und Automobile vorbeifuhren?

Flora stieg benommen vom Wagen herunter.

Irene funkelte sie vom Bock herunter an. «Jetzt geh nach Hause. Und führe mir nie mehr solch eingebildete Reden.»

Die Peitsche knallte, der Wagen fuhr mit einem jähen Ruck weiter.

Virginia wagte nicht das Schweigen zu brechen. Als sie beim Sägewerk um die Ecke bogen, sagte Irene, ohne sie anzusehen: «Ich glaube, du verstehst mich, Virginia.»

Schrecklich, vor Stolz zu glühen wegen der armen Flora, aber sie glühte, schwebte. Sie wartete auf solche Gelegenheiten.

Liebe – sie liebte und konnte nicht genug haben.

Was also, wenn dieser Brief (sie wußte, es konnten nicht nur wirre Reiseeindrücke darin stehen, denn Mutter war schrecklich schreibfaul) das Ende dieses Teils ihres Lebens ankündigte, der ihr gleichsam wie ein Geschenk zu Füßen gelegt worden war?

Sie konnte natürlich den Brief zerreißen und wegwerfen und ihnen beiden einen Aufschub gewähren, aber Mutter würde dann noch einmal schreiben oder vielleicht gar ein Telegramm schicken, und dann würden Fragen gestellt werden. Es gab nichts, sie mußte sich dem Schicksal stellen.

Irene saß aufgestützt im Bett und las die *Southampton Gazette*.

«Nicht aufs Bett setzen, Virginia. Da ist der Stuhl. Du hast ein Blatt im Haar. Was ist das?»

«Ein Brief von Mutter.»

«Er ist an dich und Flora adressiert, mach du ihn auf. Mich interessiert nicht, was darin steht.»

«Ich kann ihre Schrift nicht lesen», log sie.

Irene seufzte und nahm die zehn, zwölf Seiten aus dem Umschlag: Mutters Handschrift in lila Tinte. «‹Liebste Kätzchen›», las Irene mit teilnahmsloser Stimme. Doch die ersten zwei, drei Seiten handelten von einem Ausflug, den sie nach einem Kurort namens Mount Kosiusko unternommen hatten. Es folgte bis zur letzten Quaste hinunter eine ausführliche Beschreibung des Kleides, das Mutter bei dem Ball im Government House getragen und was die Gattin des Gouverneurs, Lady X (Mutter erwähnte den Titel zwei-, dreimal), Rühmendes darüber gesagt hatte. Dann kam, Gang für Gang, eine Schilderung des Abendessens, angefangen mit dem Trinkspruch auf König Georg V. Virginia hatte gerade ruhiger zu atmen begonnen, als Irene aufhörte, laut zu lesen, und statt dessen die Seiten überflog. Dann stand also doch etwas Wichtiges in dem Brief.

Irene räusperte sich und las weiter vor. «Und jetzt, meine Schätzchen, komme ich zu dem, was ich vor mir hergeschoben habe, so wie ich das Schreiben dieses Briefes vor mir hergeschoben habe. Meine Feder bringt die schrecklichen Worte kaum zu Papier, aber ich muß mir ein Herz fassen. Schätzchen, wir haben unseren geliebten Wohltäter und Freund verloren. Unser teuerster Harold –

(*Unser*. Er war nicht ihr Harold, sie hatten ihn nicht gewollt) ist vor acht Tagen unter tragischen Umständen gestorben, als ein großer Kran, den er in Newcastle inspizierte, plötzlich einstürzte und er in eine Schiefergrube geschleudert wurde, und so seid Ihr armen Kleinen zum zweitenmal in noch nicht drei Jahren –»

Kam sie heim? Virginia hätte Irene am Arm packen und schreien mögen: «Lies bis zum Ende – kommt sie heim?» Oh, lieber Gott, laß sie nicht heimkommen.

« – Euch aber keine Sorgen zu machen, denn in seiner üblichen Voraussicht und Freundlichkeit und –» Virginia hörte nicht mehr hin, Mutter schrieb nur noch Blabla – «Anwaltsbüro Shapiro and Ankers in New York City wird weiter Eure monatlichen Renten an Großmutter schicken, wenn auch ich selbst nichts weiter habe als das bißchen Schmuck –»

Doch dann ging es plötzlich in hoffnungsvollerem Ton weiter. Lady Z hatte sich Mutter angenommen, und sie wohnte jetzt bei den Zs in deren «herrlichem» Haus, und sie wollten unbedingt, daß sie sie auf einem Ausflug zu den Fidschi-Inseln begleitete. Von einer Rückkehr in die Vereinigten Staaten war nicht die Rede.

Irene sagte trocken: «Nun, weder das Reisen noch ein Trauerfall scheinen ihre Anschauung wesentlich verändert zu haben. Sie ist eben die Katze, die immer wieder auf die Beine fällt. Das gelingt ihr wohl auch jetzt. Sie schreibt von einem Mr. McArthur, der zur Elite dieser Reisegesellschaft zu den Fidschis gehört. Ich sehe sie richtig mit Glanz in den Augen vor mir.»

Virginia hatte ein ähnliches Bild vor sich: Mutter, wie sie lässig an Deck wandelte.

«Und ist dir das aufgefallen», fuhr Irene fort, «da schreibt sie vierzehn Seiten und erkundigt sich kein einziges Mal nach euch – was ihr macht, wie es euch geht. Nur, daß du das zur Kenntnis nimmst. Ach, ich glaube, ich rauche eine meiner gelegentlichen Zigaretten, reich mir doch mal das Etui, ja?»

Virginia hielt ihr die Streichholzflamme hin, bis Irene sie mit blauem Zigarettenrauch ausblies und sich wieder in die Kissen zurücklehnte.

«Nichts berührt sie, gar nichts. Sie ist feuerfest. Sie ist wie jemand, der Anna Karenina liest und die Selbstmordszene überspringt. Arme Grace. Selbst wenn Mr. de Leon ihr zwanzig Millionen hinterlassen hätte, wäre sie noch mit Armut geschlagen.»

Sie zog an ihrer Zigarette und blickte zur Decke hinauf.

«Aber man kann in Menschen nicht mehr hineinstecken, als sie anzunehmen bereit sind. Diese Erfahrung habe ich gemacht. Ich hatte mir eine kluge und wagemutige Tochter gewünscht und habe ein hübsches Lärvchen bekommen. Doch selbst die Gaben, die sie besaß, hat sie nicht richtig genutzt. Sie war ein reizendes Mädchen, und sie strahlte eine Hilflosigkeit aus, die manche Männer an Frauen mögen.» Sie seufzte. «Sie hätte jeden der reichen Halsted-Jungen haben können, und ich habe sie weiß Gott immer wieder darauf gestoßen, aber sie wollte ihr Talent, männliche Beschützerinstinkte wachzurufen – was ein wirkliches Talent ist, das kann ich dir sagen –, ausnutzen, um Mr. Arnold Green einzufangen, der nun, verzeih mir den Ausdruck, wirklich kein guter Fang war, und das tat sie wahrscheinlich nur deshalb, weil er gerade *nicht* der Mann war, den ich mir für sie vorgestellt hatte. Nicht, daß ich ihn verabscheut hätte. Wie kann man jemanden verabscheuen, der nicht da ist?»

Das stimmte. Armer Daddy. Virginia sah nicht einmal mehr sein Gesicht richtig vor sich.

«Aber ich habe sie deshalb nie verstoßen, falls sie euch etwas Derartiges gesagt hat, und du kennst mich inzwischen gut genug und weißt, daß ich dich da nicht belügen würde. Ich habe nicht auf die Tür gezeigt und gesagt, hinaus in die Nacht mit dir. Aber ich konnte nicht verhehlen, daß ich enttäuscht war, ich kann bei Vorspiegelungen einfach nicht mitmachen. Wogegen sie sich und anderen ständig etwas vormacht, immer schon, und wenn man die Wahrheit nicht ihr zuliebe verfälschte, bekam sie Angst und war voller Vorwürfe und hat sich die Ohren zugehalten und wollte nichts mehr hören. Oh, was ist mir alles vorgeworfen worden. Ich hätte versucht, ihr jemanden abspenstig zu machen. Ich hätte mit jemandem geflirtet, von dem sie glaubte, er liebe sie – einem jungen Mann, halb so alt wie ich. Mir wurde sogar vorgeworfen, ich fühlte mich durch ihre Eifersucht geschmeichelt und förderte sie noch. Wie weit sie da gehen konnte – manchmal habe ich sie fast dafür bewundert.»

Irene hielt inne, biß sich auf die Lippen.

«An ihrem Hochzeitstag kam sie zu mir in dieses Zimmer in ihrem weißen Kleid und bat mich, ihr den Schleier festzustecken, und dann drehte sie sich um und sagte ‹Du bist meine wunderbare Mutter›, und ich habe die Augen geschlossen, weil ich glaubte, ich – ich ersticke, und gedacht, aber nicht gesagt, ‹Das ist die schlimmste Lüge deines Lebens›, und in diesem Moment, als sie in ihrem Schleier vor mir stand und mich ansah, als glaubte sie diese Lüge, da habe ich mich völlig und für immer von ihr losgesagt. Ich habe sie verstoßen, weil ich wußte, sie würde diese Lüge ihr ganzes Leben hindurch um sich verbreiten, sie würde sich an dieser Erfindung aufrichten, um sich zu schützen und mich zu strafen.»

Irene stützte sich auf den anderen Ellenbogen. Rauch kräuselte um ihren Kopf.

«Denn ich war keine wunderbare Mutter. Ich habe sie nie richtig geliebt, weil ich sie nie gewollt hatte.»

Das Zimmer schien zu erschauern.

«Im Bett rauchen!» Noonie kam hereingestürzt, in den Armen einen Stoß Bettücher. «*Wen* nie gewollt?»

«Das geht dich nichts an», sagte Irene.

Noonie legte die Tücher ab und faßte sich an den kleinen

Haarknoten; verärgert schaute sie mit ihren kleinen Augen unruhig umher. «Was tust du hier, Missy?»

«Du gehst jetzt am besten, Virginia», sagte Irene in ganz sachlichem Ton. «Und nimm euren Brief mit. Ihr müßt eurer Mutter noch heute wegen des Trauerfalls schreiben. Es muß kein langer Brief sein.»

Virginia ging voll neuen Stolzes hinunter; sie hatte das Gefühl, in den letzten zwanzig Minuten fünf Zentimeter gewachsen zu sein. Man hatte sie zur Vertrauten gemacht. Es war fast, als hätte sie Irene nackt gesehen. Es war schrecklich zu wissen, was zwischen Mutter und Irene gewesen war; das Wissen brannte auf ihren Wangen.

Mutter war nicht gewollt gewesen.

Das mochte die tanzenden Derwische in Mutter erklären. Selbst Mutter war nicht so schwer von Begriff, als daß sie das nicht gespürt hätte. Kein Wunder, daß sie alle Bilder verbrannt hatte und nie von ihrer Mutter sprach.

Aber «meine wunderbare Mutter» war mitleiderregend, und Virginia versetzte es einen Stoß – daß Mutter versuchte, im letzten Augenblick die Dinge umzukehren, das war so deutlich zu erkennen und so sinnlos wie alles, was sie tat. Keiner würde es ihr glauben außer Fremden, die nicht zählten.

Und was war zwischen ihren Eltern geschehen, daß ihre Mutter sie nicht gewollt hatte?

Schrecklich, nicht gewollt zu sein und dennoch geboren zu werden.

Sie kniete auf der Bank vor dem Fenster nieder und drückte die Nase an das kühle Glas. In den weißen Flammenblumen summten die Bienen.

Aber mich will man haben.

Irene hatte sich ihr ohne den leisesten Anstoß anvertraut, hatte sie in ihr geheimes Kämmerlein gezogen, hatte ihr die Sünde eingestanden, das eigene Kind nicht zu lieben. Und was für ein Glück, daß Flora gerade Schwimmstunde hatte, denn vor Flora hätte sich Irene zweifellos nicht so offenbart, Flora war zu einfältig, um die Nuancen zu sehen, die Virginia sah, Virginia sah alle Tönungen von Licht und Schatten, Bedauern und Enttäuschung in Irenes Geschichte von dem Kampf zwischen ihr und ihrer Tochter. Es war fast, als hätte sie zu Virginia gesagt: «Aber das wird zwischen uns nicht geschehen, verstehst du, Virginia, denn du liebst mich.»

Sie hielt den Gedanken ganz fest und ließ sich von ihm hinreißen.

«Was treibst du dich hier drin herum?» Noonie blickte vom Bügeln auf.

«Kann ich ein Plätzchen haben?»

«Das heißt ‹Darf ich›. Du weißt doch genau, wo die Dose steht. Was hat sie dir gesagt?»

«Oh, wir haben uns nur unterhalten.»

«Miss Ganzschlau, was? Euer Stiefvater ist gestorben.»

«Ich weiß.»

«Du könntest wenigstens so tun, als wärst du ein wenig traurig.»

«Warum?»

«Weil sich das gehört. Du bist so gefühllos.»

Virginia dachte darüber nach. War sie das?

«Arme kleine Grace.» Noonie spritzte Wasser über Irenes Hemdbrust. «Sie hat's nicht leicht gehabt, zuerst das eine, dann das andere und jetzt das, und euch zwei verliert sie dabei auch noch.»

Noonie stieß einen richtigen Seufzer aus. Wie dumm sie war, mit ihrem kleinen sturen Gesicht, daß sie die Tatsachen so durcheinanderbrachte. «Na ja, sie hat sich's wohl selbst zuzuschreiben. Sie sind nie gut miteinander ausgekommen, weißt du.» Sie deutete mit dem Kopf nach oben. «Mit *ihr* auszukommen ist nicht leicht, und Grace hat es nie gekonnt. Immer und immer wieder hab ich ihr gesagt, tu dies nicht oder sag das nicht, du regst sie nur auf. Aber sie hat's einfach nicht verstanden, deine Mutter. Was für Szenen es da gab – t-t-t-t.»

Noonie warf die Hemdbrust beiseite und griff nach seidener Unterwäsche. «Nicht, daß ich je für sie Partei ergriffen hätte – in diesem Haus ergreift man nur für eine Seite Partei. Aber sie hat mir leid getan, sie hatte doch sonst niemanden und nichts. Sie hat *sie* angebetet.» Wieder ein Ruck mit dem Kopf zur Decke hinauf. «Und konnte nicht zu ihr durchkommen. Das kann niemand, und das hat sie nicht begriffen. Arme Grace. Du liebe Güte, starr mich nicht so an, Virginia. Junge Damen starren andere Leute nicht an. Hier, bring dieses Eisen zu Mrs. Drewe und bitte sie freundlich um das andere, das auf dem Feuer ist.»

Als sie zurückkam, packte Noonie das Eisen, spie darauf, um die Hitze zu prüfen, und der Speichel zischte.

«Warum folgst du ihr überallhin? Wenn sie im Haus ist, bist du im Haus und achtest auf sie, ist sie im Garten, bist du im Garten und interessierst dich plötzlich für Pflanzen. Das merkt man doch. Nicht, daß sie etwas zu mir gesagt hätte, aber wenn du mit ihr auskommen willst, mußt du dich weniger bemerkbar machen.»

Sie ließ das Eisen auf ein Dreibein fallen und stützte sich auf das Bügelbrett. Sie sah Virginia durch die Nickelbrille an, die ihre blinzelnden Augen vergrößerte.

«Gewinn sie nicht zu lieb», sagte sie.

Sie wandte sich ab, blickte zum Fenster des Anrichtezimmers hinaus und kaute an ihren schon abgekauten Fingernägeln. Warum hatte sie diese Warnung ausgesprochen? Vielleicht ging Virginia, die so kühn und kalt war, gleich zu Irene und fragte: «Warum sollte ich dich nicht zu liebgewinnen?» Sie hatte die Warnung ausgegeben, so wie man eine geheime Mitteilung unter der Tür hindurchschiebt mit dem Hinweis «Sofort verbrennen». Es gibt noch vieles, wovon du nichts weißt, hatte der Hinweis bedeuten sollen, und so wie Noonie verkrampft am Fenster stand und an den Fingernägeln kaute, war in den Wandschränken mehr als nur Laken und Tücher.

Virginia nutzte die kleine Böße, die Noonie sich gegeben hatte, und fragte: «Wie war *er*?» Und Noonie riß sich, während sie sich umwandte, von irgendeiner trostlosen Landschaft los, die sie geschaut hatte und die genauso steril war wie sie selbst, runzelte die Stirn, als wüßte sie im Augenblick nicht, wer dieses Mädchen war, und fragte: «Wer?»

«Großvater.»

«Oh, der war fort, als ich zurückkam.»

«Zurückkam?»

«Oder sagen wir so: Ich kam zurück, weil er nicht mehr da war. Das war eine Zeit. Vielleicht erzählt sie dir einmal davon, vielleicht auch nicht. Wie er war? Er hat zu Pferd prächtig ausgesehen, mehr kann ich dir nicht über ihn sagen. Sie hat nicht einmal mir alles erzählt, nur mal dies und das. Sie erzählt nie irgendwem alles. Ich weiß nur, als ich zurückkam, da war sie anders. Das war die Zeit, in der sie sich richtig entwickelt hat. In diesen fünf Jahren. Sie war nachher nicht mehr der gleiche Mensch. Und es gibt zwei Dinge, die ich nicht ausstehen kann – neugierige kleine Mädchen und Reden über jemand, der nicht dabei ist.»

Doch nachdem sie so weit gegangen war, floß sie trotzdem von irgend etwas über. Das Eisen flog im Zickzack über das Nachthemd, in Ärmel hinein und wieder heraus, als wollte Noonie ein für allemal die Knitter in ihrem Leben ausbügeln. Einige Falten hatte *er*, Großvater, hineingedrückt.

Sie stellte das Eisen hin, schloß die Tür zur Küche und lehnte sich dann mit dem Rücken dagegen. «Jenny Curthoys, das Mädchen, das dreimal die Woche kommt – sie ist eine Halbcousine von dir. Und wenn du das je erwähnst, schütte ich Strychnin in deine heiße Milch, und glaub nicht, ich trau mich nicht. Nun, jetzt bekommst du vielleicht eine Vorstellung, jetzt siehst du vielleicht, wie großzügig sie ist, wenn sie Jenny unterstützt, wo jeder von hier bis Shelter Island weiß, wer Jennys Großvater war. Und es geht nicht nur um Jenny. Multipliziere sie mit zehn, und du hast eine ungefähre Vorstellung, was er für ein Mensch war.» Noonie schnaubte kurz.

Vielleicht besuchte deshalb nie jemand den Friedhof. Und Jenny staubte den vergoldeten Rahmen des Porträts ihres Großvaters ab und dachte sich vielleicht wer weiß was dabei. Oder auch nicht.

Und es gab noch andere «Halb»-Cousinen. Und Cousins.

Deshalb sah man sie verstohlen an, wenn sie in McGonigals Gemischtwarenladen ihre Sahnebonbons kauften – alle hier in der Gegend wußten über Mr. Mann Bescheid. Und Irene hatte sich irgendwie deswegen «richtig entwickelt». Hatte sie ihn gehaßt und verabscheut?

«Hat sie ihn gehaßt und verabscheut?»

«Von mir erfährst du jetzt nichts mehr. Und erzähl ihr kein Wort davon, sonst gehe ich mit dem Fleischermesser auf dich los. Nun, es heißt, als das Pferd gescheut und ihn auf diesen Zaun geworfen hat, da hätte eine Eisenspitze ihn richtig aufgespießt.

Das hätte ich gern gesehen», sagte Noonie in heiterem Ton. «Oh, ich wollte, ich hätte ein Bild davon. Oh, da kommt er.»

Virginia war so sehr von dem Bild des aufgespießten Körpers gefangen (sie stellte ihn sich in einer scharlachroten Reiterjacke vor, und der Eisenpfahl kam ihm zum Rücken heraus), daß sie fast mit der geisterhaften Erscheinung eines Reiters rechnete. Aber es war nur der Captain, der mit einem Strauß gelber Rosen durch das Hintertor kam.

«Eulen nach Athen», sagte Noonie. Sie stürzte durch das Speisezimmer hinaus und rief die Treppe hinauf: «Ihr Kavalier ist da.»

Darin waren sich Virginia und Noonie einig: Sie konnten beide Captain Petersham nicht ausstehen. Er war früher bei der Küstenwache gewesen und besaß zwei Fischerboote in Sag Harbor und drei drüben in Montauk. Er hatte ein häßliches Haus aus Kalkstein und Buntglas, in dessen Obergeschoß seine verrückte Frau eingesperrt lebte wie Mrs. Rochester. Nach Noonies Ansicht war die Frau des Captains wegen dessen Leidenschaft für Irene übergeschnappt. «Welche Frau würde nicht verrückt werden bei dem Gedanken, sie könnte ihren Mann an die attraktivste Frau auf ganz Long Island verlieren?» Vor allem, wenn man so reizlos war wie ein Besenstiel, sagte Noonie. Man hatte die Ärmste einmal in Irenes Geräteschuppen entdeckt, im Nachthemd und mit einem Tranchiermesser in der Hand, und seitdem hielt man sie hinter Schloß und Riegel. Der Captain machte Irene weiterhin den Hof und brachte Blumen, Obst und Gemüse. «Aber den Heiligen dort oben sei Dank – Verrückte werden sehr alt», sagte Noonie.

Noonie verabscheute Captain Petersham so sehr, daß sie vor Ärger überbrodelte wie ein Topf auf dem Ofen; kichernd und störrisch zugleich schoß sie um ihn herum wie eine aufgescheuchte Seemöwe. Es gelang ihr, ihm dampfend heißen Tee aufs Hosenbein zu schütten, den sie dann mit einem schmutzigen Tischlappen abwischte, während Irene, die ihr Spiel durchschaute, nur lächelte.

Warum ließ sich Irene mit ihm ein? Das war ein weiteres Geheimnis. Er hatte wäßrigblaue Augen in einem gutgeschnittenen Adlergesicht wie auf einer amerikanischen Münze; er schnupfte und nieste wie ein Seehund; Tag um Tag, winters wie sommers, trug er dieselbe braune Tweedjacke, die nach moderigem Heu roch (außer an musikalischen Abenden, wenn er – er spielte Flöte, Irene Klavier und Amy Flyte Cello – seine Körperfülle in ein Abendjackett warf, das an die Zeit von Charles Dickens erinnerte). Sein Haar war für einen Mann weit in den Sechzigern verdächtig schwarz.

Dann kam der Tag, als Noonies Dämonen die Oberhand gewannen und sie in Irenes Beisein dem Captain ins Gesicht lachte, ihren Stuhl zurückschob und sich über den Tisch zu ihrem erstaunten Gegenüber vorbeugte und sagte: «Oh, Sie bringen mich zum Lachen, Captain Petersham, ja, das tun Sie, was Sie alles sagen, das ist so witzig. Jemand sollte mal die große Weisheit aufschreiben, die aus Ihrem Munde kommt, vielleicht kriegt er dann einen Preis an der Weltuniversität der Idioten. Noch etwas Kuchen?» Mit diesen Worten warf sie ihm den klebrigen Sahnekuchen in den Schoß.

Die Vergeltung ließ nicht lange auf sich warten. Noonie wurde Luft. Die Art, wie Irene jemanden ignorieren konnte, war gnadenlos.

Auf solche Art gezüchtigt, gab Noonie klein bei und beobachtete Irene aus dem Augenwinkel heraus, während sich Irene beim Abendessen nur an die Mädchen wandte. Eine zerknirschte Bemerkung, die Noonie machte, wurde mit eisigem Schweigen quittiert, und als Flora törichterweise fragte, ob Noonie die Soßenschüssel haben wolle, sagte Irene in schneidendem Ton: «Da sitzt niemand.»

Noonies Froschaugen hinter den dicken Brillengläsern flossen über vor Verzweiflung; sie rollte ihr Brot zu kleinen Kugeln. Mit einer Stimme, als wäre ihr eine Fischgräte im Hals steckengeblieben, sagte sie: «Tun Sie mir das nicht an, Irene, bitte, bitte, oh, Sie sind so grausam.»

«Hast du deinen Gürtel gefunden, Flora?» fragte Irene.

«Noch nicht», sagte Flora, und sie mußte recht laut sprechen, wegen des plötzlichen Plärrens, das Noonie ausstieß.

«Ich höre nicht, was du sagst, Edith.» Komisch, sie hatten nicht gewußt, daß Noonie Edith hieß – das verlieh ihr eine neue Dimension, als wäre sie einmal eine eigenständige Person gewesen. Und warum hatte sie das all die Jahre hindurch aufgegeben, nur um Bettücher zu ordnen und zu katzbuckeln?

Noonie griff nach ihrem silbernen Serviettenring und warf ihn nach Irene; er flog an ihrem Kopf vorbei und landete im Kamin.

«Sie trampeln auf mir herum!» kreischte Noonie.

«Hör sofort auf damit.»

«Soll ich lieber gehen?»

«Wie du willst.»

«Vielleicht wäre es Ihnen wirklich lieber.»

«Niemand hält dich zurück, Edith.»

«Ja, dann gehe ich, dann gehe ich heute abend, Sie sind mich endlich los.»

«Sehr schön.» Irene wandte sich an Flora. «Du darfst nicht dauernd etwas verlieren, Flora, dieser Gürtel hat fünfundzwanzig Dollar gekostet.»

«Was soll ich denn nun tun?» platzte Noonie heraus.

«Du schaffst es vielleicht gerade noch zu dem Zug um acht Uhr fünfzehn.»

«Möchten Sie das wirklich?»

Endlich sah Irene dem hysterischen Wesen ins Gesicht; Noonie rieb sich so heftig die Arme, als stünde sie in einem Schneesturm. «Ich möchte, daß du dich aufs Rad setzt und zu Captain Petersham hinüberfährst und dich bei ihm entschuldigst. Sag ihm, du leidest unter Anfällen von unsinnigem Verhalten, was ja auch der Wahrheit entspricht.»

Noonie stürzte aus dem Zimmer, und ein paar Minuten später sahen sie die kleine Lampe an ihrem Fahrrad die Einfahrt hinunterschweben.

Am nächsten Tag, als die Ordnung wiederhergestellt war, überschlug sie sich vor Liebenswürdigkeit gegenüber Irene. «Liebes», säuselte sie, «hätten Sie gern heißen Kakao?» «Ich habe es bereits bemerkt, Liebes.» Sie lächelte zu einem verklemmten Fenster hin. «Ich sage sofort Bixby Bescheid, Liebes.»

Virginia lag in der Hängematte und las, als sich unversehens der Captain über sie beugte, mit der Pfeife im Mund. «Bekloppt», sagte der Captain und deutete mit dem Kopf zu Noonie hinüber, die Dahlien schnitt und dabei vor sich hin sang. «Bißchen verrückt», sagte der Captain. «Ist sie ab und zu mal komisch zu euch Mädchen?»

«Nein.»

Sie ließ sich nicht von dem Captain einfangen, widerlich, seine vertrauliche Art, so wie jemand ins Badezimmer kam, und man war noch nicht ganz angekleidet.

«Kaut an den Fingernägeln, häßliche Angewohnheit», sagte der Captain und spie Tabaksaft zwischen die Gänseblümchen. «Unterstützt die Suffragetten, bekloppte Frauen wie sie und fordern das Stimmrecht. Mal gesehen, wie sie –» Er machte die Geste des Trinkens.

«Nein.»

«Sie greift ab und zu zur Flasche, oder ich will Harry Houdini heißen.»

Der Captain tätschelte ihr Bein, gräßlich, seine rauhe warme Hand auf ihrer Haut. «Bist ein molliges Kerlchen, was? Ich mag mollige kleine Mädchen. Was liest du denn da?»

«‹Das Bildnis des Dorian Gray›.»

Er warf einen verkniffenen Blick auf den Einband.

«Das läßt sie euch lesen? Doch von diesem Wilde, ja? Den sie ins Kittchen gesperrt haben, nicht? Unnatürlich.»

Wie konnte er es wagen, etwas über Oscar Wilde zu sagen, wo er selber die Leute ausspionierte? Sie hatte in der Küche von dem Skandal flüstern hören.

Irene erschien.

«David.»

«Ja, meine Liebe.»

Der Captain entschwebte.

Aber wie ihre gelegentliche Zigarette liebte Irene auch einen gelegentlichen Mann im Haus. «Zu viele Weiber in diesem Haus», hatte sie einmal in scharfem Ton ohne ersichtlichen Grund gesagt.

«Komm herein, Virginia, und pudere mir den Rücken.»

Das rosenfarbene Kleid war hinten tief ausgeschnitten; sie trug Amethyste, und ihr Haar war mit einem Perlmutterkamm hochgesteckt.

«Nur ganz dünn.»

Sie beugte sich über den Frisiertisch vor; das goldene Lampenlicht ließ ihr Gesicht sehr plastisch erscheinen und hob die Fältchen um Mund und Augen und die zarten Nasenflügel hervor. Sie seufzte und starrte ihr Gesicht an, als wollte sie die Frau im Spiegel aus der Fassung bringen. «Falten. Ich habe eine für jedes Jahr.» Sie strich sich über die nackten Arme. «Ich spüre das Gewicht der Zeit auf der Haut, manchmal ist mir, als würde ich gegen meinen Willen von einem Wind nach vorn geblasen.»

Sie sprach selten so dramatische Worte.

«Heiligabend», sagte sie in beißendem Ton, «und erst letzte Woche war der vierte Juli und in einer Woche wird neunzehnhundertvierzehn sein, man kann die wilden Pferde nicht zurückhalten. Glaubst du, ich fange an wie Miss Havisham neben ihrer verstaubten Hochzeitstorte auszusehen? Nun, dieses Kleid ist alt genug. Vielleicht sollte man tatsächlich ein Bild auf dem Dachboden haben, das für einen alt und häßlich wird. Aber dann würde man wissen, daß es da oben hängt und man selbst eine Lüge ist. Nun, mir ist es gleich, ich werde bald welk und häßlich sein wie ein verdorrter Baum, und ich werde es genießen. Das wäre ein Spaß, seinen alten Verehrern eine Gesellschaft zu geben und zu sagen: ‹Seht euch eure Aphrodite jetzt einmal an, seht, was aus ihr geworden ist›.»

Sie stieß ein kurzes Lachen aus, und ihre Augen blitzten. «Das wäre wie – Rache, wie gern würde ich das tun, um ihre einfältigen Gesichter zu sehen und wie sie alle den Mund aufreißen bei meinem Anblick, diese Dummköpfe, die mich einmal begehrt haben.»

War sie ein wenig beschwipst, hatte sie vom Punsch probiert?

Virginia hatte sie noch nie so gesehen, es war, als bewege sich etwas, irgendeine Strömung gleich unter der Haut, die sie mit der Puderquaste ganz leicht bestäubte. Sie war ihr ganz nah, hätte das Gesicht auf ihre schmalen Schulterblätter drücken, hätte ihren Nacken küssen können, wo sich das stumpfgoldene Haar leicht kräuselte. Virginia fuhr zusammen, als Irene den elfenbeinernen Nagelpolierer hinwarf, nach dem porzellanenen Zigarettenetui griff, mit heftiger Bewegung ein Streichholz anrieb und dann den Rauch ausatmete.

«Dummköpfe. Nein, die Jahre kümmern mich nicht, sollen sie kommen und mich mitnehmen. Meinetwegen schon morgen. Deckel zu und ab geht's.»

Sie schloß die Augen und zog tief den Rauch ein.

«Was mich bekümmert, ist – daß es nie geschehen ist.» Sie schlug die Augen wieder auf und blickte in eine unendliche Ferne. «Etwas, ich weiß nicht genau, was, ist nicht geschehen, ist einfach nie geschehen. Es hatte nichts mit Menschen zu tun, es hatte mit mir zu tun. Da war etwas außerhalb von mir, das immer kurz davor war zu geschehen, irgendein Lebendigwerden, wie ein Licht irgendwo. Ich habe darauf gewartet und gewartet. Etwas *Zu*sätzliches. Ich frage mich, ob andere Menschen auch darauf warten.»

Sie hob die Augen zu Virginias Gesicht im Spiegel.

«Jetzt wird es nicht mehr geschehen», sagte sie mit harter, kalter Stimme. Sie nahm Virginia die Puderquaste ab, ohne den Blick von ihr zu wenden. Ihre Augen waren wie aneinandergeheftet und blinzelten nicht im Balken des reflektierten Lichtes. Jetzt in diesem höchsten Augenblick der Erregung, mochte sie ihr Herz offenbaren, mochte sie sagen: «Du bist es, die ich endlich liebe.»

Aber sie puderte sich statt dessen die Nase. «Du siehst sehr hübsch aus, Virginia. Was wirst du uns vortragen?»

«‹Die Art der Gnade weiß von keinem Zwang›.»

«Na schön, aber vermeide den Predigtton, nach meiner Ansicht neigt die Porzia sehr zum Tugendhaften.»

Doch unten sprühte sie vor guter Laune, begrüßte die Kutschen und Automobile, die den Matsch aufwühlten, den der Schneefall zuvor in Wehen zurückgelassen hatte. Auf dieser ihrer einzigen Party des Jahres, immer an Heiligabend, gab sie sich ganz und widmete sich diesen schwerfälligen Leuten. Sie wollten, daß sie glänzte? Nun, dann würde sie glänzen.

O Irene, sagten sie alle, die Sag-Harbor-Matronen in ihren besten Kleidern aus dem Bon Marché, mit ihren Volants und ihren Fächern, die ihnen vom Handgelenk hingen wie tote Vögel, o Irene, Sie werden jedes Jahr jünger, versicherten sie, wenn sie ihr die Wange küßten.

Er kam zusammen mit den Massies, er war ihr Hausgast.

Mr. Carrick.

Virginia hörte einen Frosch in einem grünen Teich, Carrick, Carrick. Er zog den seidenen Zylinder und neigte das silbrige Haar über Irenes Hand. Blendende Erscheinung, große dunkle Augen in einem tief zerfurchten schönen Gesicht mit einem silbrigen Schnurrbart. John Carrick, der Verfasser dieser glühendromantischen Romane, die junge Mädchen und weibliche Dienstboten in Bann schlugen.

Er war ein Ausrufezeichen in Frackschößen und wirkte kühl und zurückhaltend. Er habe leider, so teilte er bedauernd mit, ein Magengeschwür und könne weder Gurken noch sonst etwas mit Essig zu sich nehmen. Er sei weitgereist und des Reisens müde und finde Sag Harbor behaglich und entzückend, sagte er.

Das hatte wahrscheinlich nichts mit der immer in wieherndem Ton sprechenden Mrs. Massie zu tun, die ihn in New York aufgegabelt und über die Ferien hierher mitgebracht hatte.

John sei musikalisch, vertraute Mrs. Massie Irene an. «Und er ist ein großer Verehrer von Swinburne.»

«Nun, niemand ist vollkommen», sagte Irene, und Mrs. Massie wieherte.

Nach dem Abendessen, als das Trio gespielt und man den Kerzenleuchter auf das Klavier gestellt hatte, sang Mr. Carrick zwei Lieder von Brahms, begleitet von Irene, und erntete großen Applaus. Er bat um einen Brandy mit Milch, zweifellos um sein Magengeschwür zu beruhigen. Ohne auf die übrige Gesellschaft zu achten, setzte er sich einen Kneifer auf und musterte die Bücher in den Regalen. Irene schien weder den Brandy noch seine Rücksichtslosigkeit gegenüber ihren Gästen zu mißbilligen.

«So, ein Schriftsteller, was?» fragte der Captain.

«Wenn ich etwas nicht ausstehen kann, dann ist es ein Mann, der nach Parfum riecht», sagte Noonie. «Und ich renne ganz gewiß nicht in die Leihbücherei wegen eines seiner Kitschromane.»

Denn (und Virginia spürte es auch, spürte es wie das Beginnen eines Kopfwehs) ein Funke war übergeflogen. Irene gab sich zu betont lässig. Mr. Carrick wirkte zu betont uninteressiert.

Die Massies gingen als letzte. Mr. Carrick schüttelte Irene die Hand und murmelte etwas, worüber sie lachte, ihr weiches, freudiges Lachen.

«Nun, für ein Jahr haben wir es überstanden, Gott sei Dank», sagte Irene und ließ sich in einen Sessel fallen. «Ich glaube, ich trinke einen Schluck Brandy mit etwas Sodawasser.»

«Ja, tun Sie das, Liebes, Sie sehen schrecklich müde aus.»

«Ich bin kein bißchen müde.»

«Sie sehen aber so aus. Ich habe Sie noch nie so müde gesehen, Sie wirken richtig erschöpft.»

«Ist euch aufgefallen», mußte Flora da sagen, «daß Mr. Carrick Diamantknöpfe an der Weste hatte – *so große*?»

«Das waren Rheinkiesel», sagte Noonie. «Es tut mir leid, aber ich mache mir nichts aus diesem Menschen. So eingebildet und unhöflich.»

«Ach ja?» Das war Irenes sarkastische Stimme. «Dir hat er nicht gefallen?»

«Tut mir leid, aber Sie kennen mich ja, ich muß alles freiheraus sagen.»

«Ach ja? Wie interessant.»

«Mich werden Sie nicht dabei ertappen, daß ich einen von seinen Kitschromanen lese.»

«Also ich lese gern ab und zu einen Kitschroman, da kann ich mich entspannen.»

Ganz gewiß, da war ein Funke übergeflogen.

Und am folgenden Donnerstag ratterte tatsächlich Mr. Carricks Lokomobil mit seinen vierundachtzig Pferdestärken und Halblandauerkarosserie unangemeldet die Einfahrt hinauf.

«Haben Sie Mitleid mit einem gelangweilten Wanderer?»

«Welch angenehme Überraschung – kommen Sie herein.»

«Warum haben Sie kein Telefon?»

«Um unerwünschte Personen wie Sie fernzuhalten», lachte sie.

«Hört euch das an!» sagte Noonie in bissigem Flüsterton und kaute an den Nägeln.

Und Mrs. Drewe wurde angewiesen, einen anderen Lunch zuzubereiten, in dessen Verlauf man sich dann mit «John» und «Irene» anzureden begann – eine gewisse neue höhere Ebene war erreicht.

Sie lachte über seine gelegentlichen geistreichen Bemerkungen. «Aber warum schreibt ein intelligenter Mann wie Sie solche Bücher?»

«Intelligente Bücher verkaufen sich nicht», sagte John.

«Ich gebe den Leuten, was sie wollen, schmachtende Herzen und blumiges Zeug und etwas Blut und Donner druntergemischt, ein Buch pro Jahr, drei Monate Schreibarbeit und neun Monate frei.»

Ihm stand gerade wieder eine dreimonatige Arbeitsperiode bevor – morgens von neun bis zwölf. War das America Hotel in der Main Street vielleicht der geeignete ruhige Ort, wo er seinen Roman «hinter sich bringen» konnte? Es ist fast leer jetzt mitten im Winter, sagte Irene, und außerdem waren die Reinskillers, denen es gehörte, gute Bekannte von ihr und würden dafür sorgen, daß er ein schönes, sonniges Zimmer bekam.

Virginia hatte das Gefühl, als hätte sich ihr eine schwere Hand auf die Schulter gelegt. Noonie verzog den Mund, als hätte sie in eine Essiggurke gebissen. Trieb Irene nur ihren Spaß mit ihm? Sie war weniger zu durchschauen denn je. Das Lokomobil holte sie jetzt dreimal wöchentlich ab; sie fuhren zum Dinner ins America Hotel oder zu Hopper's in Water Mill. Brandy und Milch wurden zu einem spätabendlichen Ritual, während Virginia auf das von unten heraufdringende leise Auf und Ab des Gesprächs lauschte und darauf wartete, daß die Eingangstür geschlossen wurde und das Fahrzeug hustend und spuckend davonfuhr. Erst dann konnte sie einschlafen.

«Du siehst blaß aus», sagte Irene zu ihr.

Aber schließlich würden es nur drei Monate sein, dann nur noch zwei, dann nur noch einer, und Mr. Carrick würde nach New York zurückfahren. Es war unvernünftig, das Undenkbare auch nur in Betracht zu ziehen. Bis zu dem Abend, als sie noch einmal aufstand, um ins Badezimmer zu gehen, und vom oberen Flur aus die zwei langen Schatten sah, die sich zu einer richtigen Umarmung vereinigten. Im nächsten Augenblick erblickte sie Noonie in ihrem bleichen Nachthemd, die die Szene ebenfalls aus dem Dunkel heraus beobachtete, halb hinter der Standuhr oben an der Treppe verborgen. Noonie und sie starrten sich an und, ohne ein Wort zu wechseln, wußten sie, daß sie beide die gleiche undenkbare Vorstellung hatten.

Beide drückten ihre Gefühle am nächsten Tag auf verschiedene Weise aus, Noonie zeigte sich reizbar, Virginia schwieg.

Du lieber Gott, wurde alles wieder so wie bei Mutter?

Flora, die sich um nichts kümmerte und glücklich war den lieben langen Tag hindurch, sagte: «Heiratet sie Mr. Carrick, was meinst du?»

«Nein, Dummkopf.» Virginia errötete über und über vor Angst.

«Miriam Massie hat gesagt, ihre Mutter hat gesagt, er hat ihr einen Antrag gemacht.»

«Alles Lüge», sagte Virginia voller Abscheu. «Du glaubst auch alles. Und setz dich nicht auf mein Bett, Flora. Was bist du doch für ein kleines Kind. Wer wird denn alles glauben, was Miriam sagt? Außerdem –» sie hielt hilfesuchend inne, suchte gleichsam in der aufgewühlten See nach einem Seil, einem Balken – «ist sie zu *alt*.»

Aber das war sie natürlich nicht. Nicht ganz alt, keine achtzig oder so. Sie hatte Mutter schon mit achtzehn Jahren geboren, und dann mußte sie jetzt – na ja, so in den Fünfzigern sein.

Mr. Carrick wirkte kühl, nicht ermutigender als Harold de Leon. Sollte sich die Geschichte auf so bösartige Weise wiederholen? Und zu sehen, daß Irene mit ihrem nüchternen Verstand und ihrem ausgewählten Geschmack *Liebesqualen* las, das war ein Schock, als hätte man eine Nonne beim Rauchen ertappt; und die Aufmerksamkeit, die sie dem Buch widmete – als hätte es sich um ein Meisterwerk gehandelt.

«Wie kannst du nur solches Zeug lesen?» fragte Virginia empört.

«Sei nicht hochgestochen, Virginia.»

«Uns sagst du immer, wir sollen keinen billigen Schund lesen.»

«Zufälligerweise ist das kein völlig billiger Schund, und außerdem sind die Umstände anders.»

Das waren sie in der Tat, sie hatten Irene auf subtile Weise verändert, und Virginia erfuhr es, erfuhr, daß die Qualen der Eifersucht die grausamsten aller Gefühle sind, weil keiner sie mitempfindet.

Auch der Captain hielt seine Meinung nicht zurück. «Ist Demokrat, der Bursche, wie?»

Irene, kühl: «Ich habe ihn nicht gefragt.»

«Die meisten von diesen Schriftstellern sind Demokraten – und noch liberal dazu, wie ich mir habe sagen lassen.»

«Haben Sie Angst, er könnte mich bekehren?»

Kümmere dich um deine Angelegenheiten, sollte das heißen. War dies also das *Etwas*, das ihr nie widerfahren war – das, worauf sie so lange gewartet hatte?

‹Johnny› nannte sie ihn jetzt. Johnny, benehmen Sie sich nicht so lächerlich, neckte sie.

Mr. Carrick, verkündete sie, fuhr mit ihr für ein paar Tage nach New York. Sie wollten sich Fritz Kreisler in der Carnegie Hall anhören und Mrs. Patrick Campbell auf der Bühne sehen «in diesem Stück, das Shaw für sie geschrieben hat».

«Laß sie reden», sagte sie verächtlich zu Noonie, die angesichts dessen, was man sich in der Nachbarschaft erzählte, die Hände rang. «Was wissen sie schon? Und was weißt du schon?»

Das Haus war ohne sie wie ausgestorben. Ihnen fehlte fünf Tage lang der Mittelpunkt; sie aßen die aufgewärmten Überbleibsel, die Mrs. Drewe beiläufig servierte, ohne jeden Appetit.

Als sie zurückkam, trug sie einen neuen Hut mit einer langen blauen Feder. Mr. Carrick stieg nicht mit ihr aus dem Zug.

«Er hat Besprechungen mit seinem Verleger», sagte sie obenhin. Und das Waldorf Astoria sei nicht mehr das, was es einmal war. Und Mrs. Patrick Campbell sei dick geworden.

Gleich nach ihrer Rückkehr holte sie ihre Staffelei und ihre Farben hervor und begann im kleinen Damenzimmer zu malen.

Noonies Augen leuchteten auf. «Etwas stimmt nicht. Sie malt immer nur, wenn sie etwas beunruhigt.»

Zehn Tage vergingen ohne ein Zeichen von Mr. Carrick, und Virginia begann aufzuatmen. Doch ihre Hoffnungen wurden zunichte, als Irene von einem Brief aufblickte und lakonisch sagte: «Mr. Carrick kommt am Donnerstag. Es gibt junge Ente.»

Und Champagner. Und vielleicht auch die Mitteilung einer bevorstehenden Heirat? Irene und Johnny lachten über die Scherze, die sie machten, aber das Lachen hatte etwas Gezwungenes.

Als Virginia die lauten Stimmen von unten heraufdringen hörte, stand sie auf und ging barfuß zum oberen Ende der Treppe.

Es ging darum, daß Irene zu starr, zu steif sei. Er war zornig. «Bienen und Rosen und musikalische Abende und diese komischen Leute. Warum haben Sie sich hier vergraben?»

«Ich bin hier gelandet», sagte Irene.

Sie sprachen in jähen Anläufen. Schweigen und dann wieder plötzlich Worte, oft sprachen beide zu gleicher Zeit.

«Nein, weil Sie ihre Schmeichelei brauchen.»

«Unsinn.»

Schweigen. Unten stürzte im Kamin ein Holzklotz um.

Man hörte das Geräusch der Feuerzange.

«Sie enttäuschen mich», sagte er. «Die Feststellung, daß Sie oberflächlicher sind, als ich dachte, ist für mich eine große Enttäuschung.»

«Ich habe ein Recht auf mein Privatleben, wie ich Ihnen in New York sagte.»

«Na schön, aber spielen Sie nicht mit der Aufrichtigkeit anderer.»

«Na, ich weiß nicht recht», sagte sie.

«Ich bin es nicht gewöhnt, daß man mir Avancen macht – es sei denn, ich hätte mich dabei getäuscht – und mir dann die Tür vor der Nase zuschlägt, und in meinem Alter hat man nicht mehr viel Zeit zu verschwenden.»

«Ich war mir nicht bewußt, daß es Ihnen so eilig ist.»

«Ihnen gefällt es nicht, daß ich nicht auf die Knie falle und Sie verehre wie all diese Speichellecker, mit denen Sie sich umgeben.»

«Mir gefällt nicht, daß Sie mir Vorschriften machen wollen.»

«Es ist mehr als das, meine Liebe, Sie machen sich nichts aus *Männern*.»

Stille. Das Ticken der Uhr im Flur wurde überlaut.

«Nun», sagte Carrick schließlich, «dann gibt es nichts weiter zu sagen.»

Dann wieder Gemurmel.

«Ägypten, wie faszinierend», sagte Irene in scharfem, heiterem Ton. Offenbar glaubte sie, Ägypten sei der rechte Ort für ihn.

Überraschenderweise folgte ein Lachen. «Gute Nacht», sagte Irene.

Carrick trat aus dem Zimmer in die Diele, griff nach Hut und Mantel und ging hinaus. Augenblicke später zerriß der Lärm des Lokomobils die Stille der Nacht. Zum letztenmal, dessen war sich Virginia sicher.

Sie beugte sich über das Treppengeländer, wartete darauf, daß Irene das Wohnzimmer verließ, aber nichts geschah. Jetzt war das Haus still, so still, daß sie hörte, wie Irene sich räusperte.

Erst nach einer Weile ging Virginia wieder ins Bett.

Am ersten warmen Tag mußte Bixby die rotweißen Scheiben auf dem Rasen aufstellen, und Irene und der Captain begaben sich ans Bogenschießen. Sie traf viermal ins Schwarze. Nach ihrem Gesichtsausdruck zu urteilen hätte sie die Pfeile in jemandes Herz geschossen haben können.

Sie machen sich nichts aus Männern.

Im Anrichtezimmer trällerte Noonie vor sich hin.

Virginia hatte einen Frühjahrsschnupfen mit starkem Husten, und Miss Soames schickte sie vorzeitig nach Hause. «Du steckst mir noch die ganze Klasse an.»

Sie radelte zum Hintereingang des Hauses, das menschenleer zu sein schien, denn der Eismann hatte den neuen Eisblock in einer Sackleinwand auf der eisernen Wanne vor den Küchenstufen abgelegt, und es war Donnerstag, Mrs. Drewes freier Tag. Irene und Noonie mußten fortgegangen sein; Virginia öffnete die Hintertür. Das Haus knarrte ganz leise in der Stille, reagierte auf die beginnende Wärme, dehnte sich zum Sommer hin aus.

Sie holte sich einen Apfel und setzte sich mit Jane Austens *Pride and Prejudice*, dem Buch, das als nächstes auf Irenes Leseliste stand, in einen Sessel. Es war eine etwas mühsame Lektüre, vor allem fehlten die leidenschaftlichen Liebesszenen. Aber vielleicht stellte man ihr plötzlich die Frage: «Wer ist Charlotte Lucas?»

Von oben war etwas zu hören, ein Knarren, nicht nur von einer Bohle, die sich in der Hitze ausdehnte. Ein verstohlenes Geräusch, so als hätte jemand barfuß oder in Strümpfen einen Schritt getan.

Sie lauschte. Oder war nur ein Rouleau im Wind gegen ein

Fenster gestoßen? Aber da quietschte oben wirklich etwas, vielleicht eine Wandschranktür.

Sie legte Buch und Apfel hin und ging leise in die Diele. Ja, da bewegte sich jemand, genau obendrüber in Irenes Zimmer, das über dem Vordereingang lag.

Warum also rief Virginia nicht: «Seid ihr das? Ist da jemand?» Etwas, eine Geisterhand, die sich ihr auf die Schulter legte, hielt sie davor zurück; irgendeine Vorahnung trieb sie die Treppe hinauf, an der Wand entlang, so lautlos wie ein Schatten.

War es irgendeine dunkle Schicksalsgöttin, die ihr etwas zeigen wollte und dafür sorgte, daß sie während der Ewigkeit der nächsten Minute weder niesen noch husten mußte? Auf den obersten Stufen der Treppe kauernd sah sie die halboffene Tür von Irenes Zimmer und Noonie, die, ihr den Rücken zukehrend, neben dem großen Mahagonischrank stand. Als Noonie die Schranktür schloß, sah sie in dem kurz vorübergleitenden Schrankspiegel Irene nackt in den Kissen liegen. Dann trat Noonie aus ihrem Blickfeld heraus, doch zuvor beobachtete Virginia noch, daß sie sich den Haarknoten gelöst hatte wie zum Schlafengehen. Sie flüsterten leise miteinander, dann sagte Irene laut: «Schließ die Tür, für alle Fälle», und während der Schatten über den grünen Teppich glitt, huschte Virginia zwei Stufen hinunter und duckte sich. Das leise Klicken der Tür, ein Schlüssel wurde herumgedreht.

Sie verharrte gebückt, das Gesicht im Treppenläufer, den Geruch von sauberem trockenem Teppichgewebe und von Bienenwachs in der Nase, während sie glaubte, das Geräusch in ihr, das Klopfen ihres Herzens und das Rauschen ihres Blutes, müßte ihr Trommelfell zum Platzen bringen.

Zentimeter für Zentimeter kroch sie rückwärts hinunter, an der Wand entlang, um kein Geräusch zu verursachen. Als sie sich erhob, zitterten ihre Knie so sehr, daß sie kaum in die Küche gehen konnte. Wie sauber die Küche war, sie sah die an der Wand hängenden blinkenden Töpfe, die weiße Schüssel mit Orangen, die Schale mit frisch gebackenen Maisbrötchen, mit einem Gazetuch darüber.

Sie band sorgfältig ihre Schnürsenkel und zog den Mantel an.

Denk nicht nach.

Die Katze der Thorntons war auf dem Hof, sie bückte sich und streichelte sie, und die Katze strich um ihr Bein herum.

«Hallo, Thomasina», sagte sie; der weiche Schwanz streifte ihr Knie.

Sie nahm ihr Rad und fuhr mit wackligen Beinen den Weg hinunter und bog so schnell um die Ecke, daß sie beinahe mit einer Frau zusammengestoßen wäre, die ein Kind an der Hand führte. Erst an der Kaimauer hielt sie an und stellte das Fahrrad dort ab. Sie ging den ganzen Pier entlang und starrte ins Wasser.

Jetzt.

Jetzt mußte sie daran denken. Jetzt. Jetzt.

Etwas ging vor zwischen Irene und Noonie.

Es war nichts Neues, dessen war sie sicher, vielleicht kam es selten vor, aber etwas Neues war es nicht.

Da kam ihr das Mittagessen hoch.

Sie beugte sich vor und übergab sich.

Als sie viele Jahre später recht eindeutig von der Hand einer Frau berührt wurde, die zunächst nur eine affektierte Geste zu machen schien, mußte sie, in Erinnerung an diesen Tag, die Hand vor den Mund haltend ins Badezimmer rennen.

Nein, sie habe sich nur den Magen verdorben, beruhigte sie den jungen Fischer, der fragte, ob ihr etwas fehle.

«Ich hatte eine Erkältung», sagte sie höflich, wischte sich den Mund ab und ging schnell fort. Sie mußte, wenn sie nach Hause kam, unbedingt normal aussehen und durfte sich nichts anmerken lassen.

Die Gedanken schmerzten wie stechende Wespen. Irenes kalte Bemerkung über Mutter: «Ich habe sie nie *gewollt.*» Daß der *Liebestod* von einem verabscheuungswürdigen Mann komponiert sei, daß es selbst in der Schönheit Böses und Haß gebe.

Daß sie nicht berührt werden wollte, schneidend antworten konnte. «Ich höre nicht, was du sagst, Edith.» Und diese «Dummköpfe von Männern», die sie begehrt hatten, und wie gern sie es hätte, wenn sie sie jetzt sehen könnten, ihre heruntergekommene Aphrodite, aber ständig betrachtete sie sich wohlgefällig im Spiegel und forderte zu Komplimenten heraus.

Sie war eine Heuchlerin, eine Schwindlerin.

Sie wandelte umher und gab Schönheit und Weisheit vor, aber darunter war sie wurmzerfressen und häßlich.

Sie war wie das Bild auf dem Dachboden in *Dorian Gray*.

Das war es.

Und Virginia hatte sich in diese Schwindlerin verliebt.

Sie saß noch am Ufer, bis die Sonne immer längere Schatten warf und ihr kalt wurde.

Es ist etwas Schreckliches, nach einer Katastrophe wieder ganz normal zu tun, auf eine beiläufige Frage «Wo warst du denn den ganzen Nachmittag?» zu antworten. Irene sah besonders schön aus, sie flickte einen Korb, und Noonie strickte. «Ich mache dir einen heißen Zitronensaft, Virginia.»

Sie war überzeugt, daß sie verändert aussah, daß ein Wissen auf ihrem Gesicht geschrieben stand, das man sofort erkannte wie eine häßliche Beule. Doch ihr verschmutzter Anblick und die niedergeschlagenen Augen (es gelang ihr, Irene nicht ins Gesicht zu sehen) wurden für Anzeichen ihrer Erkältung gehalten, und glücklicherweise hatte es große Aufregung wegen des Collies der Hutchinsons gegeben, der Flora angefallen hatte; während des Abendessens drehte sich fast alles um Maulkörbe und die Frage, weshalb sich der Hund der Hutchinsons auf einmal nicht mit Flora vertrug. Es wurde beschlossen, daß Flora in Zukunft in ihrer Schultasche einen Knochen mit sich führen sollte.

Irene las oft noch lange im Bett, doch um ein Uhr fiel kein Lichtschein der Öllampe mehr unter ihrer Tür hindurch. Virginia schlich den oberen Flur entlang, machte einen weiten Bogen um ihre Tür und tastete sich im Dunkeln in die Diele hinunter. Sie tastete sich behutsam vor, um an nichts zu stoßen, das beim Umstürzen ein Geräusch hätte verursachen können. Endlich gelangte sie durchs Wohnzimmer zur Glasveranda, wo sie, vor Kälte und Aufregung zitternd, die Kerze anzündete, die sie mitgebracht hatte, und das Schränkchen aus Kiefernholz öffnete, in dem Irene ihre Malutensilien aufbewahrte. Im Wohnzimmer zündete sie eine Lampe an und stellte sie behutsam auf das Klavier. Das bleiche Licht erhellte Irene, wie sie sich in dem tief ausgeschnittenen schwarzen Kleid zurücklehnte, den einen Arm um Mutter. Irenes schönes kaltes Gesicht blickte herab, ätherisch im weißen Lampenschein, die vollen roten Lippen fast schwarz.

Es dauerte eine Weile, bis sie auf der Palette einen Farbton gemischt hatte, der zumindest im Lampenlicht von einem schimmeligen Grau war. Dann schob sie einen Stuhl unter das Porträt, stieg, die Palette auf dem einen Arm, hinauf und bearbeitete das Gesicht mit dem Pinsel.

Tupfend, schmierend malte sie Warzen und Muttermale auf die cremige Haut, Flecken und Beulen brachen auf dem Gesicht aus, der Hals und die Schultern wurden gesprenkelt, als begänne das Porträt selbst zu eitern, als verzehre eine galoppierende Lepra den lässig sich zurücklehnenden Körper und verwandle ihn in einen verfaulenden Leichnam, der ein strahlendes Kind in den Armen hielt. Abermals mischte sie die Farben und fügte diesmal eine Spur Siena hinzu. Rasch färbte sich das goldene Haar zu fäkalischem Braun. Schließlich nahm sie einen frischen Pinsel, tunkte ihn in Karminrot und fuhr damit quer über den Hals und tupfte kleine Blutstropfen in den Ausschnitt hinunter.

Sie war außer Atem, als sie fertig war.

Die Palette, die Farben und den verklebten Pinsel ließ sie einfach liegen und ging zitternd zurück ins Bett.

Während der ersten Sekunden nach dem Aufwachen am Morgen war sie sicher, daß alles nur ein Traum gewesen war. Warum aber dann der Schrei von unten und dann die Schritte, die die Treppe heraufgerannt kamen, und das Aufreißen von Irenes Tür und die Stimmen?

«*Virginia.*»

Sie standen da in ihren Nachtgewändern, die Lampe auf dem Klavier brannte noch.

Irene, die Hände lose verschränkt, sah Virginia aus toten Augen an. Noonie stand neben ihr, das Haar noch nicht aufgesteckt. Sie sahen alt und harmlos aus im Morgenlicht, nicht böse, eher zerbrechlich. Was hatte sie also getan? Sie sah das entstellte Porträt an, das bei Tageslicht noch schrecklicher wirkte, die beschmutzte Frau, blutbefleckt.

Warum? War sie vorübergehend verrückt gewesen? Konnte sie sagen, sie müsse geschlafwandelt haben?

«Hast du das getan?» Noonie brach die Stimme.

Es gab nichts, was sie hätte sagen können, das Blut, das ihr ins Gesicht schoß, sagte alles.

«So siehst du mich also?» fragte Irene ruhig; es klang fast gelangweilt.

Doch dann packte Noonie sie bei den Schultern und schrie und beschimpfte sie, sagte Dinge wie «dich aufgenommen wie eine Waise – Dankbarkeit – das schlechte Blut von deinem Großvater – böses Mädchen – böses Mädchen.»

«Hör auf», sagte Irene zu Noonie.

«Also *ich* würde ihr den Hintern versohlen und einen Monat lang nur Brot und Milch nach guter alter Sitte. Ich würde sie Tag und Nacht in den Schuppen sperren...»

«Hör auf», sagte Irene.

«Du bist *böse*», sagte Noonie keuchend. «Ich werde es mit einem Tuch zuhängen. Bis wir Mr. Berkowitz aus Water Mill herbekommen. Er ist hervorragend im Restaurieren von Gemälden. Wir können ihm sagen – wir können ihm ja sagen, irgendein Einbrecher...»

«Nein», sagte Irene.

Sie setzte sich und schlug sich ganz ruhig das gesteppte Nachtgewand um die Beine.

Sie sahen beide Irene an.

«Wir lassen es so, wie es ist.» Die Sache schien Irene nicht mehr auszumachen, als hätte man ein obszönes Wort an ihren Zaun geschrieben. «Wir geben am Freitag eine Abendgesellschaft. Ich stelle noch heute die Gästeliste zusammen. Und Virginia wird in ihrem besten Abendkleid unter ihrem Malwerk neben mir stehen und jeden einzelnen Gast begrüßen, und ich werde sagen: ‹Das ist Virginias Porträt von mir, ist es nicht hübsch? Sie hat mich genau getroffen›.»

Es war nicht daran zu zweifeln, daß sie das tun würde.

«Ach, Sie», sagte Noonie, mit dem Fuß aufstampfend. «Aus Ihnen werde ich nie schlau. Ich hätte ihr den Hintern versohlt, daß sie eine Woche nicht mehr drauf sitzen kann.»

Noonie stürzte davon.

Jetzt würden die Vorhaltungen beginnen, da sie nun allein waren. Virginia wartete auf die Peitsche, hoffte, sie würde zuschlagen und zuschlagen, bis sie verstümmelt war wie das Porträt.

Irene saß da und blickte in den ruhigen, windstillen Morgen hinaus. Sie stieß einen leisen Seufzer aus. Wurde ihr Zorn erst richtig angeheizt? Plötzlich stand sie auf und ging zum Fenster, klickte es auf, beugte sich hinaus und rief: «Bixby.»

Sollte Bixby Virginia irgendwohin fahren? Zu einem Richter?

Hinter dem Fliederstrauch hörte Bixby auf zu harken.

«Oh, Bixby, ich möchte, daß Sie die Laube verlegen. Sobald ich Kaffee getrunken und mich angekleidet habe, zeige ich Ihnen, wo ich sie hinhaben will. Ich möchte, daß das noch heute gemacht wird.»

Dann schloß Irene das Fenster und verließ, an Virginia vorbeigehend, als wäre sie nicht da, lautlos das Zimmer.

Da geschah es. Zum erstenmal, seit Mutter sie verlassen hatte, schmolz ihr Schutzpanzer aus Verachtung und Gefühllosigkeit, und bis ins Innerste getroffen von dem Bewußtsein eines unwiederbringlichen Verlusts begann sie zu weinen.

Nicht um Mutter. Oder um Irene, die sich für immer von ihr entfernt hatte.

Um sich selbst, die erwachsen geworden war, erwachsen wurde wie jeder andere, unvollkommen.

Was machen Sie denn da? fragte sie den Gärtner, Totengräber. (War es Bixby aus dem alten Haus in Sag Harbor, vor über sechzig Jahren?) Hat *sie* die Anweisung gegeben, mein Grab auszuheben? Nun, sie hätte wirklich zumindest warten können, bis ich nicht mehr da bin, wozu die Eile?

Aber schließlich hatte sie es nicht für nötig gehalten, zu ihrer Beerdigung zu kommen, hatte nur per Telefon Blumen geschickt, so daß sogar die beiliegende Karte stellvertretend von einer fremden Person geschrieben war. «Liebe Irene, ein letzter Gruß, Virginia.» Drei Dutzend rote Nelken, ein letzter Gruß, Virginia. Wogegen Flora natürlich, ohne einen Augenblick zu zögern, von Kalifornien herübergeflogen war und später ein, zwei gepreßte Blumen vom Sarg geschickt hatte und eine Liste der wenigen

Leute, die anwesend waren, als Irene ihrem Wunsch gemäß neben Noonie, ihrer lebenslangen Gefährtin, beigesetzt wurde, eine letzte Ohrfeige für ihren Gatten, der keine drei Meter weiter in der Erde ruhte.

Aber sie war nicht hingefahren, hätte es nicht ertragen, daß man ihr Erscheinen vielleicht als schickliches Verhalten auslegte. Oh, wie nett, Virginia ist gekommen. Denn nett war nicht genug für Irene; Liebe, Haß, die Extreme waren für sie angemessen, aber nichts so Blasses wie «nett». Ich schätze sie zu sehr, um ihr nur einen Lippendienst zu erweisen. Ich habe sie geliebt. Doch von dem Tag an, als wir uns innerlich trennten, über vier Jahre, bevor ich ihr Haus für immer verließ, schloß ich mich von ihr ab, lebte ich isoliert, auf meine Freilassung wartend. Ich erfuhr nie, wie sie meine Grausamkeit aufnahm, sie war nicht der Mensch, der sich so etwas anmerken ließ.

Wäre es anders verlaufen, wenn ich zu ihr gesagt hätte, ich habe dich gesehen, habe euch gesehen an jenem Nachmittag von der Treppe aus? Hätte die Kluft überbrückt werden können? Oder als Noonie starb, hätte ich da vielleicht sagen können, ich weiß, ihr habt euch geliebt auf eine tiefe und seltsame Weise? Nein, nicht zu Irene, sie war zu makellos für gängige Vernunftserklärungen. Wir waren wie zwei Menschen, die weit voneinander entfernt in einem riesigen leeren Stadion stehen und sich nicht zurufen können: «Brauchst du Hilfe?» Und als ich achtzehn wurde und ihr sagte, daß ich sie jetzt verlassen, nach New York gehen und mir einen Job suchen wolle, da sagte sie nur: «Wenn du mußt», pflückte ein welkes Blatt von dem Alpenveilchen zu ihrer Seite ab, ohne mich anzusehen, sagte eben nur: «Wenn du mußt» und «Ich werde die Bank veranlassen, daß sie dein Sparkonto auflöst» und gab mir dann am nächsten Tag das gelöschte Sparbuch und den Scheck, sechs Jahre monatliche Rentenzahlungen von Shapiro and Ankers, Nachlaßverwalter des verstorbenen Harold de Leon, plus Zinsen. Abgezogen waren zweihundert Dollar, laut beigefügter Rechnung betrafen sie «Gemälderestauration. Betrag erhalten. 9. 7. 14. J. Berkowitz.» Dein Notgroschen, sagte Irene, es ist besser, wenn ein Mädchen unabhängig ist, dann brauchst du nicht den ersten besten zu heiraten, der dir über den Weg läuft.

Es gab keine letzte Umarmung. Sie begleitete mich zum Tor, wo schon das Taxi wartete. Sie stand dort neben dem Eisenzaun, der ihren Gatten aufgespießt hatte, und war die wundervolle Gastgeberin, die dem scheidenden Gast Lebewohl sagt, nichts in ihrem Leben schien sie verletzt zu haben, nicht einmal ich. Sie strahlt Barmherzigkeit aus, dachte ich.

Lebe wohl, sagte ich, küßte sie rasch auf die Wange und stieg in das Taxi.

Sie hob die Hand.

Gesegnet sind die Barmherzigen, denn sie erhalten nichts dafür.

Es war, als hätte man einen Dynamo abgeschaltet, als wären die Lichter im Tanzsaal ausgegangen – das Orchester packte seine Instrumente zusammen, und die Tänzer standen unschlüssig herum. Sollen wir gehen? Aber wohin?

Die aufgedrehte Welt sank in Apathie zurück, die Trommeln verstummten, die Soldaten kamen nach Hause. Einige zumindest. Nach dem Sieg in Europa folgte die Prohibition.

Nachdem Alan getötet worden war, armer patriotischer Alan, um seinen Beitrag zum großen Drama betrogen durch einen leichtsinnigen Autofahrer, faßte Virginia den Entschluß, zu den Rot-Kreuz-Schwestern zu gehen, eine Art posthume Geste ihm gegenüber. Sie kündigte sogar ihre Stellung und hatte schon ein Gespräch mit einem weißgestärkten weiblichen Anwerbeoffizier hinter sich, als alle plötzlich vom Waffenstillstand überrascht wurden.

Es war unglaublich, wie schnell der Krieg samt allem, was mit ihm zu tun hatte, wie etwas aus einem anderen Jahrhundert erschien, als hätte eine Riesenhand alle Bruchstücke seiner traurigen Maschinerie von der Erde gefegt. Der Lärm hörte auf, und in der eingetretenen Stille hätte man jemanden zynisch lachen hören können.

Virginia ließ sich einen Bubikopf schneiden und bezog eine Wohnung zusammen mit Betty Persil, die ihr Problem mit dem Martha Washington Hotel für Frauen löste, indem sie sagte: «Du liebe Güte, Virginia, in diesem Kloster angelst du dir nie einen Mann, da kannst du genausogut in Grants Gruft leben; ich suche noch eine Mitmieterin, machen wir halbe-halbe.»

Betty war aus Oklahoma und nahm das Leben so, wie es kam. Sie verstanden sich gut, indem sie weder Geheimnisse noch Kleider austauschten.

Virginia trieb in die zwanziger Jahre hinein, hinein wie jeder andere in die Flaute und Apathie einer Zeit, in der sich niemand mehr Illusionen machte. Sie überflog die Stellenangebote, tat aber nur wenig, um einen Job zu bekommen. Man traf ständig jemanden, der einen anderen kannte, der auch keine Pläne hatte, man saß dichtgedrängt in kleinen Kneipen, die verbotenen Alkohol ausschenkten, und kannte sich nur beim Vornamen. Es gab immer einen jungen Mann, der sie zum Tanzen oder in die Follies mitnahm, im Taxi den unvermeidlichen Annäherungsversuch machte und nicht allzu beleidigt war, wenn sie sich weigerte, weil es ja immer wieder jemand anderen gab, und was machte es schon aus?

Mit Betty Persil zusammen den Weg des Vergnügens zu gehen war weniger gefährlich. War man zu zweit, konnte man sich auf ein Zublinzeln oder ein Anstoßen mit dem Ellenbogen eher zurückziehen, wenn eine Situation bedrohlich oder langweilig wurde. «War sehr schön, dann bis nächstes Mal.» Durch Betty lernte sie Mickey Plant kennen, der gerade von Princeton kam und mit dem sie sich ohne rechte Überzeugung verlobte. Mickey war tagsüber ein ernsthafter Mensch, abends konnte er frech sein und mit den Fingern schnipsen, und er galt als gute Partie. «Oh, Schatz, mit dem hast du für den Rest deines Lebens ausgesorgt», sagte Betty. «Seine Familie produziert jeden Brocken Beton, den es in St. Paul gibt. Du kriegst die üblichen zwei Kinder, und dann sagst du ihm, jetzt ist Schluß, und läßt es dir gutgehen, und was ist schon so schlimm an St. Paul? Wenn du dich langweilst, gondelst du einfach im Schlafwagen nach New York.» Das alles war großzügig von Betty, denn sie hatte Mickey schließlich zuerst kennengelernt. Sie waren ihm dann gemeinsam in einem Lokal begegnet, als hätte Betty ihn für Virginia bestellt, und einige Drinks später sagte Betty, paß auf meinen Pelzmantel auf, ich muß mal, und als sie zurückkam, mußte sie feststellen, daß Mickey sich auf den Platz neben Virginia gesetzt hatte und sich nicht einmal erhob.

Virginia ging das Verlöbnis eher leicht erstaunt als hingerissen ein, machte sich darüber aber weiter keine Gedanken. Sie bekam eine Perle und einen Diamantring. Von einem Hochzeitsdatum sprach man noch nicht. Eltern stellten sich weder mit offenen Armen noch mit Enterbungsdrohungen ein. Sie reagierte ohne Leidenschaft auf Mickeys Geschlechtsverkehr, den er – das galt für alles an ihm – sehr rasch erledigte; sie schlief einen tiefen Schlaf und erwachte so unberührt wie eine Jungfrau.

Mickey war nett, seine Jungenhaftigkeit gefiel ihr, er war nicht das, was man den langweiligen gutaussehenden Mann nannte, und er hatte nie zu ihr gesagt, daß sie schön sei. Dafür war sie ihm sehr dankbar. Niemand begriff (schon gar nicht ein Mann), wie lästig es war, nur schön zu sein. Sagte man ihr, daß sie schön war, reagierte sie hilflos. Ihre Schönheit war etwas, woran sie nichts ändern konnte, das sie nicht selbst geschaffen hatte. Sie empfand «schön» eher als Vorwurf denn als Kompliment und fürchtete, man könnte glauben, daß sie nur groß und schlank war und sonst nichts zu bieten hatte.

Also hatte Mickey, so hoffte sie, vielleicht etwas Besonderes in ihr entdeckt, wer weiß? Brachte es vielleicht zutage. Kein Talent, sie wußte, sie besaß kein spezielles Talent für irgend etwas, aber Individualität vielleicht.

Andere hübsche Mädchen schienen keinen roten Heller darauf zu geben, ob jemand sie für irgend etwas anderes als hübsch hielt. Virginia, die sie beobachtete mit ihren Lidschatten und herzförmig geschminkten Lippen, bemitleidete sie, weil sie sich so gar nicht für ihre Persönlichkeit interessierten.

Das Verlöbnis mit Mickey Plant gab ihr das Gefühl, daß sie etwas vollbracht hatte. Ja, und sie würde Kinder bekommen und vielleicht dick werden, sollte ihre göttliche Figur zum Teufel gehen und sich zu etwas Handfestem entwickeln.

Aber Virginia Plant? Sie schrieb den Namen hin. Und da schien ihr etwas falsch zu klingen.

Vielleicht war dieser kleine Zweifel daran schuld, daß sie eifrig bemüht war, liebevoll und aufgeweckt, versöhnlich und doch entschieden zu sein.

Dann kam ein Abend, an dem Mickey mehr als seine üblichen Drinks getrunken hatte. Sie saßen im San Marco, einem Lokal im venezianischen Stil. Ein Kanal floß mitten hindurch, auf dem außer kleinen Gondeln Zigarettenkippen dahintanzten. Sie hatten ein halbes Dutzend Vornamenbekanntschaften aufgegabelt, unter ihnen auch ein harmloses einfaches Mädchen namens Maybelle mit üppigen Brüsten und einem lauten, scheppernden Lachen. Mickey, der sie eine Zeitlang ausdruckslos angestarrt hatte, sagte plötzlich: «Mir gefällt dein Hut nicht.» Wahrscheinlich war der giftgrüne Hut mit der blechernen Feder Maybelles ganzer Stolz, mitleiderregend in seiner aufgedonnerten Häßlichkeit. «Ich sagte, mir gefällt dein Hut nicht», sagte Mickey, und seine Augen blickten unangenehm. Maybelle kicherte gutmütig und griff mit ihrer pummeligen kleinen Hand in eine Schale mit Brezeln. «Mir gefällt dein Hut nicht, sagte ich», widerholte Mikkey, und Maybelle lachte und sagte, tut mir leid, aber das ist der einzige, den ich heute abend habe. «Nun hör mal zu», sagte Mikkey und packte sie am Arm, «das ist der blödeste, ekelhafteste Hut, der mir je untergekommen ist, du siehst wie eine Schlampe aus in diesem billigen Hut, Minnybell oder wie du heißt», und einer der anderen jungen Männer sagte: «Nun mach mal langsam, Mickey», aber nicht sehr energisch, da er wohl nicht auf der unbezahlten Rechnung sitzenbleiben wollte. Als Virginia sich vorbeugte und ihn abzulenken versuchte, sprang Mickey auf, riß Maybelle den Hut herunter und warf ihn in den Kanal, wo er sofort unterging.

«Um Gottes willen, Mick», sagte einer der Männer. Maybelle machte ein Gesicht, als hätte er sie geschlagen, ihre tränenbeperlten Wimpern zuckten wie die eines geohrfeigten Kindes. Eine Gruppe am Nachbartisch begann zu johlen, und da schüttelte man sich auch an Mickeys Tisch plötzlich vor Lachen, und mit am lautesten lachte Maybelle, und ihre Brüste wogten, und ihre Augen waren weit aufgerissen vor Angst und Schmerz.

Virginia stand auf. «Ich gehe», sagte sie.

Mickey lächelte sie tiefgründig an.

«Gib ihr Geld für den Hut.» Mickey, noch immer lächelnd, spreizbeinig und schwankend vor ihr stehend, fummelte in seiner Brieftasche, nahm eine Zwanzigdollarnote heraus und beugte sich über die von Lachen und Angst geschüttelte Maybelle vor und schob ihr den Schein in den Ausschnitt. Der ganze Tisch applaudierte, eine Ovation für Mickey von allen Vornamenbekannten. Mickey ließ Geldscheine auf den Tisch regnen, und es gab ein lautes Hallo. Maybelle hatte den Kopf auf den Tisch sinken lassen und schluchzte.

Am nächsten Tag war Mickey zu verkatert, um groß aufzubegehren, als Virginia ihm den Ring zurückgab.

«Na ja, du bist sowieso zu groß für mich», sagte Mickey. «Wir sehen uns bestimmt noch mal. Paß gut auf dich auf.»

«Ich weiß nicht», sagte Betty Persil, «jeder Junge kriegt mal 'n Rappel.»

Aber Maybelle hätte ihm ins Gesicht schlagen müssen, sagte Virginia. Statt dessen, und das war das Schreckliche, hatte sie gelacht, weil sie Angst vor ihm hatte.

Aber all seine Moneten, sagte Betty, du wärst eine gemachte Frau fürs ganze Leben.

«Fürs ganze Leben, das hört sich wie ‹lebenslänglich› an.»

«Das liegt nur daran, daß du noch so jung bist», sagte Betty. Sie bearbeitete gerade ihr Haar mit der Brennschere; man hatte ihr gesagt, dann sehe sie aus wie Phyllis Haver. «Wenn du erst in meinem Alter bist, so um sechsundzwanzig herum, dann schnappst du dir einen Mann und hältst ihn ganz fest, glaub mir.»

Doch wie würde ein solcher Mann sein müssen? Älter, erfahren, klug und fähig, jenen geheimnisvollen Teil in ihr zu erforschen, den sie selbst ständig zu enträtseln versuchte. Vielleicht sollte er blind sein, blind, taub und stumm und nur in der Lage, sie instinktiv zu erkennen; dann würde *sie ihm* instinktiv vertrauen können. Sie fragte sich manchmal, ob sie hinsichtlich Männern so anspruchsvoll war, daß sie eines Tages als alte Jungfer enden müßte.

Wie so oft mit vier, fünf anderen in eine große Party hineingezogen, die irgendwer am Riverside Drive gab, fing sie den wäßrigen Blick von Bitsy Cohan ein. Nein, nicht mit George M. verwandt, aber ein guter Kumpel von ihm. Er war ein schmutzig aussehender kleiner Mann mit einem gelblichen Schnurrbart und Zugstiefeln; er sah aus, als wäre er gekommen, um den Ölbrenner zu reparieren, und hätte sich dann der Party angeschlossen.

«Sie sehen gut aus. Mal beim Theater gewesen?»

«Nein.»

«Schon mal gewollt?»

«Nein», sagte sie kühl. Diese Art der Annäherung war zu abgegriffen.

Nun, er habe da einen Freund, der für eine Komödie ein hübsches Mädchen suche, groß, mit Klasse. Ob Virginia es nicht einmal versuchen wolle?

«Gar nichts weiter dabei», erklärte Bitsy. «Sie zahlen nur den Mindestlohn, aber ich will einem alten Freund einen Gefallen tun. Was ist? Wir treffen uns morgen früh im Klaw Theatre, und ich stelle Sie Hal Bernstein vor. Er sieht sich um zehn Uhr die Bewerberinnen an.»

«Na so was», sagte Betty Persil, die es nicht fassen konnte, «jetzt brauchst du nur noch einem Agenten von Hollywood zu begegnen, und schon bist du beim Film.»

Was würde sie damit erreichen? Damit würde sie nur noch weiter entrückt und auf einen Sockel gehoben und von allen angesehen und bewundert werden. Überlassen wir das Flora Green, dem Weltschwimmchampion und Star von Famous Players Pictures. Trotzdem, sie mußte etwas tun, ihr Spargroschen war fast aufgebraucht. Sie warf sich für die Auswahlprobe nicht einmal besonders in Schale.

Eine Stimme aus dem dunklen Zuschauerraum sagte: «Gehen Sie über die Bühne. Jetzt drehen Sie sich um und gehen Sie zurück. Sagen Sie etwas.»

«Hallo», sagte Virginia in das Dunkel hinein.

«Lauter, Kind. Sagen Sie ‹Ich brauche ganz dringend einen Gin-Cocktail›.»

Sie sagte es.

«Engagiert.»

Sie bekam tatsächlich nur den Mindestlohn, aber sie durfte die beiden Kleider behalten, die sie im Stück trug, das eine lavendelblau, das andere narzissengelb. Im ersten Akt mußte sie «Was für wunderschöne Rosen, Hortense» sagen und im dritten «Ich brauche ganz dringend einen Gin-Cocktail». Ihr Bild erschien in der Sonntagsbeilage mit der Unterschrift «Die quicklebendige Virginia Green, die am Dienstag in der Premiere von *Step Out Sister* im Klaw zu sehen sein wird. Virginia ist die jüngere (ha!)

Schwester des bekannten Famous-Players-Lasky-Schwimmstars Flora Green.»

Sie hörte, wie jemand aus dem Ensemble sagte: «Sie wäre ja vielleicht okay, wenn sie schwimmen könnte.»

Sie fand den ganzen Betrieb langweilig, vor allem dieses lange Herumsitzen. Wie jemand vor einer Premiere nervös werden konnte, war ihr unverständlich.

«Du warst toll, Schatz», begeisterte sich Betty. «Wir haben jedes Wort verstanden, das du gesagt hast.»

Nach der fünften und letzten Aufführung von *Step out Sister* sagte Helen Manners, mit der sie sich eine Garderobe teilte und die unbedingt ein großer Star werden wollte: «Kommst du mit zu einem Wohltätigkeitsball im Astor? Jemand hat mir zwei Karten geschenkt. Herrgott, wir hauen mal auf die Pauke. Das ist jetzt meine dritte Theaterpleite hintereinander, da mach ich mal einen drauf.»

Sie trug das lavendelfarbene Kleid und die lavendelfarbenen Atlasschuhe mit den Spangen aus Kaninchenfell.

Die immer gleichen alten Saxophone spielten, Billy Murray sang «Melon Time in Dixie», reiche, gelangweilt aussehende Leute standen und saßen herum.

«Paß auf George Arliss auf», sagte Helen.

«Warum?»

«Er soll hiersein. Ich habe gehört, er hat ein Auge für hübsche Mädchen, wenn Florence es gerade nicht sieht. Eine Bekannte von mir ist zur zweiten Hauptdarstellerin avanciert, nur weil sie mit William Faversham zusammengestoßen war. O Gott, soviel ich sehe, gibt's da nur etwas Bierähnliches zu trinken.»

Helen entschwebte auf der Suche nach Ruhm. Das schaffte sie niemals, mit diesem Hintern.

Das Orchester spielte «Second-Hand Rose» und «In My Tippy Canoe».

«... Tombolagewinner des Packard Single Six ist die Nummer ...»

Applaus.

Virginia setzte sich auf einen goldfarbenen Stuhl und beschloß, langsam bis hundert zu zählen – wenn sich bis dahin nichts Aufregendes ereignet hatte, würde sie gehen und sich

Betty und der Vornamenclique anschließen, die sich bei P.J. Clark trafen. Sie war bis zweiundsechzig gekommen, da sagte eine Stimme: «Was für interessante Schuhe. Dürfte ich Sie fragen, wo Sie die gekauft haben?»

Die junge Frau war dünn wie eine Bohnenstange, hatte große braune Augen und vorstehende Zähne. Sie trug ein stumpfrosafarbenes, mit Mille-soeurs-Rosen gesäumtes Kleid, das sicher von Lanvin stammte. Doch wie es an ihr hing, hätte es auch genausogut auf einem Bügel hängen können. Sie hielt einen Fächer aus Straußenfedern in der Hand in einer Art, als wüßte sie nicht, wie sie dazu gekommen war.

Sie nahm neben Virginia Platz.

«Ist das Kaninchenfell?» Sie berührte Virginias Schuhe. «Wie raffiniert.»

Virginia erzählte, man habe sie ihr für einen Auftritt in einer Komödie gekauft – wo, wisse sie nicht.

«Was für eine Komödie?» fragte die lächelnde junge Frau stirnrunzelnd.

Virginia erklärte es ihr.

«Und warum ist jetzt Schluß?»

«Ich nehme an, das Stück war so schlecht, wie die Kritiker geschrieben haben.»

«Warum hat man es dann überhaupt erst aufgeführt?»

«Auf dem Papier ist es ihnen wahrscheinlich lustiger vorgekommen.»

«Nun», sagte die junge Frau, «ich interessiere mich eigentlich nicht für Komödien. Ich liebe die dunklen, tragischen Sachen, wo alle zum Schluß in die Hölle fahren, wie Frances Staw in ‹The Easiest Way›. Haben Sie das gesehen? Nun, sie fährt am Schluß in die Hölle. Ich habe das Stück sechsmal gesehen, und sie fährt in die Hölle, das steht fest.»

Sie schüttelte ein Zigarettenetui aus Schildpatt aus der goldfarbenen Netztasche, die ihr am Arm hing. «Ich lerne rauchen. Mögen Sie eine?»

«Nein, danke.»

Sie zündete eine türkische Zigarette an und hielt sie auf Armeslänge von sich. «Ich mache mir nicht viel draus, aber meine Mutter glaubt, es verleiht mir Haltung.» Es änderte jedenfalls nichts

Wesentliches an ihrer wenig attraktiven Erscheinung. Sie hatte eine Brust wie ein Waschbrett, aber wenigstens war sie mit einer schönen Haut und langen Wimpern gesegnet.

«Sie erinnern mich an jemanden», sagte sie wie anklagend. «Wem sehen Sie ähnlich?»

«Vielleicht meiner Schwester, Flora Green.»

«Der Schwimmerin?»

«Ja. Nur sind wir uns nicht so ähnlich, wenn man uns nebeneinander sieht.»

«Nein? Warum macht sie diese gräßlichen Filme?»

«Weil sie ihr *gräßlich* viel Geld einbringen, nehme ich an.»

«Nun, ich halte sie für Blödsinn, wenn ich das sagen darf. Ich habe einen gesehen, und der kam mir wie ein großer Hokuspokus vor. Aber wahrscheinlich sind die meisten Filme nichts als Hokuspokus. Das ist nur meine Meinung. Wie heißen Sie übrigens?»

«Virginia.»

Die Bohnenstange beugte sich vor, als teile sie jetzt das dunkelste Geheimnis ihrer Seele mit. «Ich bin Loretta Baumgartner, und ich gestehe Ihnen, ich hasse diesen Namen. Ich kenne ein Mädchen namens Freda Fishskin, und selbst *der* Name gefällt mir besser als meiner.»

Ein junger Mann im Frack, dem man deutlich anmerkte, daß er darum gebeten worden war, näherte sich und forderte Loretta zum Tanz auf.

Loretta klappte erhaben ihren Federfächer auf und sagte: «Danke, aber ich tanze heute abend nicht.»

Der junge Mann strahlte, lächelte und ging.

«Sie schickt sie zu mir», sagte Loretta, «und ich schicke sie zurück.» Wer war *sie*?

«Das war Arthur Woolworth, aber ich gebe auch einem Woolworth einen Korb, wenn mir danach ist.»

Sie klappte den Fächer zusammen. «Soll ich Ihnen sagen, warum ich jetzt nicht tanze? Ich hatte heute morgen eine Abtreibung.»

Dieses plötzliche Geständnis verblüffte Virginia im ersten Moment, aber ihr wurde gleich klar, daß es eine Erfindung war. Die braunen Augen blickten sie fest an, und die Aufrichtigkeit in diesem Blick sagte ihr, daß Loretta eine ausgemachte romantische Schwärmerin war.

«Tatsächlich? Das merkt man Ihnen gar nicht an.»

«Es hat mich zweihundert Dollar gekostet, und ich mußte einen Amethystring mit Perle verkaufen. Also muß ich mir jetzt eine plausible Erklärung einfallen lassen, falls Vater merkt, daß der Ring fort ist. Ich werde sagen, ich habe ihn zum Händewaschen bei Lord and Taylor's abgelegt und vergessen, und als ich zurückkam, war er fort. Zuerst wollte ich ihm etwas von einem bärtigen Mann mit Turban erzählen, der sich bei einer Ampel ins Taxi gebeugt und ihn mir vom Finger gerissen hat, aber ich glaube, Lord and Taylor's klingt überzeugender, finden Sie nicht? Aber hier neben mir sitzen Sie wie ein Mauerblümchen, oder? Am besten setzen Sie sich anderswohin, sonst fordert Sie nie jemand auf. Um mich drücken sich alle herum.»

«Ich möchte gar nicht tanzen», sagte Virginia. Sie fühlte sich auf seltsame Weise zu dieser jungen Frau hingezogen. Sie bezweifelte, daß es je einen Perlring gegeben hatte.

«Da wartet jede Menge reicher junger Männer auf Sie», sagte Loretta.

«Ich will keinen reichen jungen Mann haben, ich habe gerade einem den Verlobungsring zurückgegeben.»

«Ach?» Loretta schien beeindruckt. «Meiner besitzt keine zehn Cent.»

Aber bei den Reichen konnte das heißen, daß er nur eine müde Million besaß. «Nicht der Junge, der mich in Schwierigkeiten gebracht hat», fügte Loretta hinzu, «mein Verlobter besitzt nichts. Na ja, er ist nicht *offiziell* mein Verlobter. Aber er hat keinen roten Heller. Er studiert Jura an der Columbia University. Seine Eltern sind beide bei einem Schlittenunfall in Alberta umgekommen und haben ihm keinen Penny hinterlassen.»

Sie beugte sich wiederum zu Virginia vor und raunte: «Meine Mutter versucht, ihn in den Stall zu kriegen, aber vielleicht läßt er sich nicht gern den Futtersack umhängen, er liebt die Unabhängigkeit, genau wie ich. Weshalb wir uns auch so gut verstehen.»

Während Virginia noch darüber nachdachte, was Leute ohne einen Penny beim Schlittenfahren in Kanada zu suchen hatten, kam eine hochgewachsene Frau in schwarzem Taft und Diamantohrringen herbeigerauscht und sagte freundlich: «Ah, hier bist du, Liebling.» Ihre Augen waren kohlschwarz. «Ich konnte mir gar nicht denken, wo du abgeblieben bist.»

«Hier bin ich», sagte Loretta.

«Willst du mitkommen, oder möchtest du noch weiter an der Mauer sitzen?»

«Das ist meine Freundin Virginia Green», sagte Loretta, wobei sie ihren Fächer aufklappte und wieder zuklappte. «Meine Mutter.» Sie machte eine abschätzige deutende Bewegung mit dem Kinn, und Mrs. Baumgartner begrüßte Virginia. Und es sei sehr nett, daß sie Loretta Gesellschaft leiste.

«Eigentlich», sagte Loretta, «habe ich ihr Gesellschaft geleistet. Das Stück, in dem sie spielt, hatte heute abend die letzte Vorstellung, und da ist sie ganz down, aber sie ist trotzdem gekommen, aus Herzensgüte.»

Das zu hören, tue ihr leid, sagte Mrs. Baumgartner, ohne den Blick von Loretta zu wenden. «Es tut mir wirklich leid», sagte Mrs. Baumgartner.

Loretta sagte: «Virginias Schwester ist Flora Green, der Filmstar, also kannst du sehen, in was für einer Situation sie da jetzt ist. Außerdem hat sie sich gerade von ihrem Verlobten getrennt.»

«Da ist aber auch alles für Sie zusammengekommen», sagte Mrs. Baumgartner, säuerlich lächelnd. «Ich hoffe, Sie haben noch etwas zu essen vorgefunden.»

«Oh, zum Essen ist sie viel zu niedergeschlagen», sagte Loretta fast barsch.

«Sind Sie in Begleitung hier? Können wir Sie irgendwo absetzen?» fragte Lorettas Mutter und rückte die verrutschten rosettenverzierten Träger ihrer Tochter gerade.

«Nein danke.»

Als sie sich zum Foyer drängten, sagte Mrs. Baumgartner zu Loretta: «Hast du dich gut amüsiert? Man weiß das bei dir nie.»

«Es war nicht schlimmer als gewöhnlich», entgegnete Loretta.

Sie traten in den Lichterglanz des Times Square hinaus. Mrs. Baumgartner sagte plötzlich: «Ach, Miss Green, Sie haben doch jetzt Zeit. Hätten Sie Lust, bei einer Modenschau mitzuwirken, bei der ich Vorsitzende bin, nächste Woche im Sherry Netherland? Jean de Perraults Frühjahrskollektion. Und noch einmal vielen Dank, daß Sie sich um Loretta gekümmert haben.»

Ehe Virginia noch etwas erwidern konnte, glitt der Pierce Arrow der Baumgartners davon. Auf der geprägten Visitenkarte stand MRS. JULIEN G. BAUMGARTNER.

Die Vornamenclique bei Al and Dick's zeigte sich beeindruckt. «Sie ist immer in der Bildbeilage zu sehen», sagte Betty Persil. «Corinne Baumgartner, sie ist mit den Gimbels verwandt.»

Millionen, sagte jemand. Er ist Bankier. Keine Söhne, nur die eine Tochter, die vor einem Jahr oder so «herausgekommen» war, vielleicht auch schon vorher.

Aus ihrer Schale?

Virginia rief am nächsten Tag an, um zu sagen, daß sie bei der Modenschau nicht mitmachen könne. Sie hatte das Gefühl, daß man, einmal in die Fänge von Corinne Baumgartner geraten, einen Kampf mit einer Seeschlange kämpfte.

«Virginia Green, vielleicht erinnern Sie sich an den...»

«Ja, Virginia, wie nett, daß Sie mitmachen wollen. Die Anproben sind um drei Uhr, Suite 118 im Sherry. Wir sind knapp an gutaussehenden *großen* Mädchen. Ich kann Ihnen gar nicht genug danken.»

Und schon hatte sie aufgelegt.

Sie sollte ein wadenlanges Seidenkreppkleid für den Nachmittag tragen, ein langärmeliges Ballkleid aus Kammgarntrikot unter einem silbergestreiften, mit Otterfell besetzten Umhang aus schwarzem Wollstoff und ein Knickerbocker-Golfkostüm.

«Sie können Kleider tragen», säuselte Monsieur de Perrault entzückt. «Sie haben das gewisse Etwas.»

Was immer Loretta hatte, das gewisse Etwas war es nicht. Das für sie zur Modenschau ausgewählte Abendkleid war grünlichblau, sie sah richtig seekrank darin aus. «Nein, sie sieht darin ätherisch aus», befand ihre Mutter, als dringend ein mehr auf die Figur gearbeitetes Kleid vorgeschlagen wurde.

Und Loretta benahm sich, als wüßte sie, wie verkleidet sie aussah, und machte damit alles noch schlimmer. Sie stakste den Laufsteg vor und zurück wie eine verschreckte Giraffe, den langen Hals gekrümmt, den Kopf bekümmert hebend und senkend. Sie fand nicht den Takt mit der Musik, ließ die Arme hängen wie lange Samenschoten, und als sie sich, wie angewiesen, nach links und nach rechts drehte, um den schwingenden Fall des herrlichen durchscheinenden Kleides zu demonstrieren, erinnerte sie auf peinliche Weise an jemanden, der sich in den Gängen eines brennenden Schiffes verirrt hat. (Und wer konnte damals wissen, daß sie Jahre später tatsächlich durch die Gänge eines brennenden Schiffes irren würde?)

Sie flüsterte Virginia zu, ein alter Mann in der ersten Reihe habe sich vor ihr entblößt.

«Du warst wunderbar, Liebling», sagte ihre Mutter.

«Sagst du.»

«Nein, wirklich. Gianina Wills hat zu mir gesagt, ‹Loretta glüht heute richtig›.»

«Wovon? Habe ich verschwitzt ausgesehen?»

«Du bist aufgefallen, Schatz», sagte Corinne laut, ohne auf das Kichern der anderen zu achten, die ihre Gesichter abwandten.

So hatte Corinne, dachte Virginia, vielleicht nach schmerzhafter Überwindung beschlossen, das Scheinwerferlicht auf ihr hageres Küken fallen zu lassen. Sie hörte eine verwelkte Matrone zu einer anderen sagen, es sei doch wirklich reizend, wie Corinne dafür Sorge zu tragen versuche, daß Loretta nicht ausgeschlossen blieb.

Und vielleicht zahlte Loretta in gleicher Münze zurück. Du willst deinen Schandfleck groß herausstellen? Ich mache mit.

Zwischendurch lebte Loretta in den Wäldern der Märchen und Satyrn. Im Wohnzimmer an der East Ninety-first Street, das so groß war wie ein Ballsaal, paffte sie ihre türkischen Zigaretten, nachdem die Modenschau vorüber und der geschmuggelte Champagner und der alaskische kalte Lachs serviert war, und sagte ganz ruhig: «Ich möchte Ihnen sagen, worunter ich leide, Virginia. Mein Vater ist inzestuös zu mir eingestellt. Natürlich nicht im üblichen Sinn, obwohl ich da nur einmal zu zwinkern brauchte.» Sie beugte sich zu Virginia vor und kicherte. «Und ich frage mich, wie *sie* das verkraften würde, wenn ich es publik machte. Glauben Sie mir nicht?» Loretta wirkte verärgert.

«Wenn Sie es wollen.»

«Ich werde nicht ganz aus Ihnen schlau, Virginia», sagte Loretta, «aber das wird noch kommen, am Ende gelingt es mir immer.»

Ich wünschte, dachte Virginia, ich würde selber aus mir schlau.

Woran es Loretta auch mangeln mochte, sie hatte irgendwie ein Ziel vor Augen, auch wenn immer wieder eine hilfesuchende Not aus ihr sprach.

«Können wir morgen einkaufen gehen und in irgendeiner Kneipe einen Gin trinken oder was klauen?» fragte Loretta beiläufig, aber ihre Zigarette zitterte. Lorettas Gesichtsausdruck veränderte sich nie. Auch vor einem Exekutionskommando würde ihr Ausdruck der gleiche bleiben, unverbindlich, die Lippen geöffnet, die großen braunen Augen weit aufgerissen und leer, als könnte kein Wunder, keine Weltkatastrophe je die leiseste Reaktion bei ihr auslösen. Doch die schmale Hand, die die Zigarette hielt, zitterte.

Aber was konnte sie Loretta denn bieten? Sie fühlte sich plötzlich in die Enge gedrängt. Können wir Freundinnen werden? Wie konnte man sich einem solchen Anspruch verweigern? Sie mußte an den verwahrlosten kleinen Hund denken, der ihr einmal Straße um Straße durch die Stadt gefolgt war. Jedesmal, wenn sie stehengeblieben war und sich umgewandt hatte, war auch das hagere kleine Wesen, das eine Ohr halb abgerissen, kurz hinter ihr stehengeblieben, zitternd und aus flehenden Augen zu ihr aufschauend. Geh weg, hatte sie gesagt, geh, geh. Der Hund hatte eine bebende Pfote erhoben. Sie war unter der donnernden Hochbahn hindurch über die Third Avenue gerannt; der Hund war auch gerannt. Sie war in einen Drugstore gegangen, hatte Zeit verschwendet und eine Zahnpasta und eine Gesichtscreme gekauft, die sie nicht brauchte. Draußen saß der Hund und wartete zitternd im eisigen Wind. Warum hatte er sich gerade an *sie* angeschlossen? Warum nicht an einen anderen? Er sah zu ihr auf mit der ganzen Kläglichkeit des Hundeseins, und seine Trauer war in diesem Augenblick der Ausdruck aller Trauer auf der ganzen Welt. Sie mußte ein Taxi herbeiwinken, um ihn loszuwerden. Konnte sie jetzt ein Taxi rufen, um Loretta loszuwerden?

Konnte sie sagen, sie fahre morgen nach Kalifornien?

Sie wußte, daß Loretta sich ihre Enttäuschung nicht anmerken lassen würde. Vielleicht sagte sie deshalb: «Ja, ich werd es mir überlegen.»

Vielleicht fühlte sie sich auch auf eigenartige Weise mit Loretta verbunden. Die unattraktive Loretta und die schöne Virginia – sie waren beide auf ihre Weise streunende Hunde, die Fremden folgten.

«Das kann ich morgen nicht machen», sagte Loretta zu ihrer Mutter. «Virginia und ich haben etwas vor.»

«Oh?» sagte Corinne mit den Augen des Herodes. «Wie schön.» Sie warf Virginia einen anerkennenden Blick zu. «Loretta freundet sich ja so schnell an.»

Später kam Virginia, nachdem sie ihren Mantel geholt hatte, im Hinuntergehen an einer offenen Tür vorüber. Loretta saß auf dem Schoß ihres Vaters (und es gab keinen Zweifel, daß es ihr Vater war, von ihm hatte sie den langen Hals und das abfallende Kamelgesicht), und ihr Vater wiegte sie wie eine Sechsjährige und küßte ihren Nacken. Lorettas Gesicht blieb dabei ausdruckslos.

«Bis morgen, Virginia», rief Loretta ihr zu.

«Und es ist nicht, daß ich Daddy nicht *mag*, ich habe ihn sehr gern», sagte Loretta am nächsten Tag. Sie waren im Betty Wales Dress Shop und sahen sich die «Wunderhüte» zu fünffünfundneunzig an, wobei das einzige Wunder war, daß Loretta gewiß schon mehr Hüte hatte, als sie tragen konnte, und einer ihr Kamelgesicht noch mehr betonte als der andere. «Aber er kann sich nicht damit abfinden, daß ich schon siebenundzwanzig bin.»

Das war eine Überraschung. Virginia hatte angenommen, sie seien etwa im gleichen Alter, Loretta sei vielleicht noch jünger als sie.

Siebenundzwanzig! Und unattraktiv und wählerisch, gab jungen Männern wie Arthur Woolworth einen Korb, ganz gleich, ob ihre Mutter die Hände rang oder sie gar um Lorettas Hals legte.

«Das ist ganz komisch», sagte Loretta, einen feschen gallegrünen Filzhut befühlend, der ihr genau *nicht* stehen würde. «Ich fühle mich Mummy näher, weil wir zwar die ganze Zeit Krach haben, aber dennoch dieselben Grundregeln befolgen. Bei Daddy gibt es keine Grundregeln, weil er nichts davon wissen will.»

Sie setzte sich den grünen Hut auf, betrachtete sich im Spiegel von dieser und jener Seite, nahm ihn ab und sagte zu der Verkäuferin: «Den nehme ich, und setzen Sie ihn auf die Rechnung.» Die Verkäuferin ging, um den Hut in die Schachtel zu packen. Ganz schnell und behende nahm Loretta einen japanischen Seidenschal von einer Stange und steckte ihn in die Handtasche, dann stützte sie sich auf die Auslagentheke, mit dem üblichen ausdruckslosen Gesicht, und blickte auf ihre Fingernägel.

Auf der Fifth Avenue faßte sie Virginia am Arm. «Hast du das gesehen?» Sie kicherte. «Ich lasse immer was mitgehen, wenn sich die Gelegenheit dazu bietet. Dann habe ich das Gefühl, ich habe etwas Eigenes.»

«Man wird dich aber erwischen.»

«Oh, ich werde erwischt. Bei Saks bin ich schon bekannt. Daddy bezahlt immer die zusätzliche Rechnung. Ich nehme nie etwas Teures mit, es geht mir nur um die Freude, die mir das gibt. Wußtest du, daß die meisten Ladendiebe aus wohlhabenden Familien stammen?»

«Was ist passiert, als es das erste Mal herauskam?»

«Du meinst – meine Familie? Oh, *sie* hat natürlich ein großes Theater gemacht. Was wäre, wenn ihre Bekannten das erführen und so weiter. Von *mir* war gar nicht die Rede. Außer daß sie wollte, daß Daddy mich zu einem dieser neuen Modedoktoren schickt, so einem Freudianer. Aber schließlich haben sie's doch nicht getan. Ich glaube, sie hatten Angst, es könnte mehr dabei herauskommen, als sie wissen wollten. Das ist meine Meinung. Ich bin jedenfalls in die Bibliothek gegangen und habe mich darüber informiert, und danach hat alles, was wir machen, mit Sex zu tun. So habe ich auch herausbekommen, daß Daddy inzestuös zu mir eingestellt ist. Er weiß es natürlich nicht, aber deshalb will er nicht, daß ich heirate. Er möchte wahrscheinlich, daß *ihr* irgendwas passiert, kurz und schmerzlos, so wie vom Lastwagen überfahren werden, damit er und ich allein zusammenleben könnten. Das ist meine Analyse von der Sache. Und ich glaube auch nicht, daß sie sich an ihrem Geschlechtsleben erfreuen – zumindest *sie* nicht. Und das ist nicht nur eine Vermutung. Ich habe sie dabei beobachtet.»

Loretta drückte Virginias Arm.

«Damals wußte ich von so was noch nicht viel. Na ja, wir waren in Saranac Lake, und eines Vormittags – ich habe nicht herumspioniert, mein Drachen hatte sich an einem Schornstein verfangen und...»

(«Schließ die Tür ab, für alle Fälle», sagte Irene.)

«...da bin ich aufs Dach geklettert, und da habe ich sie durch ein Oberlichtfenster gesehen und eine Minute lang beobachtet, und die ganze Zeit hatte meine Mutter die Augen geschlossen, als wäre sie eingeschlafen oder ohnmächtig geworden, und er versuchte, sie wiederzubeleben. Sie sah für mich richtig tot aus, und ich hatte immer gedacht, es sollte etwas Leidenschaftliches sein. Und dann, das war viele Jahre später, ich war vielleicht sechzehn, da hat sie in dem düsteren Ton, den sie manchmal an sich hat, zu mir gesagt: ‹Liebling –› sie ist ja eine solche Schauspielerin – ‹Liebling›, hat sie gesagt, ‹ich hoffe nur, deine Hochzeitsnacht wird nicht ein solcher Alptraum wie die meine›, in der Hoffnung, sie werde es natürlich doch werden, wo ich doch die Erinnerung an diesen Alptraum war. Ich bin genau neun Monate und drei Wochen nach ihrem Hochzeitstag geboren, und ich bin überzeugt, sie hat zu Daddy gesagt: ‹Das reicht›, und er mußte sich in Zukunft vorsehen.»

Sie waren stehengeblieben und warteten auf das grüne Ampellicht. «Ungefähr um diese Zeit habe ich mich das erste Mal einem Jungen hingegeben, auf einem Friedhof, und ich sage dir, im großen und ganzen fand ich den Sex sehr erheiternd.» Lorettas Augen wurden nachdenklich, wenn sie zum Fabulieren Zuflucht nahm.

«Vielleicht interessiert es dich, Virginia – der junge Mann, dessentwegen ich die Abtreibung hatte, war ein Vetter ersten Grades von John Gilbert, und sie gleichen sich wie ein Ei dem anderen.»

Virginia stellte ihr eine Falle. «Hat er sich bereit erklärt, dich zu heiraten?»

«Ja, natürlich. Die Gilberts sind eine schrecklich moralische Gesellschaft, und er hat selbstverständlich die Arztrechnung bezahlt.»

Fabulierer sollten sich zumindest Notizen machen, dachte Virginia.

«Aber ich wollte ihn nicht heiraten, nur weil er John Gilberts Vetter war. Komm, wir können jetzt hinüber. Ich habe dir ja gesagt, ich halte nicht viel von Filmstars. Und außerdem ist da noch Luther.»

Die Schlittenunfallwaise ohne einen roten Heller? Gab es den Mann wirklich?

«Weiß *er* von deinen anderen Affären?»

«Natürlich nicht, er hält mich für eine makellose Jungfrau. Jeder tut das, haha.» Loretta stieß ihr bitteres Lachen aus, das sie Frances Starr abgesehen hatte. Arme Loretta, die nach Leben hungerte (sie klammerte sich an Virginia, als schritten sie an diesem klaren Apriltag durch einen Schneesturm), die ihre Lebensleere mit Phantasievorstellungen und ein bißchen Kleptomanie ausfüllte und jedesmal in Zynismus verfiel, wenn ihr bewußt wurde, daß sie nicht einmal etwas hatte, worüber sie desillusioniert sein konnte.

Virginia hatte mit ihren zweiundzwanzig Jahren nicht die leiseste Ahnung, was für ein Mensch sie wirklich war. Sie wußte nur, wenn sie sich selbst begegnete, würde sie sich nicht mögen. Sie wirkte kühl und distanziert, unzugänglich und entrückt.

Loretta hatte zumindest eine Beziehung zu ihrer Mutter. Zwischen ihnen herrschte Gefühl, wie bitter auch immer. Konnte es sein, daß Virginia nie eine Beziehung zu irgendwem gehabt hatte? Außer zu Irene, und die war...

Sie dachte: «Wenn ich je eine Tochter habe, dann werde ich...»

Aber was würde sie tun? Sie mit Liebe verhätscheln? Sie mit irgendeiner Lebensessenz, einem Leistungsdrang beflügeln, der ihr selbst gefehlt hatte?

Sie würde...

Eine Sekunde lang sah sie ihre Tochter vor sich, strahlend und voller Vertrauen; ihre Tochter würde – erfüllt sein.

«Ruthie hat bestimmt einigen Gin», sagte Loretta im St. Regis und reichte Virginia ihr Adreßbuch. «Such mal ihre Nummer heraus, während ich mich frisch mache.»

Unter einer Telefonnummer stand in Lorettas starrer Handschrift diese Anmerkung: «Was ich wirklich gern wäre, das ist ein Baum.»

«Ich will gar nicht lange drum herum reden, Virginia», sagte Corinne Baumgartner, wobei sie die Tür zu ihrem Arbeitszimmer schloß und auf einen grünen Sessel mit tiefem Sitz deutete, der Virginia fast auf Bodenebene und somit in eine unterlegene Position verwies.

«Würde es Ihnen passen, zwei- oder dreimal die Woche zu mir zu kommen, um mir bei der Bearbeitung der Post und beim Telefonieren zu helfen und mir unerwünschte Besucher vom Hals zu halten, vor denen ich mich einfach nicht retten kann?»

Denn jemand namens Lilian Shick, eine vertrauenswürdige und tüchtige Person, hatte, man sollte es kaum glauben, Corinne sechs Tage vor dem Grand Armory Ball im Stich gelassen unter Mitnahme einer goldenen Brosche und achtundfünfzig Dollar in bar.

«Was halten Sie davon – seien Sie ganz ehrlich.»

«Ich kann nicht maschineschreiben.»

«Das Tippen lernen Sie schon», sagte Corinne. «Das Wichtigste wäre, daß Sie Leute am Telefon abwimmeln. Sie müßten lernen, überzeugend zu lügen. Das heißt, Sie müßten sozusagen glaubwürdig sagen, daß ich nicht da bin, wo ich bin.»

«Nun...»

«Aber –» Corinne sprach das Wort sehr gewichtig aus, als sie von ihrem hohen Drehstuhl zu Virginia hinunterblickte, «ich habe noch einen anderen Grund, da bin ich zu Ihnen ganz offen.»

Sie griff nach einer Zigarette und zündete sie langsam an; sie hatte ein gutes Gespür für den richtigen Zeitpunkt und das Aufbauen von Spannung.

«Lorrie hat große Zuneigung zu Ihnen entwickelt. Das haben wir beide bemerkt, Julien und ich. Sie findet schnell Bekannte, aber es kommt kaum zu einer echten Freundschaft. Sie waren da sehr begabt, Virginia.»

«In welcher Beziehung?»

«Daß Sie sie dazu gebracht haben, Sie zu mögen.»

«Ich habe nicht das geringste dazu getan.»

«Darin liegt ja gerade Ihre Begabung. Sie scheinen ihr neue Lebensenergie vermittelt zu haben. Das haben wir beide bemerkt, Julien und ich. Unsere Tragödie ist, sie ist so sehr mit sich selbst beschäftigt, das macht sie geistlos und uninteressant.»

«Ich glaube nicht, daß sie uninteressant ist, im Gegenteil.»

«Ach ja?» Corinne runzelte die Stirn. «Nun, drücken wir es anders aus: Sie *wirkt* uninteressant. Ja, ich gebe zu, sie ist es nicht wirklich, aber sie vermittelt allen diesen Eindruck, besonders den Männern. Nichts scheint sie zu interessieren. Ihr Vater hat ihr zum einundzwanzigsten Geburtstag Perlen geschenkt – wenn sie sie dreimal getragen hat, war es viel. Man könnte ihr genausogut Glasperlen von Woolworth schenken. Wir haben es mit Europa probiert, mit Französisch-Stunden, Eurhythmie, mit Schach, nichts interessiert sie, nichts. Gott weiß, wir haben alles versucht, *ich* habe alles versucht. Gott weiß, daß ich mein Leben darangesetzt habe, und jetzt bin ich's müde. *Ja?*»

Corinne wandte plötzlich den Kopf zur Tür. «Ja? Ist da jemand?» Sie sprach leiser. «Manchmal horcht sie an der Tür. Die Sache ist die, Virginia – wenn Sie ein paarmal in der Woche kämen, hätten Sie einen Grund, mit ihr zum Lunch zu gehen und mit ihr zusammenzusein, so daß sie nicht im Haus herumhockt und die Wände anstarrt.»

«Aber...»

«Lassen Sie mich erst noch zu Ende reden. Zum Beispiel –» Corinne beugte sich hinunter – «habe ich sie zu überreden versucht, daß sie sich einen Bubikopf schneiden läßt, aber sie will nicht, sie will altmodisch bleiben mit diesem gräßlichen Knoten, obwohl sich alle anderen Mädchen das Haar längst haben kurz schneiden lassen. Aber wenn *Sie* es ihr taktvoll beibringen, läßt sie sich vielleicht umstimmen.»

«Das bezweifle ich – sie weiß dann bestimmt gleich, von wem die Idee kommt.»

«Nicht, wenn Sie es geschickt anstellen. Schwindeln Sie ein wenig. *Sie* tut das ständig. Soll ich Ihnen noch etwas sagen, Virginia, aber das muß unter uns bleiben: Sie begeht Ladendiebstähle.»

«Ja, ich weiß.»

«Ach ja? Na, da haben Sie's, ein Mädchen, das alles haben kann, was es für Geld gibt, und sie geht in Geschäfte und stiehlt, und eines Tages stecken sie sie ins Frauengefängnis, und es kommt in die Zeitung. Warum *macht* sie so was nur?»

«Ich glaube», sagte Virginia langsam, «sie haßt sich.»

«Warum? Weil sie nicht hübsch ist? Viele junge Mädchen, die ich kenne, sind keine Schönheiten, aber sie entwickeln zum Ausgleich andere Reize. Witz und Instinkt. Nun, Witz hat sie keinen, und sie hat den Instinkt eines Schafs.»

«Ich glaube, sie besitzt eine große Wahrnehmungsgabe.»

«Meinen Sie? Davon habe ich noch nichts bemerkt. Haben Sie Luther schon kennengelernt?»

Dann gab es ihn also wirklich.

«Er ist recht nett, harmlos, aber recht nett, aufrichtig. Ich hätte mir für sie eine bessere Partie vorstellen können. Er ist jünger als Lorrie und hat so gut wie kein Vermögen, bis er sein Jurastudium beendet haben wird, obwohl Julien natürlich ein paar Hebel für ihn in Bewegung setzen wird. Aber er ist zumindest dageblieben, im Gegensatz zu den anderen. Obwohl – ich frage mich oft, warum.»

«Ich frage mich, *warum*», wiederholte Corinne und wandte den Kopf, um sich in dem Drehspiegel zu betrachten, wie sie dies vermutlich tat, seit sie ein Mädchen und eine Schönheit war, eine Frau, die das Unvollkommene verabscheute, die eine welkende Blüte auf mehrere Meter Entfernung ausmachte, die, so hieß es, als jemand über den Liebreiz von Marilyn Miller in Entzücken ausgebrochen war, gesagt hatte: ‹Oh, aber sie hat häßliche Ellenbogen›. Und dieses Muster von kultivierter Anmut hatte Loretta zur Welt gebracht.

«Jetzt wollen wir über das Gehalt sprechen», sagte Corinne.

Loretta, auf einem großen Sofa zusammengerollt, aß Trauben.

«Wieviel zahlt sie dir?»

«Oh, hast du das geahnt?»

«Glaubst du, ich bin dumm? Wieviel?»

«Zwanzig Dollar die Woche.»

«Nun, da kann ich nur sagen, sie hat dich reingelegt, du hättest das Doppelte herausholen können. Na ja, ich hätte ja wissen können, daß sie versucht, dich von mir wegzukaufen.»

«Das hat sie nicht.»

«Es wäre nicht das erste Mal. Immer, wenn ich mich mit jemandem anfreunde, kauft sie ihn mir weg.»

«Nun, *mich* hat sie *nicht* gekauft.»

«Das glaubst *du*, sie hatte dich im Visier seit dem Moment, als ich so dumm war, dich ihr vorzustellen. Was glaubst du wohl, warum sie dich in diese Modenschau hineinbugsiert hat? Mummy ist die schlaue Alice im Märchenpalast.» Loretta spuckte Traubenkerne aus. «Virginia, meinst du, ich sollte mir einen Bubikopf schneiden lassen?»

«Nur, wenn du willst.»

«Aha!»

Loretta erhob sich hastig und trat dabei auf eine Weinbeere.

«Nun, Virginia Green, ich brauche keine Freundin, die sich so leicht von meiner Mutter kaufen läßt, das sag ich dir.»

Sie ging zum Fenster und preßte ihre lange Nase an das Glas. «Ich glaube, wenn ich je eine Freundin behalten will, dann muß ich wohl nach Alaska gehen.»

Sie ging hinaus, und kurz darauf knallte die Haustür zu.

Virginia machte sich an ihre Arbeit, erklärte mit großer Überzeugung am Telefon, nein, Corinne sei nicht da, sei ausgegangen, fort, beim Bürgermeister.

Gegen Ende der zweiten Woche erschien Loretta plötzlich auf dem oberen Flur und winkte Virginia zu sich in ihr Schlafzimmer.

«Schau mal, was ich deinetwegen getan habe.» Sie zeigte Virginia zwei Crêpe-de-Chine-Schals und einen Flakon Coty Chypre. «Aber sie sind nett bei de Pinna, keiner hat auch nur geblinzelt.»

Sie packte Virginias Arm.

Vergebung lag süß in der Luft, wie Geißblatt.

Als Mary nach ihrem Mittagsnickerchen aufwachte, war sie sofort hellwach. Wie immer streckte sie sich sofort gerade, gleich den Gegenständen, die auf ihrem Frisiertisch lagen, Bürste, Kamm, Handspiegel, alle nebeneinander.

Die Auseinandersetzung beim Mittagessen hatte sie aufmerken lassen. Charley hatte, Chutney am Kinn, vorgeschlagen, man solle den White Mountains Festival Chor engagieren, damit er Mutters Lieblingslied singe. Sie *hat* kein Lieblingslied, hatte Mary gesagt, sie hat keine Melodie in sich.

Charley, schon mit Tränen in den Augen, protestierte, meinte, sie sei auch *seine* Mutter, und er habe das Recht, dazu etwas zu sagen. Willst du sie einfach so in ein Loch fallen lassen? Ich glaube, sagte Charley in lächerlich erhabenem Ton, wenn es nach dir ginge, Mary, dann würdest du einfach Mr. Pascal mit dem Lastwagen bestellen und sie auf die Müllhalde kippen lassen, ich glaube, das wäre typisch für deine mitleidlose Natur.

Mutter wünsche, daß ihre Asche auf dem oberen Feld in der Nähe der Eberesche verstreut werde, sagte Mary. Und man werde Jack Ingram bitten, einige Verse aus dem Hohenlied Salomos zu lesen, das sei Mutters einziger Wunsch.

Virginia würde gepriesen werden, wenn der Wind in der Esche wehte, und es würde keine banalen Worte geben über ihre lebenslange Liebe zu anderen (zu wem?), ihren Mut in der Not (wessen Not?), ihre Hingabe an Ehemann und Kinder (welchen Ehemann?); kein einziges Gänseblümchen sollte auf die Bahre geworfen werden. Darin zumindest waren Virginia und Mary sich einig. Am Ende der Jahre waren sie sich endlich über irgendwas einig.

Jack Ingram (Charley spie dabei Essen aus) sei eine nicht dazugehörige Person, ein Fremder.

Das sind wir alle, sagte Mary, und die Beschimpfungen, die darauf folgten, waren ein kleines Feuerwerk. Kinder, Kinder, mahnte Tante Flora, sie wird euch noch *hören*.

Thelma aß während der ganzen Zeit eine Birne, Feuerwerke interessierten sie nicht, sie war schon ausgebrannt.

Du bist *unnatürlich*, brüllte Charley Mary an.

Trotzdem. Ich werde alles so veranlassen, wie sie es wünscht, sagte Mary.

«Kein Gestöhne», hatte Virginia gesagt. «Nicht, daß ich mir *deinet*wegen deshalb Sorgen machen müßte.»

«Du kannst dich darauf verlassen», hatte Mary gesagt.

Nach dem Blutsturz hatte Virginia gesagt: «Jack Ingram hat das Testament und die Schlüssel zum Schließfach in der Bank in Lancaster, und in der oberen linken Schublade meiner kleinen Nußbaumkommode ist ein an dich adressierter Umschlag, in dem du alle meine Anweisungen findest, bis ins einzelne. Keine Blumen, keine Ansprachen. Ich will kein Gestöhne, wenn ich hinübergehe. Nicht, daß ich mir *deinet*wegen deshalb Sorgen machen müßte.»

«Du kannst dich darauf verlassen.»

Mary stand auf und zog das Bettuch glatt, als hätte sie nie darauf gelegen; sie liebte es, Spuren von sich auszulöschen. Es gab kein Foto von ihr. Sie hatte das Familienalbum durchgesehen und alle Schnappschüsse von sich herausgerissen, auf denen sie älter als sechs Monate war. Sie hatte eine Auseinandersetzung mit den Leuten von der Volkszählung gehabt, weil sie keine Angaben machen wollte. Ich bin für gar nichts repräsentativ, sagte sie zu ihnen.

Jetzt hörte sie eine monotone Stimme aus Virginias Zimmer. War sie bei Bewußtsein? Mary ging den Flur entlang und blieb vor der offenen Tür stehen.

Flora saß neben dem Bett, den Ellenbogen auf das Kissen gestützt, und streichelte Virginias Kopf. Floras grüner Augenschirm saß schief. War Virginia wach? Mary lauschte auf das heisere Hüsteln.

«Kannst du mich hören, Liebes?» sagte Flora mit ihrer alten Stimme. «Kannst du mich hören?»

Flora stieß einen rauhen Seufzer aus, als läge sie selbst im Sterben, und legte den Kopf auf das Kissen neben Virginias steinernes Gesicht. Flora lebte im Kinoland. «O Darling», sagte Flora, «ich wünschte, du würdest mir sagen, was du denkst.»

Als ob ein Mensch das je gewußt hätte.

Hätte irgendeine Gottheit, die über unser Ende beschließt, Corinne zuflüstern können, daß Loretta zwölf Jahre später auf einem brennenden Schiff ums Leben kommen würde, wäre sie vielleicht auf einen weniger symbolischen Rahmen für die Feier zu Lorettas achtundzwanzigstem Geburtstag verfallen, hätte sie sich vielleicht eher für ein Luftschiff als für den Fährdampfer *Peter Minuit* entschieden. Wie hätte sie voraussehen sollen, daß dies der regnerischste Mai seit Jahren, dieser zehnte Mai der kälteste werden würde, an den man sich erinnerte (obwohl Virginia sorgfältig auf zweihundert Cartier-Einladungskarten geschrieben hatte «Nehmen Sie bitte für den Fall unfreundlichen Wetters Sweater und / oder Regenmäntel mit»), für ein Ereignis, das als eine «Mai-Mondscheinfahrt bei Wein» den Hudson hinauf bis Tarrytown und wieder zurück gedacht war.

Die *Peter Minuit*, verziert mit bunten Lichtergirlanden und innen geschmückt mit Ballons und Papierschlangen, lag im strömenden Regen an der Pier von South Ferry. Die Wolken hingen so tief, daß sie das Woolworth Building verdunkelten. Von ihren Kavalieren den schlüpfrigen Bootssteg hinuntergeleitet, kamen die jungen Damen in ihren goldenen und silbernen Slippers an Bord, die Frisuren zerzaust, die feinen Kleider versteckt unter triefend nassen Mänteln, die, während sie sich auf der schmalen Kajütentreppe drängten, den Geruch von nassen Schafen verbreiteten.

Sie schoben sich langsam Schulter an Schulter in den überfüllten Salon, wo man, wenn man sich auf die Zehenspitzen stellte, vielleicht einen Blick auf die Baumgartners erhaschen konnte und auf Loretta, die sterbenselend zwischen ihnen stand in Pfauenfedern, die aus mitternachtsblauem Tüll sprossen. Ihr Onkel Saul war eigens aus Chicago gekommen, und sein schepperndes Lachen übertönte noch den allgemeinen Lärm und das rasselnde Schmettern der Kapelle, die «Ain't We Got Fun» spielte.

Die Bullaugen des verkleideten Unterdecks waren beschlagen, und in dem Gedränge konnte man kaum ein Glas Champagner an die Lippen heben. Virginia war von einem mürrischen jungen Mann namens Hal Macaboy mit Beschlag belegt worden, der immer wieder sagte: «Jesus, Jee-sus, was für ein Durcheinander, haben Sie schon mal ein solches Durcheinander gesehen? Gott, das ist ja das Schwarze Loch von Kalkutta. Das ist das letzte Mal, daß Sie mich auf so einer Party erwischen, etwas geht immer daneben.»

Er zog Virginia auf den Tanzboden hinauf, auf dem es so eng zuging, daß an Foxtrottschritte nicht zu denken war. Man blieb einfach stehen und bewegte sich hin und her. «Passen Sie auf, wenn ich zu schwitzen anfange», vertraute er ihr an. «Mir wird leicht übel, mir wird sogar auf einem Schiff übel, das noch gar nicht fährt. Ich habe mich einmal auf der *Mauretania* übergeben müssen, als sie noch am Kai lag.»

Die Sirene dröhnte, und die Maschinen stampften. Die Fahrt ging los, und man brach in Hochrufe aus, die eher spöttisch als lustig klangen. Es wurde dunkel, und der Fährdampfer machte sich auf seine Reise den Hudson aufwärts, nur weil Lorettas achtundzwanzigster Geburtstag irgendwo gefeiert werden mußte.

«Ist ja eher wie ein Volksauflauf», sagte Mr. Macaboy, als sie nach «Come Take a Trip on My Airship» einen Shimmy zu tanzen versuchten. Die gezwungene Fröhlichkeit und das schrille Lachen hatten in der Tat etwas Abstoßendes. Zahlreiche Alkoholflakons wurden herumgereicht, obwohl Corinne auf den Einladungen ausdrücklich «Bitte keine Alkoholflakons» vermerkt hatte.

Virginia glaubte, wenn sie völlig abschaltete und nur noch an die Wüste Gobi dachte, werde das Gefühl der Klaustrophobie vielleicht nachlassen. Doch es war nicht leicht, an große, freie Räume zu denken, wenn man sich in Mr. Macaboys enger Umarmung befand und fühlte, wie er unter seinem Smoking zu schwitzen begann. «Sie werden etwas feucht von innen heraus», sagte sie, und zu ihrer Erleichterung ließ er sie los, fuhr sich mit einem Taschentuch übers Gesicht und wand sich durch die Menge davon.

Es gelang Virginia, sich zu einer Seitenwand vorzuarbeiten, an der die Bullaugen vor Nässe trieften, wo man aber, wenn man kerzengerade stand, wenigstens atmen konnte. Es war inzwischen im Salon so heiß geworden wie in einem Dampfbad, doch als jemand ein Bullauge aufklemmte, schoß ein solcher Schwall von Regen und Gischt herein, daß die jungen Damen laut aufkreischten und man das Bullauge wieder schloß. Im offenen mittleren Teil des Schiffes trotzten einige Paare in Ölhäuten Regen und Wind, und Schnapsflakons wurden von Mund zu Mund weitergereicht, andere schmusten schon miteinander auf der nassen Treppe, die zum Oberdeck hinaufführte, auf dem die Tanzparty unter zivilisiertem Licht und Lampions eigentlich hätte stattfinden sollen.

Sie hörte, wie ein Mädchen ärgerlich sagte: «Ach, das ist mir egal, sag, was du willst, das ist doch öde hier, ich steige in Tarrytown aus.»

«Herrgott, Andrea», sagte ihr Freund, «hast du eine Vorstellung, was das kosten würde, eine Taxifahrt von Tarrytown nach New York?»

«Das ist dein Problem, *du* wolltest, daß ich mitkomme.»

Ein junger Mann fragte: «Wer ist denn die wie ein Pfau zurechtgemachte Figur?»

«Das ist doch *sie*», sagte ein Mädchen. «Das ist Loretta, du Dummkopf. Bist du ihr noch nie begegnet?»

«Doch, das muß ich wohl – ich habe eine Einladung bekommen.»

Onkel Sauls Eselslachen war zu vernehmen, während er Loretta zu «Am I Blue» in das Tanzbodengedränge zwängte; sie sah aus, als wäre sie der einzige Mensch an Bord, ihr Blick über die Schulter ihres Onkels hinweg reagierte auf niemanden.

Gerade als das Abendessen hätte serviert werden sollen, erlosch das Licht, und die Maschinen setzten aus. In der unheimlichen Stille – die Kapelle hörte auf zu spielen – ertönten Schreie und Buhrufe, und man hörte Onkel Saul rufen: «Wo war Moses, als die Lichter ausgingen?» Corinne ermahnte in ihrer majestätischen Stimme alle, die Ruhe zu bewahren, und sagte, jemand solle zum Kapitän gehen.

«I am the Captain of the Pin-afore», sang Onkel Saul. «Alles mitsingen.»

Im Dunkeln tastete die Kapelle nach ihren Instrumenten und spielte, so gut es ging, «Show Me the Way to Go Home». Die Zigaretten schwangen im Takt hin und her, und alle sangen mit, und zwischendurch kreischten junge Damen mehr oder weniger entzückt auf, wenn man ihnen zu nahe kam. Wenn jetzt unten im Maschinenraum ein Feuer ausbrach? Dutzende würden beim Sturm auf die Rettungsboote zu Tode getrampelt werden. Waren Rettungsboote an Bord? Und wenn sie in dem dunklen Regenschleier mit einem großen Schiff zusammenstießen und entzweigeschnitten wurden? Hunderte von Toten bei Schiffstragödie anläßlich Debütantinnenparty. Nun, wie Virginia diese flatterhafte, verwöhnte Gesellschaft einschätzte, würde keiner von ihnen für die Menschheit einen großen Verlust bedeuten. Eine

Hand streichelte ihren Schenkel. «Bist du das, Dolly?» sagte eine männliche Flüsterstimme dicht an ihrem Ohr. «Bist du das, Schatz?» In diesem Augenblick zündete jemand hinter ihr ein Streichholz an, und sie sah, daß es Mr. Baumgartner war, der sie berührt hatte. Mit einem verlegenen Grinsen veschwand er wieder in der Menge. Hatte er sie für Dolly Parkinson gehalten, die zu Lorettas bescheidenem Freundinnenkreis gehörte? Auf manches schien im Dunkel mehr Licht zu fallen.

Die Stewards brachten Taschenlampen und Sturmlaternen, deren flackerndes orangefarbenes Licht dem Ganzen eine leicht satanische Atmosphäre verlieh; die verschwommenen Gesichter und das stumpfe Aufleuchten von Flitterkram an Kleidern erinnerten an Gemälde von Hieronymus Bosch.

Als Virginia sich umwandte, stürzte sie über etwas und schürfte sich das Knie auf, sofort wurde sie von helfenden Händen hochgehoben.

«Alles in Ordnung?» fragte eine geisterhaft weiße Hemdbrust.

«Ja, danke. Ich glaube nur, ich habe mir das Knie aufgeschunden.»

Er half ihr auf eine Tischplatte hinauf und setzte sich neben sie.

«Setzen wir uns hier oben hin, hier kann uns nicht viel passieren.» Sie hörte seiner Stimme an, daß er erkältet war. «Wissen Sie, was wir hätten tun sollen? Im Bett bleiben.»

«Sind Sie erkältet?»

«Mordsmäßig.»

«Ach, einfach lächerlich», sagte sie erregt und fuhr sich behutsam über das wunde Knie. «Das Ganze ist so völlig sinnlos.»

«Was macht Ihr Knie?»

«Es tut im Augenblick ganz schön weh.»

«Ich kann Ihnen leider nur mit Hustensaft dienen.»

«Und ich habe irgendwo meine Handtasche verloren», sagte sie zornig, als sie entdeckte, daß sie nicht mehr an ihrem Arm hing.

«Oh, die finden Sie schon, wenn das Licht wieder angeht», sagte die Hemdbrust tröstend. «Ich wette zwei zu eins, daß wir bis zum Morgen gerettet werden, sie schicken einen Schlepper, und der zieht uns zurück an Land.»

«Wird das so gemacht?»

«Wahrscheinlich, wenn sie die Maschine nicht mehr in Gang kriegen.»

«Ich habe mich auf etwas Nasses gesetzt», sagte sie, «jemand muß ein Glas umgestoßen haben.»

«O Gott, dann geht man ja heimtückisch gegen Sie vor», sagte die Hemdbrust. «kommen Sie, rutschen Sie zu mir herüber, hier scheint's ziemlich trocken zu sein.»

Virginia rückte an ihn heran, er hielt sie mit dem Arm fest und war wie ein Bollwerk an diesem gräßlichen Abend. Sie lehnte sich erleichtert an ihn.

«Vielleicht machen das Lorettas Pfauenfedern.»

«Wie meinen Sie das?» fragte er.

«Sie trägt welche am Kleid, und sie sollen Unglück bringen.»

Er hustete und sagte: «Dann hätte das Unglück ja wirklich sein Füllhorn ausgeschüttet.»

Sie lachten beide.

«Kennen Sie die Baumgartners gut?»

Sie glaubte schon, er habe sie nicht verstanden, aber dann sagte er, als hätte er gründlich darüber nachgedacht: «Ja, doch, recht gut. Sonst wäre ich nicht hier, sondern würde Menthol inhalieren im Bett. Sind wir uns begegnet, ehe das Licht ausging? Ich bin Luther Brett.»

«Ich bin Virginia Green.»

«Machen Sie keine Witze – sie sind *die* Virginia?»

«Ja. Sind Sie *der* Luther?»

Loretta hatte vielleicht einfach Glück, er strahlte im Dunkeln eine große Zuvorkommenheit und Rücksichtnahme aus. Loretta mochte gut beraten sein, wenn sie ihn sich rasch schnappte.

«Virginia, gestatten Sie mir die Frage: Ist Flora Green wirklich Ihre Schwester?»

«Ja.»

«Loretta sagte es. Aber manchmal –»

«Darf ich Sie auch etwas fragen? Haben Sie Ihre Eltern bei einem Schlittenunfall verloren?»

«Ja, vor drei Jahren.»

Er hatte Loretta in einem Childs-Restaurant kennengelernt.

Loretta hatte ihre Geldbörse verloren, er hatte ihren Lunch bezahlt, und sie hatten sich verabredet, damit sie ihm die zwei Dollar zurückgeben konnte. Das war vor etwa einem Jahr gewesen und einfach so passiert. Es klang viel weniger exotisch als Lorettas Version, derzufolge sie von einem wahnsinnigen Zwerg verfolgt und vor einer Spelunke in der Bank Street von Luther gerettet worden war.

«Manchmal», sagte Virginia, «muß man Tatsachen und Phantasien auseinanderhalten.»

«Ich weiß», sagte Luther. Er seufzte, nieste, schneuzte sich und fuhr fort: «Entschuldigen Sie. Sie hat viel von Ihnen erzählt, Virginia. Sie bewundert Sie.»

«Weswegen bloß?»

«Sie haben Corinne gegenüber in irgendeiner Sache ihre Partei ergriffen.»

«Ja. Sie wollte sich keinen Bubikopf schneiden lassen. Nun, ich finde, jeder soll sein Haar so tragen, wie es ihm paßt.»

«Ja, aber Sie haben ihre Partei ergriffen, und das tut sonst kaum jemand.»

«Nun, ich mag sie. Ich halte sie für sehr intelligent. Und attraktiv. Auf ihre Weise.»

Er schwieg. Vielleicht war er ein Denker. Oder er war in Verlegenheit.

In diesem Augenblick gingen die Lichter wieder an, und in den Schreien und Hochrufen ging unter, was er gerade sagte.

Sie sahen sich jetzt an, während die Maschinen wieder ansprangen und das Schiff erneut in den Wind und den Regen hineinfuhr, und sie blinzelten in der plötzlichen Helle, vielleicht auch in dem mit Schuldgefühlen belasteten Bewußtsein, im Dunkeln Vertrauliches über Loretta ausgetauscht zu haben. Luther wirkte eher schmächtig, mit einem großen Löwenkopf auf dem hageren Körper, der in einen geliehenen Smoking eingeknöpft war. Seine Augen strahlten jedoch etwas aus – vielleicht Sicherheit? Oder Zuverlässigkeit? Sie fand im Augenblick nicht den passenden Ausdruck dafür.

«Schauen wir mal nach Ihrem Knie», sagte er, und sie zog den Rock über die zerrissene Strumpfstelle.

«Ich glaube, eine Amputation ist nicht erforderlich», sagte er und half ihr vom Tisch herunter. «Oh, Ihr Kleid, Sie haben sich tatsächlich auf etwas draufgesetzt. Meine Schuld.»

Anstand. Das war das Wort. Er strahlte Anstand aus. Loretta sollte nur ganz schnell zugreifen. Er war ein Mann, der fürs ganze Leben bei einem blieb, wenn man ihn haben wollte. Fürs ganze Leben, ganz gleich, was kam.

Die üppige Torte wurde hereingerollt, geschmückt mit achtundzwanzig Kerzen, so daß auch der letzte Uneingeweihte wußte, wie alt das Geburtstagskind war, und als Loretta sich pflichtschuldigst vorbeugte, um sie auszublasen, fiel eine Feder von ihrem Kleid und verkohlte in der Flamme. Pfff und aus. So wie es *ihr* einige Jahre später ergehen sollte. Man klatschte überlaut Beifall, und dann bat Onkel Saul mit fleischiger Hand um Ruhe und setzte zu einem langen, blumigen Trinkspruch auf Loretta an, wobei er von ihrer «ungeheuren Beliebtheit» sprach (hier und da wurde spöttisch gekichert, aber Corinne lächelte eisern dagegen an) und sagte, nur wenige junge Damen brächten wohl in einer solchen Nacht so viele Menschen auf die Beine und hätten so viele Freunde, die bei jedem Wetter gern mit ihr zusammen seien.

Virginia sah, daß Luther mit gequältem Gesicht vor sich zu Boden starrte.

Onkel Saul dröhnte weiter. «– eine große Ehre, von Chicago hierhergekommen zu sein, um diesen Trinkspruch auszubringen. Meine Damen und Herren, auf ein reizendes Mädchen, das wir alle so sehr bewundern und lieben um seiner selbst willen, um seiner Zuneigung zu Mutter und Vater willen, um seiner Selbstlosigkeit Freunden gegenüber, um seiner heiteren Persönlichkeit willen –»

«O Gott», stöhnte Luther, «quält die Ärmste doch nicht so.»

Er zwängte sich durch die Menge hinaus, und einem Instinkt folgend, ging Virginia ihm nach und fand ihn draußen an der leeren Bar, wie er sich gerade einen Drink bestellte.

«Spülwasser oder was Sie sonst haben», sagte er zu dem Kellner. Dann wandte er sich Virginia zu: «Haben Sie schon jemals so etwas gehört?»

«Es ist ja nur das übliche Gefasel und spielt weiter keine Rolle», sagte sie.

«Es spielt doch eine Rolle», erwiderte er barsch. «Sie machen sie fertig. Sie haben keine Ahnung.»

«Ich glaube doch», entgegnete sie.

«Wenn Sie jeden an Bord dieses verdammten Schiffes aussortieren müßten, der sich nicht das geringste aus ihr macht, dann blieben kaum mehr als vier Leute übrig, Sie und mich eingeschlossen, und ich sage Ihnen noch etwas: Mrs. B. wäre auch unter denen, die dann nicht mehr da sind.»

Seine Augen glühten.

Und Loretta hatte ihn auserwählt, blickte aus ihren Kamelaugen zu ihm auf in der Hoffnung, er werde sie erlösen, und vielleicht hatte seine Höflichkeit, seine Anständigkeit sie in die Irre geführt, mehr als er beabsichtigt hatte, nach der verzweifelten Miene zu urteilen, mit der er sein Glas auf einen Zug austrank und wieder dem Kellner winkte.

«Sie glauben doch wohl nicht, daß das alles etwas mit Liebe, mit Zuneigung zu tun hat, oder? Das gehört alles zum großen Plan. Wie auch Sie.»

«Ich?»

«Weil Sie schön sind, Virginia.» Das klang, als hätte man ihn gezwungen, etwas wenig Schmeichelhaftes zu sagen. «Jede Sekretärin, die sie gehabt hat, seit ich das beobachte, war schön. Lillian, Janie, Roxanne, Sie – Schönheiten alle miteinander. Warum engagiert sie niemals irgendein unscheinbares Mädchen mit Stupsnase? Ich denke, Sie verstehen, worauf ich hinauswill. Entschuldigen Sie, daß ich dieses Thema erwähne, Virginia. Ich glaube, ich habe etwas Fieber. Ich wollte, ich könnte mir heute abend einen ansaufen und mich genügend in Fahrt bringen, um Corinne zu sagen, was für ein Monster sie ist, und mich dann über Bord werfen lassen, damit ich endlich Ruhe hätte.»

Er kippte den zweiten Drink hinunter.

«Aber warum noch auf das Offensichtliche hinweisen? Jeder weiß, warum sie Loretta das alles antut, Loretta selbst auch», sagte Luther.

Draußen auf dem nassen Kajütengang huschten bunte Pfauenfedern vorüber, und sie hörten Loretta sagen: «Haben Sie zufällig Luther in der Toilette gesehen, Jerry?»

Ihr ausdrucksloses Gesicht spähte um die Tür herum.

«Oh, da bist du.» Sie reichte ihm ein großes Stück Torte auf einem Pappteller.

«Ich bringe dir ein Stück Geburtstagstorte.»

«Ich glaube, für Torte bin ich nicht in Form», sagte Luther.

«Du scheinst überhaupt für nicht viel in Form zu sein», sagte Loretta, hob ihre Federn an und setzte sich neben ihn an die Bartheke. «Was für ein schrecklicher Smoking – du siehst aus wie eine Ziehharmonika.»

«Sie hatten nichts in meiner Größe.»

«Drüben wollen sie jetzt den Harold-Lloyd-Film zeigen, und mit dem Projektionsapparat ist etwas nicht in Ordnung, und Ann Wimmis ist gerade schlecht geworden. Kennst du meine Freundin Virginia schon? Ich meine, seid ihr richtig miteinander bekannt gemacht worden?»

«Wir haben uns bei der Verdunkelung kennengelernt», sagte Luther.

«Aha. Was ist mit deinem Kleid, Virginia?»

«Ich habe mich auf etwas draufgesetzt.»

«Das Orchester ist total betrunken», sagte Loretta. «Ist das nicht toll? Ich wette, das ist die gräßlichste Party, die je gegeben wurde. Ich finde, *sie* hat sich wirklich übertroffen. Morgen werde ich zu ihr gehen und sagen: ‹Diesmal hast du dich wirklich übertroffen.› Ist deine Erkältung besser, Luther?»

«Kaum.»

«Nun, ich hab dir ja gesagt, komm nicht. Wer hat dir gesagt: ‹Komm um Gottes willen nicht›?»

«Ich weiß, ich weiß.»

«Und warum bist du so dumm? Er ist so dumm», sagte Loretta zu Virginia. «Ich fürchte, er schafft das Juraexamen nicht, er ist so einfältig. Wirklich, du bist einfältig, Luther. Jetzt bekommst du Rippenfellentzündung und dann Lungenentzündung. Ich habe ein Geschenk für dich.» Sie gab ihm ein kleines Päckchen.

«Ach», sagte Luther stirnrunzelnd, «das solltest du nicht, Maus. Es ist doch *dein* Geburtstag.»

«Eben deshalb, Dummchen.»

Es war ein teurer Füllfederhalter, aus Gold und französischem Email.

«Also wirklich, Maus», sagte Luther, «das habe ich nicht verdient.»

«Natürlich nicht.»

Aber immerhin hatte sich angesichts seiner Freude ihr Hals ein wenig gerötet.

«Und ich habe ihn von meinem eigenen Taschengeld *gekauft*, das sollst du wissen.»

«Vielen Dank», sagte Luther und beugte sich zu ihr, um sie auf die Wange zu küssen. «Du bist sehr lieb und aufmerksam. Ich habe etwas für dich da drüben auf die Treppe gelegt.»

«Und da lasse ich es wahrscheinlich auch liegen», sagte Loretta. «Zusammen mit dem anderen Plunder, hast du je schon einen solchen Haufen Plunder gesehen? Findest du meine Freundin Virginia hübsch, Luther?»

«Natürlich.»

«Ich nicht. Ich finde sie häßlich.»

«Ich glaube, ich sehe mir lieber den Film an», sagte Virginia.

«Dann hast du dir's selber zuzuschreiben», sagte Loretta.

Als Virginia hinausging, hörte sie Loretta noch sagen: «Ist sie nicht nett? Und sie ist anders als die anderen, sie hält zu mir, sie gibt nichts auf Mummy. Und wo wir überall hingehen! Sie hat's in der letzten Zeit schlecht gehabt, sie hat die reinste *Hölle* durchgemacht.»

Virginia begriff, daß es Luther war, der die reinste Hölle durchmachte und sich dabei noch ritterlich benahm.

Warum ließen Menschen sich aus Mitleid immer wieder einfangen, und wie kam es, daß die Schwachen und Bemitleidenswerten so stark waren? Sie drängten sich einem auf mit ihren Wunden und Schwächen wie Bettler, die ihre Gebrechen zur Schau stellten, sie brachten es fertig, daß man nicht einfach an ihnen vorübergehen konnte, sie fingen einen ein, und sie verfügten dazu über unzählige Mittel. Sie verdammten einen, weil man gesund war, besser aussah, schlanker, dicker war, geliebt wurde.

Und ganz offen gefragt: Warum sollte jemand eigentlich mit Loretta Mitleid haben?

Wenn man sich alles lange genug überlegte, konnte man für jeden auf diesem Planeten auf irgendeine Weise Mitleid empfinden.

Nur, daß sie einen mit diesen Augen einfach festhielt; ihre Augen waren die einer Hirschkuh, die aus der stählernen Falle zu einem aufblickten. Die Augen des jungen Mädchens in der kleinen englischen Ballade, die Virginia und Flora im Singunterricht gelernt hatten:

Oh, laß mich nicht
Oh, verlaß mich nicht
Oh, sei nicht so zu einem armen Mägdelein.

Als das Schiff schließlich nachts um Viertel vor eins bei South Ferry anlegte, glaubte Virginia Luther von Bord springen zu sehen, noch ehe sie richtig festgemacht hatten, glaubte ihn durch den Regen davonrennen zu sehen, als würde er verfolgt werden. Sie hörte, wie Corinne die Gäste am Landungssteg zu verabschieden begann.

«Also ich glaube, alles ist gutgegangen», sagte Corinne.

«Virginia?»

«Ja.»

«Hier Luther Brett, vielleicht erinnern Sie sich, wir haben uns –»

«Ja, natürlich.»

«Haben Sie heute nachmittag etwas vor?»

Er hatte zufällig heute nachmittag keine Vorlesung. Er hatte zufällig in der Stadt zu tun. Er wollte zufällig, daß Virginia ihm eine Last von der Seele nahm, nur sagte er das nicht.

Er fragte, ob sie sich im Zoo im Central Park treffen könnten.

Und schritt auf und ab in seinen abgetragenen Lederschuhen wie einer von den Löwen, das junge Gesicht so zerknittert wie seine Hose, die er gewiß nachts unter der Matratze plättete.

Warum wollte er Anwalt werden, wenn er so sensibel auf Gefühlsangelegenheiten reagierte? Sie würde sich gewiß vor Gericht nicht von ihm vertreten lassen und riskieren, daß er mit der Gegenpartei Mitleid bekam.

Eingesperrte Tiere deprimierten ihn, sagte er, wenn es nach ihm ginge, würden sie alle freigelassen und dafür gewisse Leute hinter Gitter gesetzt.

«Nun, dann gehen wir lieber fort von hier», sagte sie.

Doch nicht, bevor ihnen beim Affenhaus ein verlorengegangenes Kind über den Weg gelaufen war und Luther mit Virginias Taschentuch das schmutzige tränenbefleckte Gesicht abgewischt und dann das Kind huckepack zum Polizeirevier getragen hatte, wo er die verstörte Mutter ins Gebet nahm.

«Auf dieser Welt gibt es zu viele Gleichgültige», hatte Luther empört gesagt, als er stampfenden Schrittes das Polizeirevier verließ und dabei Virginia an der Hand hielt, als wäre auch sie ein verlorengegangenes Kind.

Sie gingen die Mall entlang.

In Gedanken dicht gefolgt von Loretta.

Luther sagte: «Es ist nicht nur, daß sie mir teure Zigarettenetuis oder Hemden mit Monogramm schenkt. Es ist schlimmer – sie schenkt mir Vertrauen.»

«Ja, ich verstehe», sagte Virginia, «und das *ist* schlimmer.»

«Sie ist ein Kind. Ich kann doch ein Kind nicht schlagen, oder?»

«Es kommt darauf an, was das Kind tut.»

«Es ist auch nicht, daß es ein blindes Vertrauen wäre. Sie ist ja nicht dumm. Aber irgendwie mache ich ihr etwas vor, Virginia, indem ich das so weitertreiben lasse. Ganz abgesehen von den finanziellen Überlegungen habe ich nicht die Absicht, sie zu heiraten oder überhaupt jemanden zu heiraten. Zumindest nicht während der nächsten Jahre, und ich will die Hilfe ihres alten Herrn nicht. Sie können sich gewiß ausmalen, wie das enden würde, nicht wahr? Man erlebt das ja überall, eine reiche Ehefrau, die einen armen Schlucker eingefangen hat, der zu geldgierig oder zu schwach ist, um der Versuchung zu widerstehen und zu warten, bis er es aus eigener Kraft schafft. Aber selbst wenn sie arm wäre und ich so reich wie Krösus – das Dumme ist, daß sie mir nur einfach leid tut.»

«Das ist genauso schlimm.»

«Ich bin aus Versäumnis schuldig geworden. Ich habe nicht rechtzeitig Klarheit geschaffen. Aber ich war nie unaufrichtig, Virginia, ich liebe sie wirklich auf eine gewisse Art, als Beschützer, sozusagen. Es gibt gewisse Stufen von Liebe, meinen Sie nicht?»

«Nicht bei wirklicher Liebe.»

«Nun, dann sind Sie pragmatischer als ich.»

«Ja, und ich finde, Sie benehmen sich wie ein Feigling. Sagen Sie ihr, daß Sie es nicht ernst meinen.»

Luther blickte vor sich auf das Straßenpflaster.

Schließlich sagte er: «Es muß letzten Januar gewesen sein, da bin ich die Fifth Avenue hinuntergegangen, und da habe ich sie auf einmal vor mir gesehen. Sie hat diesen, naja, Sie wissen schon, diesen leicht trabenden Gang, das ist allein schon irgendwie traurig. Ich glaube, wie jemand geht, das sagt einem schon viel über den Betreffenden. Nun, sie blieb vor der St.-Patrick-Kirche stehen und ging dann plötzlich hinein, wie aus einem Impuls heraus, und ich folgte ihr, eigentlich nur zum Spaß. Ich wollte hingehen und zu ihr sagen: ‹Na, was will denn ein braves jüdisches Mädchen hier? Hast du vor zu konvertieren?› und, Virginia, da legt sie eine Münze hin und zündet eine geweihte Kerze an und bleibt mit gesenktem Kopf stehen, und ich habe mich gefragt, für wen sie wohl die Kerze angezündet hatte. Konnte es sein, daß sie einen Soldaten gekannt hatte, der in Frankreich gefallen war? Aber da kam mir ein erschreckender Gedanke. Sie hatte sie für sich selbst angezündet. Ich wußte es einfach. Ich glaube, das war das Traurigste, was ich je einen Menschen habe tun sehen, und ich hatte sie dabei beobachtet, und ich muß mich schrecklich geschämt haben, denn ich bin schnell hinausgeschlüpft und davongerannt.»

Ja, wie vom Fährschiff. Und Luther würde sein Leben lang vor Loretta davonlaufen. Und Loretta hatte gewiß etwas anderes verdient; da war es schon besser, sie bekam gar keinen Mann.

«Sagen Sie es ihr, sagen Sie ihr, Sie meinen es nicht ernst. Das müssen Sie.»

«O Gott.»

«Sie müssen es ihr sagen.»

«Ich wünschte, es könnte andersherum sein, irgendein netter Junge kommt und schnappt sie sich, ein Junge, der es ehrlich meint und sie nie verletzt. Dann könnte sie zu mir sagen: ‹Es war sehr schön, aber jetzt ist's aus.› O Gott, das wünschte ich wirklich.»

«Oh, Sie reden wie ein Traumtänzer», sagte Virginia barsch;

sie ärgerte sich über diese Pietät, diese Eitelkeit. «Das ist doch nur Heuchelei.»

Männer waren so eitel, Frauen würden nie eine Situation durch vermeintliche Freundlichkeit und halbherziges Pflichtgefühl komplizieren und damit Probleme verschleiern. Tief in Luther schlummerte der gleiche dickköpfige Stolz wie bei Alan Austen, der in schneidendem Ton gesagt hatte: «Aber das muß *sein*, Virginia», als sie sich über die Militärumzüge lustig gemacht hatte.

«Sie sind verantwortlich, Luther», sagte sie.

Er wisse es, sagte er. Verdammt.

Ein paar Tage später, als Virginia ihr die Morgenpost reichte, sagte Corinne: «Sie werden es nicht glauben, es ist aus mit Luther. Einfach so, ganz plötzlich. Ohne eine Erklärung, soviel ich erfahren habe. Nun, er hat mich wirklich zum Narren gehalten, ich dachte, er wollte Partner bei Lewes und Simon werden, was er natürlich auch hätte werden können. Ich weiß nicht, ob ich verärgert oder erleichtert sein soll.»

Loretta ließ sich nichts anmerken.

«Es tut mir leid», sagte Virginia zu Loretta.

«Keine Ursache. *Mir* tut es *nicht* leid. Ich habe ihm den Laufpaß gegeben. Weißt du, da ist zufällig noch ein anderer. Der ein Dutzend Mr. Bretts wert ist, wenn ich das so ausdrücken darf. Aber das habe ich *ihm* natürlich *nicht* gesagt. Ich habe ihm nur gesagt, ‹Ich will dich nicht mehr sehen, Luther.› Der Ärmste ist kreideweiß geworden. Aber es mußte sein, das verstehst du doch, ja?»

Um zehn Minuten vor eins in der Nacht klingelte das Telefon.

«Virginia – ich bin's, Luther. Loretta hat eine Überdosis Veronal genommen. Corinne hat mich gerade aus dem Krankenhaus angerufen. Es scheint, man hat sie gerade noch rechtzeitig eingeliefert. Virginia, können wir uns treffen? Ich weiß, es ist mitten in der Nacht, aber ich bin völlig fertig.»

Er sah aus wie ein Vierzigjähriger im grellen Licht des Imbißlokals, das die Nacht durch geöffnet hatte. Nein, mußte sie ihm ein dutzendmal versichern, es war nicht seine Schuld. Begriff er das denn nicht? Das war doch nichts als ein Mahnzeichen. Sie hatte das nur getan, damit er sich schuldig fühlte, alle Selbstmordversuche sollten Schuldgefühle hervorrufen, das war pathologisch. Loretta hatte ihr Zeichen gesetzt, und das war alles.

Alles. Er stöhnte.

Er nahm dennoch seinen Teil Verantwortung auf sich, wie ein kleiner Gentleman. Weil er schließlich jetzt ein freier Mann war.

Corinnes Blick war undurchdringlich. Sie legte Virginias Rosenstrauß auf den Korbtisch, als wäre er ein Bündel Unkraut. Sie hatte in der Tür zum Besucherzimmer gestanden, als Virginia aus dem Fahrstuhl trat, und sie zu sich gewinkt.

«Virginia, wie ich höre, haben Sie und Luther sich getroffen.»

«Er war letzte Nacht in einem sehr erregten Zustand, und –»

«Ich spreche nicht von letzter Nacht. Andrea Biddle hat mich heute morgen angerufen. Sie hat Sie und Luther vor ein paar Tagen im Central Park gesehen.»

Sie fühlte sich so benommen, daß sie nicht sogleich erfaßte, wovon Corinne ausging.

«Ja.»

«Sie sagte, Sie hätten ein langes, recht vertrauliches Gespräch geführt.»

«Ein langes? Wie lange war sie denn da?»

«Lassen Sie diesen Ton, Virginia. Ging es um Loretta?»

«Das möchte ich lieber nicht sagen.»

«Ich aber möchte es.»

«Fragen Sie doch Luther.»

«Ich habe nicht die Absicht, mit ihm zu sprechen. Ich habe die Rezeption angewiesen, daß er nicht eingelassen wird. Und ich mag keine Verschwörer in meinem Haus. Also spielen Sie nicht die Unschuldige, Virginia. Andrea sagte auch, Sie und Luther hätten auf dem Schiff auf einem *Tisch* zusammen gesessen, und sie sagte, Luther hätte den Arm um Sie gelegt. Also spielen Sie mir nicht die Unschuldige vor, wo Sie genau wissen, daß Sie bei dieser Tragödie mitgewirkt haben. Ich hatte geglaubt, Sie seien Lorettas Freundin. Loretta hat es auch geglaubt. Sie haben Unheil angerichtet. Sie können Ihre Rosen behalten. Sehen Sie nur, was Sie angerichtet haben, Sie sollten sich schämen. Nun, ich nehme sie mit nach Paris, dort werden wir Wäsche kaufen, und da bedarf ich Ihrer Dienste nicht mehr. Hier ist Ihr Lohn für zwei Wochen anstelle einer Kündigung.»

Corinnes Augen funkelten, als hätte sie einen doppelten Sieg davongetragen.

«Dann möchte ich gern Loretta sehen, um ihr Lebewohl zu sagen.»

«Sie will Sie nicht sehen.»

«Ich will mich nur von ihr verabschieden.»

Doch wenn sie, ohne es zu wollen, Unheil angerichtet hatte, so hatte man Loretta Schlimmeres angetan im Namen der Mutterliebe. Man hatte es Loretta gesagt. Loretta starrte mit offenem Mund zur Decke auf. Dann wandte sie langsam das Gesicht und blickte Virginia an, und Virginia sah, daß sich alles gewendet hatte – sie war schuldig im Sinne der Anklage. Lorettas Gesicht war so ausdruckslos wie immer, doch ihre Augen sagten alles. Sie hatte Virginia geliebt, sagten die Augen, und Virginia hatte sie bestohlen. Das war es genau.

«Du bist eine Diebin, Virginia», sagte Loretta.

Eine herbeigerufene Krankenschwester führte Virginia hinaus.

Und jetzt müssen Sie mich aufstehen lassen, sagte sie zu dem weißen Fleck. Und reichen Sie mir bitte meine Brille, ich kann nichts sehen, flehte sie die Krankenschwester an, ich muß aufstehen, sagte sie, denn ich habe eine wichtige Verabredung im Ritz um vier Uhr, da erwartet mich jemand, den ich seit zwölf Jahren nicht mehr gesehen habe, jemand, mit dem ich durch ein totales Mißverständnis auseinandergekommen bin. Und sie zog das Bettuch weg, und es gelang ihr sogar, ein Bein über die Bettkante zu strecken, aber da war die Schwester schon bei ihr. Aber nicht doch, nicht doch, sagte die Schwester, schön wieder ins Bettchen. Nein, sagte sie, ich gehe, und zum Teufel mit deinem Babygeschwätz und deinen Gummihänden und der Warze auf deiner Lippe. Hat dich je etwas bis ins Herz getroffen, hat dich je ein Sonnenuntergang zu Tränen gerührt? Ich muß *gehen*, schrie Virginia und überlistete Mrs. Binns, indem sie geschickt in die Schluchten des eigenen Unterbewußtseins auswich. Ganz leicht.

Aber natürlich, das fiel ihr jetzt ein, das Ritz war ja schon vor dreißig Jahren abgerissen worden. Aber sie war doch ins Ritz gegangen, oder nicht? Und sie hatte gewartet, oder nicht? Und Loretta kam nicht, so daß sie sich nicht mit ihr versöhnen konnte. Und außerdem Loretta nicht das Leben retten konnte. Sie würde zu ihr gesagt haben: «Du darfst nicht mit diesem Schiff fahren.» Das wäre die höchste Geste der Buße und Freundschaft gewesen, Loretta vor diesem schrecklichen Tod zu retten.

Aber das war Unsinn, wurde ihr klar, sie hätte ja damals noch gar nicht wissen können, daß auf der *Morro Castle* ein Feuer ausbrechen, daß sie brennen und brennen würde, bis den Horden von Neugierigen, die mit dem Zug, mit dem Wagen oder dem Bus zum Ufer bei Asbury Park gekommen waren, der Gestank das makabre Schauspiel unerträglich machte.

Siehe, meine Freundin, du bist schön. Siehe, schön bist du. Deine Augen sind wie Taubenaugen zwischen deinen Zöpfen.

Nicht, daß *du* etwa wüßtest, daß ‹schön› nicht einfach ‹gut aussehen› heißt, sagte sie zu der Schwester, während sie ein Auge aufschlug und sah, wie Mrs. Binns Kirschkerne in die Hand spuckte.

Charley und Thelma heirateten kurz nach Charleys Entlassung aus dem Militärdienst, einen Tag nach Auflösung ihres Verlöbnisses und an einem für alle ungelegenen Ort, außer für Luther, der von seinem Büro in der Broad Street aus nur ein paar Straßen weit zu gehen hatte.

Sie hatten es unfeierlich haben wollen, sagten sie, und es war so unfeierlich, daß es schon fast nüchtern war. Der Friedensrichter machte es ganz kurz, als sie an der Reihe waren, ihre beiden Trauzeugen schienen sich nicht leiden zu können, und Thelma war ganz in Grau, graues Faltenkleid, grauer Hut, graue Handschuhe, eine unpassende Farbe für eine Braut, selbst Schwarz wäre noch besser gewesen, und sie betonte das Ganze noch mit einem Zweig blaugrauer Gartenwicken.

Noch keine fünf Minuten waren sie Mann und Frau, da stritten sie sich schon im Fahrstuhl darüber, ob man dem Friedensrichter ein Trinkgeld hätte geben sollen, und stellten dann fest, daß sie den Trauschein vergessen hatten und noch einmal zurück mußten, um ihn zu holen.

Das Restaurant, daß sie sich für das Hochzeitsfrühstück ausgesucht hatten, lag im Souterrain eines Hauses, in dem Washington Irving einmal gewohnt hatte. Es war nur trüb erhellt, hölzerne Bänke standen um spartanisch einfache Tische herum, und zahllose Trauerfarne senkten ihre Wedel auf die marmornen Bodenplatten herab. Krabbencocktails standen schon auf den Plätzen der Gäste, als wollte die Geschäftsleitung den Hochzeitslunch so schnell wie möglich hinter sich bringen; das nach nichts schmeckende Roastbeef mußte schon in den Kulissen gestanden haben, um dann halb kalt serviert zu werden.

Als sie sich setzten, sagte Thelma zu Virginia mit einem sarkastischen Lächeln: «Wie ich höre, habt ihr gestern abend sehr lange über mich gesprochen.»

Also hatte Charley es ihr gesagt. Das hätte sie ja auch wissen können. Charley rannte zwischen ihr und Thelma hin und her wie eine Unruhe stiftende alte Jungfer. Gab ihm die eine keine Bestätigung, lief er zur anderen. Schon als Kind hatte er Bestätigungen gebraucht und sie dem anderen mit unnachgiebiger Hartnäckigkeit abgerungen. Er war exzentrisch und unberechenbar und hatte seine eigene Logik, der man nicht immer folgen konnte. Zudem war er bivalent, bilateral, bisexuell, und hätte er trisexuell sein können, Charley wäre es gewesen. Er brauchte Aufmerksamkeit von allen Seiten.

Letzte Nacht hatte er Virginia mit seiner gewichtigen Telefonstimme zu sich gerufen.

«Soll lieber *ich* gehen?» fragte Luther. Aber sein juristisches Denken wurde nicht mit Charley fertig; sie stimmten in praktisch nichts überein.

«Er braucht den Mutterschoß», sagte Virginia.

Charley war schon nicht mehr ganz nüchtern. Er umarmte Virginia, ohne sein Glas abzusetzen; Scotch lief ihr den Rücken hinunter.

«Oh, Gott sei Dank, daß du zu Hause warst. Ich dachte schon, wenn du nicht da bist, dann spring ich von der Brooklyn Bridge runter, kein Witz.»

«Was ist denn los?»

«Es ist *aus*. Sie sagt, sie geht zu diesem Typ zurück, bei dem sie gewohnt hat, während ich im Ausland war. Sie hat gesagt, sie geht gleich wieder zu ihm, und wahrscheinlich verbringt sie jetzt die Nacht bei ihm, das sagt sie zumindest. Eigentlich ist es mir egal. Es war mir nicht so ganz egal, als ich dich vorhin anrief, aber jetzt habe ich etwas getrunken, und ich habe keine Angst mehr. Warum zum Teufel sollte ich Angst vor ihr haben?»

Charleys schmetterndes Lachen, dieses beunruhigende Lachen.

Und das Durcheinander. Anzüge und schmutzige Wäsche auf jedem Stuhl, halb gepackte Koffer, das Bett nicht gemacht. Er machte einen Stuhl für sie frei, indem er alles, was darauf lag, auf den Boden schob, und reichte ihr einen Drink. Eis war keines da, er hatte vergessen, die Eisschale wieder in den Kühlschrank zu schieben.

«Sie hat gesagt – jetzt hör dir das an – sie hat gesagt, ich stumpfe ihr Bewußtsein ab. Ha, wenn, dann ist es genau umgekehrt. Sie ist eine destruktive Person, und sie ist erst zufrieden, wenn sie alles um sich her zerstört hat. Ihre Eltern haben sie völlig abgeschrieben, hast du das gewußt? Sie mußte zu ihrer Großmutter gehen, die sie haßt, um sich fünfzig Dollar für ihr Hochzeitskleid zu leihen, und ich soll das Geld zurückzahlen. Könntest du mir also fünfzig Dollar so für eine Woche leihen, damit ich sie nur los bin? Oh, ich bin darüber hinweg, da gibt es gar keinen Zweifel, ich bin darüber hinweg, was meinst du?»

Und dabei warf er ihr diesen eigenartigen Blick unter den langen blonden Wimpern heraus zu. Hätte er sich das Haar lang wachsen lassen und die sinnlichen herzförmigen Lippen geschminkt, Virginia würde geglaubt haben, in das Gesicht ihrer Großmutter Irene zu sehen. Die Ähnlichkeit war unwahrscheinlich, die schmale Adlernase, die anmutige Rundung des Kinns.

«Ich bin darüber hinweg», wiederholte Charley, als sie nichts erwiderte. «Ich wette, wir wären binnen eines Jahres wieder geschieden gewesen. Sie weiß nicht, wie sie mit meiner Kreativität umgehen soll, sie kann ihre Gefühle nicht in positive Aktion umsetzen, und es macht sie wütend, daß ich das kann. Das einzige, was sie aus diesem in ihr kochenden Zorn produzieren kann, ist

Sex. Sex, da geht es sehr gut zwischen uns, war schon immer so, und ich war zu ihr da auch immer ganz aufrichtig. Sie weiß alles von Jack und Bruce, und sie weiß, es ist durchaus möglich, daß ich mal kurz nebenbei etwas mit einem Mann habe, solange es nicht in unserem Haus vor ihren Augen passiert. Oh, das ist ihr völlig gleich, dadurch fühlt sie sich mir nur überlegen in gewisser Weise, und das hat sie weiß Gott nötig.»

Wieder diese Explosion, dieses schmetternde Lachen.

«Und sie kann einfach nicht ertragen, daß ich mit meinen Neigungen fertig werde, sie hätte gern, daß ich so neurotisch bin wie sie. Nun, da bring ich für sie keine Opfer. Ich bin besser dran. Der schöpferische Mensch ist allein immer besser dran.»

«Nun, wenn du dich entschlossen hast, dann ist es wohl aus.»

«Momma, *sie* hat sich für mich entschieden. Diese neurotische kleine Hexe hat sich für mich entschieden. Du hättest sie sehen sollen, wie sie da gestanden und mich angeschrien hat, bis ich ihr mein Glas ins Gesicht geschüttet habe und ihr gesagt habe, sie soll zum Teufel gehen.»

«Weswegen?»

«Was?»

«Worum ging es da?»

«Worum?» Charleys Gesicht war ausdruckslos. Ging es da um etwas? «Um das *Problem*, sie hat es auf die Spitze getrieben, und sie hat sich die Folgen selbst zuzuschreiben. Ich bin fertig mit dem Stück, ich bin frei. Freust du dich nicht? Trink noch ein Glas, Darling, das müssen wir feiern.»

Aber es war natürlich sinnlos, zu sagen: «Dann verlaß dich nur auf dich, tu's allein, fahr nach Spanien, allein, fahr nach Patagonien, lebe dein Leben, ohne daß du ständig jemandes Bestätigung brauchst.» Kasperl ohne den Teufel, an dem er seine Wut auslassen konnte, das machte keinen Spaß. Sie kannte ihn schließlich von Kind auf. Wollte man Charley im Sommer ins Ferienlager bringen, mußte man ihm versichern, daß er völlig recht hatte, wenn er nicht hingehen wollte, und die Koffer wieder auf den Dachboden tragen.

«Ich wußte, du würdest dich freuen», sagte Charley, als spreche er ihren Gedanken aus.

«Wenn es das ist, was du dir wirklich wünschst.»

«Oh, das ist gar keine Frage. Ich habe viel zu lange den Idioten gespielt. Ich habe gerade vorhin mit Bruce gesprochen, und er hat genau das gleiche gesagt. ‹Du hast zu lange den Idioten gespielt›, hat Bruce gesagt. Du *freust* dich doch, nicht?»

Sie hätte fast die Minute angeben können, zu der am nächsten Morgen das Telefon wieder läutete. «Ich kann sie nicht sitzenlassen, Mom. Ich bin eben gerade bei ihr. Sie hat die ganze Nacht geweint. Wir haben beide die ganze Nacht geweint.»

«Sie wollen doch heiraten», sagte Virginia und legte auf.

Das komme ihm mehr wie ein Selbstmordpakt vor, meinte Luther. «Noch kein Jahr, und dann sind sie geschieden.»

Es gab vieles, was Luther nicht von seinem Sohn wußte, dachte Virginia. Oder auch von ihr.

Und hier waren sie nun, auf daß kein Mensch sie scheide. Charley in zwei nicht zueinander passenden Socken, das blonde Haar dunkel von Pomade. Es war taktlos von ihm, daß er sich Bruce zum Trauzeugen ausgesucht hatte, der wie der zurückgewiesene Liebhaber aussah; Thelmas Trauzeugin, ein Mädchen, das aussah, als wäre sein Leben eine einzige Enttäuschung gewesen, war stark erkältet und nieste und hustete während der ganzen Zeremonie und verstreute jede Menge Papiertaschentücher um sich.

Charley gab Thelma und dann Virginia einen Kuß.

«Na ja, das wär's», sagte Charley und schüttelte seinem Vater die Hand.

Draußen hatte es zu regnen angefangen, und es dauerte sehr lange, bis sie ein Taxi bekamen, so daß sie ihr Eheleben mit einem Tadel seitens der Wirtin des Sleepy Hollow Restaurant begannen. «Wir hatten Sie schon aufgegeben, Mr. und Mrs. Brett; nun ja, ich will sehen, was ich tun kann, wir haben heute Hochbetrieb.» Und verwies sie an einen Tisch in einer dunklen Ecke in der Nähe der Küche. Charley zog mit elegantem Schwung die einzige Rose aus der Vase und reichte sie der Braut. «Die will ich nicht», sagte Thelma. «Nein, laß das. Da, du hast schon Wasser auf mein Kleid getropft.» Charleys Lachen ließ die Gläser klirren. Sie waren alle wie Fremde auf einer Bustour, die sich einen Tisch teilen und Konversation machen mußten, so hölzern wie die Bratkartoffeln, die zu dem überstrapazierten Fleisch serviert wurden; die Stimmung war so schlaff wie der Krautsalat in den durchweichten

Pappschalen. Während Luthers sanftem Trinkspruch – es gab den süßesten weißen Bordeaux, den Virginia je getrunken hatte – fingerte Thelma ständig an ihrem Trauring, als tue er ihr weh. Niemand trank seinen Wein aus. Anstelle einer Hochzeitstorte gab es ein Birnenkompott. Der Kaffee kam so spät, daß beide Trauzeugen vorher zu ihrer Arbeitsstelle zurückfahren mußten.

Luther blickte sich gerade nach der Kellnerin um wegen der Rechnung, als Thelma sagte: «Ich habe einen Ohrring verloren.» Sie faßte sich verstört an das eine Ohrläppchen.

Sie starrten alle über den marmorgeglätteten Fußboden.

«Ich habe ihn fallen hören», sagte Thelma. Charley stand auf, suchte unter dem Tisch und an der Wand entlang.

«Da ist er nicht – vielleicht ist er dir ins Kleid gefallen.»

«Ich habe ihn deutlich auf den Boden fallen hören.»

«Er ist nicht da.»

«Er muß aber da sein.» Thelma begann, sich aufzuregen. «Ich darf ihn nicht verlieren. Das sind meine kleinen Goldreifohrringe, die mir meine Großmutter geschenkt hat.»

«Vielleicht hast du ihn im Taxi verloren.»

«Ich hatte ihn noch an, als wir uns hingesetzt haben, das weiß ich genau.»

«Könnten Sie uns eine Taschenlampe bringen?» bat Luther die Kellnerin.

Die Taschenlampe kam. Die Kellnerin, in gebückter Haltung gefolgt von Charley und Thelma, suchte unter den Tischen, während Leute aufstanden und ihre Stühle zurückschoben. Thelma zeigte diesem und jenem den noch verbliebenen Ohrring und sagte mit verzweifelter Stimme: «Er sieht genau so aus, ein kleiner goldener Reif.»

Köpfe wurden gereckt.

«Nun», sagte Luther, «es ist ja nicht so, als wäre es der Hope-Diamant.»

«Er ist vielleicht in eine Ritze gerutscht», meinte jemand.

«Hier gibt es keine Ritzen.» Charley blickte Thelma stirnrunzelnd an. «Hast du sie bestimmt beide angehabt?»

«Natürlich», gab Thelma barsch zurück. «Weshalb sollte ich nur einen Ohrring anziehen?»

«Na ja, du hast vielleicht gedacht, du hast sie beide angezogen, vielleicht warst du gerade dabei, und da hat das Telefon geläutet und –»

«Ach, red doch keinen Blödsinn, Charley.»

«Kann ich Ihnen helfen?» Die Geschäftsführerin erschien.

«Meine Frau scheint einen goldenen Ohrring verloren zu haben.»

«Nicht *scheint*, sie *hat* ihn verloren.»

«Schon gut, schon gut.» Charley brüllte inzwischen. «Rücken wir alle Tische weg, inspizieren wir den ganzen Fußboden Zentimeter für Zentimeter, bis wir das verdammte Ding gefunden haben, ja?»

Die Suche ging weiter, jetzt zusammen mit der Geschäftsführerin. Dazwischen hörte man Thelmas klagende Stimme: «So ein kleiner goldener Reif wie der hier, ein Geschenk meiner Großmutter.» Nach dem dritten oder vierten Mal sagte Luther zu Virginia: «Stur, findest du nicht auch? Thelma hätte in die Zeit der Marathontänze gepaßt.»

Inzwischen waren die Mittagsgäste gegangen, man begann, Stühle auf die Tische zu stellen.

«Wir schließen um drei», sagte die Geschäftsführerin in freundlich-bestimmtem Ton. «Vielleicht kommen Sie morgen wieder, wenn wir gereinigt haben.»

Thelma setzte sich hin und zündete ihre soundsovielte Zigarette an und sagte in energischem Ton: «Er ist irgendwo hier.»

«Dann wird man ihn finden.» Charley war jetzt fertig, er atmete schwer. «Komm, gehen wir. Sie wollen hier Schluß machen. *Gehen* wir, Thelma.»

«Ich bleibe.» Thelma schlug die Beine übereinander.

«Ich kaufe dir ein anderes Paar gleich morgen – gleich heute nachmittag, gleich *jetzt*.»

«Danke, ich will kein anderes Paar. Ich will meinen Ohrring.»

«Ein Paar, das genauso aussieht.»

«Ich will kein Paar, das genauso aussieht, ich will *meinen* Ohrring.»

«Sie wollen doch hier Schluß machen, komm jetzt.»

«Ich gehe nicht, bis man ihn gefunden hat.»

«Willst du hier sitzen, bis sie das Abendessen servieren?»

«Ja, und ich bleibe noch hier, wenn sie heute abend schließen.

Bist du dir darüber klar, was das für mich bedeutet? Wenn nicht, dann bedeutest *du* mir so gut wie nichts.»

Charley faßte sie am Arm und versuchte, sie hochzuziehen, aber sie ließ sich auf dem Stuhl zusammensacken. «Ich geh nicht, ich geh nicht», sagte sie wie ein störrisches kleines Mädchen.

«Seht ihr, wie das ist?» sagte Charley lächelnd zu Virginia und Luther. «Seht ihr jetzt, was die Hölle auf Erden ist? Ich weiß nicht, was ich tun soll. Soll ich einen Polizisten rufen? Was soll ich tun?»

Was sie will, von jetzt an. Aber das dachte Virginia nur still für sich. Als sie nach Handtasche und Handschuhen griff, sagte sie: «Am besten läßt du sie einfach da.»

«Ja, das werde ich auch, das werden wir auch. Ich gehe, Thelma.»

«Geh nur.»

Auf der Treppe blickte sich Virginia um. Die Geschäftsführerin beugte sich über Thelma, die zum Trotz den Hut abgesetzt hatte. Vielleicht zog sie auch noch die Schuhe, die Kleider aus. Sie schwenkte den Kopf hin und her und schob die Geschäftsführerin mit ihren dünnen Armen fort.

Draußen fragte Luther: «Was willst du jetzt tun?»

«Einfach warten», sagte Charley mit zusammengepreßten Lippen. Es schien nicht der rechte Augenblick zu sein, ihm alles Gute, viel Glück zu wünschen. «Na ja, nimm's leicht», sagte Luther.

An der Ecke blickten sie sich um. Ein kräftig gebauter Mann geleitete Thelma aus dem Restaurant, nicht ohne Widerstand; Thelma schlug nach dem Mann mit ihrer Handtasche, bis Charley sie von ihm losriß.

«Diebe!» kreischte Thelma. «Ich werde Anzeige erstatten, hören Sie? Ich werde Ihr elendes Lokal verklagen. Ich bringe Sie vor Gericht.»

Der kräftig gebaute Mann verschwand im Restaurant, und Charley packte Thelma und schob sie fort in Richtung Gramercy Park.

«Ich nehme meine ursprüngliche Wette zurück», sagte Luther. «Ich gebe ihnen höchstens ein Vierteljahr.»

Virginia beobachtete nachdenklich die lächerliche Szene und

konnte sich des Gefühls nicht erwehren, daß Charleys und Thelmas Beziehung Vitalität besaß, daß aufkommende und abflauende Stürme ihr eine starke Unmittelbarkeit verliehen; sie gingen aufeinander los, aber sie wußten, daß der andere da war, wogegen (und es war dieser Gedanke, der sie beunruhigte, als wäre sie mitten in der Nacht in einem fremden Zimmer aufgewacht und wüßte nicht, wo sie sich befand) ihre und Luthers Verbindung auf Vorsicht gegründet war. Sie gingen immer vorsichtig miteinander um, als achteten sie darauf, einander nicht zu berühren. Eigentlich wußte sie nie, ob Luther wirklich bei ihr war. Dreiundzwanzig Jahre miteinander im Bett, und sie wußten nicht, ob der andere da war. So sagte er jeden Abend (vielleicht erfreut über ihre physische Gegenwart im Flur oder am Spülbecken): «Ah, da bist du ja.» Jeden Morgen, wenn er den Hut aufsetzte, hieß es: «Nun, ich sehe dich dann heute abend», als wollte er sich versichern, daß er dies auch tun würde. Aber jetzt war es zu spät, stehenzubleiben und zu fragen: «Wo bist du, Luther?» Er hätte nur erschrocken reagiert und sich dann zurückgezogen und in Schweigen gehüllt, wie er es auch tat, wenn ihn etwas bedrückte. Vielleicht war es ihre Schuld, daß sie es bei ihrer Heirat nicht gesagt hatte: Du kannst mir alles anvertrauen, über alles mit mir sprechen. Aber sie hatte das nicht für nötig gehalten, hatte geglaubt, Ehemänner würden sich ganz selbstverständlich ihren Frauen anvertrauen. Sie war nur allmählich durch sein Schweigen, seine Zurückhaltung eingeschüchtert worden, bis sie die Gefangene seiner Höflichkeit war. Vor noch gar nicht langer Zeit hatte er sie nachts mit dem Ausruf geweckt: «Ich hab es nie bekommen, hab es nie bekommen.» «Was nicht bekommen? Was nicht bekommen?» hatte sie ihn gefragt. Eine Berufung ans Oberste Bundesgericht? Zum Gouverneur? Was? Liebe? Sie hatte sanft sein Gesicht berührt. «Habe ich geschnarcht?» sagte er. «Entschuldige.» Unglaublich, daß ein Mann mitten in der Nacht im Bett um Entschuldigung bitten konnte. Dieses «Entschuldige» charakterisierte mehr oder weniger ihrer beider Leben.

Doch jetzt, bestürzt darüber, daß alles zu spät war, daß sie sechsundvierzig war und mit einem höflichen Bekannten eine Straße entlangging, hätte sie ihn an den Rockaufschlägen packen und ihn schütteln und ihm ins Gesicht schreien mögen: «Nimm mich mit, ganz gleich, wohin, aber *sei bei mir*, ehe wir beide aus Taktgefühl sterben.»

Luther winkte ein Taxi heran und hielt ihr die Tür auf.

«Ich sehe dich dann heute abend», sagte er.

Hört mal zu, hört mal zu.» Charley saß dick und aufgedunsen in einem Korbsessel, safrangelb von Sonnenuntergang und Alkohol. «Das habe ich von Mykonos aus geschrieben. ‹Meine Allerbeste. Ich habe eine leichte Erkältung und bin durch Mykonos gewandert in einem Zustand blasser Benommenheit, vielleicht die beste Art, dieses Stückchen Erde zu erleben, weil es so traumgleich ist, zur Trance einladende endlose weiße Mandelreihen von Häusern mit blauen und grünen Türen, alte Frauen auf Eseln mit Körben voller leuchtender Blumen, alle paar Meter eine winzige Kapelle mit brennenden Kerzen. Die berühmte Kirche von Paraportiani wie schmelzende Eiscreme an einem Platz am Meer. Ich habe Bilder von ihr gemacht in einem goldenen Abendschein. Alles schmilzt vor Traurigkeit, weil du nicht hier bist, mein teuerster Liebling. Oh, warum bist du nicht gekommen, du hattest es doch versprochen. Schändliche Wortbrecherin, mich auf dieser schönen Insel allein zu lassen, trübsinnig und so schwermütig wie die Ägäis –›»

«Wo war Thelma denn da?» fragte Flora.

«Ich war bei ihm», sagte Thelma. «Das ist doch ein Brief an seine *Mutter*.»

«Hört doch weiter zu», sagte Charley ärgerlich. «‹Hinter mir auf einem baumlosen Hang stehen uralte Windmühlen, stumm im –›»

«Wo hast du denn diese Briefe her?» fragte Mary.

«Aus ihrem Schreibtisch.»

«Es sind aber doch *ihre* Briefe.»

«*Ich* habe sie geschrieben.»

«Wenn ein Brief einmal abgeschickt ist, geht er in den Besitz des Adressaten über, so will es das Gesetz.»

«Ach, Unsinn, Unsinn, Mary. Sie hat sie für mich aufgehoben. ‹Hinter mir auf einem baumlosen Hang stehen uralte –›»

«Wen kann es denn interessieren, was vor dreißig Jahren auf einer griechischen Insel hinter dir gestanden hat?»

Charleys Dünkel. Daß er seinen Brief vorlas, einen Liebesbrief an seine Mutter, war so künstlich. Seine Liebe zu Mutter war künstlich, und er wußte es nicht.

Daß er seine Briefe laut vorlas, das war, als hätte er einem seine Fotografien gezeigt.

Schaut, schaut, und ich habe mich dabei gar nicht angestrengt.

Nicht, daß seine Fotoarbeiten bisweilen nicht brillant gewesen wären – er hatte zahllose Preise bekommen, hatte damals sechs Titelbilder für *Life* geschossen, aber man wollte nicht ständig darauf hingewiesen werden. Schaut, schaut, hört zu. Sein ganzes Leben war ein verzweifeltes Ringen um Aufmerksamkeit gewesen. Sein Lachen konnte einen Spiegel zerspringen lassen, und doch besaß er keinen wirklichen Humor, lachte immer zu früh und verdarb die Pointe. Er ergriff Besitz, zog alles an sich. Erzählte man etwas von einem Freund Soundso, der auf einem Flug ein merkwürdiges Erlebnis gehabt hatte, unterbrach einen Charley mit der Bemerkung, dieser Soundso sei ein sehr guter Freund von ihm, habe man das nicht gewußt? Ein sehr, sehr guter Freund.

Soweit Mary sich erinnern konnte, hatte sie Charley nur einmal ohne Maske gesehen, und das war bei der Beerdigung ihres Vaters gewesen. Sie war schon auf alles mögliche Gefühl vorbereitet, auf das Drücken kleiner, dicker Hände (und als ob alles nicht schon schlimm genug war, mußte auch ihre Mutter noch erscheinen, seit Jahren hatte keiner sie mehr zu Gesicht bekommen, aber Virginia war da, ohne eine Träne und nicht einmal passend gekleidet, in karierten Hosen und einem alten orangefarbenen Sweater); Charley hätte ein entfernter Cousin sein können; er blickte zum Himmel auf und dann zu dem Erdhügel hinunter, der bald Luther Brett bedecken würde; so unbeteiligt wie die anwesenden Kollegen, die sich die leise Ungehaltenheit darüber nicht anmerken ließen, daß sie an einem Wochentag von Manhattan bis hier hinaus kommen mußten.

«Er hat mich nie gemocht», sagte Charley, als sie zu ihren Limousinen zurückgingen. Das war ausnahmsweise einmal kein Witz. «Er hat mich in meinem Beisein einen Dussel genannt. ‹Dieser Dussel›, hat er gesagt.»

«Wann war das?» fragte sie.

«Was macht es schon aus, wann das war?» sagte Charley.

Das rührte sie fast an.

Er war zu Mutter kalt gewesen. «Sehr schön von dir, daß du dir den weiten Weg gemacht hast.»

Er faßte Thelma am Arm und kehrte Virginia den Rücken. Aus Eifersucht hatte er ihr nie verziehen. Und Virginia, jetzt zum zweiten Mal Witwe, stand in ihrem unpassenden Sweater im Wind und wirkte so verletzlich; ihr Lippenstift war nicht gut aufgetragen, sie band sich den Schal ums Haar und sagte, sie wisse nicht, wo sie ihren Wagen geparkt habe. «Ich habe die Orientierung verloren, und diese Büsche und Gräber sehen alle gleich aus», hatte Mutter gesagt. «Mary, könntest du mir helfen, meinen Wagen wiederzufinden? Es ist ein blauer Volkswagen.»

Da kam Mary ein hoffnungsvoller Gedanke. Vielleicht könnte ich jetzt zu ihr durchkommen. Vielleicht.

All diese Babyjahre des Wiegens und Summens mit Charley auf dem Schoß. Praktisch bis er elf war und seine Füße fast auf den Boden reichten, hatte Mutter ihn auf dem Schoß gehabt und ihm schöngetan, und all dieses gräßliche Sich-*Berühren*, und Mary hatte steif und starr dabeigestanden – wie sie das gehaßt hatte, wie sie sich immer berührten. Und jetzt war Mutter zurückgewiesen worden. «Sehr schön von dir, daß du dir den weiten Weg gemacht hast» – als wäre sie eine fremde Person.

Und jetzt hielt er seine Briefe an sie an sich gepreßt, ließ Whisky darauf tropfen, begann schon, Tränen zu vergießen. «Sie hat sie aufgehoben, begreift ihr das nicht, sie hat sie *aufgehoben*.»

Mary hätte ausrufen mögen: «Was weißt *du* schon davon? Ist deine Trauer aufrichtig? Hast du einmal daran gedacht, daß auch ich trauern könnte? Und was das bedeuten könnte, gegeneinander aufgewogen? Daß meine eine Träne, wenn ich sie weinen könnte, ein Ozean wäre verglichen mit den Tröpfchen, die du da verschüttest, um Aufmerksamkeit zu erregen.

Und als hätte sie diesen Gedanken wie einen Ball in der Luft aufgefangen, um ihn an Charley weiterzugeben, sagte Thelma: «Es wäre vielleicht angebracht, daß du hinaufgehst und dich dafür entschuldigst, daß du sie einmal ins Gesicht eine Hure genannt hast.»

Charley hielt sich die Hände vors Gesicht und begann zu erbeben, und die Briefe fielen zu Boden.

Thelma häkelte wild drauflos, ihr Lächeln war böse.

«Nicht», sagte sie, «daß sie es nicht herausgefordert hätte.»

«Oh, hört auf», blökte Flora. «Ich will das nicht hören, ich will nicht so häßliche Dinge hören, das ist schändlich von euch. Wally, hilf mir hoch, hilf mir hoch, Wally, ich gehe hinein. Hier fressen mich ja die Stechmücken bei lebendigem Leibe, also die haben wir bei uns in Kalifornien nicht.»

Ich habe die Orientierung verloren, hatte Mutter gesagt. Mary, könntest du mir helfen?

Und wenn ich denn eine Träne weinen könnte, was dann? Wäre es ein Segen für mich?

Was?

Sie mußten im Personalaufzug hinuntergefahren und dann zum Seitenausgang des Astor hinausbugsiert werden, sonst wäre Flora von der Menge erdrückt worden. Seit Stunden warteten draußen Fans in der Hoffnung, einen Blick auf die «Meernymphe» in Fleisch und Blut zu erhaschen. Das sei eben der Preis, den man zahlen mußte, wenn man ein «Kinostar» war, meinte Freddie Wheels, ihr Manager, ohne dabei die Zigarre aus dem Mund zu nehmen. Der neueste Schwimm-Klimbimfilm war nebenan im Astor Theatre angelaufen, und Flora sollte im Keith-Orpheum-Varieté auftreten, wo sie, wie es in der Ankündigung hieß, nicht nur durch eine dreizehn Meter lange Spirale brennender Reifen springen, sondern auch unter Wasser eine Banane schälen und essen würde. Bei Russeks waren Rheinkieselkopien von Floras Diamantstirnband ausgestellt. Man sprach von Flora mehr als von Gouverneur Al Smith, sie verdiente mehr als der Außenminister, vielleicht mehr als der Präsident, doch als Freddie bei einem Ferngespräch nach Kalifornien falsch verbunden wurde, wies sie ihn kurz an, sich gleich mit der Vermittlung in Verbindung zu setzen, damit man ihr den Anruf nicht auf die Rechnung setzte.

Aber man mußte Flora einfach mögen. Sie war liebenswürdig und natürlich und so zerstreut wie ihre Mutter. Und sie erging sich gern in Erinnerungen. «Oh, Virginia, weißt du noch, wie wir alle unsere Blusen und Kleider unterm Mantel anziehen und uns so aus dem Hotel stehlen mußten?»

Virginia war sich sicher, daß Flora noch Jungfrau war. Vielleicht war es dieses keusche Aussehen (Flora wurde im Film nie auf den Mund geküßt, das stand in ihrem Vertrag), das sie für das Publikum so anziehend machte zu einer Zeit, da sich Hollywood durch einige böse Affären in Verruf zu bringen drohte. Die liebreizende Flora blieb von allem Schmutz unberührt, und, wie die Presse meldete, hatte sie gesagt, bis vor kurzem habe sie geglaubt, Kokain werde aus der Milch der Kokusnuß gewonnen, und sie besitze acht Beaglehunde und schreibe regelmäßig ihrer «Missionsmutter» in Malaya. Die couragierte kleine Flora Green, die ganz allein mit Mantas und Piraten fertig wurde, repräsentierte die guten althergebrachten amerikanischen Tugenden in einer Welt, «die vor Jazzitis verrückt geworden war», wie es der wackere Bischof Williams ausdrückte, als er die aus den Wassern des Lake Michigan auftauchende Flora mit einem Kranz weißer Rosen krönte. «Ich glaube, wenn mehr Menschen beteten», sagte sie ins Mikrofon, «dann gäbe es weniger Alkoholschmuggel und mehr Respektabilität. Ich bin *für* Respektabilität» (Applaus). «Hollywood ist ein respektabler Ort. Auf den Partys, zu denen ich gehe, gibt es Limonade, und wir spielen Ratespiele» (Applaus). «Amerika, du mußt mehr beten.»

Blieb sie auch vom Leben der Sinnenfreudigen unberührt, so interessierte sich Flora doch sehr für die sexuellen Erfahrungen anderer. «Hast du mit ihm geschlafen?» wollte sie wissen, als Virginia erwähnte, sie «gehe» mit einem jungen Mann namens Luther Brett.

«Nicht mit *ihm*», sagte Virginia

Eine Zeitlang hatten sie und Luther sich dann und wann getroffen, aber sie hatten in Lorettas Drama die Rollen der Schurken spielen müssen, und das machte sie befangen. Lorettas verletzter Geist saß immer mit ihnen am Tisch mit seinem vorwurfsvollen Blick, und so ungerechtfertigt und falsch die Anklagen und Vermutungen auch waren, sie vermochten sich nicht davon zu lösen.

«Wie viele körperliche Begegnungen hast du schon gehabt, Virginia?» Floras große braune Augen blickten begierig.

«Oh, so fünf oder sechs.»

«*Sechs*.» Flora war beeindruckt; Virginia hätte Theda Bara sein können.

Sie gingen zu einer «Abendunterhaltung» bei Tory Jerome, einem entfernten Vetter von Winston Churchill von der väterlichen Seite her. «Ich kann Freddie nicht mitnehmen, er bohrt sich in aller Öffentlichkeit in den Zähnen, und allein kann ich nicht gehen», sagte Flora atemlos. Machte sie der Gedanke an einen Vergewaltigungsversuch seitens Mr. Jeromes nervös? «Man erzählt sich so einiges.» Sie sprach, als wäre Mr. Jerome eine ausgefallene Form einer Rauschdroge, der man zwar besser aus dem Weg ging, die man aber immerhin einmal erfahrungshalber probieren konnte. Er sammelte Dinge und Menschen. Er kannte die Nasimowa und Myra Hess. Er war mit dem Marquis von Bragança, dem ältesten Sohn des portugiesischen Thronprätendenten, befreundet, der sich jetzt in New York als Versicherungsvertreter betätigte, und mit Prinz Obolenski, ehemals Sankt Petersburg, der pleite war und einen Job suchte, der etwas mit Pferden zu tun hatte, weil das alles war, wovon er etwas verstand. Flora wußte nicht, wo Mr. Jeromes Geld herkam, aber er hatte ein Apartment im Crystal Towers an der Park Avenue, wo die Wasserhähne aus Gold seien, und er liebe das Obskure, er habe Geld in *Mariä Verkündigung* gesteckt, aber das Stück habe kein Geld eingespielt, weil es seiner Ansicht nach ein modernes Mysterienspiel im einen wie im anderen Sinne war. «Mir kam das alles spanisch vor», sagte Flora, während sie sich nervös die Nase puderte im bleichen rosa Licht der Limousine und das Haar unter dem berühmten Stirnband auflockerte. «Ich habe ihn gefragt: ‹Warum stecken Sie Geld in ein riskantes Stück›, und da hat er gesagt: ‹Weil es schön ist, und das ist alles, was mich interessiert›.» Er hatte zu Flora gesagt, sie sei das tadelloseste «kleine

Ding». Er wollte, daß sie «aus dem Wasser herauskam». Er hatte sich um die Rechte an einem Stück bemüht, das er in Paris gesehen hatte, und dafür wäre sie genau die Richtige. Er ließ es zur Zeit übersetzen. Irgendwas mit Dido. «Wer ist Dido, Virginia?»

«Aber ich bin keine *Schauspielerin*», fuhr Flora fort, «und ich gebe nicht garantierte zwanzig Wochen mit Prozentbeteiligung im Keith Orpheum auf, um dann mit einem französischen Boulevardstück auf die Nase zu fallen. Ich kenne meine Grenzen, zu Wasser und zu Lande, sozusagen.»

Als sie im Crystal Towers Building aus dem Aufzug stiegen, glitt ein Komet an ihnen vorbei und besprühte sie mit Ruhmesglanz und Feuer. Lenore Ulric verließ die «Abendunterhaltung» zorngeröteten Gesichts, die Wimperntusche von Tränen verschmiert. Der Mann, der an der Apartmenttür stand, rief ihr hinterher: «Seien Sie nicht so unausstehlich, Lenore.»

«Kleine Fee», sagte der Mann einen Moment später und beugte sich vor, um Flora einen Kuß zu geben.

Er war groß, sehr alt, geschlechtslos, mit lose hängenden Lippen und Speicheltröpfchen in den Mundwinkeln.

«Und das muß die reizende Virginia sein.»

Er mochte so reich sein wie Kublai Chan, aber bei dem Gedanken an irgendeine engere Beziehung wurde ihr kribblig.

«Wie wär's mit einem kleinen Drink?» sagte er. «Hier wird keiner dem anderen vorgestellt, das ist eine Regel bei unserer Abendunterhaltung, auf der wir bestehen. Keine Schichtenbildung. Wen die eine Gruppe nicht interessiert, der geht weiter zur nächsten. Es ist schr cklcktisch.»

Das riesige Wohnzimmer war im «New modern style» gehalten – grell weiß mit orangefarbenen Tupfen, zebragestreifte Möbel. Auf dem Kaminsims thronte ein großer Hahn aus Zinn.

Ihrem Blick folgend, erklärte er: «Das Ding nennen wir Torys Hahn.» Er lächelte. «Tory hat Verwandte in Mexiko, aber keine direkten.»

Also war er nicht Tory. Virginia verspürte eine gewisse Erleichterung bei dem Gedanken an Flora, die inzwischen von Gruppe zu Gruppe wandelte und ihr «Hallo!» zirpte. Man reichte Virginia einen Cocktail in einem langstieligen Glas, der, wie sich herausstellte, gewiß zu fünfundachtzig Prozent aus Gin bestand.

«Jetzt mischen Sie sich unter die Menge, Virginia die Reizende», sagte der ältliche Lustmolch, der plötzlich nur noch Augen für einen blonden jungen Mann zu haben schien, der gerade gekommen war. Als er davoneilte, bemerkte sie, daß er ein Korsett trug.

Sie stand und saß, saß und stand am äußeren Rand von Gruppen, zu denen nie mehr als fünf, sechs Personen gehörten. Die erste Gruppe nahm gerade Lawrence auseinander, wie ihr eine Frau sagte, die unter Schleiern in verschiedenen Farbtönen nackt zu sein schien. Virginia blieb eine Weile in der Hoffnung, etwas Pikantes über Lawrence von Arabien zu erfahren, doch das Gespräch drehte sich um «D. H. und Frieda», einen anderen Lawrence, von dem sie nichts wußte und der sie nicht interessierte. In der Nähe der Terrasse ging es um Isadora, an der Bar um Krischnamurti.

«Wissen Sie zufällig», wurde sie von einer Frau gefragt, «warum Figgy so sehr über den armen Hillaire Belloc herzieht?»

«Leider nein», sagte Virginia. Sie fühlte sich inmitten dieser Intelligenzija völlig fehl am Platz. Für eine Weile entwischte sie auf eine Gästetoilette, wo auf dem Fenstersims eine Laokoongruppe aus Gips stand. Unter den in tödlichem Kampf miteinander ringenden Schlangen und männlichen Körpern hatte jemand an den Sockel geschrieben «Bitte Nachricht geben, wer's auch ist, wir rufen zurück.»

Sie setzte sich auf den Toilettensitz, nippte an ihrem Gin und zählte bis hundert, dann nahm sie es wieder mit der Abendgesellschaft auf.

«O *Virginia*», sagte eine Männerstimme recht laut, und sie wandte sich schon hoffnungsvoll um, als die Stimme fortfuhr: «Meine Gefühle für Virginia entsprechen denen, die irgendwer über irgendwas in die Worte gefaßt hat: ‹Da steckt weniger dahinter, als es den Anschein hat›.»

Wo war Flora? Oben im Bett zusammen mit Mr. Jerome? Na schön, wenn es nur nicht zu lange dauerte, dieses ihr Debüt. Selbst auf den steifsten Partys der Baumgartners war immer jemand gewesen, der zum Schluß sagte: «Na, wie wär's, Kleine?»

Hier sahen sie einfach durch einen hindurch. Sie würde Flora noch genau fünfzehn Minuten geben und dann gehen.

Sie blickte gebannt auf ein verwirrendes Gemälde, als hinter ihr eine Frau sagte: «Es ist ein Duchamp. Es war in der Dada-Ausstellung.»

Die Frau, um die Vierzig, saß in ihrer riesigen Körperfülle auf einem Sofa; sie hatte sich unklugerweise in gelbe Seide gehüllt, und ihr bubikopfartig geschnittenes Haar sah aus wie nasser Teer. An der linken Hand fehlte der Mittelfinger.

«Ich bin Mort», sagte sie, und dann bekam sie einen Hustenanfall und hustete Zigarettenasche über sich und das cremefarbene Sofa, die sie wegwischte, so daß rußige Streifen zurückblieben. «Sie wirken ein bißchen verloren. Setzen Sie sich. Wer sind Sie? Eine dieser gottverdammten Anti-Präraffaeliten? Die sind so langweilig, alle hier sind so langweilig und nachgemacht.»

«Ich bin Virginia Green.»

«Die Schwester der kleinen Wassernymphe?»

«Ja.»

«Sie sehen aus, als hätten Sie mehr Grips als sie. Stehen Sie sich nah?»

«Ja und nein.»

«Wie auch immer, Sie sollten sie mal aufwecken.» Mort zwinkerte. «Sie sollten diesem Starlet gehörige Angst einjagen.»

«Weswegen?»

«Seinetwegen, sie ist doch verknallt in ihn.»

«Mr. Jerome?»

«Ich spreche nicht vom Erzbischof von Reims, Schätzchen. Sagen Sie ihr, er hat Genorrhöe oder sonstwas. Sagen Sie ihr, Mort hätte es gesagt.»

«Warum?»

«Warum? Weil er die Große Ratte ist. Sie können jeden fragen. Er ist jedes kriechende Ding, das auf dieser Erde kriecht, und keiner weiß das besser als *moi qui parle*, seine Sklavin und Vasallin.»

Mort strahlte vor giftiger Wonne und hielt die Hand mit dem fehlenden Finger hoch. «Wissen Sie, wie ich den verloren habe?»

«Nein – wie?» Offensichtlich gehörte das zum Ritual.

«Hat nichts mit *ihm* zu tun.» Mort warf den Kopf zurück und lachte schallend. «Und geht Sie auch nichts an, Schätzchen – ich will damit nur sagen, es hatte etwas mit einem Lift im Hotel des Larmes in Paris zu tun und nicht mit ihm. Aber das ist auch die einzige Verletzung, die er mir *nicht* beigebracht hat, das Stinktier.»

«Warum sind Sie dann hier?»

«Oh, rasch reagiert, wie? Sie kommen wirklich schnell zur Sache, Kindchen. Ich würde ja gern in diesem Augenblick ans äußerste Ende der Welt fliegen, aber das kann ich nicht, weil ich von ihm abhängig bin, jedes Stückchen Brot, das ich esse, jedes Fetzchen Tuch, das ich auf dem Leib trage, kommt von ihm. Ich war absolut pleite und so elend dran wie Hiob, als mein Mann – ein ganz ähnlicher Typ, aber ohne Mr. Jeromes Grandezza – in einem Hotel in San Francisco aus dem Fenster sprang nach einem Würfelspiel, das vier Tage dauerte und bei dem er jeden Cent verlor, den wir besaßen, einschließlich Haus und Mobiliar, und unser einziges Kind war an Diphterie gestorben. Skol! Jedenfalls, ich habe, wie man so sagt, durchgedreht und bin in der Nervenheilanstalt gelandet, und da hat er mich gefunden, wie oder warum ist nicht wichtig. Ich hatte ihn seit achtzehn Jahren nicht mehr gesehen, und er hat mich da rausgeholt und in die Menninger Klinik gebracht, wo sie mich wieder aufgepäppelt haben, und jetzt bin ich hier, sein Hab und Gut. Aber ich werde Ihnen sagen, *warum* er's getan hat. Denn so funktioniert dieser gottverdammte Kerl. Nicht aus reiner Menschenliebe, Schätzchen, sondern um einen einzufangen. Weil ich mir jetzt jeden Tag meines süßen Lebens sagen muß, daß ich ohne Eingreifen des Duc du Diable in der Abteilung für leichte Fälle Körbe flechten würde, und deshalb sitze ich jetzt hier wie ein Faß Schmalz. Weil er gesagt hat: ‹Komm.›»

Ein junger Mann, der gerade vorüberkam, beugte sich zu Mort hinunter und sagte: «Haben Sie gehört, was er zu Lenore gesagt hat?»

«Mir ist völlig gleich, was er zu diesem dummen Ding gesagt hat», sagte Mort. «Damit mußte sie doch rechnen. Und was braucht sie hier rumzukriechen? Sie kann doch gehen, wann sie will. Sie kann ihm ins Gesicht spucken.»

«Wandeln Sie weiter, Kind», sagte Mort zu Virginia. «Ich

habe Sie genug gelangweilt.» Mort blickte sich um, wahrscheinlich nach einem anderen Opfer.

Virginia zog Flora von einem leicht dichterisch angehauchten Mann fort.

«Hältst du das für möglich? Er hat noch nie etwas von Bebe Daniels gehört. ‹Wer ist das?› hat er mich gefragt.»

«Ich möchte den Gastgeber kennenlernen.»

«Er ist verschwunden. Das tut er oft. Er hat zu mir gesagt, heute abend ist nur Magermilch hier, von der Creme ist niemand da, die sind alle bei der Königin von Rumänien, also sind wir auf der falschen Party. Amüsierst du dich gut? Ich habe gesehen, Mrs. Mortimer hat dich eingefangen. Er hält sie aus.»

«Ja, das hat sie gesagt.»

«Aber nicht in diesem Sinn.»

«Sie glaubt, man sollte dich vor ihm warnen.»

Flora lachte glockenhell auf. «Du liebe Güte, ich habe doch nur einen winzigen Flirt mit ihm, er ist viel zu alt für mich. Ich wollte, ich könnte dir oben das vergoldete Bambusbett zeigen, aber hinauf darf nur, wen er persönlich mitnimmt.»

«Wir spielen jetzt ein Ratespiel, keine Entschuldigung, alle machen mit», sagte der ältliche Mann mit den Hängelippen.

Man setzte sich in weitem Kreis auf den Fußboden. Es war höchst esoterisch und ging um berühmte Personen, deren Identität durch eine Reihe von verschlüsselten Hinweisen zu erraten war, die nur in höchst gebildeten Kreisen bekannt sein konnten, und beruhte auf dem alten Geisterspiel, nach dessen Regeln man beim Nennen eines falschen Namens zum Zehntel eines Geistes wurde und so weiter, bis man ausschied.

Da Maxwell Bodenheim und die Contessa di Frasso für Flora keine bekannten Größen waren, schied Flora nach zwanzig Minuten aus und stahl sich davon, um in der Bibliothek Bakkarat zu spielen.

Virginia, der der starke Gincocktail allmählich zu Kopf stieg, wußte, daß sie auf etwas wartete, denn sonst hätte sie dieses alberne Ratespiel nicht durchgehalten. Es war schon lange nach Mitternacht, und sie hatte keine Ahnung, wo der rätselhafte Gastgeber war; vielleicht war er zu Bett gegangen. Aber sie wartete auf etwas; sie wußte, wußte immer, wenn dieses Gefühl sie überkam, eine Art metaphysischer Ahnung, daß etwas Wichtiges bevorstand.

Schließlich brach die Rätselparty im Streit über jemanden namens Coypel de Poussin auseinander. Im Speisezimmer wurde ein kaltes Büffet serviert. Sie trat auf die Penthouseterrasse hinaus. Ein Mann in einer flaschengrünen Smokingjacke saß dort allein in einem Liegestuhl.

«Hallo», sagte er. «Vor der Menge geflüchtet? Ich bin Tory.»

Er erhob sich und schüttelte ihr recht förmlich die Hand; er war kleiner, als sie gedacht hatte.

«Virginia Green.»

«Ja, ich weiß, ich habe Sie mit Flora kommen sehen.»

Im bleichen Licht der Lampen um die Kübel mit Grünpflanzen und Petunien herum wirkte er fast wie erst Ende Dreißig. Kräftige Gesichtszüge, schmale Nase, dichtes Haar. Eine forschende Nase, dachte Virginia.

«Wissen Sie, Flora sieht beim Hinausgehen aus einem Zimmer vorteilhafter aus als beim Hereinkommen. Sie hat das entzükkendste kleine Hinterteil.»

«Das kommt wohl vom Schwimmen.»

«Ah ja, wahrscheinlich.»

Das Verlockende an ihm war vor allem die Stimme, eine Stimme voller Honig und Rauch mit der Autorität von Königen und Propheten.

«Sie begleiten sie auf dieser vorgesehenen Tour durch den wilden Westen?»

«O nein.»

«Sie sind nicht ihr Amanuensis.»

«Was immer das ist – ich bin es nicht.»

«Was sind Sie?»

«Was ich bin? Wie meinen Sie das?»

«Tun Sie irgend etwas? Malen? Singen? Besteht zwischen Ihnen eine Geschwisterrivalität?»

«Nein, nein, ich tue nichts, also kann es zwischen uns auch keine Rivalität geben.»

«Ich glaube sehr an Geschwisterrivalität, so etwas entwickelt sich. Aber andererseits habe ich von familiären Beziehungen praktisch keine Ahnung. Ich habe keinen lebenden Blutsverwandten. Als einziges Kind neigt man dazu, sich von den Verwicklungen des Familienlebens faszinieren zu lassen, Mütter und Väter und Brüder und Schwestern, alle die kleinen Geheimnisse und Rivalitäten interessieren einen. Als ich noch jung war, ganz jung, da wollte ich einmal ein ganzes Klassenzimmer voller Kinder haben, die sich alle ausgelassen prügeln.»

«Und Sie haben es nicht geschafft?»

«Leider nein.»

«Waren Sie verheiratet?»

«Ja. Aber es ist nichts daraus geworden. Kommen Sie, sehen Sie, was ich hier für einen Ausblick habe.»

Sie traten beide an das Geländer der Terrasse.

Die Insel leuchtete, von Wellen umkräuselt.

«Manchmal kann man das Licht auf der Freiheitsstatue sehen. Aber ich nehme an, zu dieser Nachtzeit haben sie die Lampe neben der goldenen Tür ausgeschaltet. Dieser Blick, den die Freiheitsstatue hat – ist Ihnen schon einmal aufgefallen, daß der eher abweisend als einladend ist? Das da geradeaus ist das Woolworth Building, da drüben ist der Hudson, und dort zur Linken kann ich bei Mondschein das Reservoir sehen. Sind Sie schon einmal auf dem Fahrrad um das Reservoir herumgefahren?»

«Ich wußte gar nicht, daß es ein Reservoir gibt.»

«Fahren Sie Rad?»

«Nein, natürlich nicht.»

«Warum ‹natürlich nicht›? Die Herzogin von Portland fährt Rad. Was tun Sie?»

Säulen aus Nichts und Schweigen erhoben sich um sie her, als befände sie sich allein in einer großen Kathedrale.

«Nichts.»

«Niemand tut *nichts*», sagte er. Aber nicht kritisch, nicht unfreundlich. Die Honigstimme deutete nur an, daß sie vielleicht etwas verschwieg.

Na ja, sie hatte dies und das gemacht, war Verkäuferin und Gesellschafterin gewesen – in knappen Worten skizzierte sie ihm ihr Leben, seit sie Sag Harbor verlassen hatte.

«Ich habe versucht, mit mir zurechtzukommen.» Das kam heraus wie ein Seufzer, gegen den man machtlos ist. Und sie war selbst verblüfft, weil es sich so hilflos anhörte – wie das Eingeständnis eines erschöpften Kindes, das den Tränen nahe ist. Nun, vielleicht *war* sie ein erschöpftes Kind, vielleicht war sie der Gestaltlosigkeit ihres jungen Lebens müde, hatte keine Bestimmung. Ja, das war es, sie hatte keine Bestimmung.

«Ich will nicht heiraten», sagte sie. «Und ich will keine Karriere machen. Was gibt es also?»

«Anderes, meinen Sie?»

«Ja, was sonst?»

«Sind das die beiden einzigen Möglichkeiten? Das wäre recht dünn, nicht?»

«Ja.»

«Vielleicht ist das Mit-sich-selbst-Zurechtkommen für Sie nicht die richtige Antwort. Das ist eher etwas für Büroangestellte und langweilige ordentliche Leute. Vielleicht sollten Sie sich lieber von der Flut treiben lassen, einfach hinaus aufs Meer. Vielleicht finden Sie dort nicht, was Sie wollten, finden aber dabei heraus, was Sie sind.»

«Aber ich *weiß* nicht, was ich will, und das verwirrt mich.»

«Das ist manchmal besser. Zumindest ist es besser, als etwas sein zu wollen, was man nicht ist, wie das die meisten Leute da drinnen tun, die ich kenne. Und die Möglichkeiten sind praktisch unbegrenzt. Wir haben alle ein Potential in uns, das wir ungenützt lassen und das wir jede Minute gebrauchen könnten.»

Zumindest kam er ihr nicht mit dem üblichen Gerede über ihre Schönheit – daß das doch für sich allein genüge, als könne man sie einrahmen und zum Bewundertwerden in eine Galerie hängen. Das gab ihr immer das Gefühl, als sitze sie auf einer Eisscholle, während andere Leute vorbeifuhren und ihr zuriefen: ‹Oh, du bist aber schön!› Sie hätte dann zurückrufen mögen: ‹Okay, aber könnt ihr mich nicht von dieser Scholle herunterholen?›

Weil (zweifellos war der Gin daran schuld, daß sie das alles einem Fremden erzählte, einem Vater gewissermaßen, der in dem trüben Licht wie ein älterer, verlebterer Prince of Wales aussah) – weil sie, das sagte sie Tory, sich in der Tat unbeachtet, übergangen, allenfalls hingenommen fühlte. Sie war sich selbst überlassen.

«Ich fühle mich ausgeschlossen», sagte sie.

«Nun, dessen brauchen Sie sich nicht zu schämen. Die Menschen haben etwas gegen Schönheit, genauso, wie sie etwas gegen die Reichen haben, das ist nicht weiter wichtig. Machen Sie ihnen eine lange Nase, und nehmen Sie es leicht. Sie haben gewiß genügend junge Burschen kennengelernt, die nur mit Ihnen schlafen wollten, das ist das Problem des häßlichen Entleins, nur andersherum.»

Er bemühte sich gewiß nicht, hatte es nicht nötig, war schon auf jedem Gipfel gewesen, den er hatte erklimmen wollen, und hatte deshalb Zeit, einem seine volle Aufmerksamkeit zu widmen, was tröstlich und als Kompliment zu verstehen war.

«Warum kommen Sie nicht von Ihrem hohen Roß herunter?» sagte er jetzt und lachte. «Wahrscheinlich sind Sie im Grunde ein ganz naiver Mensch.»

Diese Bemerkung empörte sie im ersten Moment.

«Ich bin nicht naiv, ich bin alles andere als naiv», erwiderte sie.

«Dann bitte ich Sie um Verzeihung», sagte er und lachte abermals.

Drinnen wurde gesungen, eine Frau sang etwas in leisem, wehmütigem Französisch.

«Lieder aus der Auvergne», sagte er. «Mögen Sie sie?»

«Ich weiß es nicht.»

«Hören Sie sich's mal an», sagte er, faßte sie am Ellenbogen und ging mit ihr ins Wohnzimmer hinüber, wo die letzten noch übriggebliebenen Partygäste auf dem Boden saßen oder lagen oder an der Wand lehnten in diesem verschwenderisch ausgestatteten Raum und der Musik lauschten. Sie blickte jetzt im hellen Licht zu ihm auf, und er erschien ihr älter, ausdrucksloser. Ob er sich von der Musik berührt fühlte oder nicht, er ließ sich nichts anmerken. Sie fragte sich, ob er sich, als er jung und ein zweifellos gut aussehender Mann gewesen war, so ausgeschlossen gefühlt hatte wie sie.

Die Sängerin beendete ihren Vortrag und stand mit geneigtem Kopf da, die langen Finger während des Applauses verschränkt.

«Oh, kennen Sie ‹Trees›? O bitte, singen Sie ‹Trees›», rief Flora. Tory lachte. «Das ist Flora», sagte er und ging, um sich bei der Sängerin zu bedanken, die sich weinend an ihn lehnte und sagte: «Oh, reden Sie wirklich ein Wort mit mir?»

«Gehen wir», sagte Flora. «Es ist schon nach drei, und ich habe um zehn ein Interview mit einem Zeitungsreporter. Hast du dich gut unterhalten, Virginia? Hast du ihn kennengelernt? Schwör mir, daß du's nicht von mir hast, aber sein richtiger Vorname ist Horace.»

Während sie langsam in der Reihe vorrückten, um ihre Mäntel und Umhänge in Empfang zu nehmen, nickte und lächelte Tory und erteilte kühle Gunstbeweise. Er beugte sich vor und küßte Flora auf die Wange, und als dann Virginia ihm gegenüberstand, faßte er sie plötzlich am Arm. Er warf jemand anderem ein strahlendes Lächeln zu und sagte dabei leise zu ihr: «Bleiben Sie.»

Kein Mann hätte es je wagen dürfen, ihr zu befehlen zu bleiben oder sie zu sonst etwas anzuweisen. Doch als der Fahrstuhl kam, sagte sie zu Flora: «Ich bleibe.»

Flora sah sie verstört an. «Oh, tu das nicht, Virginia», flehte sie im Flüsterton. «Man kann ihm kein bißchen trauen. Komm mit.»

«Gute Nacht.»

«Oh, Virginia, tu's nicht.»

Die Fahrstuhltür ging zu.

Tory sagte: «Ich wollte mich für das Wort ‹naiv› entschuldigen. Ich dachte, wir begrüßen den neuen Tag bei einem Glas Champagner.»

Sie fuhren in einem winzigen Fahrstuhl hinauf, der mit moirierter grüner Seide ausgeschlagen war, und standen stocksteif nebeneinander.

Laß dich von der Flut treiben.

Das Gebäude sei auf dieser Seite eine Etage höher, erklärte er, als wolle er ihr die zweigeschossige Wohnung vermieten, und er habe die Erlaubnis bekommen, auf dem Dach noch ein kleines Turmzimmer anzubauen mit Blick auf den East River. «Auf das vieltürmige Camelot.»

Jemand hatte den Champagner kalt gestellt.

Wie Flora gesagt hatte, war das riesige Bett aus vergoldetem Bambus, mit einem großen Himmel aus grünem und weißem

Seidenbrokat. Eine Madonna mit strengem Gesicht blickte mißbilligend zu ihnen hinunter.

«Aus der Schule von Fra Angelico. Na denn – cheerio.»

«Zum Wohl», sagte Virginia, der nichts Besseres einfiel.

Doch der Champagner auf den Gin war von fataler Wirkung, alles verschwamm ihr vor den Augen, sie sah ihn gleich dreimal. Anstatt in vornehmer Gelassenheit alles, was kommen mochte, anzugehen, schwankte sie in einen Sessel und goß sich Champagner über das ganze Kleid.

«O verdammt», sagte sie, und er lachte.

«Nur mit der Ruhe. Alles in Ordnung?»

«Danke, ja – vollkommen.» Doch das Zimmer wollte nicht stillstehen. Das Selbstbewußtsein, das sie unten gehabt hatte, löste sich auf. Er bot ihr einen Teller mit irgendwas an. Soundso-Sandwiches. «Nein, ich –» Sie glaubte, wenn sie ein, zwei Sekunden lang die Augen schloß, dann könnte alles vielleicht wieder in die richtige Form geraten. Dieses kleine Schränkchen zum Beispiel, das immer vom Boden auffliegen wollte.

Die Ereignisse verblaßten in den Morgen, Licht löschte alles andere aus.

Sie erwachte mit einem Kopf voller heißer Kieselsteine, als jemand klopfte und hereinkam. Wo war sie?

«Guten Morgen.» Es war eine untersetzte, schwarz gekleidete Frau in mittleren Jahren mit einem Tablett, das sie behutsam mit seinen vier Beinen auf dem Bett absetzte. Sie reichte Virginia ein kleines Glas mit einer dunklen Flüssigkeit.

«Trinken Sie das, dann fühlen Sie sich besser.»

«Was ist das?»

«Es heißt Prärieauster.»

«Was ist drin?»

«Fragen Sie nicht – trinken Sie es.»

Gott, schmeckte das gräßlich. Worcestershiresauce und sonst noch was, ein rohes Ei? Irgendwie bekam sie es hinunter.

«Gleich geht es Ihnen wieder ganz prima.» Die Frau rückte ihre Kissen zurecht. Auf dem Tablett sah Virginia Eier, delikat in Milch angerichtet, Orangenscheiben, warme Brötchen und – Gott sei Dank – eine große weiße Kanne mit Kaffee.

«Wie spät ist es?»

«Halb zwölf, Miss. Mr. Jerome wollte, daß Sie so lange wie möglich schlafen. Ich bin Mrs. Hoskins, die Haushälterin. Fühlen Sie sich schon etwas besser?»

Überraschenderweise begannen die Kieselsteine in ihrem Kopf sich aufzulösen; sie trank einen Schluck Kaffee, und tatsächlich hatte ihr Magen nichts dagegen. Mrs. Hoskins zog die Vorhänge zurück, und der Tag brach von allen Seiten durch die Fenster herein. New York schimmerte in blau-goldenem Dunst.

«Wo bin ich hier genau?» fragte Virginia.

«Das ist das Turmzimmer», sagte Mrs. Hoskins, die Virginias verknittertes Kleid vom Boden aufhob und rasch ihre Strümpfe und Schuhe zusammensuchte, als wäre dies eine Routinearbeit.

«Jetzt», sagte Mrs. Hoskins, «das Wichtigste: Was für eine Größe haben Sie?»

«Größe?»

«Kleidergröße.»

«Oh – ehem – zwölf.»

«Tadellos, dürfte nicht schwer sein.»

«Wozu –?»

Mrs. Hoskins lachte freundlich. «Nun, ich kann mir nicht denken, daß Sie bei hellem Tag in voller Abendkleidung nach Hause gehen wollen. Mr. Jerome läßt Ihnen ein Straßenkleid schicken, per Boten. Haben Sie einen besonderen Farbwunsch?»

«Oh – ganz gleich.» Das ging alles viel zu schnell für sie.

«Wie wär's mit einem hübschen dezenten Blau, das zu Ihren Augen paßt?»

«Ja, gut.»

«Sehr schön – ach so: und Ihre Schuhgröße?» Virginia nannte sie. «Vielleicht schwarzes Wildleder? Das paßt zu so ziemlich allem, finden Sie nicht? Dann frühstücken Sie mal schön, und wenn Sie etwas brauchen, die Klingel hängt gleich neben Ihnen. Das Hausmädchen heißt Irene.»

Irene, wie lustig. Nach Irene klingeln. Das hätte sogar Irene selber komisch gefunden.

Mrs. Hoskins zog einen Umschlag aus der Tasche, reichte ihn Virginia und ging rasch hinaus.

Leuchtend rote Tinte, kleine, schnell hingeworfene Handschrift: «Würden Sie mir eine große Freude machen und mit mir bei Jacomo's lunchen? Ich streiche meine Verabredung mit einem berüchtigten Alkoholschmuggler, der diesen künstlichen Gin geliefert hat. Sie waren nicht das einzige Opfer, ‹tausend fielen zu deiner Seite› (frei nach dem Psalmisten). Nehmen Sie zuerst eine heiße und dann eine kalte Dusche. Der Chauffeur heißt Valentino, aber nennen Sie ihn lieber Val und nicht The Sheik. Ich hoffe, Sie fühlen sich heute herrlich un-naiv.»

Keine Unterschrift.

Der Brief verwirrte sie. Sie hatte mit Kaffee und dann Verabschiedung gerechnet. Und diese Aufregung wegen eines Kleides, wo sie sich doch leicht einen Regenmantel hätte ausleihen können, und außerdem: Wußte er nicht, daß in diesen verrückten Zeiten Mädchen jeden Tag in Abendkleidung nach Hause gingen, ohne daß sich jemand nach ihnen umdrehte?

Nun, sie konnte das Kleid ja zurückgeben.

Aber offensichtlich hatte er sie zu Bett gebracht, was sehr rücksichtsvoll von ihm war.

Sie befolgte seine Anweisungen, duschte heiß und kalt im Badezimmer, wo die goldenen Hähne wahrscheinlich wirklich golden waren. Fläschchen und Flaschen mit Badeöl und Coty-Parfüms standen auf dem grünen Marmorwaschtisch. Wie viele lebenslustige Mädchen hatten vor ihr dieses Badezimmer benutzt? Gewiß eine Legion.

Man mußte alle möglichen Leute zur Eile angetrieben haben, denn als sie ins Schlafzimmer zurückkam, lag auf dem Bett ein Bergdorf-Karton mit einem leichten blauen Wollkleid und dazu passenden Handschuhen. In einer weiteren Schachtel steckten schwarze Wildlederpumps. Das Kleid war im Schnitt puritanisch einfach, sie selbst hätte sich etwas Fraulicheres ausgesucht, doch als sie es anzog und sich dann in dem bodenlangen Spiegel betrachtete, stellte sie zu ihrer Überraschung fest, daß es ihr äußerst gut stand, ja, daß sie noch nie in ihrem Leben besser gekleidet ausgesehen hatte. Eigentlich ein Jammer, daß sie es würde zurückgeben müssen.

Als sie aus dem Aufzug trat, befand sie sich nicht auf dem Hauptflur, sondern vor einer Reihe von Schlafzimmern (dann war das Apartment also dreigeschossig), und in einem davon beschäftigte sich Mrs. Hoskins mit einer alten Frau, die in einem Ohrensessel saß.

«Ich bringe Ihnen etwas Scott's Emulsion, das ist das Richtige. Dann geht es Ihnen gleich besser.» Als sie Virginia an der Tür erblickte, sagte sie: «Oh, Miss, Sie hätten läuten sollen, als Sie fertig waren, dann hätte ich Val rechtzeitig Bescheid sagen können. Ich komme gleich.»

Mrs. Hoskins beugte sich über die alte Frau im Sessel und sagte: «Soll ich das Fenster einen Spalt aufmachen? Etwas frische Luft wird Ihnen guttun.»

Die alte Frau wedelte hilflos mit papierdünnen Händen und sagte: «Ja. Nein. Ja. Ach, ich weiß nicht, ist nicht wichtig», in der tonlosen Stimme eines, der sich ständig beklagt. «Ich habe nichts zu *tun*», sagte die alte Frau.

«Nun ja, nun ja», sagte Mrs. Hoskins aufmunternd, «hier sind Ihre Zeitungen, *Vanity Fair* und *Photoplayer*, da liegt Ihre Brille, und da sind Ihre neuen Romane. So, damit halten Sie's aus bis zum Lunch, und danach bringt Val Sie in den Park.»

Die alte Frau erwiderte etwas so leise, daß Mrs. Hoskins sich noch einmal über sie beugen mußte.

«Ich habe gesagt», sagte die alte Frau mit schriller Stimme, «wieder dieser verdammte Park. Dieser *verdammte Park*, habe ich gesagt.»

«Na ja, vielleicht geht's auch ins Kino», sagte Mrs. Hoskins fröhlich. Sie eilte aus dem Zimmer und schloß die Tür hinter sich. «Kommen Sie mit, Miss Green», sagte Mrs. Hoskins, und im Fahrstuhl fügte sie hinzu: «Mr. Jeromes Mutter ist etwas hilfsbedürftig.»

Mrs. Hoskins erklärte das ganz rasch und fast verlegen, als hätte man die alte Frau eigentlich nicht sehen dürfen, wie ein ungemachtes Bett.

Jacomo's lag irgendwo in den West-Zwanziger-Straßen versteckt. Man führte sie hinauf in ein kleines privates Speisezimmer, wo Mr. Jerome mit zwei Personen zusammensaß, einem rundlichen älteren Mann und einem hinreißend hübschen Mädchen.

«Wie gut Sie aussehen», sagte Tory. «Das ist Figgy Mackinaw, und die junge Dame ist Kelly Wisdom.»

Der Name wirkte so künstlich, wie das Mädchen zurechtgemacht war. Sie war viel zu hübsch, um all diese Schminke und Wimperntusche nötig zu haben. Sie begrüßte Virginia, ohne zu lächeln, mit einem fernen kurzsichtigen Blick.

«Bestellen wir Ihnen einen Drink», sagte Tory. «Was hätten Sie gern?» Virginia sagte, sie hätte gern eine Pink Lady, was er mit einem leicht kritischen Blick zur Kenntnis nahm.

«Ist alles zufriedenstellend erledigt worden?»

«Ja, danke, Mrs. Hoskins war sehr nett.»

Tory sah jünger aus bei Tageslicht, und man merkte ihm nichts an; er wirkte erholt und ausgeschlafen. In seinem cremefarbenen Blazer und mit seinen blauen Augen und dem gelbgrauen Haar sah er dem Prince of Wales bei der Regattawoche von Cowes ähnlicher denn je.

«Wir sagten gerade –»

Mackinaw war Literaturkritiker bei einem Sonntagsblatt. Er machte seiner schlechten Laune Luft und redete eine geschnörkelte Sprache, die gespickt war mit Ausdrücken wie «malen Sie sich meine Ungläubigkeit aus» und «kein Flaubert, der da».

«She of the Knights of the Burning Pistol.» Mr. Mackinaw riß einem Krebs die Beine ab und zerpflückte dabei genießerisch Albert Payson Terhunes letztes Werk. «Damit man nicht vor Spannung tot umfällt, erscheint ein sehr hübscher Collie, der die Beteiligten in dem rettet, was man allgemein den rechten Moment nennt.» Mr. Mackinaw war nach reiflicher Überlegung zu der Überzeugung gelangt, daß das H. G. in dem Namen H. G. Wells für «Heiliger Geist» stand. Und was Mr. Mackinaw mit diesem Schwindler Krischnamurti machen würde, das war auch klar, er würde ihn den Indern zurückschicken. Tory lachte ständig über Mr. Mackinaw, während er behutsam seinen Krebs aß.

«Was machen *Sie*?» fragte Kelly Wisdom Virginia ganz unvermittelt. Etwas gröber formuliert, hätte die Frage vielleicht gelautet: Was haben Sie hier zu suchen?

«Ich arbeite als Modell», sagte Virginia, was zum Teil der Wahrheit entsprach, da sie im Jahr zuvor bei einem Werbefoto für Ivory Soap mitgemacht hatte.

Miss Wisdom seufzte tief auf. «Nun, das ist verständlich. Sie sehen ja auch sehr gut aus.» Die scharfe Mißbilligung war nicht zu überhören. Miss Wisdom hatte ihren Krebs kaum angerührt. Sie habe keinen Hunger, sagte sie, und ihre großen Augen nährten sich ab und zu hungrig von Tory.

«Ach, das muß ich noch erzählen!» Kelly Wisdom schaltete sich in das Gespräch ein, verzweifelt, lachend und Tory über den Tisch hinweg am Arm berührend. «Da ist mir etwas Komisches passiert.»

Aber es war nicht komisch. Sie konnte nicht auf eine Pointe hin erzählen, redete einfach drauflos, Tory aß weiter, ohne ihr einen Blick zuzuwerfen. Sie redete weiter, hielt dann jäh inne.

«Eine wirklich bemerkenswerte Geschichte», sagte Figgy. «War die nicht in *Smart Talk*?»

«Ich hasse auch Sie», sagte Kelly.

Während der Nachtisch serviert wurde, nahm Figgy, wiederum genüßlich, Gertrude Atherton auseinander.

Die Rechnung, in eine längliche Ledermappe eingelegt, wurde Tory diskret gereicht.

«Was ist das?»

«Die Rechnung, Sir.»

«Sind Sie neu hier?»

«Etwa einen Monat, Sir.»

«Wie heißen Sie?»

«Bruno, Sir.»

«Nun, ich bin Mr. Jerome.»

«Sehr wohl, Sir.»

«Ich sagte, ich bin Mr. Jerome.»

Der Kellner machte ein verwirrtes Gesicht.

«Ich bin Mr. Jerome, und Sie haben mir die *Rechnung* überreicht.»

«Ich verstehe nicht ganz –»

«Schicken Sie mir Felix.»

«Ja, Sir.»

Torys Kinnmuskeln hatten sich gestrafft. Niemand sagte etwas, bis der Oberkellner kam.

«Ja, Mr. Jerome?»

«Man hat mir das hier überreicht.»

«Oh, Mr. Jerome, das tut mir sehr leid, das war ein Irrtum, ich bitte um Verzeihung.»

«Irrtum?»

«Bruno ist noch neu hier, Mr. Jerome, sonst –»

«Mir ist vor meinen Gästen die Rechnung präsentiert worden.»

«Ja, ich bitte um Verzeihung, Mr. Jerome. Bruno, Mr. Jerome wird nie die Rechnung vorgelegt, merken Sie sich das für die Zukunft.»

«Ich erwarte eine schriftliche Entschuldigung von Mr. Jacomo.»

«Mr. Jacomo ist verschieden, Mr. Jerome, aber Mr. Langnazza wird dafür sorgen –»

«Außerdem will ich, daß dieser Kellner entlassen wird.»

Torys Gesicht war wutverzerrt. «So lasse ich mich nicht von einem Makkaroni ohne Manieren beleidigen.»

Er warf seine Serviette hin, erhob sich und ging zur Tür. «Die Damen», sagte er und ließ ihnen den Vortritt.

Im Hinuntergehen zog er zwei Rosen aus einer Vase in einer Nische und reichte jeder von ihnen eine.

Mit dem sanftesten Lächeln. Der Sturm hatte sich so schnell gelegt, wie er sich erhoben hatte. Er summte eine Melodie vor sich hin. Unten nahm er von dem Garderobenmädchen mit dem huldvollsten Blick seinen Hut entgegen. «Die Grippe überstanden, Gertie?»

«Ja, danke, Mr. Jerome.»

Er legte einen Dollar in ihre Schale.

«Oh, vielen Dank, Mr. Jerome.»

Der große schwarze Viersitzer wartete schon; Valentino stand stramm. Figgy Mackinaw wurde verabschiedet. Virginia blieb stehen, blickte die Straße hinauf und hinunter. Hieß das, na dann, mach's gut? Sie wollte ihm gerade die behandschuhte Hand reichen und dann rasch davongehen, aber er faßte sie am Ellenbogen und steuerte sie mit solcher Entschlossenheit auf den Wagen zu, als ob er sie in Besitz nehmen würde.

Vielleicht empfand Kelly Wisdom das auch, die schon im Wagen saß, so bitter-verächtlich war der Ausdruck auf ihrem schönen übermalten Gesicht.

«Nun, das war reizend», sagte sie.

«Oh, ein bißchen Aufregung ab und zu haben sie ganz gern.»

«Wahrscheinlich lassen sie sich auch gern Makkaroni nennen.»

Er schwieg und blickte geradeaus.

«Du kannst so abscheulich sein.»

«Richtig, ja», sagte er ruhig.

«Wirklich, du bist ein Ungeheuer, Tory. Du hättest doch einfach zu ihm sagen können: ‹Die Rechnung wird mir zugeschickt›, anstatt dich so ungewöhnlich aufzuführen.»

«Mea culpa.»

«Gott, wie ich dich hasse, wenn du eine deiner großspurigen Anwandlungen bekommst. Gott, bist du dann majestätisch-selbstherrlich und arrogant, du widerst mich an.» Er nickte, schien diesem Tadel sogar halb zuzustimmen. Nickte noch einmal und sagte unterwürfig: «Völlig, richtig, völlig richtig. Ich bin manchmal ein Ekel, ich gebe es zu.»

«Wirklich, du widerst mich an.»

«Ich bitte um Entschuldigung.»

«Entschuldigen solltest du dich bei dem Kellner.»

«Ja. Sollen wir umkehren?»

«Oh, hör auf.»

«Nein – mein Ernst.»

Sein Blick war die reinste Aufrichtigkeit.

Er beugte sich vor, schob die gläserne Trennwand zurück und sagte: «Val, halten Sie bitte hier an.»

Er beugte sich über Virginia und Kelly Wisdom vor und klinkte die Wagentür auf.

«Leb wohl, Kel.»

Sie schien nicht zu verstehen, sah ihn an, blickte die Straßenecke, dann wieder ihn an mit der Verblüffung eines Menschen, der den Einschuß gar nicht gespürt hat und plötzlich sieht, daß er blutet. Sie schien kleiner zu werden, ihre Selbstsicherheit schwand, sie schrumpfte zusammen. Sie brachte ein leises ersticktes Lachen hervor, raffte sich zusammen und griff mit dem, was ihr an Würde noch geblieben war, in die Lederschlaufe und zog sich vom Sitz und stieg aus dem Wagen.

Tory zog die Tür zu. Der Wagen fuhr schnell weiter.

«Das war grausam», sagte Virginia.

«Nein, nein, das war ganz genau seit einiger Zeit so vorgesehen. Sie müssen doch gemerkt haben, dieser ganze Streit, das ging nicht um den *Kellner* –»

«Nein, aber –»

«Außerdem ist es besser so. Sie ist zu intelligent, Blumen und ein paar Zeilen wären eine Beleidigung. Dazu schätze ich sie zu sehr. Ich werde dem *Kellner* Blumen schicken.»

Es war fast, als hätte er Kelly Wisdom einen Gefallen getan. Vielleicht hatte er das. Leb wohl, Kel, das war's, aus und vorbei.

«Und jetzt», sagte er, «wenn Sie von der Bildfläche verschwänden, gäbe es da ein großes Geschrei?»

«Wenn ich wohin verschwände?»

«In meinen Bau im Grünen?»

«Wo?»

«Connecticut.»

«Für wie lange?»

«Ein paar Tage. Gibt es etwas, das Sie nicht aufschieben können?»

«Eigentlich nicht.»

Sie hielten vor Franklin Simon.

«Dann gehen Sie da rein und suchen Sie sich ein paar rustikale Sachen aus – Sweater, Röcke, Wanderschuhe. Fragen Sie nach Mrs. Dunn im dritten Geschoß, sie erwartet Sie. Und denken Sie an einen warmen Mantel. Ich hole Sie in einer Stunde ab.»

Jetzt wurde *ihr* die Tür aufgehalten. Sie stieg leicht benommen aus. Der Wagen schoß davon. Valentino mußte früher für Gangster gearbeitet haben. Und sie wurde erwartet, es war alles vorbereitet. Diese Überlegenheit von ihm, diese Gewißheit, daß sie zusagen würde. Er mußte an dergleichen gewöhnt sein. «Etwas, das Sie nicht aufschieben können?» Angenommen, Sie hätte ja gesagt. Aber das hatte sie nicht. Nun, sie würde einfach fortgehen, und damit war die Sache erledigt. Doch statt dessen ging sie wie eine Schlafwandlerin zu Franklin Simon hinein. Es mochte vielleicht der Anfang einer Katastrophe sein, aber sie war noch nicht in der Lage, darüber nachzudenken, so oder so. Sie fühlte sich von ihm überwältigt, man hatte sie vereinnahmt.

«Oh, Miss Green, ja. Wir haben schon einiges für Sie bereitgelegt, wenn Sie bitte mitkommen wollen?»

«Eine Büchersammlung …

Irish Tweed, Kamelhaar, Shetlandwolle wurden ihr aufgedrängt. Laß dich von der Flut treiben. Ob es ein großes Geschrei geben würde, hatte er gefragt. Nun, wenn sie für immer verschwand, würde es kaum eine große Aufregung geben. Es gab niemanden, der sich besonders beunruhigen würde, wenn sie nicht wieder auftauchte. Die flatterhafte Betty Pilser mochte sich irgendwann schließlich fragen, ob ihre Zimmergefährtin vielleicht entführt worden war.

«Kann ich hier irgendwo telefonieren?»

«Oh, Darling», sagte Betty, während sie dabei in den Telefonhörer hustete, «da scheinst du ja das große Los gezogen zu haben. Schick doch mal eine Postkarte aus Monte Carlo, Schatz.»

Elf Schachteln wurden schließlich in den Wagen geladen. Er rechnete gewiß nicht damit, daß sie sparsam aussuchte, also tat sie es auch nicht. Er sah die Schachteln nicht einmal an.

Woran immer er auch dachte, er schwieg, während sie den Hudson River Drive hinaufkurvten.

«Wo genau in Connecticut?» fragte sie.

«Cold Fork», sagte er, und das sei in der Nähe vom Sund. Dann schwieg er wieder.

«Haben Sie den Brief für Mr. Gunther, Val?»

«Ja, Mr. Jerome.»

«Er muß ihn heute abend bekommen, er fährt morgen nach Chicago. Sorgen Sie dafür.»

«Ja, Sir.»

Dieses *Sorgen Sie dafür*, das klang wie eine Ermahnung im Sinne von *Enttäuschen Sie mich nicht*. Nein, er durfte auf keinen Fall enttäuscht werden, das war klar. Daß man ihn nicht enttäuschte, war Grundbestandteil jeder Beziehung zu ihm. Sie empfand diese Ermahnung wie an sich selbst gerichtet – so als hätte er gesagt «Enttäuschen Sie mich nicht, Virginia» und als hätte sie darauf gesagt, «Ich will es versuchen».

Aber sie war nur ein weiteres Paket auf dem Wagensitz, sie hätte gar nicht im Wagen zu sein brauchen, während sie auf ländlichen Straßen in den frühen Abend hineinfuhren. Die Augen von Kaninchen oder Waschbären schimmerten im Scheinwerferlicht auf.

Ein kühler, scharfer Geruch von ländlicher Erde lag jetzt in der Luft.

«In Indien», sagte Tory – nur sein dunkles Profil hob sich vom bleichen Flimmern der vorüberrauschenden Bäume ab – «saß ich einmal abends allein im Garten meines Hotels, es war sonst niemand zu sehen. Eine magische, sternklare Nacht, wie es sie hier gar nicht gibt; das Dunkel wirkt in Indien wie ein Gewebe. Und ich wartete auf den Mondaufgang, als es plötzlich in dem trockenen Gras und Laub ganz in meiner Nähe raschelte, und da erinnerte ich mich, daß es geheißen hatte, einer der Boys habe eine Kobra in der Gegend gesehen, und mir wurde klar, daß es unklug gewesen war, abends allein in den Garten zu gehen. Ich spürte die Panik und den Drang, sofort aufzuspringen und loszurennen. Aber dann hat mir der Instinkt geraten, mich fünf, zehn Minuten ganz still, völlig still zu verhalten und dann ganz, ganz langsam aufzustehen und ganz, ganz langsam fortzugehen. Natürlich, vielleicht war es nur ein Nachtvogel oder eine Eidechse, aber vielleicht war es auch eine Kobra, die nur wenige Fuß von mir entfernt war; das Faszinierende war das Nicht-Wissen. Das Nie-Wissen. So denke ich über das Leben.»

Sie fragte sich gerade, weshalb er ihr das erzählte und worauf es ihm dabei ankam, als er hinzufügte: «Ich danke Ihnen dafür, daß Sie nicht aufgestanden und fortgerannt sind, Virginia.»

«Ich hatte daran gedacht», sagte sie.

«Ich weiß.»

Der Wagen hatte, wie ihr schien, in einer völligen Wildnis angehalten. Doch als Val mit der Taschenlampe einen steinigen Weg entlangschritt, erkannte sie die Umrisse eines Holzhauses. War dies das Pförtnerhaus? Sie hatte sich ein großes Haus vorgestellt, weit ausladende Veranden, Rasenflächen, Swimmingpool, Dienstboten, die herbeieilten, um das Gepäck auszuladen. Was war das? War es das? Diese wacklig aussehende Hütte? Val hatte eine Lampe angezündet, ein Fenster leuchtete zwischen den Bäumen auf. Jetzt kam er mit der Taschenlampe zurück, öffnete den Kofferraum und holte ihre Schachteln heraus.

«So, da sind wir», sagte Tory und hielt ihr die Tür auf. Im Haus roch es muffig nach Kiefernholz und kalter Asche.

Tory trug die Lampe den schmalen Flur entlang. Sie kamen in einen niedrigen Raum mit einem großen steinernen Kamin. Eine schmale Holztreppe führte ins Dunkel hinauf. Das spärliche Mobiliar, ein Sofa und zwei plumpe Sessel, mit verblaßtem Kretonne überzogen, hätte man nicht einmal als Spende der Heilsarmee überlassen können. Der Eßtisch war mit Kerzenwachs verkleistert, kein Stuhl paßte zum anderen. Dunkle Porträts in stumpfen Goldrahmen, wie man sie in Kramläden kaufte, von längst vergessenen, finster dreinblickenden Vorfahren hingen an den Wänden. Der einzige Teppich war fast bis zum Boden durchgescheuert. Daß man manchmal ein Schwindelgefühl bekam und glaubte, der Boden falle ab, lag, wie Tory erklärte, daran, daß das Haus aus der Zeit vor der Revolution stammte und sich im Laufe der Jahre gesetzt hatte, hingelegt, so wie ein Kamel. Keine der Türen schließe, sagte er, sie seien alle schon so oft abgehobelt worden, daß man sie jetzt in Ruhe lassen müsse.

In der Küche, die mit Fliesen ausgelegt war, zündete er eine Lampe an, und eine große Spinne rannte, von dem jähen Licht erschreckt, über einen großen Holzherd davon. Das ist Minnie, erklärte Tory, sie sorgt dafür, daß wir im Sommer nicht zu viele Fliegen haben. Er drehte einen grün angelaufenen Messinghahn auf, und nach einigen gurgelnden Lauten rann braunes Wasser heraus.

Val stand auf der Türschwelle. Wurde noch etwas gebraucht?

Tory inspizierte die Vorräte. Kaffee, Eier, Speck, Mehl, Brot, Butter, Curry, Ingwer, Huhn, Schinken, Linsen.

«Dienstag, Val.»

Also würden sie fünf Tage hierbleiben.

Sie hörte, wie der Wagen fortfuhr.

«So», sagte er, «da sind wir. Gefällt's Ihnen?»

«Es ist – sehr hübsch.» Es klang wenig überzeugend.

«Nicht das, was Sie erwartet haben, nicht wahr?» sagte er und lachte. «Ich gehe jetzt hinauf und ziehe mich um. Kommen Sie, ich zeige Ihnen Ihr Zimmer.»

Ihr Zimmer?

Spartanisch. Kein Teppich. Das eiserne Bett mit dem verblichenen Plumeau sah aus, als hätte lange niemand mehr darin geschlafen. Auf dem staubigen Nachttisch ein Kerzenhalter aus Messing und ein paar alte Romane. Ein stark mottenzerfressener Teddybär lag auf der Kommode und sah sie aus einem Auge an. Hatte er ihm das andere Auge als kleiner Junge ausgerissen in einem Anfall von Wut oder Verzweiflung?

«Ziehen Sie sich etwas Bequemes an, Virginia, hier geht es ungezwungen zu», sagte er und ging hinaus.

Sie setzte sich auf das Bett, das ihr so hart vorkam wie Granit, und blickte sich um. An der Wand hing ein eingerahmtes Stickmustertuch – GLAUBE LIEBE HOFFNUNG. Das mochte ein Kind vor hundert Jahren gestickt haben. Hierher nimmt er nicht viele Leute mit, dachte sie, wußte sie. Die hübschen parfümierten Mädchen in Seide auf seinen opulenten Partys hätten sich gleich wieder zurückbringen lassen beim Anblick dieses altersschwachen Hauses, das einsam im Wald gelegen war, ohne Telefon und warmes Wasser und mit einer – wahrscheinlich – sehr ländlichen Toilette. Warum hatte er also gerade *sie* für dieses Stelldichein ausgewählt? Sie kannte ihn noch keine vierundzwanzig Stunden, und er zeigte ihr eine Seite seines Wesens, die offenkundig nur wenige zu sehen bekamen. Wurde ihr ein ganz besonderes Kompliment gemacht? Oder wurde sie auf irgendeine Art Probe gestellt?

Sie zog einen Tweedrock, einen Sweater und derbe Schuhe an. Doch als sie unten in der Küche den Stuhl abstaubte, ehe sie sich setzte, kam sie sich zu elegant vor; sie fühlte sich mit ihrer modischen Kleidung bereits im Nachteil, aber er sah gar nicht zu ihr hin.

Er hatte im Herd ein Feuer gemacht. Und er hatte sich umgezogen. Aber er trug nicht nur einen alten Sweater und eine abgewetzte Kordhose, er war in seiner ganzen Art nicht mehr der eher uninteressierte lässige Mann von Welt, den sie in New York kennengelernt hatte, als er jetzt daran ging, Teller herbeizuholen und Büchsen zu öffnen und Schubladen aufzuziehen und wieder hineinzustoßen und Corned beef in einen Topf zu tun, und dabei sagte, sie habe doch sicher nichts dagegen, daß sie es heute abend einfach hielten und in der Küche aßen und nicht drüben im Eßzimmer. Sie fühlte sich an eine Geschichte von Zwillingsbrüdern erinnert, die bei romantischen Abenteuern die Rollen tauschten.

War es möglich, daß der urbane Tory mit seinem ländlichen Bruder den Platz getauscht hatte, während sie bei Franklin Simon war?

Sie aßen Corned beef-Haschee, Eier, warmes frisches Brot und Käse. Sie tranken Milch, weil er es sich, wie er sagte, zur Regel gemacht hatte, weder Wein noch Spirituosen zu trinken, wenn er hier draußen war. Das war eine Erholung für den Körper wie für den Geist nach dem Leben in der Großstadt, nach dem Streß von Partys und Alltagsroutine.

Sie aßen schweigend, und Virginia verhielt sich still, denn aus irgendeinem Grund war Stille geboten.

Von draußen kam kein Laut herein, nicht einmal der Ruf einer Eule.

Sie wollte aufstehen, um das Geschirr zu spülen.

«Nein, nein, hier wird man bedient», sagte er, «das ist ja mit ein Grund für diesen Ausflug.» Er türmte Teller und Gläser im Spülbecken auf. «Und jetzt – ins Bett. Wir gehen hier früh schlafen. Haben Sie keine Angst, wenn Sie in der Nacht Geräusche hören, das sind nur Waschbären. Schlafen Sie gut, Virginia.»

Sie wartete im Bett und beobachtete den schmalen Lichtspalt, wo die Tür nicht ganz schloß. Da sah sie seinen Schatten vor dem Spalt.

Jetzt.

Zu dumm, aber ihr Herz schlug schneller.

«Virginia?»

«Ja?»

«Ich wollte Ihnen nur noch sagen – wenn es Ihnen zu kalt wird, da liegt noch eine Decke auf dem Regalbrett im Wandschrank. *Dormez-bien.*»

Das Licht auf dem Flur bewegte sich, Schatten verschwammen, er ging mit der Lampe hinauf. Sie konnte es kaum fassen.

Vater und Tochter sagten sich gute Nacht.

Ausgerechnet, als sie gerade bereit gewesen war, sich zu öffnen und Eis und Schweigen zwischen ihnen zu brechen. Sie fühlte sich verschmäht und kam sich verloren vor. Sie mußte an das – soviel sie sich erinnerte – einzige Mal denken, daß ihr Vater, als sie noch ein Kind war, an ihre Tür geklopft hatte.

«Virginia?»

«Ja, Daddy?»

«Schläfst du schon?»

Typisch Daddy, diese Frage.

«Nein, Daddy.»

«Habe ich meine Brille da drin liegenlassen, als ich das Fenster geschlossen habe?»

«Nein, Daddy.»

«Na ja, gut.»

Seine Schritte entfernten sich.

Schlaf gut.

Ein kalt-grauer wächserner Himmel begrüßte sie beim Erwachen, an den Fensterscheiben klebte Reif. Dumpfe, knallende Laute wie Pistolenschüsse hatten sie aufgeweckt, und als sie zum Fenster hinausblickte, sah sie Tory ein Stück weit fort Holz hacken. Ihre Uhr zeigte Viertel vor neun an. Du liebe Güte, so früh war sie seit ewigen Zeiten nicht mehr wach gewesen, und doch fühlte sie sich ausgeschlafen. Sie mußten vor zehn zu Bett gegangen sein – sich zurückgezogen haben, genauer gesagt.

Jedenfalls, in der Küche war es zumindest warm, das Feuer im Herd brannte. An der blauen Milchkanne auf dem Tisch lehnte ein Zettel: «Guten Morgen. Kaffee im Topf auf dem Herd, warme Brötchen im Ofen. Bewegen Sie sich am Fenster nur behutsam, sonst erschrecken die Vögel. T.» Auf das Brett vor dem Fenster hatte er Körner gestreut, und ein Meisenpärchen hüpfte dort herum und pickte. Sie beugte sich vor, bewegte heftig die Arme und verscheuchte sie. Der Befehlston seiner Notiz hatte sie verärgert. Oder hing es mit gestern abend zusammen? Daß man ihr die kalte Schulter gezeigt hatte? War es das wirklich?

Sie trank den heißen bitteren Kaffee, wärmte sich die Füße am Herd und aß zur eigenen Überraschung zwei von Butter tropfende warme Brötchen. Normalerweise hätte sich ihr bei ihrem Anblick der Magen umgedreht, normalerweise hätte sie um diese Zeit noch den Kater von der vergangenen Nacht ausgeschlafen. Sie blickte auf die öde winterliche Landschaft hinaus und war als Kind der Großstadt betäubt von der Stille, die ihr in den Ohren dröhnte. Es war alles so still. Und was würden sie den ganzen Tag tun? Was taten Leute auf dem Land den ganzen Tag?

Sie hörte, wie Tory sich draußen die Stiefel abkratzte, dann stapfte er herein mit einem Armvoll Holz, das er in die Kiste neben dem Herd fallen ließ. Er wirkte stämmiger in seinem rotschwarzen Lumberjack, sein Haar war zerzaust, er hatte sich noch nicht rasiert.

«Sehen Sie mal, was ich gefunden habe.»

Er zog eine schmale, schlanke Flasche aus der Tasche, innen beschlagen, von der Farbe schmelzenden Eises auf einem dunkelblauen Teich. Er hielt sie ins Licht. Mindestens fünfzig Jahre alt, meinte Tory, sie lag unter dem trockenen Laub. Dort muß einmal ein Abfallhaufen gewesen sein. Sehen Sie sich den schlanken Hals an, sagte er, so etwas Graziöses wird seit fünfzig Jahren nicht mehr gemacht.

Er wusch sie liebevoll unter dem Wasserhahn, dieser Mann, der Gemälde besaß, die ein Vermögen wert waren, verrückt wegen einer alten Flasche.

«Haben Sie gut geschlafen?»

«Ich hab geschlafen wie ein Stein», log sie.

«Ich habe oben im Wald einen Fuchs bellen hören», sagte er. Also begann der Tag mit Füchsen.

«Wirklich? Jagen Sie sie?»

«Niemals», sagte er und blickte sie scharf an.

Dann drehte er sich um. «Ziehen Sie sich einen warmen Mantel an, dann gehen wir zu den Victors und holen frische Eier.»

«Hätten Sie nicht gern etwas Kaffee?»

Sie wurde sich bewußt, daß sie ihn noch nie mit dem Vornamen angesprochen hatte.

«Hier draußen trinke ich nie Kaffee.»

Eine weitere spartanische Regel. Gab es noch andere Dinge, die er hier nicht tat? In ihren neuen Schuhen und dem neuen Kamelhaarmantel kam sie sich vor wie eine vor den Bolschewiken fliehende Gräfin, während sie durch das Unterholz stapften – ab und zu mußten sie stehenbleiben, bis er sie aus einem Dorngestrüpp oder von klammernden Ranken befreit hatte. Über Feldsteinmauern ging es, an denen sie sich die Knie aufscheuerte und die Strümpfe rettungslos ruinierte, um sumpfige Stellen herum, wo er sie stumm an der Hand nahm und ihr weiterhalf. Zwischendurch blieb er unvermittelt stehen und sagte: «Das ist ein Hickorybaum, und das ist eine Esche» oder: «Ruhig, keinen Schritt weiter, das ist ein Purpurfink» und sie beobachteten, wie der pflaumenfarbene Vogel davonflog. Er hielt die Hand über die Augen und lauschte, als hätte er irgendeinen Laut aus der unendlichen Vergangenheit vernommen.

Setzen Sie sich, kommen Sie wieder zu Atem, sagte er. Er half ihr behutsam auf einen Felsbrocken und strich ihr über das Haar. «Da hat sich ein Blatt verfangen.»

Schließlich kamen sie an eine Lichtung, wo etwa ein Dutzend Morgen Land aus der Wildnis herausgerodet worden waren und ein wackliges hölzernes Farmhaus mit einer durchhängenden Veranda stand. Kühe drängten sich auf einer schlammigen Wiese, Hühner pickten auf dem schmutzigen Hof herum, und zwei struppige Kinder starrten sie mißtrauisch an.

«Hallo Jamie, hallo Hannah», begrüßte sie Tory. «Ist euer Daddy da?»

«Er ist drüben bei den Hissops und macht Holz», sagte das kleine Mädchen und musterte Virginias gar nicht zur Umgebung passende elegante Kleidung.

Eine Fliegendrahttür quietschte, und eine Frau in einer schmutzigen Schürze kam heraus und nickte Tory zu. Sie hätte achtundzwanzig sein können, sah aber wie fünfzig aus, graubraun wie die Landschaft.

«Guten Tag, Hester», begrüßte Tory sie freundlich und stellte Virginia vor. «Eine Bekannte aus New York, Miss Green.»

Hester nickte ihr zu.

Tory hockte sich auf die Verandastufen und führte mit Hester ein Gespräch, in dem es um Luzerne und Kopfkrätze ging (alle Kinder hatten die Kopfkrätze) und um den Skandal, der die Bunters getroffen hatte. Er empörte sich darüber, daß Mrs. Bunter mit einem der Jungen der Familie Huggins auf und davon gegangen war, der nur halb so alt war wie sie.

Schließlich gingen sie mit einem Korb voller Eier nach Hause, auf einem längeren Weg, aber dafür mit weniger Gestrüpp.

«Was gibt es Schöneres auf der Welt als ein braunes Ei?» sagte er und hielt eines in die Höhe. «Was sind dagegen Kophetuas Juwelen?»

Irgendwie ging der Tag herum. Er brachte ihr Pinokel bei. Er kurbelte das Grammophon an, und Melbas wäßriges Gequäke beklagte den sich verabschiedenden Tag.

«Ist Ihre Mutter –» begann Virginia.

Die Hand, die im Topf rührte, hielt still, vom Löffel tropfte es herab.

«Meine Mutter?»

«War sie –»

«Meine Mutter?» Er zeigte ihr sein ausdruckslosestes Gesicht, als wollte er an jemanden denken, an dessen Namen er sich nicht erinnern konnte. «Ich habe meine Mutter seit langer Zeit nicht mehr gesehen.»

«Aber sie wohnt doch bei Ihnen.»

«Nein.»

«Dann habe ich etwas mißverstanden. Mrs. Hoskins sagte – die alte Dame, die ich dort sah –»

«Meine Mutter hat dort ein Zimmer. Sie wohnt nicht bei mir.»

Ein kurz aufblitzendes Lächeln, die Augen flackerten.

«Virginia, sehen Sie doch mal nach, da hinter Ihnen muß ein Fläschchen sein, auf dem Oregano steht.»

Das Abendessen, ein würziges Hähnchen mit kleinen Bratäpfeln, schmeckte so gut, als hätte es der Chefkoch des Waldorf zubereitet.

Diesmal hatte er nichts dagegen, daß sie den Abwasch erledigte. Sie nahm sich Zeit dazu, während er drüben im Zimmer saß und Pfeife rauchte.

«Ich gehe in mein Zimmer», sagte sie.

«Dann gute Nacht, Virginia.»

Er saß noch lange im Wohnzimmer, während sie bei brennender Kerze im Bett lag. Schließlich sah sie durch den Türspalt den Schein seiner Lampe – er ging hinauf, seine Tür ging zu.

Was zum Donnerwetter sollte das alles bedeuten, was machte sie eigentlich hier? Was im Namen von Tantalus und allen Mysterien und Mythen jedes einzelnen Steins des alten Griechenland hatte sie hier zu schaffen?

Sie blies wütend die Kerze aus.

Und erwachte in einen strahlenden Tag hinein, aufgeweckt durch die verdammten Vögel und die Sonnenhelle aus dem Osten, die durch das Fenster fiel. Sie stand auf und kämmte sich und fragte sich, ob er vielleicht schwul oder impotent war? Es gab solche Männer, die so etwas ihr Leben lang geschickt verbargen.

Wie George Toombs, der tolle Tennisspieler mit seiner burschikosen Art und seinem militärischen Gehabe, in den sie einmal verknallt gewesen war, bis ihm nach zuviel Alkohol die Tränen gekommen waren und er bekümmert eingestanden hatte: «Oh, ich liebe dich, Virginia, aber ich bin ein Homo. Wärst du doch nur ein Junge, Schatz.»

Nein. Alles sprach dagegen. Kelly Wisdom, wie er sie aus dem Wagen geschickt hatte, der Blick auf ihrem Gesicht – eine unzweifelhafte Männlichkeit sprach dagegen.

Und was, wenn er bei nüchternem Nachdenken oder vor dem Hintergrund dieses seines Arkadiens hier zu dem Schluß gelangt war, daß Virginia Green doch nicht für ihn taugte, daß sie vielleicht unnatürlich reizlos und geistlos war? Würde er, Gentleman bis zum letzten, sie einfach abschreiben, es bis Dienstag mit ihr aushalten, bis er sie wieder loswerden würde? Sie sah im Spiegel, daß sie die Stirn runzelte, der Gedanke beunruhigte sie. Noch mehr verwirrte sie der Zettel, der an diesem Morgen am Milchkrug lehnte.

«Mußte fort, um jemanden drüben in Chester zu sprechen. Tut mir leid, daß ich Sie so allein lasse. Frankfurter und Bohnen im braunen Topf.»

Das klang wie eine Bestätigung dessen, was sie gedacht hatte. Und es war jetzt erst zehn nach acht, da mußte er bei Tagesanbruch aufgestanden und lautlos hinausgeschlüpft sein. Sie fühlte sich ein wenig beleidigt. Wenn ein Wagen oder ein Fahrrad dagewesen wäre, sie wäre sofort losgefahren. Und sie hätte auch keine Nachricht hinterlassen. Mach's gut, Horace. Sie trank ihren Kaffee. Draußen zwitscherten und flatterten die Vögel herum. Wie konnte es einer nur auf dem Land aushalten, der hier nicht sein Geld verdiente? Wie sie sich nach dem Verkehr sehnte – Feuerwehrsirenen, Taxifahrer, die sich anbrüllten, Geruch von Abfall und das süße Geräusch der Tonnen, wenn sie in den Müllwagen gekippt wurden, die ganze Musik des lieben schmutzigen New York.

Sie schlenderte ziellos einen Waldweg entlang, und die Wintersonne schien ihr behutsam warm auf den Rücken. Kein anderes Haus kam in Sicht.

Ihr mußte etwas fehlen, etwas, das Männer mehr als nur physisch erregte. Konnte es sein, daß sie sich wegen ihres guten Aussehens zurückhielt, sich nicht so darstellte, wie sie es eigentlich wollte, und nicht gegen das Gefühl einer Verlorenheit ankämpfte, das sie so oft empfand?

Sie zog sich in eine Art Zwischenreich zurück, geistig ein Mauerblümchen, von der Angst erfüllt, kein Mann werde je zu ihr sagen, komm aus dir heraus, komm mit mir. Kommen Sie von Ihrem hohen Roß herunter, sagte Tory. Nur war sie niemand auf einem hohen Roß, war es noch nie gewesen, eher das Gegenteil, wenn er das nur wüßte. Eher lebte sie in einer ständigen Gefühllosigkeit, weil man sie mißverstand, für gegeben hinnahm. Dieses hübsche Mädchen. Was hat sich ein so hübsches Mädchen wie sie leid zu tun? Sie sollte für ihr Leben dankbar sein. Oh, hübsche Mädchen wie sie, so uninteressant, weil sie glauben, sie brauchen gar nichts zu tun.

Sie ging zum Haus zurück und lief die Treppen hinauf in sein Zimmer. Chaos. Kleider überall verstreut, Kartons mit diesem und jenem. Sie sah in einen hinein, blaue Teller und Stroh. In einem anderen ein Stapel geographischer Magazine. Sie setzte sich auf sein ungemachtes Bett und konnte beim besten Willen an Nicaragua nichts Interessantes finden.

Wo war Chester, und wie war er wohl dort hingekommen? Zu Fuß? Oder hatte ihn jemand abgeholt? Mr. Victor mit dem Pferdewagen? Sie aß ihre Frankfurter mit Bohnen und klopfte ans Fenster, um die Vögel von ihrem Futterbrett zu verscheuchen. Seine verdammten Uhren tickten überall. Erst Viertel vor zwei. Hatte es je einen längeren Tag gegeben? Feuer der Rache schwelten in ihr.

Hielt er sie für schwach und dumm, weil sie anstandslos mit ihm gekommen war?

Sie durchsuchte seinen Schreibtisch, doch da war nichts Interessantes zu finden. In einem nicht zu Ende geschriebenen Brief riet Tory jemandem, daß «wir jetzt beginnen sollten, den Exfinanzminister McAdoo als möglichen Präsidentschaftskandidaten ins Spiel zu bringen und...»

Auf einer drei Jahre alten Ansichtskarte aus Athen, datiert vom 2. Mai 1920, stand: «Parthenon genau wie eruiert, haha. Wicky stößt auf Rhodos zu uns. Vermissen Dich. Bully. XXX.»

Schließlich las sie eine Weile in *Babbit*. Aber was für ein langweiliger Roman, nur über das Kleinstadt-Amerika, wer um Gottes willen sollte das lesen? Sie nickte kurz ein.

Gegen vier Uhr wurde sie unruhig. Was er auch immer zu erledigen hatte, so lange konnte es doch nicht dauern. Wenn er so um sieben das Haus verlassen hatte, dann war er jetzt fast neun Stunden unterwegs, und selbst wenn er eine lange Strecke, fünf oder sechs Meilen, zu Fuß durch den Wald gehen mußte, dann sollte er nun eigentlich zurück sein.

Die Sonne war nach Westen zu den Bergen gewandert, und einen anderen Hinweis darauf, wo sie sich befand, hatte sie nicht. Sie hatte kein Telefon, konnte nur zu Fuß fortgehen, ohne zu wissen, wohin, wie weit der Weg hierhin oder dorthin führte, mit der Aussicht, sich im Dunkel zu verirren. Sie hatte keine Wahl, mußte bleiben, wo sie war. Mehrmals trat sie vor das Haus, blickte in alle Richtungen in der Hoffnung, in der Ferne den rot-schwarzen Lumberjack zu sehen. Doch draußen war nichts als das Rauschen des Windes in den Bäumen.

Wenn er nun gestolpert war und mit gebrochenem Bein in irgendeinem Graben lag, wo wochenlang niemand hinkam, wo er eines langsamen Todes starb? Stellte man da draußen Fallen? Angenommen, er war in eine hineingetappt und litt Qualen unter stählernen Zähnen? Wie konnte sie jemandem Bescheid sagen? Sie wußte nicht, wie sie die Farm der Victors erreichen sollte. Und selbst wenn sie hinkam, was sollten die Victors tun? Ihr wurde kalt, sie entdeckte einen alten Sweater von ihm, schob neues Holz in den Herd und kauerte sich daneben.

«Nein», sagte sie, nicht in Gedanken, sondern laut und in scharfem Ton, «er ist nicht der Mensch, der ein persönliches Risiko eingeht, das paßt nicht zu seiner Eitelkeit. Und er muß hier jeden Fußbreit Boden kennen.»

Aber das macht es nur um so wahrscheinlicher, daß etwas passiert ist. Er würde es nicht riskieren, im Dunkeln durch das Unterholz zurückzukommen. Etwas *stimmt* nicht, etwas *ist* passiert.

Jetzt, diesmal werde ich ihn sehen, sagte sie sich und ging hinaus und blickte den immer dunkler werdenden Weg hinab, wo lange Schatten ihre Netze auf die gesprenkelten Baumstämme warfen. Ja, kam da nicht jemand? Da bewegte sich etwas in der Ferne, da kam jemand, Gott sei Dank.

Sie wartete, starrte, bis ihr die Augen weh taten, auf den Punkt, der nicht näher kam. Licht und Schatten hatten ihr einen Streich gespielt.

Sie ging wieder hinein und zündete die Petroleumlampe in der Küche an.

Da wurde ihr bewußt, daß sie sich, wahrscheinlich zum erstenmal in ihrem Leben, um das Leben eines anderen Menschen sorgte.

Um sich selbst brauchte sie sich nicht zu sorgen. Es waren genügend Konserven und genügend Holz für den Herd da, und am Dienstag würde Valentino kommen.

Aber sie ängstigte sich fast zu Tode wegen eines Menschen, den sie kaum kannte, machte sich seinetwegen Sorgen wie um einen Geliebten, an dem sie leidenschaftlich hing.

Das war ihr noch nie passiert, soweit sie sich erinnern konnte.

Hatte sie sich also noch nie zuvor um einen anderen wirklich gesorgt?

Um Alan, vielleicht.

Das war komisch, das mit Alan und ihr. Sie hatte nie jemandem davon erzählt. Sie hatte Alan immer zum Nachdenken und zum Trost mit sich herumgetragen, wie einen Rosenkranz. Er war für sie unverändert geblieben und war ihr eine Hilfe in schwierigen Augenblicken. Und er war immer verständnisvoll.

«Liebe Miss Green, Ihr Brief war mir ein so großer Trost. Ich habe ihn wieder und wieder gelesen. Zu wissen, daß er in New York so glücklich war, macht es mir ein wenig leichter, seinen so sinnlosen, dummen Tod zu ertragen, bevor er für sein Land das tun konnte, was er sich vorgenommen hatte. Eine Woche, nachdem wir die Nachricht erhalten hatten, trafen die Handschuhe ein, die er mir geschickt hatte, und ich muß Ihnen gestehen, das war der schlimmste Augenblick. Glauben Sie mir, Virginia, wenn ich Sie so nennen darf» – Mutter in stolzer Trauer – «aber wenn Sie je einmal in unsere Gegend kommen, wäre es uns –»

Wäre gewesen.

«P. S. Wenn es ein kleines Andenken an ihn gibt, das Sie gern hätten, würde ich es –»

Sie hatte auf den Brief von Alans Mutter nicht geantwortet, hatte Alan in Bernstein versiegelt.

Die Affären, die Liebhaber, die folgten, hinterließen keine Spuren. Du bist toll, Schatz, du bist großartig, sagten sie ihr. Immer toll, großartig, nie etwas Tieferes, nie kam eine Tiefe des Begehrens zutage. Sex ohne Liebe, salzlos. Sie hatte nie postkoitale Traurigkeit empfunden; weswegen sollte man traurig sein, wenn es nur Trivialität gegeben hatte. Kein Anzeichen von Leben.

«Na, gibt das ein Abendessen?» sagte Tory, einen Fisch in die Höhe haltend. «Eigenhändig gefangen.»

Sie hatte ihn nicht kommen hören.

Er grinste, ließ den Fisch hin und her pendeln, damit sie ihn bewundern konnte. Er hatte einen schneeweißen Zweitage-Bart.

Das Grinsen mochte der Auslöser gewesen sein – der lange, leere Tag, die Sorge um ihn, die Vorstellung, er könne verletzt in einem Graben liegen, alles brach aus ihr heraus.

Sie nickte zu dem Fisch hin. «Gehen Sie zum Teufel», sagte sie ganz ruhig. Dann fühlte sie den Zorn in sich auflodern. Kleine Punkte tanzten ihr vor den Augen. «Gehen Sie zum Teufel. Ich bin nicht eines Ihrer Besitztümer. Ich bin kein Koffer. Ich bin nicht Ihre Mutter, die Sie in einem Zimmer in Ihrem Haus unterbringen und dann und wann zu besuchen geruhen. Und Ihren Fisch können Sie sich an den Hut stecken.»

Er sagte: «Ich mußte auf jemanden warten, der mich über den Sund brachte, und der Mann konnte erst später kommen.»

«Und wenn Sie eine Woche hätten warten müssen – ist mir gleich. Und wenn Sie in einen Graben gestürzt und gestorben wären – ist mir gleich. Ich bin kein kleines Dingelchen, das man aufliest und irgendwohin schleppt und dann einfach sitzenläßt, daß es vor Stille verrückt wird, während Sie sich neun Stunden herumtreiben.»

«Es tut mir leid.»

«Ach, verdammt. Wozu bin ich eigentlich hier? Um Ihnen Gewürzfläschchen zu reichen?»

Er hatte sich gesetzt, den Fisch in der Hand, und starrte auf den Fußboden.

«Nein», sagte er ruhig.

«Nun, dann sagen Sie's mir. Ich möchte wissen, was zum Teufel Sie wollen.»

Er blickte weiter auf den Fußboden.

«Ich will Sie», sagte er.

«Beleidigen Sie mich nicht mit solchem Quatsch.» Sie war den Tränen nahe, spürte, wie ihre Stimme versagte.

Er blickte grimmig zu ihr auf. «Das tue ich nicht.»

«Ich schulde Ihnen etwa dreihundert Dollar», sagte sie, wobei sie versuchte, ihre Stimme nicht überschnappen zu lassen, «für die Sachen, die Sie mir gekauft haben, und ich werde sie zurückzahlen, sobald ich das kann. Inzwischen –»

Er war aufgesprungen und kam mit schweren Schritten auf sie zu; er packte sie am Vorderteil seines Sweaters, den sie trug, und schob sie so heftig gegen die Wand, daß sie aus Furcht vor dem Schlag den Kopf abwandte. Sie fühlte sich gegen die harte Kante des Fenstersimses gedrückt, während er ihr die Arme herunterzog und sie an ihren Seiten festhielt. Das linke Bein, hart gegen die Wand gepreßt, schmerzte sie, und sie versuchte es zu bewegen, doch von seinem Gewicht erdrückt, vermochte sie sich nicht zu rühren. Er küßte sie heftig auf den Mund und sagte mit erstickter Stimme: «Ist es das, was Sie wissen wollten?»

Er trat von ihr zurück, schwer atmend, Beine gespreizt, Hände in den Hüften, und sah sie mit einem so wilden Blick an, daß sie glaubte, sie müsse zusammenschrumpfen, sich in die Wand hinein auflösen.

«Ist das alles, was du wissen wolltest? Nun, dann mache ich es dir gründlich klar.»

Sie begannen den Fisch erst spät am Abend zu schaben.

Ich muß fort zu meiner Mutter», sagte Virginia zu der Krankenschwester.

«Ja, natürlich, Liebes», sagte die Schwester und strickte weiter.

«Aber ich muß gehen, wir sind verabredet. Wissen Sie, daß ich meine Mutter seit sechsunddreißig Jahren nicht mehr gesehen habe?»

«Stellen Sie sich das vor», sagte die Schwester.

«Ich muß mich jetzt ankleiden», sagte Virginia und räkelte sich. «Würden Sie mir mein braunes Kleid holen, bitte?»

«Ja, natürlich», sagte die Schwester und strickte weiter.

Sie hatte sich bewußt ganz schlicht angezogen und wollte dieser Begegnung keine besondere Bedeutung beimessen. So hatte sie sich für beigegraues Sackleinen und den Cosmopolitan Club entschieden, weil es dort locker und ungezwungen zuging. Sie würden zum Lunch ein wenig Wein trinken und miteinander reden, und dann am Ende, wenn sie es für richtig hielt, würde sie Mutter erklären, daß sie ihr zwar nicht verziehen hätte, daß sie aber ihr Leben tolerieren würde.

Sie war früh gekommen, um die erste zu sein, und natürlich kam Mutter zu spät, und obwohl fünfundzwanzig Minuten nach sechsunddreißig Jahren nicht viel ausmachten, war es ärgerlich.

Wo war sie bloß? Vom Biltmore Hotel bis in die Sixty-sixth-Street mit dem Taxi, das konnte doch keine fünfundzwanzig Minuten dauern. Mit Sicherheit wurde gleich ein Auftritt geboten mit dramatischen Entschuldigungen und schönen Gesten.

Virginia legte *Town and Country* beiseite und schob ihre Brille in das bestickte Etui. War es denkbar, daß Mutter im letzten Augenblick der Mut gefehlt hatte?

Sie erhob sich und blickte in einen Spiegel – und war froh darüber, denn sie hatte merkwürdigerweise einen Rußfleck von der Größe eines Zehncentstücks auf der Stirn. Als sie ihn gerade abtupfte, hörte sie hinter sich eine Stimme: «Virginia – ja?»

Mutter neigte nach ihrer Gewohnheit den kleinen Kopf zur Seite und klimperte mit ihren falschen Wimpern. Sie war ganz in jugendliches Rosa gekleidet. Mit sechsundsechzig.

«Virginia?»

Sie legten die Wangen aneinander. Virginia war erleichtert, daß Mutter keinen richtigen Kuß versuchte. Mutter roch teuer.

«Nun, es war ein so schöner Tag, da habe ich, als wir am Park entlangfuhren, zu dem Taxifahrer gesagt, ‹Ach, fahren Sie mich durch den Park, ich will die Hundsbeeren und Magnolien meiner Jugend wieder einmal sehen›, und da sind wir weiter gefahren und um die Piazza herum, die wie Florenz aussieht, und dann sind wir irgendwie auf die West Side geraten, ich glaube, er wußte nicht mehr genau, wo er war, und da mußten wir noch einmal ganz um den Park herumfahren und sind bei der Unterführung in einen Stau gekommen und –»

Mutter richtete sich plötzlich auf und atmete tief aus. «Was habt ihr bloß mit New York gemacht? Das ist ja eine Schande, was man da angerichtet hat. So häßliche Gebäude überall, das schöne alte Casino im Park – weg! –, und dieses gräßliche Glasding, das sich Modern Museum nennt!»

Virginia sagte: «Gehen wir hinauf? Sie haben es nicht gern, wenn man noch nach Viertel nach eins ins Restaurant kommt.»

Mutter trippelte sehr schnell die Treppe hinauf, wie um zu zeigen, daß sie das noch konnte. Und sie redete und redete. Also ob man es glaubte oder nicht, im Flugzeug, gleich auf der anderen Seite des Gangs, saß Eloise X., eine Freundin aus frühester Kindheit, aber so gealtert, daß Mutter sie nicht erkannt hätte, wenn sie Mutter nicht erkannt hätte. Auf den ersten Blick. Eloise meinte, Mutter müsse das Geheimnis des Jungbrunnens des Ponce de León besitzen (war dies Mutters schwach entwickelter Sinn für Ironie, daß sie hier ihren seit langem toten Liebhaber wieder ausgrub?). «Ich sagte, Eloise, ich habe zwei Töchter, die in den Vierzigern sind. Und ich habe zwei Enkel.»

«Virginia, antworte ganz ehrlich: Habe ich mich schrecklich verändert?»

Nein – (leider).

«Oh, wie schön.» Mutter trillerte, trällerte, den Kopf zur Seite geneigt, der Kellnerin Huld erweisend, die die Speisekarte reichte. Sie hatte Virginia kaum angeblickt, und jetzt sah Virginia auch, warum. Mutter war stockblind und wollte keine Brille tragen. Sie suchte verstohlen in ihrer Handtasche und zog ein kleines Vergrößerungsglas heraus, durch das sie auf die Speisekarte spähte, das eine Auge unter dem falschen Wimpernsaum zugekniffen.

«Long-Island-Ente, Huhn à la Maryland. Wie *amerikanisch* sie hier sind. Ich hätte gern Prosciutto genommen, aber ich sehe, das haben sie hier nicht. Dann nehme ich nur ein Lammkotelett und nichts dazu, gar nichts. Ich muß auf meine Figur achten.»

Sie versteckte das Vergrößerungsglas wieder.

«Und jetzt muß ich dir sagen, daß ich gestern einen ganz lieben Brief von Flora bekommen habe, mit einer ganz herzlichen –» die welken Finger suchten in der babyrosa Wildledertasche – «Einladung, ich soll sie und Wally in ihrem neuen Heim besuchen, das ganz riesengroß ist, wie sie schreibt, und sie war schon im Fernsehen, stell dir vor. In einer Show mit alten Filmstars ist Flora auch mit aufgetreten.»

Der Brief wurde gefunden.

Er begann mit «Liebste Mom» in Floras kindlicher Schrift.

Virginia tat so, als läse sie den Brief.

«Ich kann natürlich nicht nach Kalifornien kommen. Oh, Chablis, wie nett, daß du dich erinnert hast, der einzige Wein, den ich trinke. Dein armer Daddy hat immer am liebsten einen schweren Rotwein getrunken. Und ich mußte ihn immer hinunterschlucken und so tun, als ob – er war immer gekränkt, wenn jemand den Rotwein nicht mochte, der arme Daddy. Nun, was ich sagen wollte – ich kann nicht nach Kalifornien kommen, weil ich Hobey versprochen habe, daß ich Ende April in Toronto bin und weil ich so leichtsinnig war, in London die Zeit zu vertrödeln –» Ein unablässiger Redefluß.

«Und du mußt bedenken, daß ich so lange in Australien war, da verliert man den Kontakt mit der Außenwelt, und als es noch keine Luftpost gab, dauerte es ja einen Monat, bis ein Brief in die USA kam, und bis dahin waren die Nachrichten längst überholt, wozu also da überhaupt schreiben? Nicht, daß es dich besonders interessieren würde. Virginia, würdest du mal das Mädchen fragen, vielleicht könnte ich eine Tasse Tee bekommen, sehr schwach.» Mutter knabberte. Zumindest hatte sie noch ihre eigenen Zähne. Aber, o Gott, das messingfarbene Haar unter ihrem flachen Hut, die Qual der scharlachroten Fingernägel an den stark geäderten Händen.

« – via Singapur – ach, die alten Zeiten und das schöne Bangkok, wo ich liebe Freunde habe. Kommst du viel zum Reisen?»

Endlich eine Frage. Aber Virginia wollte gerade zu einer Antwort ansetzen, da plapperte Mutter schon weiter.

«Virginia, stell dir nur vor, ich habe den Bernsteinpalast in Jaipur gesehen und den Tadsch Mahal, die Ruinen von Baalbek, den Palast von Knossos auf Kreta, die Höhlenwohnungen der Zigeuner in Granada, den Kaschmir-See, den Everest. Oh, ich habe trotz allem Glück gehabt, trotz des schrecklichen Schocks, damals. Ich habe gelernt, daß man nichts umsonst bekommt in dieser grausamen Welt. Oh, Teebeutel. Was für eine gräßliche Erfindung, was wird den Amerikanern wohl als nächstes einfallen. Ich habe irgendwo Orangen gesehen, da stand draufgestempelt ‹gefärbt›, kannst du dir das vorstellen? Oh, aber ich bin das Reisen eigentlich müde. Man sieht zuviel. Meine Reisetage sind vorüber. Ich habe vor, mich in Kanada niederzulassen, ich bin erschöpft, und du weißt, ich werde nicht mehr jünger.» Der alte kindliche Blick. «Mein Exil hat lange genug gedauert.» Als ob sie gezwungen gewesen wäre, sich die ganzen Jahre im Ausland aufzuhalten. Aber keine Regentropfen waren auf sie gefallen, kein Schuldgefühl hatte sie gerührt. «Oh, danke, nichts für mich, ich esse nie Süßigkeiten oder Nachtisch, ich muß auf mein Gewicht achten.»

Und natürlich hatte sie schmeicheln und schöntun müssen. Jemand mußte schließlich bezahlen für das Oriental Hotel und alles andere, für das Schlafwagenabteil und den Elefanten, der sie im Morgengrauen zum Bernsteinpalast hinauftrug.

« – nun, ich bekam den Schlüssel nicht ins Schloß, es war einer von diesen großen europäischen Schlüsseln, die man da bekommt und die so schwer funktionieren, und er hat gesagt: ‹Sie scheinen Mühe damit zu haben›, und ich sagte: ‹Allerdings›, und er hat mir die Tür aufgeschlossen, und da schien es nicht unangebracht, ihn zu einem kleinen Drink vorm Schlafengehen einzuladen –»

Mutter war im Begriff, Mrs. Hobart Rittenhouse zu werden und damit Herrin eines Stadthauses in Toronto und eines Sommerhauses am Lake Muskoka, wo alle bei Partys auf dem Hin- und Rückweg mit dem Boot fuhren. Hobey hatte auch zwei Kinder in den Vierzigern und Enkel. Hobey hatte vier Barkassen und einen Dalmatiner. Mutter fragte sich, ob sie nicht nach den Barkassen und dem Dalmatiner in Hobeys Zuneigung an dritter Stelle rangierte. Sie kicherte.

«Also dieser Wein geht auf meine Rechnung.» Die kleinen Hände suchten in der Tasche.

«Nein, das geht nicht.»

«Ach, laß mich doch, laß mich etwas spendieren.»

«Das geht nicht. Du bist hier nicht Mitglied.»

«Oh, wenn das so ist. Virginia, färbst du dir das Haar? Mir kommt es etwas heller vor. Oh, du hattest so üppiges herbstfarbenes Haar, ganz Licht und Schatten. Flora hatte das Haar von Daddy, wie Lammwolle. Gott weiß, wie es jetzt aussieht nach den vielen Jahren unter Wasser. Ach, du weißt gar nicht, wie sehr es mich beruhigt, daß meine beiden Mädchen miteinander verbunden geblieben sind, daß meine Mädchen es so weit gebracht haben.»

Im Hinuntergehen streckte Virginia die Hand aus, um ihr zu helfen.

«Oh, ich sehe noch gut. Ich sehe noch so gut wie ein junges Mädchen.»

Es war vorüber, fast.

«Virginia, das muß ich dir noch sagen, als ich vor dem Hotel auf das Taxi wartete, stand dort ein silberhaariger Mann, der auch wartete, und er sah mich immer wieder an, und ich habe mich schon gefragt, ist er vielleicht ein alter Freund, da sagte er plötzlich: ‹Bitte, verzeihen Sie, aber ich glaubte einen Augenblick lang, Sie seien Lady Mendl, entschuldigen Sie, bitte›, und ich sagte: ‹Wenn ich Lady Mendl wäre, würde ich hier nicht auf ein Taxi warten›. Stell dir vor. Oh, ich habe einen Handschuh verloren. Kannst du ihn irgendwo entdecken? Vielleicht habe ich ihn auf der Treppe fallen lassen.»

Virginia ging zurück, und während sie nach dem Handschuh suchte, dachte sie: ‹Sie hat nicht einmal nach Luther gefragt und nach den Kindern und wie es mir geht und was wir machen und ob wir glücklich oder unglücklich oder tot oder lebendig sind; es ist, als ob nichts geschehen wäre›.

Sie fand den Handschuh auf der Treppe.

«Oh, Gott sei Dank. Ich verliere immer nur einen. Ich habe gewiß hundert einzelne Handschuhe. Ich rege mich immer über die Preise bei Bonwit's auf. Jetzt – wie spät ist es? Vielleicht kann ich noch gerade –»

Nur noch eine Minute, dann würde es vorüber sein, der Türsteher pfiff schon nach einem Taxi.

« – ehe ich mich mit Monique Rigby treffe. Ich wollte das ja umgehen, aber sie bringt ihre Tochter mit, und sie ist doch mein Patenkind, weißt du, und ich habe sie nicht mehr gesehen, seit sie ganz klein war, und jetzt ist June praktisch in deinem Alter. Die Zeit, die Zeit. Oh, Virginia, ich habe dir hier meine Adresse in Toronto aufgeschrieben, falls etwas sein sollte. Oh, wir haben ja gar nicht richtig miteinander sprechen können. Das nächste Mal –»

Ein Taxi fuhr vor.

«Nun, Liebes –»

Virginia trat zurück, als Mutter ihr die Wange hinhielt.

«Ich habe Irene geliebt», sagte Virginia.

Mutter bewegte sich nicht, doch auf dem bemalten Gesicht ging eine allmähliche Veränderung vor sich, Moleküle teilten sich, unterteilten sich, brachten ein Bild der Wahrheit unter dem Kunstwerk von Max Factor hervor. Sie öffnete den Mund zu einem breiten, entgeisterten Lächeln, zeigte die noch vollkommenen Zähne, aber die gekränkten Augen straften das Lächeln Lügen, wollten nicht glauben, blickten auf, weit aufgerissen, sahen den großen, auf sie niederfallenden Baum. Sie blickte sich benommen um und reichte dann dem Türsteher die Hand, der ihr in den Wagen half. Dabei murmelte sie etwas von einem reizenden Lunch, fiel in den Sitz zurück, sah plötzlich wie achtzig aus. Das Taxi ruckte an. Mutter wurde zum zweitenmal aus Virginias Leben hinausgefahren.

Diesmal winkte sie nicht.

Mrs. Binns hatte sich eine spinatgrüne Strickjacke über die weiße Schwesterntracht gestreift. Sie knipste das Treppenlicht an und stapfte hinunter, wo Mary sie erwartete.

«Ich wette, Sie können heute nacht durchschlafen. Ihr Puls geht stärker. Kennen Sie jemanden, der Story heißt?»

«Story?»
«Sie hat zweimal Story gesagt. Oder so ähnlich.»
«Nein, kenne ich nicht.»
«Na ja.» Schwester Binns warf einen Blick zum Fenster hinaus. «Wessen Wagen ist das?»
«Ursula ist gekommen, um beim Abendessen zu helfen. Ich schaffe das nicht allein für sechs Personen.»
«Natürlich nicht. Sie sind ja völlig fertig. Wollen Sie ein Valium?»
«Vielleicht später.»
Nein, warte, bis es vorüber ist, und schlaf dann vielleicht elf Stunden lang. O Gott, wie lange noch? Mary hatte gehört, wie Wally besorgt Flora fragte, ob Filippi oder sonstwer wohl die Blumen goß. Sie waren alle gereizte Fahrgäste eines blockierten Zuges.
Flora erhellte den Abend in einem weißen Kleid mit rotem Weihnachtssternmuster.
Mary knipste ein Licht an, und sie zuckten zusammen.
«Geht ihr besser heute abend, sagt Binns.»
Sie heuchelten Erleichterung, nicht allzu überzeugend.
Denn was würde aus ihren Blumen und Pflanzen werden, wenn das noch eine Woche so weiterging, fragten die düsteren Blicke einander – vielleicht ertranken die zwei Dackel Chum und Laddie im unbewachten Swimmingpool, vielleicht drangen Bösewichter ins Haus ein, während Virginia so weiterschlief. In Gedanken in Benedict Canyon nahmen sie es sogar der Ostküstenzeit übel, daß sie sie drei Stunden älter machte.
«Sie hat es mit einem Story», sagte Mary.
Sie schüttelten die Köpfe.
«Binns sagt, sie hat das Wort immer wiederholt.»
«Sie phantasiert gewiß.»
Flora dachte angestrengt nach, bis sich ihr Gesicht erhellte.
«Tory.»
«Tory?»
«Seinen Nachnamen habe ich vergessen. Sie –» Flora winkte abwertend und selbstgefällig lächelnd und das Erstaunen der anderen auskostend. «Ich habe sie miteinander bekannt gemacht. Das muß jetzt sechzig Jahre her sein. Ich war in dem Jahr im

Keith-Orpheum. Er hat ihr die Lap – Lapi –» Flora suchte nach dem richtigen Wort – «Lapislazuli geschenkt, von denen ich hoffte, sie würde sie mir vermachen. Er war sehr reich. Bis zu dem großen Krach, da war es aus mit ihm, wie ich gehört habe. Das Lustige ist, eigentlich hatte er ein Auge auf *mich* geworfen. Aber ich war doch damals im Keith, und er war sowieso zu alt für mich. Aber es war eine ziemlich aufregende Sache, offenbar. Das hat mir zumindest Madge Kennedy gesagt, die sie beide kannte und mit dem gleichen Schiff wie sie aus Europa zurückkam, wo sie unter ihrem Seehundsmantel nur einen Slip trug.»

«Wer?»

«Virginia. Als sie in Paris nichts mehr von ihm wissen wollte und er ihr alle Kleider fortgenommen hatte, damit sie das Crillon nicht verlassen konnte, hat Madge gesagt. Aber sie ist rausgekommen.» Flora kicherte. «Wir hatten Erfahrung im Hinausschlüpfen aus Hotels, Virginia und ich.»

«Ich habe nie von ihm gehört», sagte Mary und rückte eine Vase zurecht. Es war nicht wichtig, war etwas längst Vergessenes, so vertrocknet wie Preßblumen in einem Album. Aber wiederum wie in tausend anderen Dingen kam sie sich ausgeschlossen vor. Sie fragte sich, wie vieles mehr vor ihr geheimgehalten worden war. Nur ein offener Mund mit ein wenig getrocknetem Speichel in den Winkeln und das stumpfe, aschgraue Haar auf dem Kissen waren da und sagten ihr nichts.

Weshalb dieses Lächeln?»

«Welches Lächeln?»

«Hmmmm, du bist so *petit enfant*, wenn du auszuweichen suchst.»

«Welches Lächeln?»

«Reizend wie das der kleinen Infantin von Velasquez.»

«Also weißt du, ich bin es müde, wirklich müde, immer mit Bildern verglichen zu werden.»

«Gemälden. Bilder gibt's im Kino.»

«Welches Lächeln?»

«Als das Licht anging und wir aufstanden, da habe ich gesehen, wie du dich umgedreht und Jim Davis ein ganz seltsames Lächeln zugeworfen hast.»

«Ach, wirklich?»

«‹Ach, wirklich?›»

«Und dieses Nachahmen, das bin ich auch ziemlich müde. Nun, er hat mich mit hochgezogenen Augenbrauen angesehen – übrigens, ich glaube nicht, daß ich ihn besonders mag, das mit den hochgezogenen Augenbrauen, das macht er ständig –, ich glaube, er wollte mich fragen, was ich von der Show halte.»

«Dem Stück.»

«Dem Stück. Nun, ich wußte nicht genau, was ich davon halten sollte, ich war hin und her gerissen, und ich wollte keine Meinung äußern, und da habe ich einfach gelächelt.»

«Ich kann mich täuschen, aber ich glaube, in diesem Lächeln lag sehr, sehr viel drin.»

«O Gott.»

«Etwa nicht?»

«Nein. O Gott, gibt es wieder eine von diesen Szenen?»

«Du glaubst also nicht, daß du ihn besonders magst. Was heißt das?»

«Was ich sage. Ich mache mir überhaupt nichts aus ihm. Von mir aus könnte er jetzt tot umfallen. Würdest du Arthur bitten, den Kaffee zu bringen, es ist Viertel nach eins, und ich bin müde.»

«Gehst du noch irgendwohin?»

«Nach Hause.»

«Du kannst heute nacht im Turmzimmer schlafen, wenn du willst.»

«Nein, ich will nach Hause gehen.»

«Soso, dann hatte ich also doch recht – wie interessant.»

«Recht womit?»

«Daß wir heute abend ein kleines bißchen gereizt sind.»

«Nicht im geringsten.»

«‹Nicht im geringsten›. Sieh mich doch mal an. Oh, du bist entzückend. Die erregte Madonna, Darling. Willst du wissen, was interessant ist?»

«Nein.»

«Interessant ist, daß du jedesmal gereizt bist, wenn wir Jim Davis in die Nähe kommen, und weißt du, was noch interessanter ist? Barbara fällt das auch auf.»

«Ach?»

«Weshalb sonst hätte sie neulich abends bei Lenore in dieser trostlosen Art zu mir gesagt: ‹Virginia und Jim scheinen viel miteinander gemein zu haben für Leute, die nichts miteinander gemein haben›?»

«Trostlose Art?»

«So kam es mir vor, freilich führt Barbara ein trostloses Leben, weil Jim die ganze Zeit fort ist, bei ihr, aber fort.»

«Läßt du jetzt bitte den Kaffee bringen.»

«Ich weiß, wie das ist.»

Sie blickte vor sich auf den Eßtisch, auf *diese* Bemerkung würde sie *nicht* eingehen.

«Mit jemandem zusammenzusein, der sehr weit fort ist. Doch, das weiß ich.»

«Zwischen mir und Jim Davis ist absolut nichts, ab-so-lut nichts, ist nie gewesen und wird nie sein, so wahr mir Gott helfe, Amen.»

«Dann lach drüber, ja?»

Sie läutete die gläserne Glocke.

«Ich lache drüber, wenn du's auch tust. Mal sehen, wie du lachst, Darling.»

«Oh, hör doch bitte auf.»

«Schön, ich höre auf. Du und Jim Davis, zwischen euch ist weiter nichts, und ich bin der Kaiser von China.»

«Arthur, würden Sie bitte den Kaffee bringen?»

«Ja, Miss Green.»

Als die Tür wieder geschlossen war, sagte er: «Es tut mir leid.»

«Schon gut.»

«Ich bitte dich um Verzeihung.»

«Okay.»

«Glaubst du, daß ich dich um Verzeihung bitte?»

«Ja.»

«Schau mir in die Augen und –»

«O Gott.»

«Ich bitte dich aufrichtig um Verzeihung, Virginia, höchst ehrerbietig.»

Er beugte sich vor.

«Aber –» Jetzt kam es.

Die Hand krampfte sich zusammen, löste sich wieder.

«Ich kann nicht ewig weiterleben in dieser Ungewißheit, in die du mich verbannst, Virginia. Ich habe alles versucht, um nicht zu sehr zu betonen, wie wichtig das für mich ist – daß ich nicht weiß, was du denkst, wenn wir uns am nächsten sind, wenn ich dann nicht eins mit dir bin. Ich habe versucht, deine Unstetigkeit, dein Ausweichen abzutun, deine Brutalität mir gegenüber, manchmal. Mich belastet, daß ich nicht weiß, wo du am Tag bist, mit wem zusammen und was du tust und die Märchen, die du mir bisweilen erzählst, wenn ich dich danach frage. Ich habe versucht, nicht in dein Leben einzudringen, dich dein eigenes Leben leben zu lassen, worum du mich gleich zu Anfang gebeten hattest, aber –

«Raus!» brüllte Tory den Butler an, der mit dem Tablett hereinkommen wollte. Arthur zog die Tür wieder hinter sich zu.

Jetzt traten die Sehnen am Hals hervor.

«Aber ich kann nicht ständig auf Kosten meines Lebens so weitermachen. Und du bist mein Leben, und du weißt es, und trotzdem läßt du mich diese – diese Abkühlung spüren, ich kann es nicht anders nennen, diese Distanz. Es ist nicht nur dieses scheinheilige Getrenntwohnen, dieses Schauspiel in der Öffentlichkeit, das du führst, als hätten wir nichts miteinander zu tun. Aber daß du mich so ausschaltest, das ist mehr, das ist berechnet, das laß dir sagen. Wie bringst du das nur fertig? Weißt du, wie ich mir vorkomme, wenn du mich in der Öffentlichkeit ignorierst? Geschnitten. Abgeschnitten. Abgestorben fühle ich mich dann. Ich sehe beim Essen über einen Tisch zu dir hin und fange deinen Blick auf und lächle, und du blickst fort. So hast du das neulich abends bei Rose gemacht. Ich habe gelächelt, weil ich dir über die anderen hinweg etwas mitteilen wollte, ein ‹Ich liebe dich›, aber du hast dich abgewandt. Ich mußte an mich halten, um nicht vom Tisch aufzustehen und dich in deinem verdammten Saft schmoren zu lassen. Worauf ich hinauswill – was soll aus uns werden? Was für einen Sinn hat das? Denn wenn es für dich keinen Sinn hat, dann hat es für mich ganz gewiß auch keinen, und dann ist es besser, wir machen sofort Schluß. Ich will jedenfalls so nicht weitermachen. Ich bin für diese kindlichen Spiele nicht mehr jung genug. Wenn du mich nicht willst, wenn du nicht willst, daß ich dich liebe, dann sag es um Gottes willen jetzt, sag es mir jetzt ins Gesicht, denn ich halt's nicht mehr aus, ich bin fertig. Dein Schweigen und deine Allüren, davon habe ich genug. Du bist seit dreiundzwanzig Tagen abends nicht mehr zum Schlafen bei mir geblieben, du hast es nicht einmal für nötig befunden, mich anzurufen und mir gute Nacht zu sagen. Ich habe dir gesagt –»

Sein Gesicht verdunkelte sich, und er atmete schwer. Schließlich sprach er mit sanfter Stimme weiter.

«Ich habe dir alles erklärt, damals, in meiner Hütte, vor Monaten, vor sieben Monaten jetzt, damals habe ich dir erklärt, warum – in der ersten Nacht nach dem Streit, nach der Sache mit den Fischen. Damals habe ich es dir gesagt, Virginia. Ich habe dir gesagt, daß ich bis dahin immer nur belanglose Affären hatte, ebenso belanglos wie flüchtig. Aber bei dir war es anders, war es ernst, das habe ich dir gesagt. Und ich habe dir die Wahrheit gesagt. Ich habe dir gesagt, daß es mit dir anders war, fast vom ersten Augenblick an, als wir uns begegneten. Es war mein Fehler, ja, daß ich dich allein gelassen habe, daß ich fortgegangen bin, aber ich habe dir doch damals gesagt und sage es jetzt noch einmal, bitte, glaub mir das, daß ich damals nicht glauben konnte und es auch jetzt noch nicht recht glauben kann, daß mir dies in meinem Alter widerfährt, daß ein so schönes und wunderbares Wesen sich auch nur vorstellen kann, meine Liebe zu erwidern – daß ich einfach Angst hatte, dich zu erschrecken, so daß ich fortgehen und dich allein lassen mußte, bis ich den Mut gefunden hatte, zurückzukehren und –»

Jetzt lag seine Hand über der ihren, es würde bald vorüber sein.

« – und das ist die heilige Wahrheit, ich liebe dich, ich habe dich mehr geliebt als alles andere in dieser fauligen Welt, und ich liebe dich noch und werde dich weiter lieben, bis ich sterbe, und ich bitte dich nur –»

Ich mag nicht, wie er mich ansieht. Laß deine Serviette fallen und beug dich vor und schau, wie er mich anstarrt, dieser miese kleine Typ in dem schmutzigen Regenmantel.»

«Hmmm. Könnte sein. Aber vielleicht starrt er auch nur einfach die Wand an.»

«Ich spüre direkt, wie er mich ansieht.»

«Du bist heute besonders nervös», sagte Luther.

«Warum behält jemand bei fast dreißig Grad in einem Lokal seinen Regenmantel an? Weißt du, wer so etwas tut? Ein Privatdetektiv.»

«Nur im Film.»

«Wer weiß.»

«Aber du trinkst doch nur am hellichten Nachmittag einen Eiskaffee zusammen mit einem alten Bekannten.»

«Es gibt keine alten Bekannten. Männlichen Geschlechts.»

«Ist er so eifersüchtig auf jüngere Männer?»

«Sie müssen nicht unbedingt jünger sein, es müssen nicht einmal Männer sein.»

«Aber warum machst du so etwas mit, kannst du mir das sagen?» Luther sah sie unter seiner unordentlichen Haarmähne heraus an, auf seine direkte Art, der Anwalt, der den Mandanten ins Kreuzverhör nimmt. Einem Menschen wie Luther das Problem Tory Jerome zu erklären, das war einfach zu kompliziert, vor allem bei dieser Hitze. Sie konnte sagen, er sei großzügig, verschlagen, zärtlich, argwöhnisch, tyrannisch, raffiniert und liebenswürdig; Luther würde nur fragen, schön, und *was* ist er nun? Wie sollte sie ihm erklären, daß er sie ansehen konnte mit einem Blick, der ihr das Herz brach, mit einem so verlangenden Blick, daß sie einfach schwach wurde? Er sah einen an wie das kleine Kind, das man draußen im Regen stehengelassen hat, diesen Blick hielt man nicht aus, man mußte die Augen abwenden.

«Ich komme nicht los», sagte sie.

«Herrgott, Virginia, jeder kommt los, wenn er will.»

Gewiß. Sie fächelte sich mit ihrem Palmfächer Luft zu.

«Vielleicht will ich's nicht anders, ich weiß es nicht.»

«Nun, du müßtest es eigentlich wissen, sonst wärst du nicht noch immer mit ihm zusammen.»

«Es gibt viele Arten, wie man nicht loskommen kann.»

«Du meinst», Luther räkelte sich unbehaglich auf dem Stuhl herum, «sexuell?»

«Unter anderem.»

«Was könnte es da noch geben? Was hast du denn für einen Nutzen davon? Du bist schließlich kein Vamp, der auf das Geld eines Mannes aus ist.»

«Ich wollte, ich wär's, dann gäbe es kein Problem, weil dann die Sache gar nicht angefangen hätte.»

«Willst du ihn heiraten?»

«Natürlich nicht.»

Sie lachte. Luther hatte das wirklich im Ernst gefragt. Der liebe Luther. Sie hätte ihm den Kopf tätscheln mögen, er war zum Tätscheln geschaffen mit seiner Sorge um ihr Wohlergehen, nicht auf Torys Art mit Aquamarinen und Ohrringen aus Jade, sondern ruhig und bedacht, als hätte sie Fieber und könnte auf die Idee kommen, in die Kälte hinauszugehen. Tory rückte einem Stühle zurecht, blieb stehen, bis man sich gesetzt hatte, bugsierte einen durch die Drehtür; Luther nahm nicht wahr, daß man nicht mit ihm über die Straße gekommen war, als die Ampel auf Rot schaltete. Doch er war irgendwie zärtlicher, ehrlicher. Wenn man die beiden nur zu einer Person hätte vereinigen können.

Sie waren sich vor etwa einem Monat wieder zufällig über den Weg gelaufen und hatten in einem kleinen Lokal in der Lexington eine Tasse Kaffee getrunken. Fast hätte sie gelogen und gesagt, sie habe leider keine Zeit, so sehr hatte sie verlernt, von sich aus etwas zu unternehmen. Vom ersten Augenblick an glitt das Gefühl von Luthers Fürsorglichkeit über sie wie ein Sonnenstrahl. Nachdem sie sich ihr Tun und Treiben während des vergangenen Jahres erzählt hatten und beide ihrer Freude darüber Ausdruck gegeben hatten, daß es Corinne Baumgartner gelungen war, Loretta endlich mit einem der Simonssprößlinge aus der Weizendynastie Simons zu verheiraten, schwiegen sie eine Weile. Schließlich stellte Luther vorwurfsvoll fest, Virginia sei so mager geworden, so mager, daß er sie kaum wiedererkannt habe. Seine braunen Augen drückten ehrliche brüderliche Sorge aus, und da war sie plötzlich mit der ganzen Wahrheit herausgeplatzt.

Sie dachte, er könnte schockiert sein, wo er so altmodische Anschauungen hatte. Aber er hatte nur zugehört und dann gesagt: «Ich verstehe. Klingt nach einem Typ à la Svengali vom Tennisclub.»

Sie hatten sich dann hin und wieder an seinem vorlesungsfreien Nachmittag in kleineren Lokalen getroffen, an Orten, die nicht von Torys Eliteklan frequentiert wurden, wie Luther es ausdrückte. Dann saß eines Tages in Lebensgröße – eher Überlebensgröße, denn sie quoll fast aus einem narzissengelben Kreppkleid heraus – Mrs. Mortimer im Sunset Grill auf der Third Avenue. Torys «Mort», ein Pastrami auf Roggenbrot in der Hand mit dem fehlenden Finger. Ihr beiläufiger Blick, der durch Virginia hindurchging, mochte ausdrücken, daß es sie nicht im geringsten kümmerte, wenn Virginia sich hinter Torys Rücken mit jungen Männern traf.

Dennoch – als Tory behutsam das Fischmesser hinlegte und fragte: «Was hast du heute gemacht?», war Virginia sich nicht sicher, ob er ihr nicht eine Falle stellen wollte; der Ton war entwaffnend freundlich, das Verhör begann immer mit beschwingter Sorglosigkeit, die Wutanfälle kamen später.

Dann das Weinen, das Flehen.

«Nichts Besonderes», sagte sie.

«Wirklich nichts Besonderes?»

«Ich war im Kino. Laurette Taylor.»

«Aus der habe ich mir nie viel gemacht.»

Luther sagte, an einem Brötchen reißend: «Dann glaubst du also noch immer, daß es eine vorübergehende Sache ist?»

«Ja. Oder eher eine auseinandergehende.»

Er runzelte die Stirn. «Virginia, glaubst du –» Es folgte eine lange Pause.

«Was?»

«Daß du wirklich verliebt bist?»

Sie sagte in hilflosem Ton: «Das muß ich wohl sein, nehme ich an.» Sie konnte es genausowenig erklären, wie man die Farben des Meeres erklären konnte.

Und Luther sah aus, als hätte sie im Zeugenstand ihrem Verteidiger keine Ehre gemacht, er war niedergeschlagen.

Er blickte sich im Café um und sagte: «Er ist fort. Dein Mann im Regenmantel. Du kannst aufatmen.»

«Wahrscheinlich gibt er telefonisch seinen Bericht durch.»

«Sollen wir dann lieber gehen?»

«Davonlaufen? Nein, das nicht. Früher oder später würde ich es doch zu hören bekommen. Ich muß ja wieder zurück.»

«Und wenn du nun einfach nicht mehr zurückgehst?»

Luther in seiner Unkompliziertheit. So müßte man es machen, die Tür steht offen, geh einfach hinaus, ohne dich umzublicken, keine Szenen, kein Lebewohl.

Aber der Anker zog sie fester hinunter als jemals zuvor.

«Eines Tages –» begann sie, aber die Absicht war so kraftlos, daß ihr der Rest auf den Lippen erstarb.

«Ist hier eine Miss Green?» rief eine Kellnerin.

«Siehst du, ich hatte recht.»

«Tu nichts. Bleib sitzen.»

Aber sie war schon aufgestanden, es war ganz automatisch, als wäre Tory in das Café gekommen.

«Miss Green? Sie werden am Telefon verlangt. Gleich links um die Ecke.»

Sie saß eine Minute lang in der Zelle, ehe sie den Hörer abnahm.

«Ja, Tory?»

«Virginia, ich möchte, daß du jetzt heimkommst, bitte.»

«Was soll das? Zapfenstreich?»

«Ich wäre dir verbunden, wenn du jetzt heimkämst.»

«Heim?»

«Hierher, zu mir. Du weißt, was ich meine.»

«Ist das ein Befehl?»

«Wer ist der junge Mann, den du bei dir hast?»

«Um Gottes willen, hast du kein bißchen Stolz?»

«Nicht im Augenblick.»

«Hör mal zu, du müßtest dieser Detektei, die du beauftragt hast, sagen, sie sollen Leute einstellen, die nicht so auffällig aussehen in ihren schmutzigen Regenmänteln.»

«Jetzt hör *du* mal zu», sagte er nach einer Pause, «du bist um sechs Uhr hier, und ich rede kein Wort mehr darüber, das verspreche ich dir. Entweder du bist um sechs hier, oder du kommst gar nicht mehr. Es liegt bei dir.»

Klick.

«Er stellt Ultimaten», sagte sie zu Luther.

Es war, wie er gesagt hatte, die Tür stand offen.

«Inzwischen gehe ich in ein Kino mit Luftkühlung», sagte sie.

«Für mich hört sich der Mann ein wenig verrückt an. Und daß er dich beschatten läßt, das ist Wahnsinn, empörend. Weißt du was, komm doch zu mir und bleib ein paar Tage bei mir, bis er sich abgekühlt hat. Ich habe zwei Wandbetten.»

«Nein, das kann ich ihm nicht antun.»

«Nun, dann ruf mich an, ja, Virginia? Ruf mich morgen an, ja?»

«Ja, ja.»

Sie hatte plötzlich genug von Luthers Anteilnahme und bedauerte fast, daß sie sich ihm anvertraut hatte. Ja, das mit den Wandbetten war lieb, aber Luther gehörte irgendwie nicht in diese Sache hinein, die ihre und Torys Privatangelegenheit war, in der er nichts zu suchen hatte. Sie sah sich einen Film ganz und dann noch einmal zur Hälfte an; die schwachsinnige Handlung erschien ihr wie eine Parodie ihres eigenen Lebens. «Wenn du zu diesem Mann gehst», lautete der Untertitel auf der Leinwand, «gehst du zum Teufel persönlich, Hermione.»

Sie schritt langsam die Park Avenue hinauf.

Es war kurz nach acht Uhr, als Arthur ihr die Tür öffnete.

«Guten Abend, Miss Green.»

Sie sah sich einer Gruppe von Leuten gegenüber, von denen sie die meisten nicht kannte. Er trug einen cremefarbenen Popelinanzug mit einer roten Nelke im Knopfloch.

«Und hier ist Virginia», sagte er ruhig und gelassen.

«Wir bringen alle die Gates zur *Aquitania*», sagte er lächelnd.

Sie wurde herumgeführt und mit den anderen bekannt gemacht. Es war, als wäre, indem er sie bei diesem kleinen Treuebruch ertappt hatte, irgendein böser Geist ausgetrieben worden.

Jetzt wurde er am Telefon verlangt.

«Laß deinen Hut auf», sagte er, «wir fahren gleich.» Sie unterhielt sich uninteressiert mit den Fremden und erblickte dann Mrs. Mortimer, die wie gewöhnlich verlassen in einer Ecke saß. Mrs. Mortimer bedeutete ihr, näher zu kommen, indem sie ihre verschiedenen Kinne hob. Sie war in geranienfarbene Seide gekleidet; bei ihrer schwarzen Seele suchte sie offenbar Trost in leuchtenden Farben.

«Setzen Sie sich einen Augenblick. Ich wollte Ihnen nur sagen, ich war's nicht, der Sie verpetzt hat.»

«Verpetzt?»

«Mr. Neugier hat Sie doch beschatten lassen, nicht? Ich habe ihm mit diesem kleinen Dreckstück telefonieren hören, das er dazu engagiert hat. Ich habe kein Wort gesagt. *Pas un mot.* Ich würde ihm nicht einmal guten Tag sagen. Ich hoffe, Sie haben es ihm gehörig gegeben.»

«Nun –»

«Sie hätten eine Woche nicht mehr kommen sollen, am besten überhaupt nicht mehr.» Morts kleine Augen waren schwarz wie Onyx, sie blies Zigarettenrauch durch die Nase aus. «Ich dachte, Sie hätten etwas Mumm in sich, bis ich Sie da wie ein braves Lamm hereinkommen sah. Welche dumme Ziege tut schon so was, nachdem ihr dieser Kerl einen Schnüffler nachgeschickt hat?»

«Ich.»

«Was werden Sie sagen – ‹Tu das nie wieder, Tory›? Oder gehen Sie nicht mehr mit ihm ins Bett, bis er Ihnen mit dem herzzerreißenden Plüschblick und den Krokodilstränen kommt? Sie sollten ihm ins Gesicht spucken, wenn Sie nach unten spucken können, dem miesen Kerl. O Gott, wenn er auf aufrichtig und verletzt umschaltet, dann könnte ich kotzen.» Mort räkelte sich herum und suchte etwas auf dem Beistelltisch. «Keine Streichhölzer in diesem Haus voller schöner *Objets d'art*, weil er Angst vor einem Brand hat.» Sie zündete sich mit dem Stummel der alten Zigarette eine neue an.

«Ich bitte den Herrn inständig, er soll mich vom Kettenrauchen losbringen. Tory hat angerufen und gesagt, ‹Ich habe nicht genug Leute, Mort, komm doch rüber und hilf mir eine Lücke ausfüllen›. So bin ich jetzt hier und fülle eine Lücke aus. Ich dachte, vielleicht macht mich das Stinktier ausnahmsweise einmal mit ein paar von ihnen richtig bekannt, aber nein. Ich bin nur eines seiner *Objets curieux*, damit jemand fragen kann, wer ist denn das alte Wrack da in dem roten Kleid, und ein anderer sagen kann, ach, das ist die arme alte Mort, die er aus der Klapsmühle geholt hat, als sie keinen Cent mehr hatte und nicht ganz klar im Kopf war und der er eine Wohnung in der West End Avenue verschafft hat und einen neuen Lebensanfang, und da, sehen Sie sie nur an, mopsfidel, die arme alte Schachtel, und er will nie ein Wort davon hören, will nicht, daß die Leute davon erfahren, oh, er ist ein Heiliger, dieser Tory. ‹Das ist eine literarische Gruppe›, sagt er zu mir. Nun, ich will wetten, ich bin belesener als irgendeiner von ihnen.» Mort lehnte sich zurück, trank ihr Glas in einem Zug aus und krächzte: «Fifi, Angelique oder wie Sie heißen, ist noch etwas von diesem schalen Champagner da?»

Sie legte die Hand mit dem fehlenden Finger auf Virginias Oberschenkel und sah sie herausfordernd an.

«Schatz, ich fürchte, Sie sind in großen Schwierigkeiten – und wissen Sie, warum? Ich glaube, er ist verrückt nach Ihnen.»

Sie hob die andere Hand an die Stirn und beschrieb Kreise. «So verrückt. Sonst würde er Ihnen nicht nachspionieren. Total verrückt. Und wenn er so weit ist, auch wenn er sich selbst und Sie später dafür haßt, dann läßt er Sie nicht los, bis er Sie selber auch verrückt gemacht hat. Und was wissen *Sie* schon, wie Sie mit ihm umgehen müssen, Sie sind das arme kleine Häschen zusammen mit Grendel, dem Meeresungeheuer. Ungeheuer.» Ungeheuer. Mort sprach das Wort zärtlich aus, beobachtete, wie Tory ins Zimmer zurückkam, ihre runzligen rotgeschminkten Lippen bewegten sich, sie drehte ihren Kopf, damit sie ihn sah, wie er durchs Zimmer schritt, sie sah ihn an, und der träumerische Blick auf ihrem Gesicht verklärte sie so sehr, daß sie von plötzlichem Licht erfüllt zu sein schien.

Und wie blind konnte man sein, daß man nichts geahnt hatte.

Virginia streckte automatisch die Hand zu Mort aus, doch Mort wich zurück. «Hören Sie zu, Schatz, machen Sie sich nichts vor, Sie kennen ihn noch überhaupt nicht. Ich kenne ihn. Ich kenne ihn inwendig und auswendig vom Scheitel bis zur Sohle.» Asche fiel ihr über die Hängebrüste. Sie wischte sie fort und richtete noch mehr Unheil an, als wollte sie das Kleid verderben, lachte, knurrte und sagte: «Ich muß es schließlich wissen. Ich war mit dem Ungeheuer verheiratet.»

Mort wischte sich die Augen und wedelte den Zigarettenrauch fort, der ihr in den Augen brannte, daß sie tränten. «Sagen Sie ihm nicht, daß ich Ihnen das gesagt habe, sonst kratze ich Ihnen die Augen aus. Es hat sowieso nur acht Monate und fünf Tage gedauert. Aber sehen Sie sich vor.»

Sie zündete sich wieder am Stummel der alten eine neue Zigarette an.

Tory war auf sie zugetreten. «Wir fahren.»

«Macht's gut», sagte Mort. «*Bon voyage*, wer's auch immer ist. Was für eine entzückende Gesellschaft. *Quel littéraire*. Kann mich gar nicht erinnern, wann ich mich schon mal so gut unterhalten habe.»

Eine ganze Flottille von Packards wartete schon, die Gates wurden in Toryschem Stil eingeschifft. Auf dem Weg zum Hafen zeigte er sich von seiner charmantesten, aufgeräumtesten Seite, war der vollendete Causeur gegenüber Naomi und Hugh Gates, so daß er zumindest besänftigt, im besten Falle wegen ihrer Rückkehr in Hochstimmung war.

Was wissen *Sie* schon, wie Sie mit ihm umgehen müssen?

Er war allen anderen voraus, das mußte man ihm lassen, er meisterte Probleme mit rascher Ablenkungstaktik und hatte die Situation im Griff. Die Gates wurden unter seiner persönlichen Aufsicht durch die Paßkontrolle geschleust, man grüßte und nickte, als wäre er der Präsident der Cunard Linie, sie wurden alle über die Gangway für Passagiere erster Klasse zum Salon hinaufeskortiert, wo der vorausexpedierte Champagner schon auf sie wartete.

Als hätte er eine Filmkomparserie angelockt, hatte sich bereits eine Menge versammelt, zum größten Teil, wie Virginia vermutete, ungebetene Gäste, die sich gewöhnlich beim mitternächtlichen Auslaufen eines Schiffes einfanden, sich unter die wirklichen Abschiedsgäste mischten und da und dort einen kostenlosen Drink ergatterten; diese Mädchen mit den harten Gesichtern und den flitterbesetzten Kleidern und diese jungen Männer, die nicht wußten, was sie mit ihren Hüten anfangen sollten und sie deshalb aufbehielten, waren bestimmt keine guten Freunde oder Bekannte der Gates'.

«Fahren Sie mit?» fragte sie ein Mädchen mit Bubikopffrisur in grünem Paillettenkleid.

«Ja, natürlich. Nach Staten Island.»

Stewards schoben sich mit Blumen vorbei. Tory war irgendwo in der Menge der Gäste verschwunden. Sie trank Champagner, an die Tür gelehnt, und hoffte, man werde bald «Alle Besucher von Bord» rufen. Sie bekam Kopfschmerzen von dem Champagner, da sie nichts zu Abend gegessen hatte, bekam Kopfschmerzen von den irren Ereignissen des ganzen Tages – Mort mit ihren Offenbarungen, die kleinen Männer in schmutzigen Regenmänteln, ihre eigene Unterwürfigkeit. Wenn du zu diesem Mann gehst, gehst du zum Teufel persönlich, Hermione.

Sie hätte gerne die Schuhe ausgezogen. Sie war hinten und vorn eingekeilt von den Menschen, die teuren Champagner hinunterschlabberten, als wäre es Limonade.

Schließlich ertönten die Gongs. Die Horde wurde zusammengetrieben, ging aber noch nicht. Endlich kam die Durchsage, daß dies der letzte Aufruf an alle sei, die nicht zu den Passagieren zählten. Die Horde wurde kleiner. Jemandem fehlte die Brieftasche, ein Mantel war nicht aufzufinden. Die Gates verabschiedeten sich mit Küssen von Tory, bedankten sich bei ihm, er war der tollste Bursche, den es gab.

Die Gates traten auf die Kajütentreppe hinaus. Gingen sie aufs Deck hinauf, um zu winken?

«*Bon voyage*», sagte Virginia zu ihnen, «gute Reise.» Aber sie sahen sie verständnislos an, als gälte ihr Wunsch anderen, die hinter ihnen standen. Sie verschwanden.

«Sollten wir nicht gehen?» fragte sie Tory. Er stand da, das Champagnerglas in der Hand; er schien ein wenig benommen, lächelte sie etwas abwesend an, rührte sich aber nicht.

«Komm», sagte sie. «Wir müssen von Bord. Wir wollen doch nicht bei Sandy Hook ausgeladen werden. Das ist mir einmal passiert, und dabei sind sie nicht allzu höflich.»

«Nicht allzu höflich?»

«Komm jetzt. Du hast dich doch von den Gates verabschiedet.»

Oder war sie es, die benommen war, betäubt von zuviel Champagner und den Ereignissen? Dämmerte ihr etwas?

«Von den Gates?» sagte er mit etwas schwerer Zunge. «*Wir* sind die Gates, Darling.» Der laute Sirenenton der *Aquitania* räumte mit den letzten Resten ihres Nichtbegreifens auf. Sie sind das arme kleine Häschen mit dem Meeresungeheuer. Vor einiger Zeit hatte er einmal beiläufig gesagt: ‹Vielleicht fahren wir im Herbst kurz nach Paris, ich möchte, daß du einmal im Leben die Sainte Chapelle siehst, also besorge dir einen Paß, so etwas kann man immer gebrauchen›.

Sie blickte sich um. Ihr Reisepaß lag auf dem Louis-quinze-Tisch neben dem seinen. Er besaß natürlich einen Schlüssel zu dem Apartment, das er für sie gemietet hatte.

Er hatte das Ausführen eines Vorhabens zur Kunst entwickelt.

«Es sei denn, du bist *nicht* zu mir zurückgekommen. Du schaffst vielleicht gerade noch den letzten Landungssteg. Wenn du springst.»

Aber es war schon vorbei, was immer geschehen würde, war schon vorbei. Sie war wie jemand, der im Zug mit dem Rücken zur Lokomotive sitzt, alles, was vorüberflog, war schon vorbei.

«Warum?» fragte sie. Als ob das wichtig gewesen wäre.

«Ich wußte nicht, was ich sonst tun sollte», sagte er.

Abend

Ich muß aufpassen, daß mein Schürzenkleid nicht naß wird, sagte sie und watete in den Fluß hinein. Das Wasser war warm, und die Steine waren hart wie Diamanten; winzig kleine Fische streiften an ihren Beinen vorbei. Da erblickte sie das kleine Mädchen, das auch ein gefälteltes Schürzenkleid trug und etwa in ihrem Alter war, sieben Jahre. Ja, sie war genau die kleine Freundin, die sie sich immer gewünscht hatte. Wer bist du? fragte sie das Mädchen. Ich bin Mary, antwortete das Mädchen lächelnd. Ich bin Veronica, sagte sie, denn im Augenblick konnte sie sich nicht an ihren richtigen Namen erinnern, aber er klang so ähnlich. Ich bin so froh, daß ich dich getroffen habe, sagte sie, und sie umarmten sich, und Mary legte den Kopf an ihre Schulter, und die kleinen Fische schwammen zwischen ihren Beinen hindurch, silbern und rot. O Mary, ich bin so froh, daß du gekommen bist, sagte sie. Jetzt können wir zusammen spielen und uns Geheimnisse erzählen und die besten Freundinnen sein. Alles um sie her leuchtete in bunten Farben, und sie war glücklicher als je in ihrem Leben. Laß mich dir einen Kuß geben, Mary, sagte sie. Aber Mary riß sich von ihr los und sagte, du bist nicht meine beste Freundin, du bist eine Schwindlerin, das ist schlimmer als ein Dieb, und du bist auch eine Diebin, das wissen alle. Sie war häßlich und runzelte die Stirn und wurde immer größer, bis sie so groß war wie ein Erwachsener und auch älter aussah, schon graues Haar bekam und auf einmal eine Hornbrille trug. Oh, du bist *meine* Mary, sagte Virginia, enttäuscht darüber, wie sie sich entwickelt hatte. Mary packte sie an der Hand und zog sie mit sich durch das scharfe Riedgras. Du hättest im Wasser nicht deine guten Schuhe anbehalten sollen, sagte sie, aber Mary riß sie nur ungeduldig mit sich fort. Sieh, was du getan hast, sagte Mary immer wieder. Was für ein Schlag, was für eine Enttäuschung. Keine liebe kleine Freundin, sondern Mary. Oh, ich wollte dir so gerne ein Geheimnis erzählen, sagte sie. Aber jetzt ist alles verdorben. Sie blickte zu der stirnrunzelnden Mary auf. Es war gar nicht Mary, es war sie selbst, die sich ungeduldig fortzog.

Der Zug aus Lissabon brauchte seine Zeit, hielt an allen möglichen Vorortstationen, und schon lange vor Estoril fragte sie sich, warum sie im gesetzten Alter von zweiundfünfzig Jahren diesen verrückten Ausflug unternommen hatte und noch einen Kuchen von Fauchon mitbrachte, obwohl er sich am Telefon gar nicht so begeistert angehört hatte. Das wäre sehr lieb von dir, hatte er gesagt, sehr lieb von dir, hatte Tory gesagt, wenn es wirklich Tory gewesen war, die Verbindung war sehr schlecht. Sie hätten gerade ein Gewitter, hatte er erklärt. Hallo, hallo, bist du noch da? hatte sie immer wieder in die Pausen und das Knistern und Knacken hinein gerufen. Ich habe vor, von Lissabon aus nach Hause zu fliegen. Bist du noch da? Wer *ist* denn da? hatte die Stimme gefragt. Virginia. *Virginia.* Oh, Virginia, hatte er gesagt, wie geht es dir? Als sie aufgehängt hatte, war sie schweißnaß gewesen.

Als sie in Estoril ausstieg, lag die Bucht von Cascais in einem grauen Dunst- und Regenschleier. Am Bahnhof war kein Taxi, doch auf ihre Rufe und Gesten hin – Grand Hotel? Grand Hotel? – wies ihr eine untersetzte portugiesische Hausfrau den Weg – gleich hinter dem Casino, nicht weit.

Obrigado, sagte Virginia und stapfte los, mit dem Fauchon-Kuchen unter dem Regenmantel.

Der Besuch bei Charley und Thelma war jedesmal nervenaufreibend. Einmal brüllten sie sich an, einmal sprachen sie kein Wort miteinander, und ihre Wohnung in der Rue Louis Courrière (kein einziger Taxifahrer in Paris schien die Straße zu kennen; sie holten ihren Stadtplan heraus und fluchten) war eng und dunkel und ging auf einen düsteren Hof voller streunender Katzen hinaus. Als sie feststellte, daß sie für sie ihr Schlafzimmer freigemacht hatten und selbst auf der Ausziehcouch schliefen, meinte sie vorsichtig, sie könne wirklich sehr gut in ihrem üblichen kleinen Hotel am Quai Voltaire unterkommen. Thelma sagte beleidigt: «Freilich, wenn du nicht bei uns wohnen *willst.*» Thelma wirbelte um sie herum, brachte ihr blasigen *Café au lait* ans Bett und verkündete jedem laut am Telefon, nein, sie könnten leider dieses und jenes nicht unternehmen, ‹weil Mutter bei uns ist›. Wenn Charley beruflich außer Haus war, mußte sich Virginia Thelmas lange Klagelieder über ihn anhören, und wenn Charley

Virginia beim Einkaufen begleitete (nein, nein, ich tu das gern, du wirst ja überall übers Ohr gehauen, wenn du nicht französisch sprichst, und außerdem habe ich nur etwas von dir, wenn wir hier im Freien sind), hörte sie den Monolog von seinem unerträglichen Leben mit Thelma. Als sie das wieder einmal schweigend einige Straßen lang hatte über sich ergehen lassen, hielt sie es nicht mehr aus und blieb auf dem Boulevard Saint Germain plötzlich stehen. «Oh, warum trennt ihr euch nicht?« Trennen? Charley blickte sie an wie vom Donner gerührt.

Sie hatte Angst vor den Abenden, wenn sie zu Hause aßen. Da sie nur wenig trank, mußte sie dasitzen und an ihrem Wein nippen, während die beiden hochprozentigen Wodka tranken, bis Thelma um zehn Uhr – und nie eine Minute früher – sich aufraffte und hinausstolperte, um das Essen zu machen. In der winzigen Küche ließ sie Töpfe fallen und stieß Sachen um; blauer Rauch erfüllte bald die Wohnung, und die *Haute Cuisine*, die sie so sehr rühmten, stellte sich als nicht so ganz *haute* heraus.

Im letzten Augenblick sah Virginia, daß der Topf mit Bouillabaisse, den Thelma zum Abkühlen auf den Dreifuß gestellt hatte, gleich umkippen und sich über den Pudel ergießen würde, der daneben auf dem Boden lag, und sie konnte den Pudel gerade noch an sich reißen, während der Topf herunterfiel und ihre Beine mit kochend heißem klebrigem Zeug bespritzte. Anstatt ihrer Wut in lauten Vorwürfen Luft zu machen (kannst du nicht einmal etwas *richtig* hinstellen, und warum habt ihr den Hund in der Küche, wo schon sowieso kaum Platz ist), sagte sie zu ihrem eigenen Erstaunen – die Worte kamen wie ohne ihr Dazutun heraus –: «Ich will Tory sehen.»

«Ich will Tory sehen, bevor er stirbt», sagte sie voller Zorn auf Charley und Thelma und ihre alkoholumnebelte Gedankenlosigkeit anderen gegenüber, den Hund eingeschlossen. Tränen so heiß wie die Bouillabaisse brannten ihr in den Augen. «Ich fahre am Samstag», sagte sie trotzig. «Wie kann man ein Ferngespräch anmelden? Ich fahre über Lissabon nach Hause.»

«Aber wir wollen doch am Samstag nach Longchamps.» Charley warf ihr seinen empörten Blick zu, das eine Augenlid zuckte, denn wer war dieser Tory? Hatte sie da etwas geheimgehalten?

«Nein, nein, ich muß hin.» Sie benahm sich lächerlich, wedelte mit den Armen und hätte fast mit dem Fuß aufgestampft. Sie starrten dieses launische Kind verblüfft an.

«Ich muß ihn sehen, er ist fast achtzig, und er ist arm und allein.» Sie setzte sich ans Telefon und rührte sich nicht von der Stelle, bis Charley die Verbindung nach Estoril zustande gebracht hatte.

Auf dem Flughafen Orly sagte Charley: «Ich will ja meinetwegen nichts sagen – daß du fünf Tage früher als vorgesehen von mir fortgehst –, aber Thelma gegenüber war es schon sehr unhöflich. Thelma hat sich sehr viel Mühe gemacht.»

Die Passagiere für den Flug 206 der Air France nach Lissabon wurden aufgerufen.

«Doch, das muß ich sagen, wo Thelma schon Wochen voraus Menüs geplant hatte – daß du da so einfach zu einem Mann fliegst, von dem wir nie gehört haben.» Charley blickte immer wieder zu einem blassen Jüngling hinüber, der schlaff-lässig am Check-in-Schalter lehnte, eine Gauloise zwischen gekräuselten Lippen. Gewiß erfuhr Thelma später, daß sich der Abflug um eine Stunde verzögert hatte.

«Na schön, amüsier dich gut mit deinem alten Romeo», verabschiedete sich Charley mit seiner schallenden Lache.

Im Foyer des Grand Hotel Estoril fielen ihr der schmutzig imitierte Marmor und ein Sammelsurium von Plastikstühlen auf. Sie stellte sich als Virginia Green vor, denn als Mrs. Brett kannte er sie ja nicht. «Sieben A», sagte der Mann an der Rezeption, ohne aufzublicken, und blätterte mit seinen nikotinbraunen Fingern in einem Magazin. Der Fahrstuhl war wie eine kleine dunkle Gefängniszelle, und auf dem Flur roch es nach einem süßlichen Desinfektionsmittel, das sie leicht benommen machte. Es fehlte nicht viel und sie hätte den Kuchen einfach auf die Schwelle gelegt und wäre wieder zur Tür hinausgegangen und zum Zug, um den Staub von dreißig Jahren nicht aufzurühren, so wie sie damals in Paris aus dem Crillon hinausgeschlichen war mit nichts als dem Schlüpfer unter dem Seehundsmantel und der Tasche mit Paß und Fahrkarte in der Hand.

Sie war nicht mehr der gleiche Mensch. Wäre sie damals so gewesen, wie sie sich jetzt einschätzte, ausgeglichen und objektiv, wäre sie vielleicht in der Lage gewesen, seinem Besitzanspruch zu widerstehen, seiner Eifersucht, die so maßlos war, daß sie im Maxim nur einmal das Gesicht zum Spiegel zu wenden, sich nur einmal ans Haar zu fassen brauchte, um sich vorwerfen zu lassen, sie wolle sich mit Monsieur X verständigen, der ihr schon den ganzen Abend heimlich Zeichen gegeben habe.

Die letzte, allerletzte Qual dauerte drei Tage, bis er schließlich ihre Kleider in seinen Schiffskoffer einschloß und aus dem Hotel rannte, wobei er glücklicherweise ihren Seehundsmantel vergaß.

Von Zeit zu Zeit erinnerte sie sich mit heimlichem Genuß an den Aufruhr dieser Tage und Nächte der unverhüllten Leidenschaft. Jetzt in den ereignislosen Tagen des mittleren Alters watete sie in ihrer lauwarmen Lagune und dachte an die Stürme ihrer Jugend.

«Wer ist da?»

«Virginia.»

Kaum hörbare Schritte hinter der Tür, dann die Stimme.

«Wer ist da?»

«Virginia Green, Tory.»

Eine Kette wurde gelöst, das Schloß drehte sich herum.

War er kleiner, wurde die Vergangenheit immer kleiner, schrumpften die großen Herrenhäuser zu Häuschen zusammen? Er sah aus wie ein alter kleiner Junge. Die Alabasterhaut und das schneeweiße Haar – er hätte durch ein Mehlsieb geblasen worden sein können.

Er sah sie an mit jenem abschätzenden Blick, den sie so gut kannte, das Kinn angehoben, die hellblauen Augen auf sie gerichtet, sie musternd, während sie in der Tür stand, die Kuchenschachtel in der Hand. War es möglich, daß er sie nicht hereinbat? Hatte sie ihn so sehr gedemütigt, daß er ihr das nach dreißig Jahren noch übelnahm? Er beugte sich ein klein wenig vor, und sie sah, daß er kurzsichtig war und sie im trüben Licht des Flurs nicht erkannte.

Endlich lächelte er, sein Gesicht zuckte.

«Virginia.»

Er trat zur Seite.

«Warum hat man dich nicht angemeldet? *Entrez.*»

Und er hatte sie erwartet, die ganze Atmosphäre war erfüllt von Erwartung, er hatte dagesessen und auf sie gewartet, in seinem perfekt gebügelten blauen Leinenanzug mit dem dunkelblauen Paisley-Tuch in der Brusttasche, das Haar sorgfältig gekämmt und gebürstet, von einem Hauch Chanel umgeben. Sie neigte sich vor, um ihn auf die Wange zu küssen, aber er wandte sich um, schloß die Tür ab und hängte die Kette wieder vor, und dann ging er ihr voraus durch einen winzigen Flur, etwas steif, aber hoch aufgerichtet, in ein kleines Wohnzimmer, wo ein dunkelroter Vorhang wohl einen Alkoven mit einem Bett verbarg. Sie sah nur ein, zwei kleine Möbelstücke, die sie aus der großartigen Wohnung in der Park Avenue kannte.

«Leider», sagte er, «ist die Natur gegen uns, und du kannst meinen herrlichen Ausblick nicht genießen. Ich habe den herrlichsten Ausblick in Estoril.»

In der Tat war die Bucht von einem dünnen Regen verhangen. Virginia schaute durch die Flügelfenster auf einen winzigen Balkon, auf dem zwischen Geranientöpfen zwei Aluminiumstühle standen.

«Und da, schau», sagte er und deutete auf einen burgähnlichen zinnenbewehrten Turm, «ich sehe hinunter auf das vieltürmige Camelot.» Er lachte leise auf. «Doch wie bei der Lady von Shallott ist der Fluch über mich gekommen. Aber du kannst dir vorstellen, wie es aussehen kann?»

«Ja, ja, natürlich.»

«Meine Bekannte, die Marquesa de Chevas, die ein großartiges Haus in Sintra hat, sagt immer wieder: ‹Oh, Tory, ich wohne ja sehr schön, aber ich habe nicht Ihren Ausblick›.»

«Ja, das hast du wirklich.»

«Und solche Sonnenuntergänge. Wagnerianisch. Und da, da ist der Bahnhof. Ich sitze da draußen und beobachte die Sonnenuntergänge und die kleinen Züge, die vorbeifahren. Und ich steige in keinen mehr hinein. Ich war seit über fünf Jahren nicht mehr in Lissabon. Jetzt setz dich bitte, Virginia.»

Sie setzte sich in einen der zwei ganz kleinen Lehnstühle.

«Ich habe dir einen Kuchen von Fauchon mitgebracht.» Sie reichte ihm die Schachtel.

«Von Fauchon, wie herrlich. Hat er das weiße F aus Zuckerguß darauf? Ist der Laden noch immer in der Nähe der Madeleine? Ich tue ihn in meine kleine Speisekammer.»

Er ging langsam durchs Zimmer und öffnete die Tür zu einem kleinen Badezimmer, in dem sie einen Gaskocher und ein kleines Bücherregal mit Konservendosen und Gläsern erblickte.

«Voilà.» Er machte eine kleine Handbewegung. «Meine Speisekammer. Earl Grey Tea. Englische Konfitüre. Fortnum and Mason, Harrods. Die guten alten Freunde sind lieb, zu lieb. Hättest du gern eine Tasse Tee, Virginia? Der Topf ist im Nu warm.»

«Nein, vielen Dank, Tory.»

Er schien erleichtert, schloß die Badezimmertür und nahm ihr gegenüber Platz.

Er hatte einige Mühe, seine Beine übereinanderzuschlagen.

«Man kümmert sich hier fast zuviel um mich, weißt du. Ich muß sogar manche Einladung ablehnen, sonst hätte ich keinen einzigen Abend für mich.» Er deutete zum Kaminsims hin, auf dem eine ganze Galerie von Einladungskarten aufgebaut war, einige davon mit eingeprägtem Kronenwappen. Sie sahen irgendwie aus, als würden sie täglich abgestaubt.

«Partys, Abendessen. Die halbe im Exil lebende Fürstlichkeit der Welt hat sich in und um Sintra und Cascais herum angesiedelt. Dies ist das einzige Land, das sie sich leisten können, genau wie ich. Ich habe auch alles verloren, weißt du – du hast doch davon erfahren?»

«Ja, ich habe davon gehört.»

«Mit den Gemälden konnte ich einigen Schaden auffangen. Das hatte mir alles so viel bedeutet, aber zum Schluß war es kaum noch etwas wert, und niemand hat sich darum geschert, ich am allerwenigsten.»

All der Glanz – er blickte verächtlich, so wie er früher eine falsch gefaltete Serviette angesehen hätte. Und damals hatte er sich einmal für eine im Wald gefundene alte blaue Flasche begeistert.

«Weißt du noch, wie du mich zu deinem kleinen Haus in Connecticut mitgenommen hast?»

Er winkte mit seinen tadellos manikürten Händen ab, als verscheuche er eine Fliege.

«Alles vorbei.»

Er drehte sich zum Fenster herum. «Hast du meinen kleinen Garten schon gesehen?»

«Ja, sehr hübsch.»

«Die Marchesa möchte, daß ich zu ihr in das elegante Haus ziehe und mich um das Grundstück kümmere. Aber weißt du, Vir–» er hielt inne und runzelte die Stirn «– ginia, ich fühle mich glücklich hier in meinem kleinen Nest, und sie ist recht ermüdend. Die Leute gehen mir jetzt leicht auf die Nerven, und mein kleines Nest ist doch ganz nett, nicht? *Comme il faut*, findest du nicht?»

«O ja, doch. Und du hast alles, was du brauchst.»

«Oh, ich habe alles, was ich brauche.» Das klang ein wenig verärgert. «Man kümmert sich fast zuviel um mich. Das Stubenmädchen, Anna, macht mir schon seit fünfzehn Jahren das Bett und putzt. Ich habe alles, was ich brauche, und meinen Ausblick, nein, ich würde hier nie ausziehen.»

«Nein, natürlich nicht.»

Sie schienen ihre Gesprächsthemen schon erschöpft zu haben; er starrte in den Regen hinaus.

«Und wo wohnst du?» fragte er. «Dein Anruf kam aus Paris – wohnst du dort?»

«Nein, nein, ich habe meinen Sohn und meine Schwiegertochter besucht, ich wohne in New York.»

Er verzog das Gesicht. «Oh, in New York, wirklich? Ich könnte heute nicht in New York leben, das muß ja gräßlich sein, wie ich höre. Ich könnte diese Hetze und den Lärm nicht ertragen. Wie mir Henri de Bretville sagt, wird man von Taxifahrern regelrecht beleidigt, das würde ich nicht aushalten. Grobheit ist mir zuwider, und ich weigere mich, Szenen zu machen, ich habe nie in meinem Leben Szenen gemacht, das darf ich wohl sagen. Ich bin hier in einem mir entsprechenden geistigen Klima.» Er beugte sich vor und hob einen Finger in die Höhe. «Ich stehe mich sehr gut mit dem Exkönig von Italien.» Er strahlte.

«Das freut mich für dich, Tory.»

«Er achtet noch auf Formen beim Dinner. *Weiße Krawatte.*»

Sie blickten vor sich auf den abgewetzten Teppich.

«Dein Sohn – was macht er?»

«Er ist Fotoreporter bei *Life*.»

Life, sagte Tory, sei voll von sinnlosen Dingen, und die Reporter gingen ständig auf eine Party für eine Giraffe oder den Schah von Persien oder berichteten von ähnlich lächerlichen Vorkommnissen. Er schien sich darüber zu ärgern, daß sie den Gedanken an *Life* in sein stilles Eden gebracht hatte.

«Amerika scheint heute schrecklich zu sein, ungebildet, die Männer tragen keinen Hut mehr auf der Straße, Filmstars mit riesigen Busen, Habgier, Gewalttätigkeit. Ich habe es gekannt, als es stolz auf sich war. Aber jetzt –»

Es klopfte an der Tür, und er sprang auf und eilte durch das Zimmer, über den Niedergang und Sturz Amerikas so erregt, daß er wieder zu einem Sechzehnjährigen wurde. Er ließ eine Frau mittleren Alters mit ausdruckslosem Gesicht eintreten, die Tücher über dem Arm trug. Offenbar das Zimmermädchen.

«Kommen Sie herein, Anna. Ich habe Besuch, aber das macht nichts. Das ist meine Anna, Virginia, die sich um mich kümmert *comme une mère*.»

Anna ging an ihm vorbei wie eine Wärterin. Sie legte die frischen Tücher ins Badezimmer und nahm die alten mit. Dabei sagte sie in kehligem Portugiesisch etwas zu ihm, das wie ein Vorwurf klang.

«*Sim, sim*», sagte Tory. «*Boa tarde*, Anna.»

Er setzte sich wieder. «Am Samstag hat sie früher Schluß, die Ärmste, ist völlig überarbeitet. Ihr Amerikaner könnt euch das gar nicht vorstellen, daß man hier ein Zimmermädchen für zehn Dollar im Monat kriegt. Aber natürlich gebe ich ihr auch Sachen, die ich nicht mehr brauche. Ihr Sohn bekommt meine abgetragenen Anzüge.»

Sie empfand es zunehmend stickiger in dem Zimmer – das lag zum einen an den geschlossenen Fenstern, zum anderen an dem beklemmenden Gedanken, daß sie nicht fragen konnte, wie es X ging oder ob er noch einmal etwas von Y gehört habe. Weil sie wahrscheinlich alle schon seit Jahren tot waren. Sie beugte sich vor und schnipste einen Dreckkrümel von ihrem Schuh.

«Weißt du noch, wie du mich auf die *Aquitania* entführt hast?» Sie rang sich ein Lachen ab. «Ich dachte, wir begleiten andere Leute an Bord. Du warst immer sehr erfinderisch.»

Er schaute sie mit leeren Augen an. Nein, das konnte er doch nicht vergessen haben.

«Das einzige, was mich ein wenig beunruhigt, ist die Wasserleitung.»

Sie fragte sich, ob er vielleicht schwerhörig war und zu eitel, um ein Hörgerät zu benutzen.

«Im Sommer trifft nachmittags die Sonne genau auf die Wand meines Badezimmers, und die Rohre laufen in der Außenwand, so daß die Kaltwasserrohre kochend heiß werden. Aber ich weiß mir da zu helfen, ich lasse die Wanne vollaufen, und dann stelle ich meinen Wecker und stehe um drei Uhr morgens auf und nehme ein schönes kühles Bad. Da kann man auch ziemlich sicher sein, daß nicht gerade das Telefon klingelt. Doch, ein Bad morgens um drei hat schon seine Vorteile.»

«Davon bin ich überzeugt.»

Konnte es sein, daß dieser höfliche und zurückhaltende alte Herr, der sich über kühle Bäder ausließ, einmal der besessene, eifersüchtige Liebhaber gewesen war, der sie durch Detektive hatte beschatten lassen? War dies der Mann (Sah er tatsächlich auf seine Uhr? Er kratzte an einem Fleck auf seiner Manschette), der sie mehr als irgendein anderer besessen hatte? Das Unmittelbare, das Auflodernde zwischen ihnen, das Flüstern im Dunkeln, die flehentlichen Bitten, ihn zu lieben, sein Ausweichen in eisige Kälte, in der er nicht zu erreichen war, dann die Festlichkeiten nach der Versöhnung, die Ekstasen und Qualen, dann das explosionsartige Ende in Paris. Aber er hatte ihr Wertvorstellungen beigebracht, hatte gesagt, lach nicht zusammen mit Narren, hatte gesagt, konzentriere dich immer auf das Wichtigste, reg dich nicht über Nebensächliches auf, trag keine blassen Farben, hör immer zu.

«Eines hätte ich gern gewußt», sagte sie mit etwas lauterer Stimme. «Das habe ich mich immer gefragt: Wenn ich an jenem Abend *nicht* zurückgekommen wäre, was hättest du dann gemacht? Wärst du auch ohne mich gefahren?»

«Gefahren?»

«Mit dem Schiff.»

«Oh.» Er wandte den Kopf ab und sah sie dann wieder an. Auf einmal war wieder der hochmütige Blick in seinen Augen, das Funkeln. «Aber du *bist* doch zurückgekommen.»

Soviel dazu.

Die Stahltür zwischen ihnen ging auf und knallte sofort wieder zu.

«Ich darf meinen Zug nicht verpassen», sagte sie. Es waren noch zwanzig Minuten, bis ihr Zug fuhr, und er mußte es ja wissen, weil er den ganzen Tag die Züge vorbeifahren sah. Sie sagte, während sie aufstand, sie fliege am nächsten Morgen sehr früh und müsse in Lissabon noch einiges erledigen.

Er blieb sitzen und blickte auf die regenverhangene Bucht hinaus.

«Nun, ich hatte doch ein gutes Leben», sagte er völlig unvermittelt. «Ich will mich nicht beklagen, weißt du. Und ich hatte jemanden, der mich geliebt hat. Das hat nicht jeder.»

Sie glaubte einen Augenblick lang, er sei aufgestanden, um ihr einen Kuß zu geben, er kam auf sie zu, ging aber dann zu einem kleinen Tisch, kramte in einer Schublade und holte schließlich eine verblaßte Fotografie heraus: ein schönes, dunkeläugiges Mädchen mit einer üppigen Figur und der kunstvollen Frisur der späten neunziger Jahre.

«Erinnerst du dich an Gertrude?»

«Nein.»

«Mort? Mrs. Mortimer?»

Sie konnte es kaum glauben. Die dicke alte Mort, die Gift und Galle gespien, ihn Abschaum der Menschheit, Ungeheuer genannt hatte. Und sie war einmal jung und hinreißend gewesen. «Als sie zu mir zurückkam, da kam sie zurück nach dieser schrecklichen zweiten Ehe, die sie eingegangen war. Wir waren verheiratet gewesen, weißt du, ganz kurz. Nun, als sie zurückkam, habe ich ihr eine kleine jährliche Lebensrente ausgesetzt, und stell dir vor, als sie starb, hat sie mir alles vermacht, bis auf den letzten Cent, plus Zinsen.» Er sah das Foto an, sein Mund zuckte. «Natürlich hatte sie keine Angehörigen, aber sie hätte das Geld ja auch einem Heim für Hunde und Katzen hinterlassen können. Ich weiß, es war nicht aus Dankbarkeit oder aus Mitleid mit mir. Liebe ist etwas Außergewöhnliches, Vivienne.»

Er nahm die Kette von der Tür und schloß auf.

«Ich bin jetzt in meinem hohen Alter davon überzeugt, daß es auf der Welt nur eine Sünde gibt: nicht zu lieben.»

Er wartete höflich an seiner Tür, bis der Aufzug kam.

«Gute Heimreise», rief er ihr nach.

Sie sagte zu Luther (sie konnte sich nicht mehr erinnern, wo und wann das war), daß sie ihm etwas zu gestehen habe – sie hoffe, nach all den Jahren werde er deswegen nicht beleidigt sein, schließlich sei es wirklich lustig. Es ging um die erste Nacht, in der sie miteinander geschlafen hatten, bevor sie heirateten. In dieser kleinen Wohnung zwischen der Zwanzigsten und Dreißigsten Straße West, in die er gerade eingezogen war, da war sie mitten in der Nacht aufgewacht und hatte ihn leise auf der anderen Seite des Doppelbettes atmen hören – und da hatte sie sich doch um alles in der Welt nicht erinnern können, mit wem sie da zusammen im Bett lag. Na ja, sie hatten einige Cocktails und zum Abendessen einen schweren Burgunder getrunken. Aber trotzdem, mitten in der Nacht aufzuwachen und sich nicht mehr erinnern zu können, mit wem man im Bett lag. Sei ehrlich, sagte sie, ist dir das schon mal passiert?

Der Tag, an dem die Armee aus irgendeinem absonderlichen Grund mitten in den friedlichen dreißiger Jahren beschloß, New York in einen riesigen Rauchvorhang einzuhüllen, und das Unternehmen wegen zu starken Winds fehlschlug, war auch ein Tag anderer fehlgeschlagener Unternehmungen.

«Warum machen sie nur so etwas?» fragte Virginia.

«Sollte es jemals wieder einen Krieg geben, hätten feindliche Flugzeuge Mühe, uns zu finden. So werden die Deutschen oder die Patagonier oder wer immer sehr schnell erfahren, daß sie es mit dem guten alten amerikanischen Einfallsreichtum zu tun bekämen.» Luther begeisterte sich für die Übung der Armee (geradeso wie er sich später von der Atombombe begeistert zeigte); von Natur aus ein sanfter Mensch, ließ er sich von der Macht beeindrucken. Amerikanische Macht, so sagte er, war die größte Kraft zum Guten auf der Welt.

«Aber würden sie dann nicht eher Washington oder unsere Luftwaffenbasen angreifen?»

«Darum geht es doch nicht», entgegnete Luther.

«Aber *mir* geht es darum», sagte Virginia. Sie hatte einiges zu erledigen. Sie mußte mit Charley zum Zahnarzt und ihm dann noch neue Schuhe kaufen. Sollten sie dabei hustend und keuchend in einem Londoner Nebel umherirren? «Aber wird der Rauch nicht einfach weggeblasen? Diese Himmelsschreiber da, die Reklame, die sie machen, die ist oft schon verwischt, ehe man sie gelesen hat.»

«Ich nehme an, sie verwenden das Nebelschleierzeug, das wir im Weltkrieg benutzt haben, sie wissen schon, was sie tun.»

Luther zeigte sich irritiert, er wollte, daß die Einnebelungsaktion ein Erfolg wurde, er war ganz dafür, er ließ sich nicht gern eines Besseren belehren, schon gar nicht von Frauen. Vor einem Monat oder so, als Virginia gemeint hatte, es sehe ihr ganz danach aus, als ob Mussolini mit Äthiopien Schluß machen wollte, hatte Luther sie abschätzig angesehen; nichts dergleichen, sagte er, du nimmst die *New York Times* zu ernst. Er geriet richtig in Wut, als sich herausstellte, daß sie recht gehabt hatte. «Wie wollen wir wissen, daß das nicht alles von Downing Street eingefädelt war, mit Hilfe dieses Burschen im Rollstuhl?»

Man kam bei ihm nicht durch. Er lebte von Fakten. Er hatte eine auf die Nerven gehende Art, einem aufmerksam zuzuhören und dann die Frage zu stellen: «Weißt du das genau, als Faktum?» Die Spannung stieg, wenn Luther seine Gerichtssaaltaktik noch weiter fortsetzte. «Hast du wirklich gehört, daß sie das gesagt hat?» Wenn der Betreffende dann unsicher wurde, sagte Luther lächelnd: «Aha, da hast du's.»

Mit Geschwätz und Geklatsch kam man bei ihm nicht weit.

Bekannte machten sich über ihn lustig. Wenn Virginia Gäste zu einem Abendessen einlud, fragte ein Witzbold wie Nancy Macintosh: «Und serviert Luther zum Dessert auch einige Fakten?»

Meinung? Er war nicht an Meinungen interessiert, nur an Fakten. Vorhersagen? Wenn er wissen wollte, wie das Wetter werden würde, streckte er den Kopf zum Fenster hinaus und hielt einen angefeuchteten Finger in den Wind.

Fakten.

Sie nahm an, daß sie ein Faktum in seinem Leben war.

«Es hat immer nur eine Frau in meinem Leben gegeben. Ich habe einfach gewartet.»

Sie fühlte sich ausgenutzt, auch wenn es ihr schmeichelte, daß er auf sie gewartet hatte. Er hatte ihr ganz offen gesagt, daß er Junggeselle geblieben wäre, wenn sie ihn abgewiesen hätte.

Sie hatte ihre Schlachten hinter sich, und da kam er wie ein Bernhardinerhund mit einem kleinen Fläschchen Rum um den Hals. Da war er, vertrauenswürdig, freundlich und ohne jede Besitzerinstinkte, bereit (so sagte er feierlich, wobei er ihr Knie tätschelte), ihr sein Leben zu widmen, und da sie im Großen Saal des Metropolitan Museum saßen, wirkte die Szene vor dem Hintergrund der Wandbehänge und Säulen besonders feierlich. Sie empfand die kurz aufblitzende Gewißheit, daß dies Schicksal war und, wenn auch die Leidenschaft fehlte, Substanz und Dauer besaß, was so gut war wie Wasser in einem dürstenden Land.

Jetzt, zwölf Jahre später, bereute sie es nicht. Auch wenn das Zusammenleben mit einem so auf Fairness und Ausgleich versessenen Menschen immer wieder gemischte Gefühle und Zweifel in ihr hervorrief.

Auf ihrem Tiffany-Briefpapier stand «Mrs. Luther Brett», doch jedesmal, wenn sie den Namen las, hatte sie seltsamerweise das Gefühl, daß das eine andere Frau war, jemand, den sie kaum kannte oder in dessen Rolle sie geschlüpft war. Sie hatte sich vorgestellt, die Ehe werde sie ganz allmählich verändern, ihr eine neue Perspektive, ein neues Bewußtsein geben, aber sie blieb unverändert; trotz all ihrer Bemühungen blieb sie ledig. Sie trug auch weiterhin Kleidergröße zwölf, hatte mit fünfunddreißig Jahren kaum ein graues Haar und wurde deswegen beneidet von Frauen, die sich inzwischen zu jungen dicklichen Matronen entwickelt hatten, jenen nimmermüden Mädchen von früher, die sich jetzt wegen Kinderkrankheiten und Teppichpreisen Sorgen machten.

Aber sie beneidete sie ihrerseits um ihr Gefühl der Zugehörigkeit. Wenn sie sagten, «wir» tun morgen dies oder das, gehen da oder dort hin, dann waren sie zweifellos Teil des gesellschaftlichen Lebens, dem sie sich entrückt fühlte. Sie gehörte nicht in ihre eigene Ehe, und sie fühlte sich in ihrem eigenen Haus wie eine hübsche ledige Tante, hinter deren Rücken man sagte: ‹Zu dumm, daß Virginia offenbar keinen netten Mann zum Heiraten findet›.

Und ihre Kinder entwickelten sich falsch, das heißt, hätten miteinander vertauscht werden sollen. Charley, auf ihre Familie herauskommend, kräftig, mit der patrizischen Schönheit ihrer Großmutter, mit ihrer hyazinthenen Haut, ihren langen Wimpern, ihrem vollen Mund und korngelbem Haar, hätte Mary sein sollen, die Luthers schwache Augen und sein längliches argwöhnisches Gesicht hatte. Charley war freundlich, gesellig, spaßig und neigte zu Ausbrüchen («Ach, was für ein Engel, Virginia, was für ein kleiner Engel»), während Mary zurückhaltend und eher schweigsam war («Sie hat das Köpfchen mitbekommen, Virginia, verlaß dich darauf»). Charley war folgsam, leicht zu lenken, mit Charley kam sie gut aus, aber Mary blieb ihr fern. Mit Mary konnte man nicht leicht zurechtkommen, und bisweilen empfand Virginia ihr Schweigen als stillen Vorwurf. Wie an dem Tag, als sie sich ganz einfach bei Miss Kleindienst einen Dollar auslieh und mit dem Taxi vom Tanzunterricht nach Hause fuhr, weil Virginia sie ausnahmsweise nicht rechtzeitig abgeholt hatte. Das war wie eine Zurechtweisung gewesen.

«Das hättest du nicht tun sollen, Mary.»

«Warum nicht?»

«Du bist noch viel zu jung, um allein im Taxi zu fahren.»

«Du hast mich ja nicht abgeholt.»

«Ach, Unsinn, ich hatte mich nur eine Viertelstunde verspätet. Ich war außer mir, als du nicht mehr da warst. Und es war nicht recht von Miss Kleindienst, daß sie dir den Dollar geliehen hat. Wie konntest du nur so etwas tun?»

Mary ließ zwei dünne Finger über die Tischplatte wandern und sagte mit gesenktem Kopf: «Ich dachte, du hättest mich vergessen.»

«Dich *vergessen*!» Sie zog die kleine Gestalt an sich und umarmte sie. Doch als Mary zu ihr aufsah, war es der gleiche ruhige, kühle Blick, mit dem sie sie immer ansah.

Was es um so schwieriger machte, Miss Collins vor die Tür zu setzen. Mary hatte sich an Miss Collins wie an sonst noch niemanden auf dieser Erde angeschlossen.

Arme kleine Miss Collins, ihres Zeichens Klavierlehrerin, die sommers wie winters denselben unkleidsamen Regenmantel trug und wahrscheinlich nicht älter war als Virginia. Ihr Haar war schon angegraut, angegraut aus Enttäuschung darüber, wie sie Virginia sagte, daß sie nicht das Geld gehabt hatte, um sich unter Taichmüller in Leipzig weiter ausbilden zu lassen. Als hervorragende Schülerin angesehen, mußte sie jetzt für zwei Dollar die Stunde kleinen Mädchen wie Mary die Tonleiter beibringen.

Und sie hatte Mary in die Carnegie Hall mitgenommen zu einem Gastspiel von Rachmaninow. Es waren zwar nur obere Balkonplätze gewesen, aber wegen der Eintrittskarten hatte Miss Collins auf wer weiß wie viele warme Mahlzeiten verzichtet, doch daß Mrs. Brett das Geld für Marys Karte bezahlte, davon wollte sie nichts wissen. Es sei ihr doch eine Freude gewesen, das Kind mitzunehmen, ihre beste Schülerin, damit es Rachmaninow einmal selbst hören konnte. «Ich habe, weiß Gott, wenig genug Freuden in meinem Leben, Mrs. Brett», sagte Miss Collins und warf Virginia einen bösen, gehässigen Blick zu.

Und Gott mußte auch gewußt haben, daß Mary Brett, wenn sie Miss Collins' beste Schülerin war, bemitleidet werden mußte, nach den Pausen und den zögernden Mißklängen zu urteilen, die aus dem Zimmer zu vernehmen waren, in dem Mary verbissen ihre kleinen Etuden spielte.

«Sie ist ein braves Mädchen, sie macht große Fortschritte», erklärte Miss Collins, während sie ihre geflickten Handschuhe anzog. «Sie spielt bald ein Prélude von Chopin, ehe Sie noch Ernestine Schumann-Heink sagen können.» Dies wurde jedoch kaum deutlich bei dem Vorführabend der Schülerinnen von Evalina Collins, die gut daran getan hätte, ihre Vorliebe für Mary nicht derart vor allen anderen Eltern zu zeigen – sie drückte sie an sich, küßte sie auf die Stirn, obwohl man bestenfalls sagen konnte, Mary habe ein Stück mit dem Titel «Schneeflocken» recht hölzern und mit nicht mehr als ein, zwei Fehlern vorgetragen.

Evalina Collins kam durch Regen und Wind vorbei, um Mary «ein hübsches kleines Präludium, gerade richtig für sie» zu bringen; immer und immer wieder und oft gerade vor Marys Abendessenszeit, und blieb fast eine halbe Stunde.

Eines Tages rief Miss Collins an und fragte, ob Mary mit ein, zwei anderen Schülern am Samstag zu einer Ausstellung von Spinetten und Cembalos bei Steinway mit anschließender Limonade bei Rumpelmayer gehen dürfe. Nur daß die «ein, zwei anderen» im letzten Augenblick nicht hatten kommen können und daß diese bewußte Täuschung Virginia veranlaßte, auf Miss Collins' mütterliche Gefühle genau zu achten; die Art, wie sie Mary an der Tür übergab, als wäre Mary ihr Kind, das in die Internatsschule zurückgebracht wurde.

Wenn die Tür des Klavierzimmers sich hinter ihnen schloß, fühlte sich Virginia mehr denn je abgeschieden von ihrem Kind. Sie begann während Marys Klavierstunden auszugehen, bis Luther, der eines Abends früher nach Hause gekommen war und feststellte, daß Miss Collins und Mary noch um Viertel vor sechs auf dem Klavier herumklimperten, gefragt hatte, ob seine Tochter denn für das Lewisohn Stadium ausgebildet werden sollte. Von da an blieb Virginia zu Hause, und um Punkt fünf Uhr öffnete sie die Tür zum Klavierzimmer und sagte, Mary habe jetzt Hausaufgaben zu machen oder müsse irgendwohin, und Miss Collins nickte kühl und faltete Notenblätter und Gesicht zusammen.

Nachdem seit zehn Minuten kein Musikton mehr aus dem Klavierzimmer zu hören war, hielt Virginia den Kopf an die Tür und lauschte. Marys leise Kinderstimme plätscherte dahin wie ein Bach. «Weil, weil», hörte sie Mary in klagendem Ton sagen, und: «Ich will nicht –»

In dem Moment, als ihre Mutter die Tür öffnete, verstummte Mary sofort. Es war wie ein Schlag ins Gesicht. Miss Collins' Arm lag liebevoll um Marys Schulter, und sie beide starrten Virginia kalt wie einen Eindringling an.

«Ich habe mich gewundert – ich habe kein Klavier mehr gehört –»

«Wir nehmen gerade *Theorie* durch», sagte Miss Collins ungehalten.

Da Virginia das Wesen neunjähriger einsiedlerischer Mädchen nicht fremd war, fragte sie nicht, worüber Mary so angeregt mit Miss Collins gesprochen hatte. Zweimal innerhalb der letzten drei, vier Wochen hatte Miss Collins, als sie zum Unterricht kam, so stark nach Parfum gerochen, daß Virginia argwöhnte, daß Miss Collins damit von der Ursache für ihre geröteten Augen ablenken wollte. Sie hatte nichts zu Luther gesagt, da sie sich nicht ganz sicher war, ob die Klavierlehrerin tatsächlich vor der Stunde getrunken hatte. Aber als Miss Collins von einer Eau-de-Cologne-Wolke umhüllt erschien und selbst das Sen Sen den bitteren Whiskygeruch nicht verschleiern konnte, schickte Virginia Mary gleich nach der Stunde zu Priscilla Evans aus der 5 B, bat Miss Collins, sich noch einen Augenblick zu setzen, und ersuchte sie dann so taktvoll wie möglich, doch bitte nicht zu trinken, bevor sie zum Unterricht kam.

Miss Collins sagte, sie bedaure, aber sie wisse wirklich nicht, wovon Mrs. Brett spreche, stieß noch ein erschrecktes leises Lachen aus.

«Das kann ich einfach nicht glauben, Sie wollen doch nicht behaupten, ich –»

«Miss Collins, Sie haben, als Sie vorhin kamen, nach Alkohol gerochen, und ich dulde nicht, daß Mary dem ausgesetzt wird. Mehr ist dazu nicht zu sagen.»

Miss Collins brach zusammen. Oh, sie hatte gehofft, man werde es nicht merken, aber sie hatte, Ehrenwort, nur einen kleinen Schluck Whisky getrunken, um ihre Schmerzen zu lindern. Niemand, kein Mensch auf Erden, könne die Qualen verstehen, die Hölle, die sie durchmachte, während ihrer «Frauentage», und manchmal, nur ganz, ganz selten, müsse sie einfach einen kleinen Schluck zu sich nehmen, nur um herkommen und ihre Stunde geben zu können.

Miss Collins sagte, ihre dünnen abgewetzten Handschuhe zerknüllend, sie sei zutiefst beschämt, aber Mrs. Brett dürfe sicher sein, es werde bestimmt nicht mehr vorkommen, und wenn sie sich vor Schmerzen krümmen müsse, sie werde es ertragen um ihres Schatzes, ihrer lieben Mary willen.

«Sie ist nicht *Ihre* liebe Mary», sagte Virginia in scharfem Ton. Der Blick, den ihr Miss Collins zuwarf, war nicht weniger scharf. Als hätte sie sagen wollen, na schön, aber *Ihre* ist sie auch nicht.

Virginia spürte, wie ihr dieser Blick durch und durch ging.

«In Zukunft rufen Sie einfach an und sagen, Sie fühlen sich nicht wohl, dann weiß ich Bescheid.»

Einen Monat lang hatte sich Miss Collins frisch wie eine Heuwiese vor der Tür eingefunden, und ausgerechnet heute, wo ohnehin schon einiges passiert war – Charley hatte beim Zahnarzt ständig gebrüllt, hatte im Schuhgeschäft mit Schuhen um sich geworfen, hatte sich im Bus übergeben und hatte schließlich, wie sich herausstellte, leichtes Fieber –, ausgerechnet heute roch Miss Collins bei ihrem Eintreffen wie eine ganze Brauerei und stolperte über die Fußmatte.

Virginia zitierte sie ins Wohnzimmer, schloß die Tür vor der stumm fragenden Mary und sprach Miss Collins die Kündigung aus.

Natürlich hatte Mary das Weinen und Stöhnen gehört, die Schilderung von Miss Collins' zerstörtem Leben, die unter Schluchzen und Keuchen vorgebracht wurde, die verstümmelte Geschichte vom langsamen Krebstod von Miss Collins' Mutter, die Geschichte von dem treulosen Verlobten, der Miss Collins hatte sitzenlassen, ihr Kampf mit der Armut in ihrer einsamen Wohnung ohne Heizung.

«Und was wissen Sie schon von so etwas, Leute wie Sie?» rief Miss Collins. «Sie mit Ihren Ehemännern und Ihren Kindern und Ihren Besitztümern und Bequemlichkeiten. Soll ich Ihnen sagen, daß ich bei manchen Leuten zum Dienstboteneingang hereinkommen muß? Letzte Woche hat mir Mrs. Tree mein Stundengeld von der Köchin übergeben lassen. Wissen Sie, wo ich gewöhnlich Weihnachten verbringe? In einem Kino in der Forty-Second Street mit zwei Filmen hintereinander.»

Miss Collins warf ihre zwei Dollar auf den Teppich.

«Zum Teufel mit Ihnen!»

Mit einiger Mühe beugte sich Miss Collins hinunter, hob die zwei Dollar auf, knüllte sie in ihre Tasche, richtete sich auf und verließ unsicheren Schritts, aber hoheitsvoll das Zimmer.

Mary stand stocksteif im Flur. Miss Collins warf die Arme um das Kind. «Es tut mir leid, Schatz, ich habe dich lieb. Denke immer daran und sei ein braves Mädchen. Denk daran, was sie auch sagt, du bist mein Liebling. Vergiß nie, daß ich dich lieb habe, mein Schatz.»

«Es tut mir leid», sagte Virginia, aber Miss Collins stelzte zur Wohnungstür hinaus, ohne ihr noch einen Blick zuzuwerfen. Mary stand noch an derselben Stelle, den Kopf zur Seite geneigt; sie hatte den verwirrten Blick eines Kindes, das etwas Gewalttätiges mit angesehen hat, gesehen hat, wie ein Glas in einen Spiegel geworfen worden war.

«Du siehst», sagte Virginia, «sie hatte etwas zuviel Whisky getrunken. Es ist nicht das erste Mal. Ich hatte sie gewarnt, Mary. Du mußt also versuchen, meinen Standpunkt zu verstehen.»

«Kommt sie nächste Woche wieder?» Marys Augen waren steinern.

«Nein, das versuche ich dir ja gerade zu erklären.»

«Kommt sie überhaupt nicht wieder?»

«Nein.»

Dieser ausdruckslose Blick, Virginia wagte es nicht, sie zu berühren, streckte nur behutsam die Hand zu ihr aus.

Sie suchte nach weiteren erklärenden Worten, wandte sich schließlich um und fingerte an einem Strauß von Astern, die die Köpfe hängen ließen, und meinte dann, vielleicht sollten sie die Klavierstunden eine Zeitlang aufgeben, vielleicht wäre es ganz schön, wenn sie mal zusammen ins Kino gingen oder Museen besuchten – würde Mary das Spaß machen? Das klang ihr selbst anbiedernd in den Ohren, eine aufgesetzte Heiterkeit, als versuchte sie, sich mit einem Kind anderer Leute anzufreunden.

Als sie sich wieder umdrehte, sah sie, daß sie allein im Flur stand.

Einen Moment später wurden im Klavierzimmer Tonleitern geübt.

«Bist du ganz sicher, daß die Frau getrunken hatte?» fragte Luther.

«Absolut.»

«Ich frage deshalb, weil es eine Krankheit gibt, an der manche Leute leiden, die das Innenohr in Mitleidenschaft zieht und dazu führt, daß sie den Gleichgewichtssinn verlieren. Häufig denkt man dabei ungerechterweise an die Folge von Alko –»

«Sie hat nach Whisky gestunken.»

«In diesem Falle hast du richtig gehandelt.» Fall abgeschlossen. «Ist Mary beunruhigt?»

«Ich weiß es nicht, aber ich nehme es an, sie hat Miss Collins sehr gemocht. Zu sehr, fürchte ich, eine richtige Schwärmerei.»

«Aha.»

«Was soll das heißen?»

«Mir ist das aufgefallen, sie ist noch bei keinem anderen Menschen so aus sich herausgegangen. Virginia, deshalb wollte ich von dir genau wissen, ob die Frau wirklich getrunken hatte und berauscht war. Es wäre möglich gewesen, du hättest nur nach einem Vorwand gesucht, um sie aus Groll loszuwerden.»

Der Hieb saß zu tief.

Sich ins Gesicht hinein sagen lassen zu müssen, sie sei eifersüchtig auf eine kleine alkoholsüchtige Musiklehrerin, das war zuviel.

Zwei rote Flecken tanzten vor ihren Augen.

«Dieses idiotische Experiment der Armee mit dem Nebelschleier war ein Fehlschlag, ein totaler Fehlschlag», sagte sie zu Luther. «Genau wie ich prophezeit hatte, hat der Wind den Rauch weggeweht. Innerhalb von Minuten», fügte sie hinzu, das Messer in der Wunde noch einmal herumdrehend.

Sie verließ das Zimmer.

Auf dem Badezimmerspiegel stand mit Seife in großen kindlichen Druckbuchstaben geschrieben:

DU TRINKST AUCH!

Thelma nahm eine Mandarine auseinander. Im Licht der über ihr hängenden Lampe hatte sie ein spitzes Gesicht.

«Mary.»

Das bedeutete nichts Gutes. Thelma redete jemanden nur mit Namen an, wenn es sich um etwas Ärgerliches oder Persönliches oder um beides handelte. Mary, ich habe den Eindruck, in der letzten Zeit siehst du nicht mehr so gut.

«Mary, hat Mutter nicht die Rechte an ‹Cain's Way› geerbt?»

«Soviel ich weiß.»

«Wir haben gesehen, es ist wieder auf dem Markt, als Taschenbuch. Es lag auf dem Kennedy-Airport überall aus. Und Charley hat es auch in Schiphol gesehen, auf holländisch. Also müßten doch die Tantiemen noch fließen, oder?»

«Ach, diese europäischen Tantiemen, die bringen nicht mehr viel.»

«Trotzdem.» Thelma zog sich ein Stück Mandarine vorsichtig zwischen den Zähnen heraus und legte es in den Aschenbecher. «Und hat CBS nicht ein Vermögen für die Fernsehübertragung des Films bezahlt?»

«Das ist schon lange, lange her.»

«Trotzdem. Schickt nicht irgendwer Kontoauszüge an Mutter? Müssen Verleger nicht alle sechs Monate Abrechnungen schicken? Wir haben in London Rona Jaffe getroffen, und sie hat gesagt –»

«Wer ist Rona Jaffe?»

Thelma stieß ein mitleidiges Lachen aus.

«Wer Rona Jaffe ist? Du lieber Gott. Mir fällt jetzt kein Titel ihrer Bücher ein, aber sie ist die größte Bestsellerautorin des –»

«Ich nehme an, die Auszüge gehen an Ross' Agenten.»

«Gibt *er* denn Mutter keine Nachricht?»

«Der Agent war eine Frau, sie ist vor ein paar Jahren gestorben, und ich glaube nicht, daß sich die Leute von der Agentur William Morris oft mit ihr in Verbindung setzen, davon hätte ich erfahren.»

«Ja? Aber das Geld muß doch an irgendwen gehen.»

«Thelma, du mußt begreifen, daß die Einkünfte nach langer Zeit, nach über zwanzig Jahren praktisch auf Null heruntergehen. Und ‹Cain› war kein so großer Bestseller, es war mehr ein Kultbuch.»

«Trotzdem. Jedenfalls, Rona Jaffe hat gesagt: ‹Ihr solltet euch mal darum kümmern›. Sie hat gesagt: ‹Ich an eurer Stelle würde mich darum kümmern›.»

«Da werdet ihr den Anwalt fragen müssen.»

«Nun, was würdest du sagen, wieviel ungefähr bringt das Buch noch jährlich ein?»

Mary spürte, wie aus einer ruhigen See eine Woge emporstieg. Über dieses Thema zu sprechen, so beiläufig vorgebracht, als erkundigte sich Thelma nach Mutters Löwenmäulchen, war in höchstem Maße unverfroren und schamlos.

Und Thelma wußte nicht, konnte nicht wissen, warum. Was es Mary um so schwieriger machte, sich still zu verhalten und nicht auszubrechen aus der inneren Abgeschiedenheit, in die sie sich seit Jahren zurückgezogen hatte. Aber irgendwie würde sie schweigen können. Sie hatte Mutter gegenüber geschwiegen, sie würde das Schweigen nicht Thelma gegenüber brechen.

Sie wartete und blickte in den dunklen Garten hinaus.

«Ich weiß es nicht», sagte sie. Doch die Woge, aufschäumend, erfaßte sie, und sie wurde auf Felsen und Seetang geschleudert. «Ich weiß nichts davon und will auch nichts davon wissen, von diesem verdammten Buch. Ich will mich gar nicht mehr daran erinnern, daß es dieses verdammte Buch überhaupt gegeben hat.» Thelma spie einen Mandarinenkern in die Hand, sie lächelte. «Nur, daß ihr natürlich achtzehn Jahre lang davon gelebt habt, du und Mutter.»

«Ich nicht. Ich habe nicht davon gelebt. Ich nicht.»

«Trotzdem.»

«*Ich nicht.* Wenn irgend etwas davon mir zufällt, werfe ich es ins Feuer, und du kannst mir dabei zusehen.»

«Ich wollte keine große Sache daraus machen», sagte Thelma.

«Weshalb Thelma das zur Sprache bringt», sagte Charley – man sah von ihm um den Lehnstuhl herum nur die Hand mit dem Brandyschwenker –, «weißt du, Mutter ist doch seit einiger Zeit nicht mehr ganz richtig im Kopf.»

«Nun, *das* werde ich nicht beschwören», sagte Mary zu der Hand, die den Brandy schwenkte. «Aber ihr könnt jeden Cent von dem ‹Cain›-Geld haben, mit meinem Segen, das kann ich dir versichern, Charley.»

«Du bist etwas erregt, wie?»

Virginia mußte langsam gehen wegen der spitzen Steine auf dem Feldweg und weil sie nur dünne Pantoffeln trug. Sie hatte wohl daran gedacht, einen Hut mitzunehmen, ihren alten Gartenstrohhut, der am Haken neben der Küchentür hing, aber an feste Schuhe hatte sie nicht gedacht. Doch wenn sie erst am Friedhof vorbei und auf der Straße war, dann kam Asphalt, dann ging es leichter, und außerdem würde einer der frühen Laster oder Wagen, die nach Whitefield oder Lancaster fuhren, bestimmt anhalten und sie mitnehmen. In ihrer Einkaufstasche hatte sie ein halbes Paket Schokoladenplätzchen, einen Kamm, ihre Zahnbürste und eine schon stark ausgedrückte Tube Zahnpasta, einen feuchten Waschlappen und sechsunddreißig Dollar und vierzig Cent von Marys Haushaltsgeld; Mary hob es immer in einer alten Haferflockenbüchse auf, aber Virginia hatte das Versteck entdeckt.

Nach dem letzten Mal hatte Mary Virginias Wagenschlüssel an sich genommen. Das letzte Mal war Virginia bis White River Junction gekommen, bevor Mary sie eingeholt hatte. Ein Automechaniker hatte Virginias alten Oldsmobile nach Jefferson zurückgefahren, wo er seitdem in der Garage verstaubte. Mary hatte die Wagenschlüssel eingesteckt und gesagt: «Das tun wir nicht wieder, nicht wahr?»

Von Whitefield aus fuhr ein Bus nach Boston, und dann war sie schon weit fort, bevor Mary entdeckte, daß sie sich davongestohlen hatte (ein aufgeschütteltes Kissen in Körperform im Bett zurücklassend, wie sie das im Kino gesehen hatte), und von Boston aus würde sie Flora in Kalifornien anrufen, und dann kamen Flora und Wally nach Boston geflogen und holten sie ab. Mochte Mary toben, soviel sie wollte, wenn sie erst in Kalifornien in Sicherheit war, würde Flora dafür sorgen, daß es keinen Ärger mehr gab. Sie dachte daran, daß sie Floras gelegentliche Briefe seit Jahren nicht mehr beantwortet hatte, aber sie waren schließlich Schwestern, und gewiß, gewiß hatte Flora sie noch lieb und würde ihr in ihrer Not beistehen.

Sie hatte Flora nie auch nur andeuten können, wie es ihr tatsächlich ging. Jedesmal, wenn Flora anrief, nahm Mary den Hörer ab und blieb die ganze Zeit neben dem kleinen Telefonwandabteil stehen, so daß Virginia nichts anderes übrigblieb, als die üblichen freundlichen Worte von sich zu geben, zu sagen, alles gehe gut, ja, sehr gut, ja, sie habe eine etwas schmerzhafte Arthritis, besonders bei feuchtem Wetter, aber sonst gehe alles gut, vielen Dank. Sie konnte nicht sagen, holt mich um Gottes willen hier heraus, konnte nicht sagen, daß sie in ihrem eigenen Haus gefangengehalten wurde. Mary hatte vor kurzem ein Schloß am Telefonabteil anbringen lassen und trug den Schlüssel immer an einem Bindfaden um den Hals. Jedesmal, wenn das Telefon läutete, kam Mary herbeigeeilt, griff in ihren flachen Busen und zog den Schlüssel hervor. Manchmal, wenn Mary nicht da war, läutete und läutete das Telefon, und Virginia saß hilflos da und fragte sich, ob der Anruf vielleicht für sie war. Doch andererseits riefen die meisten Bekannten und Nachbarn wegen Marys abweisender Art schon seit langem nicht mehr an. «Hallo?» pflegte Mary in ihrem unverbindlichen Ton zu sagen. «Wer ist da, bitte? Ja, einen Augenblick, ich sehe nach, ob sie an den Apparat kommen kann.»

Ehe das Schloß am Telefonabteil angebracht worden war, hatte Virginia ihren Bekannten mit gedämpfter Stimme alle möglichen Geschichten über Mary erzählt. Aber die melodramatischen Schilderungen der alten, verwirrten Frau wurden von diesen Leuten nicht ernst genommen. Wenn sie einmal vorbeikamen, trafen sie eine zwar zurückhaltende, aber aufmerksame Tochter, die in jeder Weise für Virginias Bedürfnisse sorgte.

Allmählich von der Außenwelt vergessen, hatte Virginia schließlich den Wetterdienst angerufen, wenn Mary nicht da war.

«– peraturen bei einundzwanzig Grad, im Verlauf der –»

«Hallo, Schatz», sagte sie dann. «Wie geht es dir? Ich wollte dich schon so lange wieder mal sprechen.»

«– hohe Luftfeuchtigkeit und Schauerneigung –»

«Nein, mir geht es nicht gut, gar nicht gut, ich bin schrecklich unglücklich. Ich bin viel einsamer als früher, als ich allein war.»

«– Aussichten: überwiegend freundlich, aber im Tagesverlauf Neigung zu gewittrigen Störungen und –»

«Nein, ich glaube schon, sie liebt mich auf ihre eigene Weise, aber sie verfügt völlig über mich, ich bin hier völlig abgeschlossen und allein und kann nicht fort. Oh, ich wußte, du würdest mich verstehen.»

«Am Donnerstag weiterhin freundlich und mild. Wir danken für Ihren Anruf.»

«Ruf mich wieder an, ja?» sagte Virginia.

Die Sonne war herausgekommen, als sie am Haus der Monks vorbeihumpelte. Der Gärtner der Monks schnitt schon den vertrockneten Rittersporn vom Sommer zurück. Sie hatte keine Ahnung, wie spät es war, aber es mußte zwischen sieben und acht Uhr sein. Ihre Armbanduhr hatte schon vor Monaten den Geist aufgegeben, und Mary hatte gesagt, sie wolle sie reparieren lassen, wenn sie das nächste Mal nach Littleton fuhr, aber sie hatte es nicht getan. «Außerdem», sagte Mary, «was brauchst du zu wissen, wie spät es ist, wenn du nur weißt, wann es Zeit ist für deine dumme Fernsehserie.» So war sie auch jenes persönlichen Gefühls, des Gefühls der eigenen Zeit am eigenen Handgelenk beraubt worden.

Aber jetzt, heute in einer Woche, würde sie neben Floras Swimmingpool im Benedict Canyon sitzen, und alles würde vorüber sein. Diesmal, das versicherte sie ihrem aufgeregten Herzen, diesmal schaffe ich es.

In der Wärme der frühen Sonne war sie ihrer Sache ganz sicher; da war schon der Friedhof gleich nach der nächsten Biegung des steinigen Fahrwegs, und dann kam die Autostraße. Die erste Hürde hatte sie überwunden, und sie begann schneller zu gehen. Doch da verlor sie einen Pantoffel, fiel hin und schürfte sich den Ellenbogen auf. Beim Aufstehen hatte sie Mühe, ein scharfer Schmerz schoß ihr durch das arthritische Knie.

Kein Wagen, kein Laster zu sehen, aber das Gehen am Rand der asphaltierten Straße fiel ihr leichter. Da hörte sie etwas hinter sich, und sie drehte sich um – ein kleiner Lieferwagen. Sie winkte.

«Lancaster», sagte das Gesicht, das zu ihr hinuntersah.

«Ja, gut», sagte Virginia.

«So eine dumme Geschichte», sagte sie, als der Fahrer sie zu sich hinaufhob. «Mein Wagen streikt, ist was mit der Zündung nicht in Ordnung, und da kommt tagelang niemand. Selbst bei McKay nehmen sie sich Zeit. Ich wohne da drüben in den Bergen.»

«Hmhm.»

Nichts weiter mehr wurde gesprochen, er schien sich Gott sei Dank gar nicht zu fragen, wie eine Frau von sechsundsiebzig Jahren dazu kam, in Pantoffeln um halb acht Uhr morgens per Anhalter durch die Gegend zu fahren. Sie nahm ihren Hut ab und kämmte sich das Haar. Sie wünschte, sie hätte einen Lippenstift dabeigehabt, aber andererseits hatte sie sich seit Jahren nicht mehr um Lippenstifte gekümmert.

«Dieses ‹Nikolausdorf› ist ja ein Schandfleck», sagte sie. «Was sie heutzutage alles bauen, und keiner hält sie zurück.»

«Hmhm.»

«Vielen Dank», sagte sie, als er sie vor der Gemischtwarenhandlung aussteigen ließ.

«Wünsche einen guten Tag», sagte der Mann und fuhr weiter. Jeder sagte das jetzt, wünsche einen guten Tag. Man konnte den Arm abgetrennt bekommen haben – wünsche einen guten Tag. Es war bedeutungslos geworden, wie alles andere.

Und jetzt – wie weiter?

Es gab keine Agentur von Hertz oder Avis in Lancaster, keinen Bus. Nun, sie hoffte, Gott werde sich einschalten, und jemand werde nach Littleton oder Whitefield fahren und sie mitnehmen. Sie überlegte noch einmal, was sie sagen wollte. Sie würde sagen, sie sei auf dem Weg zu ihrem Arzt, entweder im einen oder im anderen Ort, «ich suche ihn einmal im Monat auf», und ihr Wagen habe eine Panne, konnte jemand sie dort absetzen? Zu den Vorteilen von Marys Reserviertheit zählte, daß sie im ganzen Bezirk niemand richtig kannte, man sah sie nur beim Einkaufen im Supermarkt. Mary hielt sich bei keinem zu einem Gespräch auf.

Aber jetzt tu mal lieber was, sagte sie zu Gott, ich will keinem Bekannten in die Arme laufen.

«Oh, Mrs. Vernon», sagte Mr. Maltz. Er öffnete gerade die Ladentür und stellte den Zeitungsständer hinaus. «Sie sind ja früh auf den Beinen.»

«Oh, Mr. Maltz», sagte sie. Das war ein unvorhergesehenes Hindernis, da Mary hier gelegentlich einkaufte. Jetzt mußte sie ihren ganzen Verstand zusammennehmen, auch wenn Mr. Maltz wegen seiner ungeheuren Korpulenz viel zu träge war, um über irgendeine Situation in Schweiß zu geraten; er saß nur herum und gab Geld heraus.

Sie mußte es riskieren. «Ich bin auf dem Weg nach Littleton zu meinem Arzt, und mein Wagen hat mich im Stich gelassen, und ich hoffe, jemand nimmt mich mit. Ich bin zwar erst um halb zehn bestellt, aber ich bin so früh, weil ich mir dachte, ich muß vielleicht irgendwo warten –»

Der Bus nach Boston fuhr um halb zehn in Littleton ab.

Mr. Maltz brummte etwas und schob Zeitungen in den Ständer. Er sagte: «Mrs. Irwin fährt donnerstags zum Waschautomaten – soll ich sie mal anrufen?»

«Oh, das wäre nett.»

Mr. Maltz schleppte sich hinein und kam nach ein paar Minuten wieder heraus, um ihr mitzuteilen, daß es Mrs. Irwin eine Freude sei, Mrs. Vernon nach Littleton mitzunehmen.

«Wie wollen Sie wieder zurückkommen?» fragte er.

«Oh, das schaffe ich schon, das schaffe ich immer.»

Mr. Maltz hatte ihr einen Stuhl herausgebracht.

«Hier, essen Sie inzwischen eine Banane.»

«Oh, vielen Dank.»

Sie schälte die Banane und verschlang sie. Außer den Plätzchen war das vielleicht alles, was sie bis Boston zu essen bekam, und die Busfahrt dauerte zwei Stunden. Leute kamen und gingen, aber keiner warf ihr, die da in Pantoffeln und aufgeplatztem alten Strohhut saß, einen Blick zu. Nun, es würde alles gutgehen. Sie hatte so das Gefühl, Gott sei Dank. Sie hatte es geschafft. Da Mary selten vor halb zehn aufstand, würde sie schon längst im Bus unterwegs sein, bis Mary das Kissen im Bett entdeckte.

Sie drückte ihre Einkaufstasche an sich und freute sich über den hellen Morgen und die Möglichkeit einer Zukunft.

Genau neunzehn Minuten später hielt Marys Wagen vor dem Laden.

Einen Augenblick lang fragte sich Virginia, ob dies ein teuflischer Zufall sei. Aber die Banane, der Stuhl, die Lüge mit Mrs. Irwin, das paßte alles zu gut zusammen.

Was hätte es genützt, wenn sie schrie und sich wehrte? Mary kam mit einem eisigen Lächeln auf sie zu.

«So, da bist du also», sagte Mary und half ihr beim Aufstehen. «Vielen Dank, Mr. Maltz», rief Mary durch die Ladentür.

«Vielen Dank, Mr. Maltz», rief Virginia hinterdrein. «Und richten Sie auch Mrs. Irwin meinen Dank aus. Wünsche einen guten Tag.»

Und wurde in den Wagen verfrachtet. Wurde davongefahren, als würde sie ins Zuchthaus zurückgebracht.

Mary sagte: «Ich verstehe nicht, warum du das getan hast.»

«Nein?» sagte Virginia. «Nun, dann mußt du ziemlich dumm sein.»

Als sie beim Friedhof abbogen, sagte Mary: «Das weißt du noch gar nicht – ich habe eine neue Matratze für dich bestellt.

Die alte war nicht so, wie es in der Reklame gestanden hat. Sie gibt dir nicht genug Stütze für den Rücken.»

«So», sagte Mary, als sie ins Haus gekommen waren und Virginia sich hingesetzt hatte, noch immer die Einkaufstasche an sich drückend. «Du mußt Hunger haben. Ich mache dir jetzt ein schönes herzhaftes Frühstück. Was möchtest du? Eier leicht gebacken mit einer knusprigen Scheibe Schinken? Pfannkuchen? Was möchtest du?»

«Ich möchte sterben», sagte Virginia, «aber mein Herz ist leider noch zu gut.»

Mary schob ihr Kissen in den Rücken, nahm ihr den Hut ab, strich ihr durchs Haar. Dann nahm sie die Einkaufstasche, griff hinein und fand das Haushaltsgeld. Sie hielt es Virginia vors Gesicht und sagte in einem tödlich ruhigen Ton: «Wenn das noch einmal vorkommt, nur noch einmal, etwas dieser Art, dann gibt es eine Woche lang kein Fernsehen mehr. Kein ‹Match Game›, keine ‹Family Frolic›, kein ‹Sixty Minutes›. Ist das klar?»

«Ich will sterben», sagte Virginia. «Ich bin einsamer, als ich je war, als ich allein war.»

«Rührei», sagte Mary mit kaltem Lächeln, «und ein feines Toastbrot.»

Und sie war gerade im Garten gewesen und hatte heruntergefallene Äpfel aufgesammelt, als sie hörte, wie der Wagen anhielt, und zu ihrem Erstaunen, die Hand über die Augen haltend, weil die Sonne so stark blendete, Mary aussteigen sah. *Mary*? Ohne vorher anzurufen?

Und Mary war dort stehengeblieben, war nicht auf sie zugekommen, während sie durch das hohe stachlige Gras zur Straße stapfte.

«Mutter», hatte Mary lächelnd gesagt, «ich möchte dich mit Ross Vernon bekannt machen.»

Nein, natürlich hatte sie das nicht gesagt, das war vor zwanzig Jahren gewesen.

«Mutter», sagte Mary, «ich komme dich besuchen.»

Wenn sie nur gesagt hätte, ‹solange es nur ein Besuch ist›. Wie lange ist ein Besuch, bis man weiß, daß es für immer ist? Warum hatte sie nicht aufbegehrt, als Mary die Wohnung in Boston aufgab und bei ihr einzog, warum hatte sie nicht gesagt: ‹Nein, ich will dich hier nicht haben. Das hat nichts mit dir zu tun, ich will niemanden haben. Ich habe mich an das Alleinsein gewöhnt, und jetzt brauche ich es.› Sie hatte keine Worte gehabt, keinen Willen, sie brach so leicht wie Holz, das lautlos von Termiten zerfressen worden ist, sie war eingefangen, ausgeschieden, außer Kraft gesetzt. Bald hieß es: Tu das nicht, ich mache das schon. Greif nicht so hoch hinauf, du tust dir weh. Zeit zum Schlafengehen, meinst du nicht? Ist alles mit deiner Verdauung in Ordnung? Ich glaube, ich rufe sie lieber an und sage, du kannst nicht kommen.

Und Charley und Thelma stießen ins gleiche Horn. Mutter durfte nicht allein gelassen werden – angenommen, sie fiele hin und könnte nicht ans Telefon. Mutter ist nicht mehr so gepflegt wie früher, sie trägt ständig die gleichen zwei, drei Kleider, man muß sich fragen, ob sie noch regelmäßig badet. Und so weiter.

Mary sagte nichts (Virginia konnte sich nicht erinnern, daß Mary je einmal eine Meinung geäußert hatte) über den Zustand des Hauses, über die Kartons und überquellenden Tüten, über die Packen mit schmutziger Wäsche, die nicht zur Wäscherei gebracht worden waren, über die Packen mit frischer, gewaschener Wäsche, die noch ungeöffnet auf der Treppe lagen. Marys teilnahmsloser Blick erfaßte das ganze Chaos, den Staubsauger, den Virginia vor langer Zeit einfach im Wohnzimmer stehengelassen hatte. Mary streckte einen Fingernagel aus und zerriß ein Spinnweb, das sich von einem Lampenschirm bis zum Fensterrahmen zog, als zerschneide sie ein Band, um das Zeichen für einen neuen Lebensabschnitt zu geben. Sie lächelte.

Der erste Akt der Unterwerfung bestand darin, daß Mary überall Ordnung schaffte, so daß Virginia nicht mehr wußte, wo irgendwas war. Das Chaos wurde ausgerottet. Mr. Pascal kam mit seinem Lastwagen und fuhr alles zum Müllplatz. Es hatte keinen Sinn, darauf hinzuweisen, daß sie die alten Bonwit-Kartons aufhob, weil man ja nie wußte, ob man sie noch einmal gebrauchen konnte, oder daß einhundertsechundachtzig Exemplare des *New Yorker*, selbst wenn man sie nie las, nie aus ihren Versandumschlägen herausgenommen hatte, während der langen stummen Winterzeiten eine tröstliche Bedeutung bekamen. Mary lächelte.

Mary scheuerte und säuberte, Mary entfrostete und polierte.

Mary nahm den Rollpultschreibtisch in Angriff, zu dem Virginia vor langer Zeit den Schlüssel verlegt hatte, und ging mit ihrer schrecklichen Geduld fünf Schlüsselbunde durch, bis sie einen Schlüssel fand, der in das alte Messingschloß paßte, und förderte die unbezahlten Rechnungen zutage, die zu Mahn- und Drohbriefen geführt hatten. Mary ging dem üblen Geruch hinter dem Wandabteil im Obergeschoß unter der Dachbodentreppe nach und exhumierte einen toten Waschbären.

«Von jetzt an», sagte Mary freundlich, «werden Tücher nach dem Baden über das Gestell gehängt, ja?»

Mary begriff einfach nicht, daß ein chaotisches Leben sich nicht durch Ordentlichkeit aufheben läßt, und daß, mochte sie die Tische und Stühle im Haus noch so gründlich mit Leinöl säubern, die Sprünge und Verwerfungen in Virginias Leben dadurch nicht beseitigt wurden. Gerade die Hinnahme des Unordentlichen, die Sorglosigkeit, mit der sie alles hatte seinen Weg gehen, den Garten hatte verkommen, die Ranken über das Fenster wachsen und die Uhren hatte auslaufen lassen, gab Virginia endlich das Gefühl ihres wirklichen Ichs. Sie kehrte zu ihrer wahren Natur zurück, jener Natur, die von so vielen Menschen unterdrückt worden war, die auf ihr äußeres Bild Wert gelegt hatten, von Irene über Tory bis zu Luther, die verlangt hatten, sie solle so sein, wie sie sie sich vorstellten, ob Kind, Ehefrau, Mutter oder Geliebte.

Endlich allein, niemandem verantwortlich, konnte sie sich zu ihrer Verachtung aller Äußerlichkeiten bekennen und sich mit ihren Selbstzweifeln auseinandersetzen. Und nun kam Mary daher und rückte Bilder gerade. Mary betrat, verließ nie ein Zimmer, ohne etwas geradezurücken oder das heruntergefallene Blütenblatt aufzuheben, dort, wo es sich so reizvoll rollte auf dem dunklen Holz im Sonnenlicht. Unbarmherzig brachte sie die Dinge in *ihre* Ordnung. Aus irgendeinem Grund hatte sie sich dazu verdammt, ihre Mutter in Ordnung zu bringen. War es Rache?

Unablässig, sechzehn Stunden am Tag.

«Ich muß immer wieder lächeln –» Mary lächelte – «aber wie du immer den Honiglöffel auf die Schale tropfen läßt, ehe du ihn in den Topf zurücktust –»

«Ach, warum kümmerst du dich nicht wenigstens mal sonntags um deine Angelegenheiten», meinte Virginia.

«Ich sagte ja, ich muß nur immer wieder lächeln, weiter nichts.»

Als sie allein gewesen war, hatte Virginia so lange ferngesehen, wie sie wollte – manchmal war sie dabei eingeschlafen in ihrem alten dreibeinigen Sessel und dann in der Kälte der Nacht aufgewacht, als nur noch das Testbild auf dem Bildschirm zu sehen war. Jetzt sorgte Mary für den Zapfenstreich. Mary stellte den Fernseher auf ein hohes Regal, so daß Virginia nicht herankam, und um punkt zehn Uhr schaltete sie ihn aus. «Zeit zum Schlafen.» Oder Virginia mußte einen Nachtisch essen, den sie nicht mochte, sonst wurde der Apparat nicht eingeschaltet. Wenn sie zusammen vor dem Fernseher saßen, strickte Mary drauflos, ohne den grünen oder gelben Gesichtern auch nur einen Blick zuzuwerfen. Oh, wie sie strickte, die Augen zusammengekniffen, den Mund vorgeschoben, Reihe um Reihe, daß die Nadeln nur so flogen, klickten – sie strickte so freudlos wie ein Kindermädchen auf der Parkbank, das immer mit einem Auge auf seinen Schützling aufpassen muß. Es grenzte ans Telepathische, wie Virginia allmählich genau wußte, daß und wann Mary sie unter den strengen, schweren Brauen heraus beobachtete, die sie von Luther hatte. Aber Luther war abends meistens entspannt gewesen, eher zum Gähnen geneigt. Mary war Tag und Nacht im Dienst. Sie stellte sich oft Mary schlafend im Dienst vor, starr daliegend in dem streng nach Krankenhausrichtlinien gemachten Bett – das machte sie so gut, daß es eine ganze Weile dauerte, bis man seine Beine unter die straffgezogenen Tücher gesteckt hatte.

Konnte das ihr Kind sein, ihr kleines Mädchen? Welcher Schicksalsschlag konnte sie so verändert haben? War es mangelnde Liebe während der Kindheit gewesen? Hatte irgendein fötaler Instinkt Mary das lebenslange Bemühen eingegeben, sich ihrer Mutter zu widersetzen, sie zu verleugnen? Hatte sie, während sie als Lehrerin arbeitete, insgeheim auf diesen Zeitpunkt, der kommen würde, gelauert? War das Rache?

«Ist das Rache?» fragte sie eines Abends und versuchte, das laute Gedröhn aus dem dritten Kanal zu übertönen.

«Was?»

«Mary, ist das Rache?»

«Soviel ich mitbekommen habe, wollen sie den Ehemann aus dem Weg räumen, ehe er das mit der Uranmine erfährt.»

Man bekam also nichts aus Mary heraus, sie war stumm, sie war eine tote Seele.

Zu spät.

Sei's drum. Sie würde nicht mehr versuchen, davonzulaufen.

So sei es.

Sie aß ihre Eier.

Mary stand am Fenster und blickte hinaus. Aber wenn sie je so etwas wie Schönheit sah, sich je der Würde und Anmut der Berge bewußt war, so zeigte sie es nie.

«Warum hat du das getan?» fragte sie Marys Rücken. «Ich habe nie Opfer verlangt. Ich *will* keine Opfer. Ich habe dich nie gebeten, dich um mich zu kümmern, ich brauche niemanden. Warum gibst du die Schule auf und dein eigenes Leben, um dich hier zu vergraben? Warum tust du so etwas Abwegiges? Du bist erst neunundvierzig. Was ist mit deiner Zukunft?»

Mary starrte weiter zum Fenster hinaus, so als hätte sie nichts gehört; ein Pfeil, in ihren Rücken geschossen, hätte dort vielleicht kurz nachgezittert, ohne daß sie sich gerührt, ein Anzeichen von Leben gezeigt hätte. Wenn Mary nur ein Anzeichen von Leben zeigen würde.

Dann, völlig unerwartet, reagierte sie doch. Sie wandte sich um, schritt, ohne Virginia anzusehen, durchs Zimmer und sagte im Hinausgehen: «Es gab keine Zukunft. Dafür hattest du ja gesorgt.»

Im nachhinein hätte es wie ein Vorwand gewirkt haben können, daß sie Mary angerufen und gefragt hatte, ob sie Ross Vernons Vortrag vor Marys Oberstufenklasse beiwohnen dürfe.

«Könntest du mich hineinschmuggeln?» fragte Virginia.

«Ich könnte Mr. Simpson fragen. Warum?»

«Mir hat sein Buch so sehr gefallen.»

«Ach ja? *Wirklich*?»

«Und ich habe ihn im Fernsehen gesehen. Im ‹Bücherregal› und im ‹Kulturmagazin›.»

«Wirklich?»

«Ist das nicht sehr schön für dich?»

«Ja, schon, aber was meinst du?»

«Ich dachte nur. Titelblatt in der ‹Saturday Review› und so weiter.»

«Ach nein. Das nicht. Ich kenne ihn.» Mary räusperte sich. «Die Sache ist die, die Kinder sind sehr leicht gehemmt, wenn ein Fremder in der Klasse ist.»

«Ich könnte mich aber doch ganz hinten hinstellen, ja?»

«Aber das könnte Ross stören, wenn du da hinten stehst, die ganze Zeit. Er tut das sowieso nur ungern, er tut es nur mir zuliebe, weil wir in der Oberstufe gerade sein Buch durchnehmen und – Augenblick, bleib noch einen Augenblick dran, ja?» Mary hielt die Sprechmuschel halb zu, und Virginia hörte, daß sie etwas mit jemandem flüsterte. Das ist mir nicht gesagt worden, davon habe ich nichts gewußt, sagte sie in sprödem Ton zu dem anderen. «Wir sprechen gleich weiter. Hallo?»

«Mary, soll lieber ich selbst Mr. Simpson anrufen?»

«Nein, das wäre nicht das richtige, Mr. Simpson hat es nicht gern, wenn Verwandte des Lehrkörpers sich an ihn wenden.»

«Ich dachte nur, weil wir ihm einige Male begegnet sind und einen ganz netten Beitrag geleistet haben zu –»

«Mutter, wirklich, also weißt du, ich hasse diese Art von Erpressung.»

«Entschuldige.»

«Nun, laß mich mal nachdenken. Warum willst du überhaupt dabeisein? Ich kann dich mit diesem Buch gar nicht in Verbindung bringen.»

«Es ist ein absolut schönes, wunderschönes Buch!»

«Es handelt aber doch so viel von *Kindern*.»

«Ich war auch einmal ein Kind.»

Dies war vielleicht neu für Mary.

«Ruhe», sagte Mary und schlug mit dem Lineal auf das Pult. «Es kommt nicht oft vor, daß wir einen leibhaftigen, lebenden Autor bei uns haben, schon gar nicht einen, dessen Roman wir gerade durchnehmen. Wir kennen einen Autor gewöhnlich nur durch seine Werke, er bleibt uns mehr oder weniger gestaltlos. Ich frage mich – wenn ich jetzt sagte, wir haben heute morgen Mr. Henry James bei uns –, wie viele von euch würden sich da bemüßigt fühlen, noch einmal ‹Die Flügel der Taube› zu lesen? Aber das ist natürlich nicht möglich, da wir Mr. Henry James heute morgen leider nicht bei uns haben.» Mary hielt inne, ein Lachen erwartend, doch es kam keines. Die Klasse richtete ihre Blicke auf den etwas unordentlich aussehenden, lockenhaarigen Mann, dessen Körperfülle über den Stuhl auf dem Podest hinter Mary hinausquoll. «Aber wir haben heute Mr. Roses Vernon hier, dessen Buch ‹Cain's Way› wir gelesen haben und der sich freundlicherweise die Zeit genommen hat, zu uns zu kommen und uns etwas zu erzählen über –» Mary wandte sich um und lächelte den mürrisch dreinblickenden Mr. Vernon an – «ja, worüber? Er hat es nicht genau gesagt. Über die Arbeit an ‹Cain's Way› vielleicht?»

«Ich bin leider nicht Henry James», sagte Mr. Vernon, und die Klasse lachte. Er sah recht lange auf seine Notizen, schob immer wieder Blätter ineinander.

«Ich hatte mir da einige Notizen gemacht, aber die scheinen nicht viel zu taugen.»

Dann blickte er über die Köpfe der Klasse hinweg zu Virignia und schien sie direkt anzusprechen.

«Nun, ich habe das Buch deshalb geschrieben, weil vieles von dem, was darin passiert, mir oder Leuten passiert ist, die ich als Kind kannte, und weil ich vor sechs Jahren das Gefühl hatte, ich sollte mal anfangen, das alles niederzuschreiben.»

Und dann sprach er, ganz schnell, in Stakkatoausbrüchen voller Feuer und Zorn, er schlug auf das Pult, sein Speichel flog über die vorderen Bänke, er drückte seinen Abscheu über die Käuflichkeit des Verlagswesens aus, ging gegen die Bestsellerlisten an (obwohl sein eigenes Buch jetzt seit siebzehn Wochen darauf stand), ging mit der elitären Günstlingswirtschaft von Kritikern ins Gericht. Die Klasse saß offenkundig gebannt da während der zwanzig Minuten, die er so auf sie einsprach, dann entließ er sie plötzlich aus seinem Bann, neigte sich vor, klammerte sich mit beiden Händen an das Pult, als könnte er gleich tot zu Boden fallen, drehte langsam den Kopf und das außergewöhnliche Profil, um den ganzen Raum zu überblicken, und sagte mit tiefer Bratschenstimme voller Melancholie: «Also wer von euch will *schreiben*?» Während des donnernden Applauses standen einige Schüler auf und klatschten mit erhobenen Händen, und Virginia dachte, Klang und Wut, Schall und Rauch, ja, aber was hat er eigentlich gesagt?

Sie blieb hinten an der Wand stehen, während Mary die Schüler einzeln zu ihm führte. Jetzt wirkte er nervös, scheu, schüchtern.

«Dann tu's», sagte er gerade zu einem aufgeregten Mädchen mit vorstehenden Zähnen und dicken Brillengläsern. «Fang um Gottes willen an und schreib.» ‹Tu's für *mich*›, schwang dabei mit, und als er sich von dem Mädchen abwandte, ließ er sich absichtlich gegen Mary fallen und sagte, den zu großen Kopf an ihre kleinen Zitronenbrüste drückend: «Hab ich was getaugt? Hab ich was Vernünftiges von mir gegeben?» Und Mary sagte, ihn festhaltend: «Es war ausgezeichnet. Mein Ehrenwort. Wenn Sie einen Beweis brauchen – als Weston Considine zu den Kindern gesprochen hat, hat sich keine Hand gerührt.» Mary hatte den Kopf seitlich gereckt, wie sie das immer tat, wenn sie erregt und entzückt war. Marys Gesicht war jetzt fleckig vor Freude, und Freude war das Gefühl, das Mary am schwersten verbergen konnte, schon als sie noch ein Kind war, hatte Freude sie in große Verwirrung gebracht.

Jetzt erblickte Mary Mr. Simpson, den weißhaarigen Direktor, der ins Klassenzimmer kam, und sie lief auf ihn zu, um ihn zu begrüßen. In dieser kurzen Pause trat Virginia näher und beglückwünschte Ross Vernon zu seinem Vortrag.

«Oh», sagte er und blickte auf seine Schuhspitzen.

«Ich bin Marys Mutter.»

«Oh?»

Jetzt musterte er sie von oben bis unten. «Waren Sie das, hinten an der Wand?»

«Ja, ich hoffe, ich habe Sie nicht gestört.»

«Nein.»

Sie zögerte, dann sagte sie: «Ich finde Ihr Buch hinreißend.»

«Oh?» Die Bemerkung schien ihn nicht zu beeindrucken. «Sie haben sich durchgearbeitet, ja?» setzte er hinzu, etwas unhöflich, wie ihr schien.

«War ‹Hannah› Ihre Mutter?»

Das hätte sie offenbar nicht fragen sollen, sein Blick verschleierte sich.

«Ich *hatte* keine Mutter», sagte er gerade noch, ehe er mit dem Schuldirektor bekannt gemacht wurde.

Dieser sagte, er sei leider noch nicht dazu gekommen, Mr. Vernons Buch zu lesen, da er sich in seiner kärglich bemessenen Freizeit gerade mit einem Buch über Stendhal beschäftige.

Jemand sagte etwas von Sherry.

Virginia berührte Mary am Arm, um sich zu verabschieden und zu bedanken, aber Mary war wie in Trance und verrenkte den Hals; ihre kleinen Augen wanderten zwischen Ross und dem Direktor hin und her. Ross' Rücken straffte sich, man spürte förmlich die Elektrizität, die sich in ihm ansammelte, als Mr. Simpson ihn fragte, was er von Weston Considines *Gladstone* halte.

«Nun», sagte Ross ganz laut, «Weston Considine ist ein Scheißkerl.»

Während Mr. Simpson nach Fassung rang, sagte Mary: «Sherry. Ich bitte, mitzukommen.»

Aber an der Tür blieb Ross stehen und deutete zu Virginia hin.

«Oh.» Mary sah sich verstört um, reckte den Hals wie ein Flamingo und sagte in halbherzigem Ton: «Mutter, willst du nicht mitkommen? Mr. Simpson, Sie kennen doch meine Mutter, ja?»

«Aber ja, natürlich, ich hatte keine Ahnung, daß wir heute zwei Ehrengäste haben, Mrs. Brett, wie unaufmerksam von mir, haha.»

Virginia lehnte sich im Direktorzimmer an den Fenstersims, nippte an dünnem Sherry und fragte sich, wie der tölpelhafte Mr. Vernon gleich einem Engel schreiben konnte.

Fragte sich, wie Mary ihm über den Weg gelaufen war und was, abgesehen von seiner Schriftstellerei, diese seltsame Freundschaft befördert haben mochte. Denn es herrschte zweifellos eine gewisse Intimität zwischen ihnen. Ross hielt Mary am Ellenbogen gefaßt, obwohl das Büro des Schuldirektors kaum der rechte Ort war, und Mary schien eigenartigerweise nichts dagegen zu haben. Mary, die es verabscheute, berührt zu werden, lehnte sich ganz leicht an ihn, gegen seinen Schenkel, und sagte, wenn er Atem holte, jedesmal: «Genau.»

Virginia fragte sich, wie intim die Bekanntschaft war. Mary war über alle Maßen spröde. Sie war erst elf gewesen, als sie den ersten Korb ausgeteilt hatte. Der äußerst hübsche kleine Junge hatte auf einer Geburtstagsparty den Arm um sie gelegt und versucht, sie zu küssen, und sie hatte ihn zornig fortgestoßen, so heftig, daß er beinahe hingefallen wäre. Virginia, die die Szene durch eine Tür beobachtet hatte, hatte Mary später auf der Heimfahrt im Taxi zurechtgewiesen.

«Du warst nicht nett zu Humphrey.»

«Wieso?»

«Er wollte doch nur lieb zu dir sein.»

«Er wollte mich küssen.»

«Nun, du hättest ihn ja lassen können, oder? Nur auf die Wange.»

«Nein.»

«Warum nicht? Du mußtest ihn nicht gleich so wegstoßen. Hättest du es denn gern, daß dich jemand so wegstößt?»

»Er ist nicht der Netteste.»

«Wie meinst du das, nicht der Netteste?»

«Humphrey ist nicht der Netteste, und ich will den Nettesten.»

Marys Ton war so hochtrabend und abweisend, daß nun Virginia sich weggestoßen fühlte.

Mit welchen Maßstäben beurteilte sie die Jungen, vor allem sie, die, von Sharon Abbott abgesehen, das unscheinbarste Mädchen auf der Party war?

Virginia war bestürzt und verzweifelt. Der rätselhafte Luther war schon schlimm genug, aber daß sie das Wesen des eigenen Kindes nicht ergründen konnte, war verletzend und schmerzte. «Ich weiß nicht, was du unter ‹nettest› verstehst, er wirkte jedenfalls wohlerzogen. Und sprich nicht in diesem Ton mit mir, Mary. In der letzten Zeit gebrauchst du mir gegenüber diesen hochtrabenden Ton, und das dulde ich einfach nicht.»

Mary blickte ausdruckslos hinaus.

Und später tauchten Tancred, dann Philip, dann Stuart, kurze Hoffnungsschimmer für Mary, auf. Ihre Haut bekam dann immer seltsame Flecken der Hochstimmung, bis Tancred oder Philip oder Stuart in die Vergessenheit verbannt wurden, um nie wieder erwähnt zu werden. Jetzt, bei Ross Vernon, konnte nur die Anziehung von Gegensätzen ausschlaggebend gewesen sein.

Mary und Ross waren Mr. Simpson und der gräßlichen Miss Hammer, der Kunstlehrerin, entronnen, und Mary redete mit leiser Stimme auf Ross ein, sie schien ihn zu ermahnen. Er stand stirnrunzelnd da, mit offenem Mund, und hörte sich die Ermahnung an. Mary, die Schulmeisterin, erteilte einem Schüler einen strengen Tadel, und der Bestsellerautor steckte ihn widerspruchslos ein. «Sie neigen ständig zum Exzeß», hörte Virginia Mary sagen. Ross nickte freundlich und packte Marys Schulter, bis sie sich lächelnd entzog.

Dieser Mann, der einem mit einem einzigen geschriebenen Satz bis ins Herz dringen konnte – aber er schien nicht so empfindsam zu sein, um wahrzunehmen, daß Mary bar jeder Ironie war, daß es für sie Abstufungen der Zuneigung nicht gab und es deshalb unfair war, ihre Empfindlichkeit auf die leichte Schulter zu nehmen. Virginia hätte zu ihm sagen mögen, sei um Gottes willen vorsichtig, sie gehört zu den ganz seltenen Menschen, die es absolut ernst und ehrlich meinen. Doch als er den Kopf zu Virginia umwandte, hatte sein Gesicht einen völlig unschuldigen, unbedachten Ausdruck.

Sie stellte ihr Sherryglas hin und schritt auf Mary zu.

«Ich gehe jetzt, Mary. Vielen Dank.»

«Du gehst schon? Hat er dir gefallen?»

«Sehr.»

«Zuviel Feuerwerk, wie in seiner Schriftstellerei.»

«Das fand ich gar nicht, er war sehr aufrichtig.»

«Ja, das ist er schon, aber er ist zu sehr darauf bedacht, Eindruck zu machen, er kann nicht aufhören. Erfolg verdirbt eben den Menschen. Warte nur, bis er versagt, das tun sie alle früher oder später.»

«Nun, hoffen wir, daß er nicht versagt.»

«Warum nicht? Es wäre das Beste, was ihm passieren könnte.»

«Nun –»

«Das Beste auf der Welt, wirklich.»

«Na ja, jedenfalls – vielen Dank. Ruf uns wieder mal an, wir haben dich lange nicht mehr gesehen.»

«Ich fahre nächsten Monat zu einem Seminar nach Georgia.»

«Wunderbar – amüsier dich gut.»

«Herrgott, ich fahre nicht zum Amüsement dorthin.»

Virginia schritt die Seventy-third Street entlang, als jemand plötzlich ihren Namen rief. «Mrs. Brett!» Sie drehte sich um und sah einen Mann, der durch das rote Licht an der Park Avenue aufgehalten wurde. Hatte sie etwas verloren, ihre Handschuhe? Der Mann winkte ihr zu, doch da sie gerade nicht ihre Brille trug, war sie erst überrascht, als er bei ihr stand.

Er lächelte. «Hallo», sagte er, ganz außer Atem.

«Hallo.»

«Wohin gehen Sie?»

«Richtung Stadt.»

«Wie weit?»

«Nach Hause.»

«Und wo ist das?»

«Sixty-ninth.»

«Haben Sie es eilig?»

Was sollte das alles? Sie ging nicht gern neben einem Fremden, mit dem sie sich unterhalten mußte.

«Ja, ich muß –» Sie sagte, sie sei zum Lunch verabredet, weil ihr gerade nichts Besseres einfiel.

«Es gibt da etwas, worüber ich mit Ihnen sprechen möchte», sagte Mr. Vernon. «Gehen wir kurz ins Carlyle, das ist gleich in der Nähe.»

Sie blickte ostentativ auf ihre Uhr, aber er ignorierte dies, nahm ihren Arm und führte sie die Madison hinauf. «Wie ist es gegangen, nach Ihrer Ansicht?»

«Oh, sehr gut, fand ich.»

«Es war alles im voraus ausgedachtes dummes Zeug, und viele von ihnen haben das gemerkt. In der vordersten Reihe saß ein Mädchen. Sie hat mich kein einziges Mal angesehen. Sie hat *geschrieben.*»

«Vielleicht hat sie sich Notizen gemacht.»

«Nein, sie hat die ganze Zeit von einem Text unter der Bank abgeschrieben. Also habe ich sie ignoriert und nur noch Sie angesehen.»

«Warum mich?»

«Sie waren der einzige Mensch, der aufrecht stand, und Sie

haben mich nicht aus den Augen gelassen, es ist immer besser, Augenkontakt zu haben, wenn man in der Öffentlichkeit spricht, da klingt das Zeug, das man von sich gibt, etwas überzeugender. Warum kommen Sie und Mary nicht miteinander aus?»

«Hat sie das gesagt?»

«Nein, aber das merke ich. Sie sind zu höflich zueinander.»

«Oh, wir kommen schon miteinander aus.»

«Na ja, auch egal. Kommen Sie, schnell», sagte er, faßte sie wieder am Arm und steuerte sie schon bei Rot über die Seventy-sixth-Street.

«Ich muß was trinken», sagte er, als sie sich im Carlyle in der fast leeren Bar niedergelassen hatten. «Was hätten Sie gern?»

«Ich bleibe bei Sherry.»

«Bringen Sie der Dame», sagte Ross zu dem Kellner, «einen Amontillado, einen guten importierten Amontillado, nichts von diesem kalifornischen Zeug, und mir einen doppelten Johnny Walker Red Label on the rocks, und bringen Sie uns auch ein paar von diesen trockenen gesalzenen Erdnüssen, nicht die fettige Sorte.»

Der Kellner wollte gerade gehen, da setzte er hinzu: «Ach, sagen wir, gleich zwei doppelte Johnny Walker, wenn wir schon dabei sind.»

«Sehr wohl, Sir.»

«Ich trinke gewöhnlich tagsüber nicht viel», sagte er und fuhr sich mit der Hand durch das zerzauste lockige Haar, «aber diese Veranstaltungen regen mich auf. Alles Blödsinn. Und die Kinder wollen gar nicht hören, was man ihnen zu sagen hat. Ich hätte sagen können: ‹Ich schreibe rückwärts wie die Chinesen.›»

«Aber ihr Beifall war doch eine richtige Ovation.»

«Ach na ja, na ja. Eine öffentliche Rede halten – da schreibe ich lieber ein Dutzend Romane. Und die Fragen, die sie einem stellen! ‹Wo bekommen Sie Ihre Ideen her?› ‹Schreiben Sie am Morgen?› Letzten Monat mußte ich einen kurzen Vortrag halten bei einem Lunch einer dieser Buch-und-Autor-Gesellschaften, und da hat doch die Vorsitzende, die neben mir saß, zu mir gesagt: ‹Mr. Vernon, ich habe Ihr Buch gelesen›.»

«Und sonst nichts?»

«Sonst nichts. Vorhang. Ich hätte zu der alten Hexe sagen sollen: ‹Na, dann sind Sie selbst dran schuld›. Ist mir erst später eingefallen. ‹Ich habe Ihr Buch gelesen› – Herrgott! Und dann kommen die Burschen vom Fernsehen, die keine Seite von dem Buch gelesen haben und mitten in die Reklame hinein zu einem sagen: ‹Ach, erzählen Sie uns doch bitte in den siebzig Sekunden, die wir zur Verfügung haben, worum es in Ihrem Buch geht.› Dann sage ich: ‹In meinem Buch geht es um vierhundertsechsundzwanzig Seiten›. Zu guter Letzt habe ich zu diesem Hornochsen in Cleveland gesagt ‹Ich bin bei Tagesanbruch aufgestanden und unter großer Anspannung meines Nervensystems hierhergeflogen, und wenn Sie oder Ihre Mitarbeiter nicht einmal soviel Anstand besessen haben, in meinem Buch wenigstens zu blättern, dann bleibe ich nicht hier›, und da hat er gesagt: ‹Das können Sie nicht machen, dann bleibe ich ja auf zwölf Sendeminuten sitzen›. Da habe ich gesagt: ‹Zeigen Sie den Leuten Ihren Nabel›. Nur habe ich nicht Nabel gesagt. Bin aufgestanden und gegangen.»

«Gut gemacht.»

«Nein, ich hätte warten und das vor der Kamera tun sollen. Nie wieder. Das schwöre ich beim heiligen Stein von Theben. Beim nächsten Buch, das ich schreibe, kommt in meinen Vertrag: kein persönliches Auftreten, weder lebendig noch tot. Das sollen die Leute machen, die sich gern als Berühmtheiten sehen lassen, wie Capote.»

«Sie sind besser als Capote.»

«Unsinn. Das einzige, das wir gemein haben – wir sind beide feminin.»

«Wie meinen Sie das?»

«Jedes Dichten, Schreiben hat ein Geschlecht. Hat nichts mit dem Geschlecht des Schriftstellers zu tun. Hemingway ist männlich, Fitzgerald weiblich, Willa Cather ist männlich, Capote ist weiblich, *ich* bin weiblich.» Dann nannte er den Namen eines bekannten Autors und sagte: «Der ist neutrum. So neutrum, wie der Tag lang ist. *Well, here's looking at you.*»

Diesen Trinkzuspruch hatte sie seit Jahren nicht mehr gehört.

«Die Leute, die an die Reinkarnation glauben, Karma und so, die sagen ja, wir wechseln in unseren verschiedenen Leben das Geschlecht. Deshalb findet man bei Männern oft den weiblichen

Keifertyp und bei Frauen den männlichen Ellenbogentyp, Überbleibsel einer früheren Seele. Glauben Sie an solches Zeug?»

«Halb ja, halb nein.»

«Ich kann es schon. Ich muß es nicht, aber ich kann es. Wenn dem so ist, dann sind wir uns schon einmal begegnet, Sie und ich.»

«So, glauben Sie?»

«In irgendeiner düsteren Indianergegend. Vielleicht war ich die Squaw.»

Wie er sie ansah, gleichsam in sie hineinsah – ihr wurde unbehaglich.

«Ich würde nie ein Mann sein wollen.»

«Warum nicht?»

«Ich bin als Frau zufrieden, ich bin gern eine Frau.»

«Ein Mann sein hat seine Vorteile. Man kann eine hübsche Frau zu einem Drink einladen.»

«Wie lange kennen Sie Mary schon?»

«Oh, so seit einem Jahr.»

Und sie hatte nie von ihm gesprochen. Oder ihn sonntags zum Mittagessen mitgebracht. Er war in einer Schublade aufbewahrt worden, in Seidenpapier eingewickelt.

«Merkwürdig, sie hat nie von Ihnen gesprochen, erst neulich, als sie sagte, Sie würden in der Schule einen Vortrag halten.»

«Nun, sie hat auch nie ausdrücklich von ihrer Mutter gesprochen, wenn Sie so wollen – wir sprechen nicht über unsere Familien, Mary und ich.»

Wollte er darüber mit ihr sprechen? Bis jetzt konnte sie noch nicht ausmachen, worauf er mit diesem Geplauder hinauswollte.

«Haben Sie denn Angehörige?»

«Ja – meinen Vater.»

«Wo?»

«Iowa.»

«Und freut er sich nicht über Ihren Erfolg, über Ihr Buch?»

«Ach, ich weiß nicht. In Iowa geben sie nicht viel auf so was. Ihn hat nur beeindruckt, daß ich in einer Talk-Show mit dem dienstälteren Senator zusammen aufgetreten bin, an dessen Namen ich mich nicht mehr erinnere.»

Er trank das erste Glas leer und griff zu dem zweiten.

«Ich nehme an –» begann sie, doch er unterbrach sie: «Darf ich mal Ihre Hand sehen?»

Verblüfft hielt sie ihm ihre Hand hin.

«Nein, die rechte.»

Er las in ihrer Handfläche wie in einem Buch; wieder hatte sie das unbehagliche Gefühl, daß er in *ihr* wie in einem Buch las.

«Hm», sagte er nach einer Weile, «Liebe war da zweimal in Ihrem Leben. Das eine Mal war es sehr kurz. Zeitlich, meine ich, und das andere Mal hat es relativ lange gedauert.»

Er sah noch einmal hin, wie um sicherzugehen.

«Ja. Jetzt die andere Hand.»

Für ihre linke Hand brauchte er länger.

«Ja, da sind sie wieder. Aber da ist noch eine Liebe im Kommen.»

«Haha.»

«Nein, wirklich, es ist da zu sehen, wenn Sie daran glauben wollen.»

Sie war überzeugt, daß er nichts vom Handlesen verstand, das war nur so ein Partygag. Und dennoch, seltsam – ihre Affären mit Alan und Tory. Die eine war sehr kurz gewesen, die andere hatte recht lange gedauert. Oder zählte Alan nicht? Aber er hatte «Liebe» gesagt, nicht «Liebhaber». Wieder starrte er sie an.

«Wie ist Ihr Mann? Darf ich Sie das fragen?»

«Gewiß», sagte sie so gelassen wie möglich (es wurde so warm hier, hatten sie die Heizung angestellt?). «Er ist Anwalt und interessiert sich nicht besonders für Literatur oder Kunst. Kommen Sie doch mit Mary sonntags mal zum Mittagessen zu uns, dann lernen Sie ihn kennen.»

Ihr halbherzige Einladung klang herablassend. Sie verspürte ein eigenartiges Gefühl der Gefahr, war verwirrt, nahm Lippenstift und Spiegel heraus und zog ihre Lippen nach.

«Oh, das würden wir sicher nicht tun», sagte er. «Aber da wir gerade bei ‹Essen› sind – sollen wir etwas hier in der Bar bestellen, oder würden Sie lieber in den Speiseraum gehen? Es gibt hier einen ausgezeichneten Heringsrogen, zur entsprechenden Jahreszeit, ich kann mir nur nie merken, wann der Hering laicht – Sie?»

«Nein, ich auch nicht», sagte sie und klappte ihre Tasche zu.

«Ich muß jetzt nach Hause und meiner Putzfrau ihren Lohn bezahlen, und ich muß für acht Personen Abendessen machen, ehe wir in die Philharmonie gehen.»

Sie legte ihren Schal um.»

«Vielen Dank für den Drink, oh – Sie sagten doch, Sie wollten mich wegen irgend etwas sprechen?»

Er lachte. «Hab ich das gesagt?»

Sie wartete, er schwieg.

«Hatte es etwas mit Mary zu tun?»

«Oh, Mary ist großartig. Sie ist in Ordnung – wissen Sie, was ich meine? Wenn wir alle in Marys Ordnung wären, dann wären auch wir großartig. Aber so, wie es ist, sind wir total in Unordnung.»

Da reden Sie wohl für sich selbst, hätte sie zu diesen unverschämten Worten sagen mögen. Sie stand auf, und er erhob sich mit ihr.

«Darf ich Sie etwas persönlicher anreden als mit ‹Mrs. Brett›?»

«Virginia.»

«Virginia, würden Sie es für sehr unhöflich von mir halten, wenn ich Sie nicht zum Taxi bringe? Mir ist plötzlich nach viel Trinken und Denken zumute.»

«Nein, keinesfalls. Es war nett, Sie kennenzulernen.»

Sie wäre nicht überrascht gewesen, hätte er sie mit einer altmodischen Floskel verabschiedet – in Aussehen, Ausdrucksweise und Gebaren wirkte er wie ein Überbleibsel aus den Zwanzigern, und er konnte doch höchstens ein, zwei Jahre älter sein als Charley.

Sie trat hinaus auf die Madison, dachte noch kurz über Mary nach, die angeblich in Ordnung war, während alle anderen, sie eingeschlossen, im Vergleich dazu in Unordnung waren, aber dann hatte sie Mr. Vernon völlig vergessen, als sie die Seventy-second-Street erreichte.

Doch abends, während der Pause in der Carnegie Hall, stand er plötzlich neben ihr.

«Hallo», grüßte er, «so sieht man sich wieder.»

«Oh, hallo.»

«Darf ich Sie mit Miss Hughes bekannt machen», sagte er und stellte ihr eine hohläugige junge Dame mit einem chinesischen

Seidenfransenschal vor. Miss Hughes wirkte verlegen. «Virginia Brett.»

«Guten Abend. Und das ist mein Mann. Mr. Vernon.»

«Guten Abend, Mr. Vernon», sagte Luther.

Und da Ross darauf wartete, mußten die Vorstellungen fortgesetzt werden. «Mr. und Mrs. Perry, Mr. und Mrs. Cunningham und Mr. und Mrs. Jorgensen.»

Guten Abend. Guten Abend.

Ross schüttelte allen die Hand. Hob Mrs. Cunningham das Programm auf, das ihr hingefallen war.

Er war der einzige Mann in schwarzer Krawatte und sah etwas übertrieben elegant aus.

«Hat es Ihnen gefallen?»

«Oh, ja.»

«Ich konnte mich mit diesem Stück von Janácek nicht so ganz anfreunden», sagte er.

Es läutete, Gott sei Dank.

«Bis später«, rief Ross und führte Miss Hughes die Stufen hinauf.

«Wer ist das?» fragte Luther.

«Ein Bekannter von Mary. Er ist der Schriftsteller Ross Vernon. Du weißt doch – ‹Cain's Way›.»

«Canesway?»

«Steht seit Wochen auf der Bestsellerliste.»

«Und er ist ein Bekannter von *Mary*?»

«Ist das nicht der Schriftsteller?» fragte Isabel Perry. «Hat der nicht was mit ‹Caine› geschrieben? ‹Die Meuterei auf der Caine›?»

Und welche Drähte mußte er haben spielen lassen, um im letzten Augenblick an einem Abonnementabend noch bessere Plätze zu bekommen als sie.

Und warum hatte sie während der gesamten Schubert-Symphonie das Gefühl, daß er zu ihr hinübersah?

Und warum ging sie, als sie zu Hause waren, gleich zu Bett, während Luther für sie beide noch ein Gläschen eingoß und ‹*Cain's Way*› aus dem Regal holte, um den Klappentext zu lesen? «Ross Vernon wurde 1918 in Ames, Iowa, geboren und ging 1939 von der Universität von Iowa ab. Er erhielt den Magistergrad in

Englisch 1941 in Harvard und diente von 1943 bis 1945 bei der Marine im Südpazifik. Nach der Entlassung aus dem Wehrdienst arbeitete er abwechselnd (aber, wie er sagt, ohne große Begeisterung) als Anstreicher, Veterinärgehilfe und Versicherungsvertreter. Seine Kurzgeschichte ‹Being Happy› wurde im *Atlantic Monthly* veröffentlicht und trug ihm den Primrose-Preis für die beste Kurzgeschichte des Jahres 1947 ein; im gleichen Jahr begann er an dem Riesenwerk *Cain's Way* zu schreiben. Seine Interessen, abgesehen vom Schreiben, sind Skilanglauf und Uhren. Er freut sich über Gewitter. *Cain's Way* wurde vom Book-of-the-Month-Club ausgewählt und erscheint als Reader's Digest Condensed Book. Die Filmgesellschaft Columbia Pictures wird das Buch verfilmen.»

Als sie in der Nacht von fernem Donnern aufwachte, fragte sie sich, ob er sich jetzt freute.

«Hallo.»

«Ross.»

«Wer?»

«Hier ist Ross, Virginia.»

«Oh, hallo.»

«Könnten Sie heute mit mir zu Mittag essen?»

«Nein, ehem, das geht nicht – ich – habe Gäste.»

«Ein Drink am späten Nachmittag?»

«Nein, heute geht es nicht.»

«Morgen?»

«Mal sehen, was ist morgen, was ist morgen? Augenblick, ich muß auf meinem Block nachsehen –»

Sie hatte ihren Block gar nicht bei sich, wollte Zeit gewinnen.

«Nein, morgen geht es auch nicht.»

«Donnerstag, Freitag? Ich muß mit Ihnen über etwas sprechen.»

«Das haben Sie letztes Mal schon gesagt.»

«Ich weiß, aber ich hatte den Mut verloren.»

«Donnerstag», sagte sie unvermittelt. Sie wollte es hinter sich bringen, was immer es war.

Ein kleines Restaurant, das er kannte, in der Nähe des Museum of Modern Art.

Nach dem Mittagessen bat sie ihn, sie nur einen halben Häuserblock weit zu begleiten, und ging dann weiter, ohne ein Lächeln, ohne sich umzusehen. Sie versuchte, ihr Gleichgewicht wiederzugewinnen. Sie schritt benommen die Fifth Avenue hinauf, taub für den Verkehrslärm, taub außer für eine Stimme, die die Stimme ihres erstaunten Herzens sein mußte. Sie blieb stehen und starrte auf die Rundfunkgeräte und Kameras eines jener düsteren Läden, die seit zwölf Jahren «Räumen wegen Geschäftsaufgabe» verkündeten. ALLES MUSS RAUS befahl das feuerrote Schild. Die Aufforderung las sich wie ein Telegramm mit einer traurigen Nachricht. Sie schritt wie schlafwandelnd weiter, ging in trancegleichem Zustand zu Bonwit's hinein, kaufte Sachen, die sie nicht brauchte, Badeöl, Hautlotion und eine Schachtel mit französischer, nach Farn duftender Gästeseife, und ließ sie liegen. «Ihr Päckchen, Madam», rief die Verkäuferin ihr nach.

Als kurz nach sieben das Telefon läutete, rief sie noch vor dem zweiten Klingelton dem Hausmädchen zu: «Ich gehe schon dran, Nettie.»

«Hallo, kann ich Sie kurz sprechen?»

«Ja.»

«Sind Sie böse?»

«Nein.»

«Sie sind so schnell gegangen, ich dachte, Sie seien böse.»

«Nein.»

«Habe ich Sie verwirrt?»

«Ja.»

«Das tut mir leid. Aber es mußte gesagt werden.»

Pause.

«Ich wollte nur wissen, ob das ehrlich gemeint war, was Sie zum Schluß gesagt haben.»

«Was habe ich da gesagt?»

«Daß Sie es sich überlegen wollten.»

«Ja.»

«Tun Sie das?»

«Ja.»

«Sie müssen wissen, heute, das war kein leichtfertiger Impuls, ich habe wirklich alles so gemeint, wie ich es gesagt habe.»

«Ich glaube, das weiß ich.»

«Und Sie rufen mich auf jeden Fall an. Ich meine, auch wenn Sie nein sagen, werde ich es verstehen. Oder zu verstehen versuchen, obwohl sich an meinen Gefühlen nichts ändern wird, und, hören Sie bitte, ich werde warten. Und wenn ich nicht zu Hause bin, dann hinterlassen Sie bitte eine Nachricht bei meinem Beantwortungsdienst, ich rufe Sie dann zurück. Wollen Sie das tun?»

«Ja.»

Pause.

«Ich liebe Sie.»

«Nun», sagte sie, etwas lauter sprechend, «ich gebe Bescheid. Danke für den Anruf.»

«Wer war das?» fragte Luther, ohne von der Zeitung aufzublikken.

«Miriam.»

Auf die Verlaß war, weil Virginia auch Miriam schon gedeckt hatte, wenn diese eine Affäre hatte. Aber wieviel vernünftiger wäre es gewesen, wenn sie gesagt hätte: «Das ist dieser junge Schriftsteller, den du neulich abends in der Carnegie Hall kennengelernt hast. Er ist völlig von Sinnen und glaubt, er liebt mich, also geh du bitte von jetzt an ans Telefon und sage, ich bin nicht da, oder sage, ich sei in einem katatonischen Zustand, aus dem ich frühestens in sieben Jahren herauskomme.»

Ihre Sicherheit war bedroht.

ALLES MUSS RAUS.

Aber das Restaurant hatte schließlich eine Tür gehabt, weder Polizeihunde noch Stacheldraht hätten sie behindert, wenn sie bei der ersten Andeutung seines irren Ansinnens aufgestanden und hinausgegangen wäre. Sie war drei Stunden geblieben. Und warum hatte sie nicht jetzt gerade am Telefon gesagt, das Ganze sei doch absurd, sie sei keine Zwanzigjährige mehr, deren Herz durch schöne Worte dahinschmelze? Warum hatte sie die Sache nicht ins Scherzhafte gezogen? «Nun kommen Sie, Sie sind ein übersensibler Junge, der ältere Frauen mag, und da habe ich ein ganzes Adreßbuch voll, die würden sofort mit Ihnen ins Bett gehen. Aber was mich betrifft, nein, danke, ich habe für so was keine Zeit.»

Aber sie *hatte* die Zeit.

Sie hatte *nichts als* Zeit.

Sie hatte nichts. Nichts, was ihr gerade eingefallen wäre.

Und aufs Bett kam es ihm nicht an. Es war schlimmer, ihm kam es auf Dauer an.

Als sie noch ganz jung war, hatte sie einmal zu einem ihr nahestehenden Menschen gesagt: «Ich möchte nie in etwas hineingeraten, aus dem ich nicht mehr herauskommen kann, eine Ehe eingeschlossen.»

«Haben Sie gestern abend an mich gedacht? Hallo?»

«Ja, das habe ich.»

«Ich habe im Plaza gesessen und mir einen blöden Film angesehen, und da wußte ich plötzlich, ich wußte es einfach, daß Sie in diesem Moment an mich denken, und Herrgott, da mußte ich an mich halten, um nicht sofort aufzuspringen und Sie anzurufen.»

Das mußte der Moment gewesen sein, als sie nicht bemerkte, daß Helen Winkler eine hohe Karo-Karte gehabt hatte und sie die falsche Karte ausspielte. «Aber Virignia», hatte Helen gesagt, «das war doch *mein* Trumpf.» Und als sie nach Hause kamen, hatte Luther gesagt: «Ich habe dich noch nie so schlecht Bridge spielen sehen, brauchst du eine neue Brille?» «Ich mache mir solche Sorgen», sagte sie, «ich habe seit über einem Monat nichts mehr von Charley gehört.» «Dann ruf ihn doch an», sagte Luther, «ruf ihn jetzt gleich an, dann bist du beruhigt.» «Aber in Paris ist es jetzt doch schon vier Uhr morgens. Ach, trinkst du noch ein Gläschen vorm Schlafengehen? Ich gehe ins Bett, ich bin völlig erledigt.»

Zwei Wochen waren vergangen.

Schließlich, um der Sache ein Ende zu machen, hatte sie angerufen.

«Ich wußte, daß Sie es sind», sagte er, «ist das nicht komisch, beim ersten Klingeln wußte ich, daß Sie es sind.»

Es war wie in dem Traum, in dem man auf eine Bühne vor vollbesetztem Haus hinausgeschoben wird und keine einzige Zeile des Textes weiß. All die reiflich erwogenen, vernünftigen Dinge, die sie hatte sagen wollen, gerieten durcheinander. Sie fühlte, wie wild ihr Herz klopfte. Sie erzählte ihm peinlich genau alles, was sie getan hatte, und malte verzweifelt Vierecke und Dreiecke.

«Treffen wir uns», sagte sie dann in knappem Ton. Eine endgültige Aussprache per Telefon war unmöglich, sie brauchten das, was er Augenkontakt nannte. «Aber nur ganz kurz, ich habe einen Termin beim Zahnarzt.» Um zwanzig nach zwei rief sie den Zahnarzt an – sie habe die Hausschlüssel verlegt und könne deshalb die Wohnung nicht verlassen. Um kurz nach drei lagen sie in Ross' spartanisch eingerichteter Wohnung im Bett.

«Du bist schön», sagte er.

«Unsinn.»

«Ich liebe dich mehr als alles andere auf der Welt.»

«Das geht vorüber.»

«Willst du, daß es vorübergeht?»

«Ja.»

«Woher willst du wissen, daß das nicht Bestimmung ist? Woher willst du wissen, daß das nicht das Richtigste ist, das uns je passiert ist, dir und mir?»

«Ich weiß es nicht.»

RÄUMEN WEGEN GESCHÄFTSAUFGABE.

«Weißt du was», sagte er, «wir halten es so einfach von einem Tag auf den anderen, wie Leute bei den Anonymen Alkoholikern.»

«Das heißt aber doch das Unvermeidliche hinausschieben.»

«Das Unvermeidliche sind wir beide zusammen.»

«Unsinn.»

«Doch.»

«Reine Phantasie.»

«Wetten?»

«Fünf Millionen Dollar.»

«Ja, was du willst. Ich will keinen Handel mit dem Unvermeidlichen abschließen, davor habe ich Angst.»

«Beantworte mir nur eins, nur eins, und ich verspreche dir, ich stelle dir keine weiteren Fragen, und bis jetzt habe ich doch immer alles gehalten, was ich versprochen habe, oder?»

«Ja.»

«Liebst du Luther?»

ALLES MUSS RAUS.

Das war das Epizentrum von allem, um das sich während der letzten zwei Wochen in ihrem Kopf alles gedreht hatte.

«Natürlich», sagte sie schließlich, das Gesicht ins Kissen vergraben.

«Keine weiteren Fragen mehr.» Aber er lächelte, als sie das Gesicht ihm zuwandte – als hätte er einen Punkt für sich verbucht.

Auf einer Marmorbank im Atrium des Frick-Museums sagte sie: «Du siehst, es geht so, wie diese Sachen immer gehen; Heimlichkeiten, Lügen. Ich hasse das.»

«Die Antwort darauf liegt bei dir.»

«Ach, fang nicht wieder davon an, bitte.»

«Du hast gerade damit angefangen.»

«Ich habe nie gesagt –»

«Eben. Ich hasse es auch. Aber du mußt die Entscheidung treffen.»

«Nein, es ist zu unglaublich.»

«Vielleicht. Aber du bist ungläubig.»

«Es kommt nicht in Frage.»

«Das sagst du immer, ‹kommt nicht in Frage, kommt nicht in Frage›. Alles kommt in Frage, wenn man nur *glaubt*.»

«Aber –»

«Aber, aber, aber.»

«Dreißig Jahre.»

«Manchmal sind dreißig Jahre lange genug.»

Wenn ich jetzt nur aufstehen könnte. Wenn nur all die Panik, die Angst, die ich empfinde, meine Knie, meine Beine elektrisieren könnten, daß sie jetzt sofort aufstehen und mich mitnehmen, dann würde er mir nicht folgen, das weiß ich.

«Ich könnte es ihm nicht antun», sagte sie. «Ich könnte es ihm einfach nicht antun.»

Ross schwieg. Akzeptierte er es? Ging es für sie beide nicht anders? Dann sagte er: «Du bist wie jemand auf einem sinkenden Schiff, der sagt, man darf den Kapitän nicht im Stich lassen, das wäre nicht nett.»

«Quatsch», sagte sie, ohne daß es sehr überzeugend klang.

«Der Quatsch geht immer so weiter, das hat er nun mal an sich, Schatz. Also führt uns dieses Gerede nicht weiter.»

«Ja, das weiß ich.»

Sie wandte sich um und griff nach seiner Hand. Er reagierte nicht.

«Es tut mir leid, ich bin so ein –»

«Dummkopf – nach dem Wort hast du wohl gesucht.»
«O Gott.»
«Er wird uns nicht helfen.»
«O Gott», sagte sie noch einmal, und Tränen traten ihr in die Augen. Sie suchte nach einem Papiertaschentuch, schneuzte sich und sagte: «Warum gehst du jetzt nicht einfach fort und läßt mich allein, dann wäre alles erledigt.»
«Wenn du es nicht kannst, kann ich es auch nicht.»
Sie saßen da wie zwei Marmorfiguren, bis er sagte: «Ich muß nach Kalifornien fahren.»
«Wann?»
«Nächste Woche.»
«Für wie lange?»
«Bis ich alles mit den Filmleuten bei der Columbia besprochen habe. Kann einen Monat dauern, vielleicht länger.»
Vielleicht war das eine Gelegenheit für ihn, sich behutsam zurückzuziehen. Er wirkte heute bedrückt, keine Scherze, keine Schmeicheleien. Das Gewicht der ganzen Welt lastete auf ihm. Sie waren stumm im Frick umhergewandelt wie Leute, die einander fremd geworden sind.
«Wofür steht das», hatte Virginia plötzlich ausgerufen und dabei das zauberhaft schöne Mädchen von Ingres im leuchtend grauen Satin angesehen.
«Inneres Entzücken», sagte er. «Etwas, das wir nicht zu besitzen scheinen», wohl wissend, was sie meinte. Er hatte so laut gesprochen, daß zwei ältere Damen ihnen strenge Blicke zuwarfen.
Jetzt sagte er: «Warum kommst du nicht mit?»
«Oh, ich –»
«Kommt nicht in Frage, kommt nicht in Frage. Hast du nicht eine Schwester in Los Angeles? Eine Dosis von dem künstlichen Leben dort, vielleicht tut die uns ganz gut, vielleicht wissen wir dann besser über uns Bescheid.»
Das war also das Ultimatum, der hingeworfene Handschuh.
Und Luther fragte besorgt beim Frühstück, warum sie sich denn die ganze Nacht so herumgeworfen habe. Zuviel Kaffee? Die Nerven? «Du scheinst in der letzten Zeit schrecklich nervös.»
Die Sache sei – begann sie und hielt inne, weil sie selbst nicht

daran zu glauben vermochte, was sie zu sagen im Begriff war. Nun, was ich gedacht hatte, ist – der Winter hat mich völlig fertig gemacht. Und ich dachte, vielleicht ein Monat bei Flora in der kalifornischen Sonne – und Nettie könnte für dich ganztags kommen, oder du könntest in den Club gehen –

«Ja», sagte Luther, «du bist erschöpft, das sehe ich.»

Unvermeidlich jetzt, alles, was folgen würde, kein Zurück mehr, es ging den steilen Klippenpfad hinunter.

Flora sagte: «Der Junge ist verliebt in dich.» Flora hatte zwei «blaue» Augen, als hätte Wally ihr zwei rechte Haken versetzt; sie hatte in der Woche zuvor eine «Nasenchirurgie» gehabt, was nicht passender hätte sein können, da sie deshalb das Haus nicht verließ und Virginia abends frei war und ihren Wagen benutzen konnte. Virginia hatte gefragt, ob Ross zu dem Dinner eingeladen werden könnte, das Flora für sie und vier gute alte Freunde gab, die bei ihrem Anblick vielleicht nicht in Ohnmacht fielen, die Ashers von Paramount und die Dublinskys von United Artists. Ross hatte sich der Situation mehr als gewachsen gezeigt, hatte zu der reizenden Mrs. Asher gesagt: «Ah, Sie sind Laura la Plante, nicht wahr? Sie sehen noch genauso aus wie in ‹The Cat and the Canary›.» Mrs. Asher meinte, diesen Film müsse er wohl auf dem Schoß seiner Mutter sitzend gesehen haben. Er habe ihn erst im vergangenen Jahr im Museum of Modern Art gesehen, erwiderte er und führte sie so behutsam zum Tisch, als wäre sie aus Porzellan. Flora entging es nicht, daß er sich kaum um Virginia kümmerte.

«Wie lange kennst du ihn schon?»

«Etwa vier Monate.»

«Weiß Luther davon?»

«Nein.»

«Wie alt ist Ross?»

«Fünfunddreißig. Fast.»

«Er wirkt älter, ich hätte ihn auf Ende Dreißig geschätzt. Zeig mir doch mal diese Creme. Oh, Virginia, die taugt doch nichts. Ich muß dir mal die geben, die ich mir bei den Westmores machen lasse. Gurke und argentinisches Lanolin. Und warum färbst du dir nicht das Haar ein bißchen, ich kenne keine in deinem Alter, die das nicht tut, und ich kenne manche, die jünger sind.»

Flora erzählte von dem kleinen Mann im Valley, der Wunder

wirkte mit einem Zupfen da und einem Abnäher dort. Und dann diese Salinenbäder und eine herrliche Klopfmassage mit einem flachen Holzschlegel, wie das diese wunderbare Schwedin machte. Sie hatte Leonie Starr revitalisiert, die jetzt in einem hell erleuchteten Raum wie eine Siebenundvierzigjährige aussah. Da war dieser Arzt, der einem die äußere Hautschicht abnahm und ersetzte. Natürlich war das mit Schmerzen verbunden, und man mußte Gott weiß wie lange im Dunkeln liegen, bis die gräßlichen Pusteln verheilt waren, aber dann –

«Ich will so alt aussehen, wie ich bin», sagte Virginia, «und habe alle Revitalisierung, die ich brauche.»

Flora lachte durch ihr Pflaster hindurch. «Ach, Schwesterchen», gab sie sich entrüstet.

«Weißt du», fuhr Flora fort, über den grobwollenen Bettbezug streichend, «ich habe gut reden, ich habe fast dreißig wunderbare Jahre hinter mir. Das Floß ist plötzlich unter mir gesunken bei der Totalen, und da hat Wally mir mit einer Stange herausgeholfen. Dabei habe ich ihn kennengelernt, und seitdem hilft er mir immer wieder heraus. Natürlich ist so etwas selten, hier bei uns, auch sonst auf der Welt. Dreißig Jahre lang von einem Menschen wirklich geliebt zu werden. Natürlich hast auch du Zuneigung kennengelernt, weiß Gott. Ich bin überzeugt, der gute alte Luther ist nie vom Pfad der Tugend abgewichen, nicht einmal in Gedanken. Aber ich frage mich – und das ist nicht abwertend gemeint –, ich frage mich manchmal, ob Zuneigung alles ist, was eine Frau braucht. Ich nehme an, viele Frauen über fünfzig blikken zurück und stellen dabei fest, daß da gar nicht so viel ist, worauf sie zurückblicken können.»

Flora warf ihr einen durchdringenden Blick zu.

«Ich blicke nie zurück», sagte Virginia, während sie sich das Gesicht eincremte.

«Da bist du klug», sagte Flora.

Und dann: «Natürlich, ja, das mußt du machen, du solltest dir Big Sur ansehen. Und Carmel ist reizend.»

Nachdem das Studio Ross' Skizze für ein Drehbuch abgelehnt hatte, weil sie «zu eng am Buch orientiert» war, hatten sie eine Woche Zeit.

«Ich habe diese netten Freunde von Flora kennengelernt», erklärte Virginia Luther am Telefon, «und sie fahren die Küste hinauf bis nach Big Sur und Monterey – ob ich da mitfahre?»

«Unbedingt», sagte Luther. «Hier hättest du nur schlechtes Wetter – nichts als Graupeln.»

Sie stiegen in San Luis Obispo als Mr. und Mrs. Travers und in Carmel als Mr. und Mrs. Harvey ab. In Carmel war alles flamingorosa und rousseaugrün. Die Farben der Freude, sagte Ross. Dies war die Küste Illyriens, wo man keine Fragen stellte, keine Brauen hochzog; der Spiegel, der Pazifischer Ozean hieß, verwandelte alles, Alter, Ängste, Zweifel. Sie wandelten, von der Sonne gebleicht und gebräunt, Hand in Hand durch die paradiesische Landschaft.

«Guten Abend, Madam», sagte der Oberkellner. «Ihr Gatte ist gerade eine *New York Times* holen gegangen.»

Ein beunruhigender Augenblick, als Mrs. Harvey ausgerufen wurde. Bis sich die richtige Mrs. Harvey auf den Ruf meldete.

«Ich wäre beinahe aufgestanden», sagte sie, und sie lachten.

«Wie hat er den Namen gewußt?»

Aber plötzlich wollte sie keinen Nachtisch mehr.

«Warum runzelst du die Stirn?»

Sie konnte nicht erklären, daß sie plötzlich vom Schauspiel ihres angenommenen Namens erschüttert worden war.

«Ich nehme an, weil ich daran dachte, daß uns nur noch drei Tage bleiben.»

«Ach», sagte er. «Drei *Tage*.»

Doch in San Francisco, als die Idylle mit ihrer Bräune verblaßte, bekamen sie wegen einer Bagatelle einen Streit, der mit Schimpfworten und Ultimaten endete.

Sie saßen während des Heimflugs auf getrennten Sitzen und gingen auf dem Flughafen Idlewild ohne Gruß auseinander. Sie sah, wie er vor ihr ein Taxi bestieg.

Keine Anrufe.

Sie sah keinen Grund für ein weiteres Hinauszögern, sie war in die Enge getrieben, sie war schon halb zur Tür draußen, sie konnte in dieser unechten Tugendhaftigkeit, in der sie alles beschmutzte, was sie berührte, nicht weiterleben.

Sie mußte mit Luther über alles sprechen. Aber es war, als spräche sie in hohem Fieber durch ein Sauerstoffzelt.

Er sah ungerührt aus, sie war eine Klientin in seinem Büro, die ihre Eheprobleme ausbreitete. Er nickte, räusperte sich ab und zu, als mache er sich Notizen für den Schriftsatz.

«Ich verstehe», sagte er. «Und wann genau war das?» «Ich verstehe, aber würdest du mir da noch einen Punkt erläutern?»

Einmal klingelte das Telefon, und er hatte ein längeres Gespräch mit Josh Levine, bei dem es um jemandes Verfassungsrechte ging.

«Entschuldige, das war Josh, und die Sache war dringend – wo waren wir stehengeblieben?»

Endlich war sie fertig, erschöpft, geläutert, isoliert, benommen von sieben Drinks, vier mehr als sonst vor dem Abendessen.

Luther stand da, ihr den Rücken zukehrend, und starrte in ein erloschenes Kaminfeuer.

«Wie denkt Mary darüber?»

«Mary? Was hat *sie* damit zu tun?»

«Nun, es ist doch ihr Freund, oder? Ich erinnere mich, das einzige Mal, als ich ihm begegnet bin, da sagtest du, er sei ihr Freund. Oder hast du mich da täuschen wollen?»

«Nein, nein, er ist ein Freund von Mary. Ich nehme an, sie sehen sich gelegentlich. Ich frage nicht danach, und er spricht nicht davon.»

«Hast du mit ihr darüber gesprochen?»

«Natürlich nicht. Es wäre das letzte, worüber ich mit Mary sprechen würde. Kannst du dir vorstellen, daß ich zu Mary gehe und mein Privatleben vor ihr ausbreite? Das ist undenkbar, und es bestürzt mich, daß du annehmen kannst, ich rede hinter deinem Rücken mit Mary über etwas, das in erster Linie dich betrifft.»

«Seit wann genau hat diese Sache intime Formen?»

«Fast von Anfang an.»

«Er ist nur ein paar Wochen älter als Charley.»

«Daran denken wir nicht, das spielt für uns keine Rolle.»

«Das sollte es aber.»

«Ich kann es dir nicht erklären, es ist einfach so, als gäbe es diesen Umstand nicht. Denk an Joe und Marsha Coghlin, er ist acht Jahre jünger als sie, und –»

«Das ist kein Präzedenzfall, sie sind seit fünfzehn Jahren verheiratet.»

«Eben.»
«Aber wir reden doch nicht von einer Ehe.»
«Doch, ich fürchte schon, das tun wir.»
«Wir reden nicht von einer Ehe, Virginia, weil ich eine Scheidung nicht einmal in Betracht ziehen werde.»
«Luther, sieh die Sache doch einmal so –»
«Ich setze nicht einmal dieses Gespräch fort.»
Fall abgeschlossen.
Solche Sachen gab es nicht, kamen in Luthers Welt nicht vor, außer in der Form anonymer Schriftsätze auf einem Anwaltsschreibtisch. Nichts war geschehen. Luther hatte sich dafür entschieden, es zu ignorieren, und wenn Luther sich beispielsweise dafür entschied, die chinesische Bevölkerung der Erde zu ignorieren – bing, dann gab es keine Chinesen mehr. Es würde ein unentschiedenes Abwarten sein, lebenslang. Oder bis sie Witwe würde. Leider kam eine Schwangerschaft als Druckmittel nicht mehr in Frage. Also ging alles wie gewöhnlich weiter. Die Mühelosigkeit, mit der Luther einen Teil ihres Lebens ignorieren konnte, wirkte selbstherrlich; es machte sie wütend, daß er stillschweigend davon ausging, dieser lebensherbstliche Unsinn werde vorübergehen und sie werde eines Tages kommen und sagen: «Liebling, ich danke dir, daß du deinen Verstand bewahrt hattest, wo wir ihn alle verloren hatten und dir noch einen Vorwurf daraus machten.» Ihr das eigene Ich abzustreiten, sie gänzlich zu unterwerfen, ohne mit der Wimper zu zucken, das war monströs. Nun, sie würde eisern sein.
«Können wir über Nacht zu den Simmses fahren am sechzehnten?»
«Ist das ein Samstag?» fragte sie, obwohl sie es schon wußte.
«Ja.»
«An dem Abend haben Ross und ich etwas vor.»
Er verzog keine Miene.
«Aha.» Sah im Terminkalender nach. «Dann müssen wir sie fragen, ob es am darauffolgenden Samstag geht.»
Tropfen auf einen Stein?
Sie zog in Charleys altes Zimmer. Kein Wort wurde darüber gesprochen.
Sie sagte: «Zum Schluß bist du doch soweit, weißt du?»

«Wie weit?»
«Daß du in eine Scheidung einwilligst.»
«Wie kommst du darauf?»
«Du hast mir noch nie etwas verweigert.»
«Aber das verweigere ich dir.»
Sie schob den Aschenbecher näher zu ihm hin.
«Ross würde gern mit dir zu Mittag essen, ohne mich.»
«Warum?»
«Er will dir schildern, wie *er* alles sieht.»
«Ach ja?»
«Ich habe ihm gesagt, du würdest kommen.»
«Das war aber doch etwas voreilig. Warum sollte ich mit ihm zu Mittag essen?»
«Weil du fair bist. Weil deine Fairness mich oft zur Verzweiflung gebracht hat. Jetzt sei auch fair zu *mir*.»
Diesmal war die Andeutung eines Zuckens um die Mundwinkel zu erkennen.
«Wann?»
«Wann es dir paßt.»
«Wo?»
«Im Century Club. Das ist eine Straße in den dreißigern, ist dir das zu weit außerhalb?»
Lange Pause.
«Der Century Club ist in einer Straße in den vierzigern.»
«Donnerstag. Ist dir das recht?»
«Ist mir was recht?»
«Dein Mittagessen mit Ross Vernon.»
Luther hüstelte. «Es ist nicht mein Mittagessen mit ihm, es ist seines mit mir. Ich lasse mich unter keinen Umständen von ihm zum Mittagessen einladen.»
Am nächsten Donnerstag.
«Wie ist es gegangen?»
«Schwer zu sagen.»
«Es muß aber doch lange gedauert haben, ich hab seit kurz nach drei dauernd versucht, dich anzurufen.»
«Ach so – ich bin danach zum Turnen gegangen.»
«Du bist zum *Turnen* gegangen?»
«Das tue ich immer donnerstags, das weißt du doch.»

«Also, wie ist es gegangen?»

«Nun, er war natürlich höflich, wie du gesagt hast. Er hat mich beim Bestellen beraten, hat gesagt, die Muscheln dort seien die besten in ganz New York.»

«O Gott!»

«Er hat *gar nichts* gesagt, Virginia. Er hat nur zugehört. Er war sehr freundlich, hat sich alles angehört, was ich zu sagen hatte. Hattest du etwas Dramatisches erwartet?»

«Nein – nein – eigentlich nicht.»

«Er hat gesagt, ich müßte begreifen, daß er nur dein Bestes im Auge hat.»

«Ja, das war wohl unausbleiblich.»

«Ich glaube leider nur, daß er damit für uns das Schlimmste meint.»

Luther wechselte das Thema: «Jim Symington muß sich einer Staroperation an beiden Augen unterziehen.»

«Wie ist es gegangen, bei eurem Mittagessen?»

«Was hat *er* denn gesagt, wie es gegangen ist?»

«Er hat gesagt, du warst sehr höflich und hast ihm zugehört.»

Luther hustete und sagte: «Er schien zu glauben, es obliege ihm, mir eine Garantie dafür zu geben, daß sein Einkommen so groß ist, daß für dich auch ohne eine Regelung meinerseits mehr als ausreichend gesorgt ist. Ich hatte gedacht, es würde etwas mehr um Gefühle gehen.»

«Was noch?»

«Er hat vor, einen Bauernhof in New Hampshire zu kaufen.»

«Aber hast du dir irgendein Bild von ihm gemacht?»

«Nein, eigentlich nicht, er scheint ganz allgemein ein friedlicher Mensch zu sein.»

«Aber du mußt doch irgendeine Meinung von ihm bekommen haben.»

«Er sieht die anderen immer sehr groß an, nicht wahr?»

«Ach, angenommen, du wärst ihm unter völlig gewöhnlichen Umständen begegnet, er wäre einfach jemand, den du –»

«Aber ich bin ihm nun einmal unter sehr *un*gewöhnlichen Umständen begegnet.» Luther schlug das *World-Telegram* auf und sagte: «Würdest du Blumen für Jim Symington ins Krankenhaus schicken, bitte?»

«Also fertig, ja?» Sie fühlte sich wie betäubt. «Fall abgeschlossen, ja? Über mein Leben verfügt, ja?»

Sie riß ihm die Zeitung aus den Händen.

«*Ja?*»

«Soweit es mich betrifft – *ja*.»

Als sie nach dem endlosen, langweiligen Abend bei den Levinsons mit Heimkinofilmen aus Israel heimkamen, setzte sie sich in der Diele hin, ohne ihren Nerz auszuziehen, und sagte: «Luther, ich lasse mich in Mexiko scheiden.» Er hängte seinen Mantel in den Schrank der Flurgarderobe und ging an ihr vorbei ins Wohnzimmer. Als sie das Klicken von Eiswürfeln hörte, ging sie in ihr Zimmer und schloß die Tür.

Alles vorbei. Kein weiteres Wort fiel mehr darüber.

«Ich fliege Mittwoch, alles ist geregelt», sagte sie zu ihm. Er nickte nur.

Deshalb war sie überrascht, als sie ihn die Tür aufschließen hörte, während sie ihren Koffer packte. Er war morgens früh gegangen – um letzte Auseinandersetzungen zu vermeiden, wie sie vermutet hatte.

Sollte es doch noch dazu kommen? Ein letzter Appell an Vernunft und sonst was? Tränen? Nein, Luther war nicht für dramatische Auftritte.

«Was machst du denn zu Hause?»

«Dachte, ich bringe dich zum Flugzeug.»

«Oh, wie nett.»

«Wann startet deine Maschine?»

«Eins-dreißig.»

«Pan-Am, ja?»

«Air France.»

«Ah, Air France. Von Idlewild aus?»

«Ja. Aber Luther, du brauchst mich nicht hinzubringen.»

«Doch, das tue ich.»

Weil sie noch Zeit hatte, setzten sie sich ins Wohnzimmer.

«Na ja», sagte sie, «es regnet nicht, da dürfte man ja ohne Schwierigkeiten ein Taxi bekommen.»

«Ja.»

Sie nahm sich Zeit beim Anziehen der Handschuhe, um ihn nicht ansehen zu müssen. Sie sagte: «Ich nehme nichts mit, nur das, was ich in Mexiko brauche. Ich habe Nettie einige alte Sachen geschenkt.»

«Ja, gut, schön.»

«Vielleicht sollte ich jetzt lieber fahren. Ehe ich im Verkehr steckenbleibe, bin ich lieber zu früh da.»

Im Taxi sagte sie: «Ich habe allen guten Freunden und Bekannten geschrieben.»

«Hast du mit den Kindern gesprochen?»

«Ich habe auch ihnen geschrieben. Das erschien mir weniger aufregend.»

«Vielleicht, ja.»

Pause.

«Es geht eigentlich, mit dem Verkehr», bemerkte er.

«Ja, ganz gut.»

Sie blickten jeder zu seinem Fenster hinaus.

«Ziehst du in den Club, bis du die Wohnung aufgibst?»

Er schien ein wenig überrascht. «Oh, ich gebe die Wohnung nicht auf, nein, nein. Warum sollte ich ausziehen?»

«Ja, natürlich», sagte sie. «Warum auch, und der Mietvertrag läuft noch anderthalb Jahre; ja, ich glaube, das ist vernünftig.»

«Ja, das denke ich auch», sagte er.

Nichts veränderte sich, natürlich nicht. Im Bundesstaat New York wurde eine mexikanische Scheidung nicht anerkannt. Sie würde weiterhin seine Frau sein, nur würde sie nicht mehr bei ihm wohnen. Sie setzte lediglich eine Scheinscheidung durch, damit sie das Gefühl hatte, legitim mit diesem jungen Mann verheiratet zu sein. Nichts änderte sich im Grunde, nichts würde sich ändern, bis er starb. Bis er starb, war sie in den Augen Gottes und des Gesetzes sein. Und was für Augen gab es sonst noch?

«Ich habe mich gerade erkundigt», sagte er. «Air France Flug 56 hat eine Stunde Verspätung.»

«Oh, verdammt», sagte sie. «Diese Air France. Aber du brauchst nicht zu warten, Luther, ich will nicht, daß du wartest.»

«Ach, ich bitte dich.»

«Nein, wirklich.»

«Im Büro gibt es nichts, was Bill Eisner nicht auch erledigen könnte, und ich habe schon gesagt, daß ich heute vielleicht nicht mehr komme. Ist jemand da, der dich erwartet?»

«Nein.»

«Na, dann macht es ja nichts, wenn du später kommst. Wie wär's mit einem Drink, inzwischen?»

Die Flughafenbar mit ihren gelb getönten Spiegeln hatte etwas Bedrückendes. Sie saßen an einem auf Eiche getrimmten Tisch, an dem man nicht einmal die Beine übereinanderschlagen konnte.

«Wo wirst du dort wohnen?»

«Im Bahma. Das wurde mir empfohlen. Liegt gleich an der Hauptstraße. Juárez oder so ähnlich.»

«Iß dort keinen Salat. Ich habe gehört, man soll dort nicht einmal in Erster-Klasse-Hotels Salat essen, und rühre auch keine Eiscreme an.»

«Ich versprech's dir.»

Versprechen. Willst du, Virginia, den hier anwesenden Luther Brett –

Er sagte: «Aber ist denn dort jemand, den du kennst? Oder bist du dort ganz allein?»

«Ich habe meinen Anwalt.»

«Ich dachte an heute abend.»

«Oh, heute abend – bis ich dort bin – es ist ein Flug von acht Stunden, und ich werde in der Maschine zu Abend essen, und dann bin ich gleich reif fürs Bett.»

Es hat immer nur eine Frau in meinem Leben gegeben. Ich habe einfach gewartet.

«Hast du etwas zu lesen? Soll ich dir ein paar Zeitungen holen?»

Dann stand sie nebem ihm an der Sperre, Ticket und Paß in der Hand. «Luther, es war lieb, daß du mitgekommen bist. Du bist immer, immer lieb.» Sie umarmte ihn.

«Du bist immer und immer lieb.» Sie küßte ihn.

Er zog sich von ihr zurück. Sein Mund zuckte, er griff an seinen Hut.

«Ja, gut. Dann leb wohl.»

Nächsten Sommer lassen wir das Gestrüpp da unten am Bach ausreißen, damit wir den Birkenhain sehen können.

So versicherten sie einander des nächsten Sommers, wenn das Habichtskraut im Gras sproß, wenn an den Ebereschen schon rote Beeren hingen, überall längs der Straße die Goldrute prangte und die Nächte bereits recht kühl waren.

Nächsten Sommer erweitern wir die Garage, sie ist so klein, man bekommt den Wagen nicht richtig hinein. Also nächsten Sommer sollten wir wirklich im oberen hinteren Schlafzimmer ein Fenster nach Westen herausbrechen, es fällt ja kaum Licht herein. Und diese Schlüsselblumentapete hat uns doch nie gefallen, könnten wir die nicht überpinseln? Und die Matratzen sind ein Jammer, stellt dir nur vor, es bleibt tatsächlich mal jemand über Nacht.

War es letzten oder vorletzten Sommer, daß sie – aber diesmal gibt's kein Zurück! – nach Italien reisen wollten? Der Winter kam, und dann kamen bald wieder Flieder, Frauendistel, Rittersporn, Akelei. Dann kamen Stechapfel, wilde Stiefmütterchen, und ehe sie es sich versahen, holten sie das Holz für den nächsten Winter herein.

Sie hatte sich seit neun Jahren kein neues Kleid mehr gekauft, und da sie dieses Jahr nicht für einen Kalender hinter der Küchentür gesorgt hatte, war sie ständig einen Tag im Rückstand. So versäumten sie den Tag der Müllabfuhr oder gingen an einem Montagmorgen in die Kirche. Wirklich, ganz Jefferson mußte sich über sie lustig machen.

Also nächstes Jahr, Schatz, sagte er, mähe ich die obere Wiese, ganz bestimmt. Und die kleinen Kiefern, die sie im ersten Jahr gepflanzt hatten, begannen ihnen sehr frech den Ausblick auf die Berge zu versperren, den sie im Abendlicht so sehr genossen hatten.

Aber nächstes Jahr, sagte Ross, sind wir ganz brave Heinzelmännchen und krempeln die Ärmel hoch und erledigen das unbedingt. Unbedingt, sagte sie. Aber sie wurden von der Zeit verführt, vergeudeten sie, glitten mit den Jahreszeiten dahin, Galaxien drehten sich unmerklich, und die Zeit wurde zur Illusion. Von Marys kühl formulierter gedruckter Weihnachtskarte auf das bevorstehende Fest hingewiesen, dachten sie wohl an eine Gans, vergaßen es aber dann, bis es zu spät war und es zum Feiertagsessen nur Lammkoteletts gab. Ihre Freuden waren vielfältig und beständig, liefen ineinander über wie Wasserfarben, die sich vermischten, um zarte neue Farben zu bilden, an denen sie sich ergötzten; begeistert von ihrer ersten Heizdecke blieben sie einen ganzen Wintertag im Bett.

Manchmal nahm Ross abends seinen Drink mit hinaus und schritt den Feldweg auf und ab, nach seinen Bergen schauend im verblassenden opalisierenden Licht, und sie beobachtete ihn vom Fenster aus. Oft kochte etwas auf dem Herd über, so sehr war sie von ihm hingerissen, davon, daß sie ihn *hatte*. Es war wunderbar, daß sie ihn hatte, alles hatte.

Fast.

«Als unser Tim starb, wollten wir keinen anderen mehr haben», sagte Virginia gedankenverloren, während sie den Zirkushunden zusah, die auf dem Feld herumtobten – Eskimohunde, mürrische Schnauzer, aufgeregte Dobermänner.

Sie hatte sich auf dem Jahrmarkt von Lancaster zu Mrs. Matthews gesetzt. An ihrer Strickjacke fehlte ein Knopf, und Mrs. Matthews saß makellos herausgeputzt da in grüner Baumwolle und weißen Schuhen. Virginia hatte einen Schmutzfleck an der Stirn, aber Mrs. Matthews war zu höflich, sie darauf hinzuweisen.

«Als *wer* starb?»

«Unser Timmie.»

Mrs. Matthews schien verwirrt und etwas gereizt.

«Wie alt war er?» fragte sie.

«Oh, mal nachdenken – so an die siebzig etwa.»

Mrs. Matthews lachte. «Ich dachte einen Moment lang, sie sprechen von einem Kind. Du liebe Güte. Ich dachte, Sie hätten eines adoptiert, da sie doch – ich meine –» Mrs. Matthews lief rot an und fummelte an ihrem Korallenhalsband.

«Unser Hund Tim», sagte Virginia lächelnd. «Aber ich habe zwei Kinder aus erster Ehe.»

«Oh, sehen Sie sich ab und zu?»

«Nur sehr selten. Mein Sohn ist in Italien, und meine Tochter ist Lehrerin in Boston.»

«Nun, Boston ist nicht so weit, das ist schön.»

«Ja», sagte Virginia.

Marys wenige Besuche waren so steif und angespannt verlaufen, daß sie jedesmal eine Woche gebraucht hatten, um sich von dem erzwungenen Anstandsbenehmen wieder zu lösen.

«Nun, jedenfalls», meinte Mrs. Matthews, «wie ich immer sage, und wie fast jeder sagt, den ich kenne: Sie und Mr. Vernon scheinen das glücklichste Paar im ganzen Norddistrikt zu sein.»

Auf ihr Glück angesprochen, blickte Virginia vor sich auf die Knie. Ihr Glück war nichts, was sie tragen oder schmecken konnte. Es war da wie Licht, das man durch Laub sieht im leisen Wind, wie das Berühren eines warmen Steins. Sie schreckte davor zurück, es zu betrachten, als könnte es sich dabei verändern. Ihr Leben hatte sich nicht verändert, es hatte angefangen. Sie hatte die Hülle abgeworfen, die man als Virginia gekannt hatte, und das Leben an sich herankommen lassen.

Sie betrachtete ihr gegenwärtiges Leben so, als ginge ein Engel von Botticelli neben ihr her und sagte: «Du bist in einem Meisterwerk, du bist in ein Kunstwerk hineingemalt worden, verdirb es nicht durch eine unbedachte Geste, beweg dich nicht, rühr dich nicht, sonst zerstörst du, was der Meister im Sinn hatte.»

Der alte umgedrehte Waschzuber am Hang, auf dem sie so oft saß und auf das Haus hinunterblickte, war der perlenbesetzte Thron, die flatternden Hemden an der Wäscheleine waren die Seraphine.

Ein einziger Makel.

Ein einziger Kratzer im Glas.

Und es war schon erstaunlich, daß verständige, vernünftige Menschen nicht das Feingefühl besaßen, die Sache auf sich beruhen zu lassen. Daß Leute, die sich normalerweise eher die Zunge abgebissen hätten, als ein kinderloses Ehepaar zu fragen: ‹Wie kommt es, daß Sie keine Kinder haben?›, von ihm wissen wollten, was er schrieb. Arbeitete er gerade an etwas? Aber elf Jahre galten schließlich auch als eine lange Zeit zwischen zwei Büchern, und wenn man einen gefeierten Erstlingsroman hervorgebracht hat und seitdem nichts mehr, wird man zu guter Letzt entweder für faul oder für eine Eintagsfliege gehalten.

Nur sie wußte von dem Kampf und der Demütigung, von den

Fehlstarts und Fehlgeburten; einmal hatte er schon sechzig Seiten geschafft, als sie ihn dabei ertappte, wie er das Papier in den Herd schob, und sie hatte aufgeschrien und versucht, ihm den Schürhaken zu entreißen, weil sie Angst hatte, er werde damit nach ihr schlagen, so wild brannten seine Augen. «Laß», sagte er mit lebloser, kalter Stimme, «es ist Mist.»

Bis vor etwa einem Jahr hatte das Telefon in der ersten Woche jedes dritten Monats geläutet, und sie wußte jedesmal instinktiv, daß es Goldie Jacobs war, seine Agentin, die aus New York anrief. Sie legte dann den Hörer hin, um ihn aus dem Gemüsegarten oder von den Obstbäumen ins Haus zu rufen und die Falten auf seiner Stirn zu sehen, zu sehen, wie er unter der Last seiner Impotenz den Weg daherstapfte; dann die übliche alte Lüge: «Ich arbeite an etwas, aber es geht nur langsam voran.» Bis er die Lüge nicht mehr ertrug, dieser seinem Wesen nach so aufrichtige Mann, das Falschspiel nicht mehr aushielt und sagte: «Rufen Sie nicht mehr an, Goldie. Wenn sich etwas tut, sind Sie die erste, die davon erfährt.»

Einmal drang fast drei Wochen lang das Klappern der Schreibmaschine aus der Werkstatt über der Garage. Sie stellte keine Frage, sie hielt den Atem an und ging ihrer Hausarbeit nach, als wäre sie auf wunderbare Weise schwanger und müsse sich in ihrem Alter besonders schonen, hatte das Gefühl, sie balanciere einen hachdünnen Porzellanteller auf einem Stock. Dann ließ sie ihn zu Boden splittern und umschlang Ross und sagte, Schatz, ich bin so wahnsinnig glücklich für dich. Und er sagte in bleischwerem Ton: «Das brauchst du nicht. Ich habe ‹Auf der Suche nach der verlorenen Zeit› abgetippt. Jemand hat gesagt, durchs bloße Tippen käme man manchmal in Fahrt. Nun, den kann ich eines Besseren belehren.»

«Aber das spielt doch keine Rolle, du brauchst dich nicht schuldig zu fühlen. Es gibt gewiß Hunderte von Autoren, die nur ein Buch geschrieben haben und nicht den Zwang verspüren, danach noch eines zu schreiben.»

Gott und die Lancaster Commercial Bank wußten, er hatte einmal unerwartet viel Geld erhalten, wenn er auch jetzt die Auszüge nicht mehr ansah, die Goldies Büro ihm zuschickte. Virginia erledigte die Bankangelegenheiten und schwieg. Aber sie konnte ihn nicht ganz gegen den alten Ruhm abschirmen. Die Briefe kamen noch immer, die Anfragen mit der Bitte, vor dieser oder jener literarischen Gesellschaft, an diesem oder jenem College zu sprechen. Sie zeigte sie ihm nicht mehr. Jeden Sonntag zog sie die Seiten mit den Buchbesprechungen aus der *New York Times* heraus und warf sie in die Mülltonne vor dem Gemischtwarenladen.

Aber sie konnte die verdammte CBS-Gesellschaft nicht daran hindern, den Film immer wieder zu zeigen. Sie konnte nur zu Bekannten sagen: ‹Erwähnt nicht, daß ihr ihn gesehen habt, er kann den Film nicht ausstehen.›

Er konnte nicht sterben und ausgestopft und unter Glas gestellt werden mit dem Etikett «Ausgestorbener Autor».

Sie konnte zu Mrs. Matthews, die sie das glücklichste Paar nannte, nicht sagen: ‹Was wissen Sie davon, wie das ist, wenn man jemanden bis zur Selbstaufgabe liebt und ihm nicht helfen kann.›

Statt dessen sagte sie: «Kennen Sie jemanden, der unseren Zaun reparieren könnte?»

Mrs. Matthews sagte, daß solche Dinge wie das Reparieren von Zäunen folgenschwere Ereignisse auslösen können, Mrs. Vernon, es sind die kleinen Dinge, die das Leben eines Menschen verändern, und wissen Sie, daß ein Meteorit von der Größe eines Kieselsteins, der vom fernsten Planeten her durch den Weltraum rast, einen Ochsen töten kann? Tatsächlich sagte Mrs. Matthews, ja, da sei dieser junge Mann, ein Skilehrer, der im Sommer alle möglichen Jobs annehme, ein wirklich netter, ordentlicher Junge, der nicht haschte und nicht rücksichtslos fuhr wie die meisten jungen Leute dieser Tage – erst letzte Woche war sie von einer Gruppe solch drogenberauschter rasender Lümmel buchstäblich in den Straßengraben gedrängt worden.

Ted Royce war kräftig und untersetzt und hatte langes, zu einem Pferdeschwanz zusammengebundenes blondes Haar und einen kleinen ingwerfarbenen Schnurrbart. Er machte Virginia einen Kostenvoranschlag, der weit unter der Summe lag, mit der sie gerechnet hatte. Er strotzte vor Energie, hielt sich nicht mit der Vordertür auf, sprang einfach über die Mauer.

«Ja, Ma'am, ja Ma'am», sagte Ted Royce und machte sich an

den windschiefen Staketenzaun, dem jahrelang Schneeverwehungen arg zugesetzt hatten. Die verrotteten Pfosten hatte er im Nu ausgerissen. Er grub, hämmerte und schwitzte in der unerbittlichen Septembersonne.

«Klar doch», sagte Ted Royce, wann immer sie sich bedankte, wenn er ihr die Tür aufhielt oder herbeirannte, um ihr den schweren Korb mit der nassen Wäsche tragen zu helfen. «Klar doch». Er sagte, er wolle gern den Zaun umsonst anstreichen, wenn sie die Farbe besorgte. Er bemerkte, daß die Fliegendrahttür ein neues Drahtnetz brauche. Erzählte, er stamme aus Boston und habe dort die Universität besucht. Und immer wieder gab er gute Ratschläge: «Wissen Sie, Schnecken halten Sie von Ihren Tomatenstöcken am besten mit Bier fern. Die wilden Brombeeren ersticken Ihren Flieder, wenn Sie sie nicht stutzen.»

«Mr. Vernon, ich bin ein großer Bewunderer von Ihnen, ich halte Sie für den größten lebenden amerikanischen Schriftsteller, wenn ich das sagen darf.»

Virginia hätte beinahe die Vase mit den Ringelblumen umgestoßen, als Ross zu ihrer Überraschung lächelte und ganz ruhig sagte: «Gegen diese Art von Übertreibung habe ich nichts.»

«Aber es ist keine Übertreibung, Mr. Vernon, ich meine das ernst. Ich muß Ihr Buch mindestens zehnmal gelesen haben. Ich habe sogar die französische Fassung geschafft, und ich habe alle Ihre Kurzgeschichten gelesen, zumindest alle, die ich bekommen konnte.»

«Es waren nur fünf.»

«Nun, ich habe sie alle gelesen. ‹Die Tennisspieler› ist meine Lieblingsgeschichte. Ich habe sie bestimmt ein dutzendmal gelesen.»

Warum mußte Ross ihn danach auch noch zu einem Bier einladen? Ted Royce schien aus der eigenen Haut zu platzen, er kauerte in einem niedrigen viktorianischen Sessel in einer fast anbetenden Pose, die Bierdose zitterte ihm in der Hand. «Nur, wenn ich das sagen darf, ich hoffe, Sie sind mir nicht böse – der Film hat mir nicht gefallen, ich halte ihn für ein recht gewöhnliches kommerzialisiertes Produkt, für einen typischen Hollywoodschinken.»

«Da haben Sie völlig recht.»

Sie hätte wissen können, was jetzt kam. Ted Royce trank einen großen Schluck Bier und sagte: «Ich will Schriftsteller werden.»

Ross nickte.

«Und zwar ein guter», sagte Ted Royce. «Ich will so schreiben wie Sie.»

«Hm, versuchen Sie das lieber nicht.»

«Oh, ich weiß, was Sie meinen, Nachahmung ist nicht gut. Nein, ich will mich nur bemühen, etwas mit dem Glanz Ihres Werkes zu schreiben, in der Art wie Sie, in der Art, wie auch E. M. Forster geschrieben hat, ehe er aufhörte, Romane zu schreiben, in der Art, wie Sie beide einen Satz schreiben können, daß man völlig zerschmettert ist und sich gleichzeitig lebendiger fühlt als vorher. So wie der Moment in ‹Cain›, als Hannah den Schlag aus dem anderen Zimmer hört und ihn auf *ihrer* Wange fühlt. Solche Momente meine ich, wie auch den Schluß von ‹Auf der Suche nach Indien›, wo Aziz sagt: ‹Dann werden Sie und ich Freunde sein›. Das ist die Art, wie ich schreiben werde, ganz gleich, wie lange es dauert, und wenn ich Jahre und Jahre dazu brauche, das werde ich.»

«So einfach ist das nicht», sagte Ross.

Virginia wollte ihm später sagen, sie planten eine Reise, nach Saskatchewan hinauf, und wüßten nicht, wann sie zurückkämen, also würde sie ihn vielleicht anrufen, wenn im nächsten Sommer wieder etwas zu reparieren sei.

Aber es sollte noch schlimmer kommen.

Schon an der Tür, mit der leeren Bierdose spielend (er schien sie als Andenken mitnehmen zu wollen), fragte Ted Royce, ob Mr. Vernon ihm vielleicht einen ganz großen Gefallen tun würde, den wichtigsten Gefallen seines Lebens, den er sich vorstellen könne, und einen kurzen Blick in ein, zwei Sachen werfen, die er geschrieben habe.

«Mr. Vernon liest nie –» begann Virginia.

Aber Ross sagte: «Gewiß, warum nicht? Aber nur ein, zwei, nicht sechs oder sieben.»

«Klar doch», sagte Ted Royce und ging rückwärts hinaus wie nach einer Audienz bei einem König.

«Na, da hast du dich selbst hineingeritten», sagte sie, und dann: «Kein Wunder, daß er uns so wenig berechnet hat.»

Eines der kurzen Stücke trug den Titel ‹Was ich denke› und das andere hieß ‹Januar-Tauwetter›. Sie lagen einen Monat lang auf dem Wohnzimmertisch, während Ted Royce unter allen möglichen Vorwänden, die so fadenscheinig waren, daß Virginia fast mütterliche Gefühle für ihn empfand, immer wieder einmal vorbeikam. Schließlich sagte sie: «Wissen Sie, ich glaube nicht, daß Mr. Vernon je dazu kommt, sich diese Sachen anzusehen, vielleicht nehmen Sie sie lieber wieder mit, im Lesen von anderen Sachen ist er ganz schrecklich.»

«Oh, nein, behalten Sie sie nur», sagte Ted Royce. «Ich habe Durchschläge davon. Vielleicht findet er noch einmal zehn Minuten Zeit, um hineinzusehen, ich kann warten.»

Er müsse nach Boston fahren, um seinen kranken Vater zu besuchen, sagte er. «Ich lasse mich sehen, wenn ich zurück bin.» Aber er zeigte sich den ganzen Herbst nicht, und der Winter war schon hereingebrochen, als sie eines Abends im Wohnzimmer das Licht ausschalten wollte und sah, daß Ross am Tisch stand und eines der Manuskripte las.

«Kommst du herauf?» fragte sie und bekam keine Antwort. Wenn Ross etwas las, war er ganz konzentriert. «Schatz, kommst du herauf?»

«Was?» sagte er mit einem stirnrunzelnden Blick, nahm das Manuskript und setzte sich, noch immer lesend, hin.

Irgendwann in der Nacht drehte er sich auf den Rücken und sagte: «Herrgott.»

«Was?»

Sie dachte zuerst, er habe im Schlaf gesprochen, bis er nach langem Schweigen sagte: «Der Bursche kann schreiben.»

«Gut genug für eine Veröffentlichung, meinst du?»

«Nein, aber das Talent ist da. Es ist alles da. Da sind Passagen, die ich in meinem Alter gern selbst geschrieben hätte.»

«*So* gut?»

Wieder ein langes Schweigen.

«Dieser Bursche.»

«Vielleicht liest du die Sachen lieber noch einmal morgen bei Tage, deine ersten Eindrücke sind oft ungenau, wenn du ein, zwei Drinks gehabt hast.»

«Hm.»

«Soll *ich* sie mal lesen?»

«Ja, tu das und sag mir dann, daß ich zu allem anderen auch noch meine kritischen Fähigkeiten verloren habe.»

«Schatz, es besteht doch kein Anlaß –»

«Wozu?»

«Ach, ich meine, sich aufzuregen, das ist lächerlich.»

«Ja, ja.»

«Doch, das ist es. Nur weil –»

«Was?»

«Ich meine dieses Kind – das ist er doch praktisch noch. Selbst wenn er wirklich gut ist, was macht das *dir* aus. Selbst wenn er ein Genie wäre –»

«Ich habe nicht gesagt, daß er ein Genie ist, Virginia.»

«Du brauchst nicht wütend auf mich zu sein, nur weil –»

«Ich bin nicht wütend auf *dich*.»

«Schließlich –»

«Ich will nicht darüber sprechen. Ich will einfach nicht darüber sprechen.»

«Du könntest mich wenigstens ausreden lassen.» Doch was sie hatte sagen wollen, war jetzt angesichts seines Zorns schwer in Worte zu fassen.

«Schließlich bist du ein etablierter Autor.»

«O ja, ich bin ein etablierter Autor – haha!»

«Wohin gehst du?»

«Ich hole mir einen Scotch.»

Als sie einmal im ersten Morgenlicht aufwachte, war er noch nicht wieder im Bett. Sie las die zwei Erzählungen von Ted Royce voller Erstaunen und mit einem Gefühl wachsenden Grolls. Das Bewußtsein, das dieser Groll völlig unfair war, machte es nur noch schlimmer. Denn ihn nicht zu loben, ihm nicht wenigstens eine kleine Ermutigung zuteil werden zu lassen, wäre engstirnig und eines so großen Menschen wie Ross Vernon unwürdig gewesen. Aber daß Ted Royce in diesem Haus zu diesem Zeitpunkt Talent bewiesen hatte, das war so, als wäre jemand mit einer besseren Stimme unter den Zuhörern aufgestanden, um neben dem versagenden Tenor her zu singen.

«Nun, was meinst du?» fragte Ross. Seine Haltung hatte fast etwas von einem Boxer, wie er so vor ihr stand.

«Ja, ich glaube, er hat – er hat ein gewisses unausgebildetes Talent, das sich da zeigt. Es ist eine Schreibweise, die auf den Effekt abzielt, eine Art Pastellzeichnung. Ich meine, da sind Dinge, die schrecklich übertrieben ausgedrückt sind, und –»

«Oh, hör auf, Virginia.»

Er stach Erdnußbutter aus dem Glas und strich sie mit einer Miene tiefer Besorgnis aufs Brot. Dann stürzte er zur Küchentür hinaus, die er zuschlagen ließ, und setzte sich ohne Mantel unter die schneebeladenen Zweige und kaute, während sie ihn durchs Fenster beobachtete. Das einzige, was sie sehr beunruhigte, war die Eifersucht. Konkurrenzneid war ihr an ihm unbekannt. Bei einem Gelegenheitsarbeiter Talent zu entdecken, vielleicht war das für ihn eine Schmach, so als machte ihm ein Kobold eine lange Nase.

Wenn nur der Zeitpunkt nicht so ungünstig gewesen wäre. Wenn nur der Junge keinen Funken Talent gehabt hätte. Wenn sie nur nie den Zaun hätten reparieren lassen. Wenn nur, o lieber Gott im Himmel, Ross an einem neuen Buch hätte beginnen und damit stetig weitermachen können. Sie würde ihn verlassen, wenn sie glaubte, das würde etwas nützen, weiß Gott, sie würde ihn verlassen, wenn sie glaubte, das würde ihm helfen. Denn vielleicht hätte er nicht heiraten sollen, nicht sie, auch keine andere. Vielleicht hatte ihr paradiesisches Verhältnis etwas, das ihm den Wind aus den Segeln nahm, ihn zu bequem machte. Sie erinnerte sich jetzt an einen Abend erst vor wenigen Wochen, als sie in Littleton in der Kneipe auf ihn gewartet hatte, die vom Plärren der Musikbox und vom Stimmenlärm erdröhnte. Als sie sich umdrehte, sah sie ihn an der Tür lehnen, die fremden Leute mit solcher Wildheit und Neugierde mit Blicken aufsaugen, daß er ein anderer Mensch war, jemand, der jeden Augenblick eine Rauferei anfangen, einen Steptanz hinlegen, sich ein Mädchen schnappen konnte – er war nicht mehr er selbst. Bis er sie erblickte und der andere Mensch verschwand. Er kam zu ihr mit der üblichen erleichterten Miene des verirrten Kindes, das seine Mutter wiedergefunden hat.

Wenn er allein und ungebunden gewesen wäre, hätte er vielleicht irgendeinen Krach angefangen, und das wäre das gewesen, was er am meisten brauchte, nicht Schutz, Abschirmung, nein, das Lebendigwerden der unendlichen in ihm schlummernden Potenz.

Sie sah, wie er den Rest des Brotes in die abgestorbenen Sonnenblumen warf. Er kam hereingestapft, die Tür hinter sich zuschlagend, und sagte: «Weißt du, was ich tun werde? Ich rufe Goldie an. Soll sie die Sachen lesen, ich reiche ihn an sie weiter.»

«Natürlich, natürlich. Hole die Meinung eines Agenten ein.»

Sie hörte, wie er ganz laut mit Goldie telefonierte, Judas' Loblied sang.

«Ein echtes Talent», sagte er immer wieder, «so was kann man nicht vortäuschen.»

Er stürzte wieder in die Küche. «Wie heißt er?»

«Wer?»

«Der Junge. Wie heißt der Bursche?»

«Ted Royce.»

Er rannte zurück zum Telefon. «Ted Royce, Goldie. Ich schicke die Manuskripte noch heute an Sie ab. Sie müssen sie lesen.»

Dann legte er auf und wandte sich an Virginia. «Hast du seine Telefonnummer? Die von dem Jungen.»

«Ich habe eine Nummer, wo ich eine Nachricht für ihn hinterlassen kann.»

«Dann ruf ihn an und sag ihm, daß ich seine Sachen gelesen habe und sie für gut halte und daß ich sie an meine Agentin in New York geschickt habe und daß sich Miss Jacobs mit ihm in Verbindung setzen wird.»

«Gut.»

«Auf die Art habe ich nichts weiter mehr damit zu tun.»

«Ja, Schatz.»

«Bin gespannt, was passiert.»

Er umarmte sie fest.

Gutes oder Schlechtes, meinte er.

Aber vielleicht waren sie gerettet.

Er schritt beschwingt hin und her in seinen dicksohligen Stiefeln, sie hatte ihn seit Monaten nicht mehr in so gelöster Stimmung gesehen. Konnte es tatsächlich sein, daß sie gerettet waren? Daß er, indem er Ted Royce gleichsam in die Umlaufbahn schoß, sich selbst aus hoffnungsloser Verzweiflung herausgerissen hatte? Er machte den ganzen Nachmittag Holz, die Säge schrillte durch die graue Luft.

Beim Abendessen sagte er: «Weißt du, das ist so, wie wenn ein erfahrener alter Boxer einen jungen Boxer üben sieht und den Wunsch verspürt, wieder in den Ring zu treten – es geht ihm weniger um den Jungen, es geht ihm darum, daß er selbst wieder trainiert.»

Er stieß mit den Fäusten in die Luft.

«Das ist alles, was ich brauche. Einfach wieder trainieren.»

«Das wirst du jetzt.»

Er sah sie stirnrunzelnd an, als hätte sie nichts gesagt oder widersprochen. «Das ist alles, was ich brauche, einfach das verdammte Training.»

«Alles, was du brauchst.»

Dann hörte er sich den ganzen restlichen Abend in grüblerischem Schweigen Beethovenquartette an.

Am frühen Morgen, die Sonne ging gerade auf, sagte er im Bett: «Andererseits – warum muß ich mir deshalb Sorgen machen? Sag, warum sollte ich mir deshalb Sorgen machen?»

Sorgen machen? Aber darum drehte sich doch alles. Sich Sorgen machen müssen. Vielleicht waren sie doch noch nicht so gerettet, wie sie geglaubt hatte.

«Warum? Du hast selbst oft genug gesagt, warum soll jemand nicht nur ein Buch schreiben? Du hast recht. Das Geld kommt herein, wie brauchen nichts. Wir können uns ein Jahr freinehmen und nach Frankreich fahren, jederzeit, morgen, einfach so. Warum muß ich mich zu etwas zwingen? Wen schert es? Macht es für die Menschheit einen Unterschied, ob ich ein Buch schreibe oder siebzig? Die Sache ist die, daß ich nie mein monströses Ego unterdrücken konnte – nun, jetzt *werde* ich es. Sollen die Ted Royces drankommen, sollen alle neuen jungen Burschen drankommen, von mir aus gern. Sollen sie alle Lobeshymnen und Preise bekommen. Und alle anderen Zweitklassigen mit dazu, und sollen die literarischen Gesellschaften mit ihren Autorenmittagessen und ihren Vorträgen damit selig werden. Ich will jetzt Ruhe und Frieden haben.»

Sie hielten sich lange Zeit umarmt. Sie dachte an Ruhe und Frieden.

Er küßte sie und sagte: «Ich stehe auf.»

«Es ist doch erst –» sie hob den Kopf und sah auf die Uhr – «Viertel nach sieben.»

«Ich muß *raus*», sagte er, zog einen alten Arbeitsanzug und den Sweater an und schnürte sich die Stiefel.

«Du willst so früh einen Spaziergang machen?»

«Oh, ich will einfach raus.»

Er schloß die Tür hinter sich.

Sie lag im Halbschlaf, als sie den Schuß hörte.

Mary hörte den Schuß. Oder was wie ein Schuß klang, das Aufreißen der Tür oben, die hinunterrennenden Füße, das Aufreißen der Wohnzimmertür.

«Kommen Sie!» rief Schwester Binns sehr energisch. «Sie stirbt.»

«Will sehen, ob ich Charley wachkriege», sagte Thelma. Wegen dieses Augenblicks aus Italien herübergekommen und jetzt fest eingeschlafen.

Mary eilte den Flur entlang, klopfte und öffnete Floras und Wallys Tür. «Kommt, es ist soweit.» Flora knüpfte sich ein Kinnband um, Wally setzte sich im Bett auf. Sie sahen sie verständnislos an.

Sie rannte hinauf.

Virginias Mund stand offen, und aus ihm heraus drang ein gurgelnder Laut.

Sie standen um das Bett herum, nicht zu nahe, wie Leute, die schon neben einer Bahre stehen.

Ein langes Schweigen.

«Es ist vorüber.»

«Noch nicht», sagte Mrs. Binns, die Finger an dem schlaffen Handgelenk.

Thelma hatte völlig unerwartet, ein Papiertaschentuch vor dem Gesicht, zu weinen begonnen, Flora und Wally standen regungslos da.

Das gurgelnde Schnarchen setzte wieder ein, stieg zu einem

jähen Crescendo an, wurde leiser, setzte aus, kam noch einmal, setzte aus.

«Vorbei», sagte die Schwester und legte, das Buch schließend, die Handgelenke übereinander.

Sie standen alle regungslos da. Nichts, Tod ist Tod, weiter gibt es da nichts. Ein Zug war abgefahren, sie blieben zurück.

Dann sagte Mary: «Tante Flora, willst du sie küssen? Wally? Noch jemand?» Sie traten nacheinander vor und küßten Virginia die Stirn. Thelma küßte sie vier-, fünfmal und flüsterte ihr etwas ins Ohr.

Dann zog sich Mary einen Stuhl ans Bett und kehrte den anderen, die das Zimmer verließen, den Rücken zu.

«Würden Sie uns bitte allein lassen?» sagte Mary zu Mrs. Binns, die schon anfing aufzuräumen. Ihre Zeit bei diesem Fall sei um, sagte sie. «Sie machen nicht zu lange, ja? Ich habe noch einiges zu richten.»

Endlich ging sie hinaus.

Und jetzt –

Jetzt sitzen wir uns endlich gegenüber und können miteinander reden.

Und wenn ich dir jetzt sagte, daß du die Kluft zwischen uns geschaffen hast, so wäre das nur die halbe Wahrheit, ich habe sie auch geschaffen. Ich habe mich dir schon als kleines Kind entzogen. Weil ich dich fast von Anfang an durchschaut hatte. Ich weiß nicht mehr, wie alt ich war, sechs oder sieben, da sah ich, daß du nicht meine Mutter warst, du warst ein Ersatzelternteil, eine Art Vormund, und ich war eine Art Wechselbalg, der dich störte, und so hast du mir eine Kindheit ausgerichtet. Du hast mich «Liebes» genannt, du hast mich nie bei meinem Namen genannt, außer wenn du zornig warst. Hättest du mich Mary genannt, hätte das vielleicht für ein Maß an Wahrheit gesorgt, das ich verstehen konnte, denn ich war nicht dein «Liebes», ich war deine Mary, die unbequeme Mary. Schon als ich noch klein war, habe ich mich durch dein «Liebes» und deine Liebkosungen nicht täuschen lassen. Ich war so allein, wie nur ein sehr kleines Kind sich allein fühlen kann, ich habe mir vorgestellt, ich vergifte dich, und dann habe ich mir vorgestellt, ich rette dich vor dem Schrecklichen Grünen Jäger, so daß du dann gezwungen wärst, mich zu akzeptieren. Aber deine Umarmungen, die haben mich immer erschreckt. Das hat mich immer erschreckt, entgeistert, das Äußere ohne das Aufrichtige dahinter. Woran hast du gedacht, wenn du mich umarmtest? Hast du überhaupt an irgend etwas gedacht? Ich schämte mich. Ich hielt das für albern. Weil du immer versucht hast, mir einen Ausgleich zu bieten, als ich mich so unattraktiv entwickelte wie eine Haarbürste. Dein Lächeln war immer so schwächlich, einfach schrecklich für mich, und ich habe dich dafür gehaßt, daß du nicht verstanden hast, daß ich genauso war, wie ich wollte und sein mußte, ich hatte viel Wichtigeres im Sinn als gutes Aussehen. Einmal, als du wieder einmal mein Verhalten nicht verstanden hattest, sagte ich kalt zu dir: ‹Ich will den Nettesten›, womit ich sagen wollte, den ‹Besten›. Nur hast du nicht weiter gefragt, du hast gesagt: ‹Mary, sprich nicht in diesem Ton mit mir› oder so ähnlich. Es war unmöglich. Du hattest für mich so taube Ohren wie jetzt heute abend. Ich hatte eine beschwipste Musiklehrerin, die mir an einem einzigen Nachmittag in der Woche mehr Mutter war als du in deinem ganzen Leben. Du warst so edel um mich besorgt, daß du mich von ihr losgerissen hast, und etwa um diese Zeit habe ich mich von dir losgerissen. So mühelos, wie ich nie etwas in meinem Leben getan habe. Und dann, seltsamerweise war es bei Vaters Begräbnis, als wir zum Schluß am Grab standen, da habe ich dich angesehen, und etwas an dir hatte sich verändert, und ich dachte: ‹Sie ist von etwas angerührt worden, sie hat das *Beste* gehabt.› Und es ist fort, Ross war tot. Richtig fort, nicht nur an einem vorübergegangen. An mir ging es nur vorüber. Als er zu mir sagte: ‹Ich liebe dich›, was es auch bedeutet haben mag, war er leichtfertig, es war alles unwichtig, und ich konnte nicht darauf antworten, konnte das alles nicht festhalten, und der Augenblick ging vorüber, und er ging an mir vorbei. Aber er hat zu mir gesagt: ‹Mary, ich liebe dich›, und ich bin nicht aus Stein, und auf meine leidenschaftslose Art war ich ihm näher, als du es jemals warst, und ich hätte dir sagen können, was geschehen würde – daß sein Ego ihn zunichte machen würde. Deshalb hat er nie wieder etwas geschrieben. Er konnte keinen Vergleich mit anderen ertragen, nicht einmal mit seinem eigenen Werk. Ich wußte, daß seine Freundschaft und seine Liebe zu mir nachließen, als ich ihm in vielen langen Abendstunden aus einem Netz der Verwirrung herauszuhelfen suchte und er sich unter Schmerzen bewußt wurde, daß ich mehr über sein Buch wußte als er. Es war meine unglückliche Gabe, ihn durch sein Werk erkennen zu können. Und schließlich die Art, wie er mir die Neuigkeit beibrachte, eine Art, die, gelinde gesagt, ungewöhnlich war, er sagte: ‹Ich heirate deine Mutter›. Nun, es wäre eine hoffnungslose Beziehung gewesen, Ross und ich. Ich will den Besten, und er wollte nur der Beste *sein*. Und du hast ihn geliebt, nehme ich an. Ich sah, daß du von etwas angerührt worden warst, das zu tief reichte, als daß jemand wie ich es hätte verstehen können, aber ich dachte, damals bei Vaters Beerdigung, jetzt hat vielleicht, vielleicht eine Veränderung in dir stattgefunden, die mich endlich einschließen mag. Aber das hatte sie nicht. Ich war dir noch immer ein Unbehagen. Kein Wunder geschah, nichts veränderte sich, außer daß ich mich aus Verzweiflung gegen dich wandte und dich zu meinem Kind machte. Du fragtest mich, ob das Rache sei, daß ich zurückkomme und mich um dich kümmere. Es war die größte Hoffnung meines Lebens gewesen. Törichte Hoffnung. Ich hatte nichts, zu dem ich zurückkommen konnte. Das einzige, was in Ordnung gebracht werden konnte, war das Haus. Ein Wunder geschah nicht. Es gab schließlich nichts, zu dem ich zurückkommen konnte.

Jetzt neigte sich Mary vor und legte den Kopf auf Virginias Hände.

Also du siehst, Mutter, ich habe dich nicht un-geliebt.

«Kann ich jetzt hereinkommen, Miss Brett?» fragte Mrs. Binns an der Tür, Bettücher im Arm.

«Ja.»

«Sollte ich – soll ich den Ring abziehen?»

«Den Ring?»

«Ihren Trauring.»

«Oh. Ja, doch.»

Mrs. Binns nahm die Hand und drehte den Ring um den Knöchel herum und herum, bis Mary aufschrie, eine Kinderstimme aufschreien hörte: «Oh, tun Sie ihr nicht weh.»

Und Mrs. Binns lächelte und sagte: «Oh, jetzt kann sie nichts mehr verletzen, Liebes.»

Sie reichte Mary den Ring.

«Nein», sagte Mary.

Noch wir uns gegenseitig. In dem goldenen Aufblitzen war die Wahrheit, in ihrer Hand lag alles, was sie nie verstanden hatte, das riesige Unbekannte, und in dem Augenblick, da sie es sah, das Kreisrund der Liebe, nahm sie es in sich auf, um zu erkennen und zu vergeben.

Mary zog den Ring an den eigenen Finger.

Lesefutter

John Barth
Der Tabakhändler (5621)

Barbara von Bellingen
Die Tochter des Feuers (5478)

Eberhard Cyran
Der König (5638)

Fanny Deschamps
Deutsch von Uli Aumüller und Grete Osterwald.
Jeanne in den Gärten
528 Seiten. Gebunden und als rororo 5700
Jeanne über den Meeren
560 Seiten. Gebunden und als rororo 5876

Robert S. Elegant
Deutsch von Margaret Carroux.
Die Dynastie
790 Seiten. Gebunden und als rororo 5000
Mandschu
607 Seiten. Gebunden und als rororo 5484
Mandarin
720 Seiten. Gebunden und als rororo 5760

Pauline Gedge
Die Herrin vom Nil
Deutsch von Ulla H. de Herrera.
540 Seiten. Gebunden und als rororo 5360
Pharao
Deutsch von Margaret Carroux und Ulla H. de Herrera.
576 Seiten. Gebunden
(Wunderlich Verlag)

rororo

C 2271/2

Lesefutter

Charlotte Link
Die schöne Helena (5490)
Wenn die Liebe nicht endet
512 Seiten. Gebunden
(Wunderlich Verlag)

Graham Masterton
Jungfernfahrt
Deutsch von Mechthild Sandberg.
576 Seiten. Gebunden
(Wunderlich Verlag)

Margaret Mitchell
Vom Winde verweht (1027)

Josef Nyáry
Ich, Aras habe erlebt . . . (5420)

Diane Pearson
Deutsch von Margaret Carroux.
Csárdás
607 Seiten. Gebunden und als
rororo 5601
Der Sommer der Barschinskys
512 Seiten. Gebunden
(Wunderlich Verlag)

Mario Puzo
Der Pate (1442)
Mamma Lucia (1528)

Irving Stone
Vincent van Gogh (1099)

Nancy Zaroulis
Und sie nannten das Dunkel licht
rororo 5467

rororo

C 2271/2 a

Kleine Nachttischbändchen

Eine Auswahl

Chas Addams
Gespensterparade
100 Zeichnungen des Autors.
Gebunden
Schwarze Scherze
Gruselgraphik
100 Seiten Zeichnungen des Autors.
Gebunden

Claire Bretècher
Frühlingserwachen
Zwei Bildergeschichten für frustrierte Eltern
120 Seiten Comics. Gebunden

Pericle Luigi Giovannetti
Max oder die Tücken des Objekts
40 Bildergeschichten mit Illustrationen des Autors
120 Seiten. Gebunden

Graham Greene
Heirate nie in Monte Carlo
Ein Flitterwochen-Roman
170 Seiten. Gebunden

Elsa Sophia von Kamphoevener
Liebeslist
Drei alttürkische Erzählungen
120 Seiten. Gebunden

Kurt Kusenberg
Lob des Bettes
Eine klinophile Anthologie. Mit vielen Bettgeschichten und schönen Bettgedichten
240 Seiten. Gebunden

C 2148/2